EIDESBRECHER

Dimitar Gyopsaliev

Dimitar Gyopsaliev

Besonderer Dank geht an Leandro Brouschert für seine Arbeit an der deutschen Übersetzung

EIDESBRECHER

Visit DimitarGyopsaliev.com

https://www.facebook.com/dgyopsaliev/

Dieser Roman ist ein rein fiktives Werk. Die darin geschilderten Namen, Personen, Orte und Begebenheiten sind der Phantasie des Autors entsprungen und beruhen nur teilweise auf historischen Figuren und Ereignissen.

Buchcover von *Damonza.com*

ISBN 978-619-92171-6-0 (Taschenbuch)

ISBN 978-619-92171-7-7 (Gebundenes Buch)

ISBN 978-619-92171-8-4 (EPUB)

Inhaltsverzeichnis

Auf meinen Sonnenschein Bobi. Sie bringt mich immer dazu, ein besserer Mensch zu sein!

Ich bin Frau P. Bratanova sehr dankbar, dass ich einige ihrer Gedichte in meinem Buch verwenden darf!

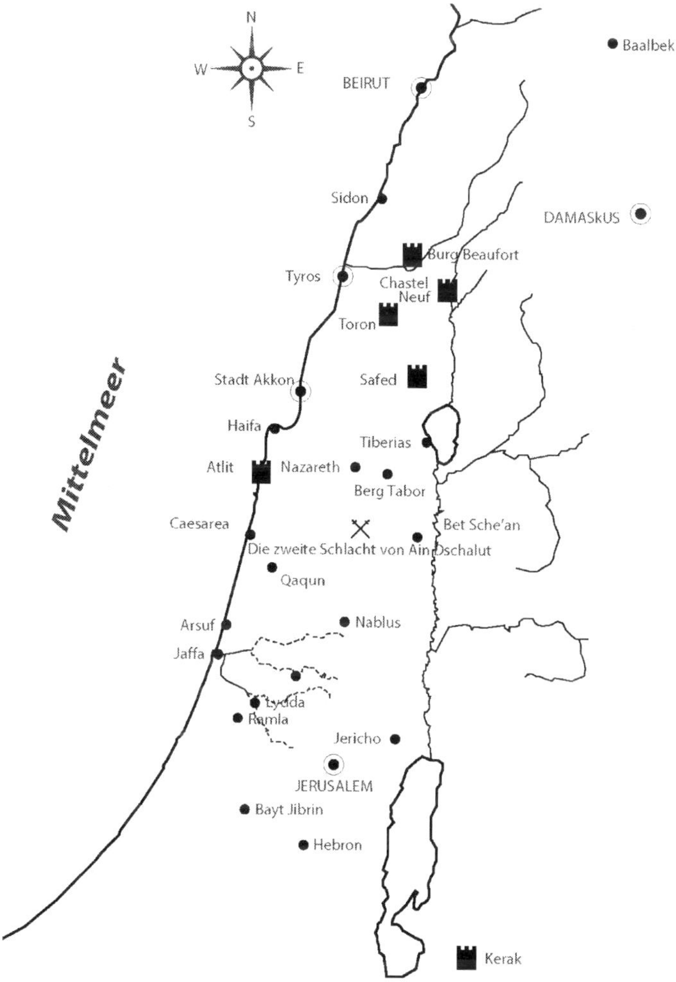

Das Heilige Land im Jahr 1272

Personenverzeichnis

Lord Eduard - Ältester, Sohn von König Heinrich III. und zukünftiger König von England, auch bekannt als Eduard I. Langschenkel.

Lady Eleonore - Eleonore von Kastilien, Ehefrau von Eduard, Tochter von Ferdinand III. von Kastilien.

Peter Longsword - ein Waisenkind, das zum Gefolge von Lady Eleonore gehört.

Owen - Welsh-Bogenschütze aus dem Gefolge von Lady Eleonore.

Sir James von Durham - schottischer Ritter, Teil des Gefolges von Lord Eduard.

Sultan Baibars - der vierte Sultan Ägyptens aus der Mamluken-Bahri-Dynastie, ein ehemaliger Sklavenkrieger, der aus den Rängen aufstieg.

Sklaven - Robert, ein großer Sklave, der nicht spricht.

Lord Benjamin Broca - Herr der Weißen Burg.

Gabriel - ein einsiedlerischer Schmied.

Lady Helen - die Dame des Roten Bergfrieds (die Festung Atlit wird wegen des Sonnenuntergangs, der die Mauern blutgetränkt erscheinen lässt, Roter Bergfried genannt).

Kapitän Thomas - der Sohn von Lady Helen.

Tarin und Tarik - Sklavenmeister und Zwillingsbrüder.

Ibn al-Nafis - ein Leibarzt des Sultans.

Hauptmann Jaffar-Old Mamluk, ein altgedienter Soldat, ist für die Bewachung der Ausgrabungsstätte zuständig.

Shajar al-Durr, der Perlenbaum - Baibars wildeste Tochter, die den Spitznamen Abal trägt, was "wilde Rose" bedeutet.

Ivar der Ostringer - Annas persönlicher Falkner, ein Gerichtsmediziner.

William Longsword - ein englischer Kreuzfahrer, der 1250 in der Schlacht von Mansurah während des siebten Kreuzzuges fiel.

Sir Guido Embriaco - Kapitän von Lord Broca.

Warum?

Ein Mann ist nur so gut wie sein Schwert.

—

Der einzige Grund, warum ein Krieger lebt, ist zu kämpfen. Und der einzige Grund, warum ein Krieger kämpft, ist zu gewinnen.

—— *Miyamoto Musashi, Das Buch der fünf Ringe: Der klassische Leitfaden zur Strategie*

—

INSPIRIERT VON WAHREN BEGEBENHEITEN

Jeder ist jemandes Sohn

Prolog

Heiliges Land, Sommer des Jahres 1272 nach der Menschwerdung Christi;

Der Sturm hatte sich gelegt und hinterließ eine ruhige See und tiefblaues Wasser. Die Wellen rollten in einem gleichmäßigen Rhythmus heran, und ihre weiße Gischt beleuchtete die sandige und felsige Küste. Die Sonne stand hoch am Himmel, ihre Hitze wärmte den Strand, und die Brise wehte weg. Möwen glitten auf den Luftströmen, ihre Schreie durchdrangen die Luft. Die Dünen standen als stumme Zeugen des weiten Meeres.

Matthew und Matilda atmeten die salzige Meeresluft ein, als sie am Strand entlanggingen. Die Sonne ging gerade unter und warf einen goldenen Schein über ihr kleines Fischerdorf in Küstennähe. Die beiden Kinder hatten diese Tageszeit schon immer geliebt, wenn sie ihren Pflichten im Dorf entfliehen und Ritter von Rot und Weiß spielen konnten. Ihre Holzstöcke prallten aufeinander, als sie sich auf dem Sandstrand eine epische Schlacht lieferten. Matthew, der sich als roter Ritter ausgab, schwang seinen Stock mit großer Wucht, während Matilda, die weiße Ritterin, mit Geschick und Präzision parierte. Sie kämpften leidenschaftlich; ihre Gesichter verzogen sich vor Entschlossenheit, während ihre Herzen vor Aufregung pochten. Sie hatten immer davon geträumt, Ritter in der großen Kreuzritterfestung zu werden, die ein paar Meilen weiter nördlich stand und von den mächtigen Templern kontrolliert wurde. Sie hatten sich immer vorgestellt, für Ehre und Ruhm zu kämpfen, wie die Helden von einst.

"Warum wählst du immer das Rote? Ich möchte ein roter Ritter sein", sagte Matilda.

"Das nächste Mal", sagte Matthew.

"Das sagst du immer."

"Rot ist mächtiger als Weiß. Verteidige dich!" Matthew hob sein imaginäres Schwert und griff an.

Matilda wich zurück und wich dem Angriff aus.

"Das hättest du wohl gerne", lachte sie Matthew an und trat einen weiteren Schritt zurück, doch etwas traf ihr rechtes Bein.

Sie schrie auf, stolperte und fiel.

"Ergibst du dich?" fragte Matthew siegessicher, während er sich auf das Mädchen konzentrierte.

Dann sahen sie es.

Ein Schädel lag halb vergraben am Strand.

"Schau! Was ist das?" sagte Matthew.

Der Schädel grüßte sie aus dem Sand mit einem verzerrten Lächeln. Zwischen seinen Zähnen blitzte etwas auf.

Matthew kniete nieder und untersuchte es.

"Was ist es? Ein Juwel?" fragte Matilda und ihre Augen leuchteten.

"Ich weiß es nicht."

Der Junge streckte die Hand aus und packte es.

"Eine Schachfigur", sagte er. "Mit einer Krone."

"Ein König?"

"Vielleicht."

Als sie den Schädel untersuchten, erschien ein riesiger Schatten über ihren Köpfen.

Eine schwarze Krähe flog aus dem Nichts und landete mit einem unheilvollen Krächzen in der Nähe des Schädels. Die Kinder waren einen Moment lang wie erstarrt, als die Aufregung in ihren Augen in Angst umschlug.

Ohne weiter darüber nachzudenken, rannten sie zurück ins Dorf. Sie konnten es kaum erwarten, ihre Entdeckung dem Dorfältesten zu zeigen.

Als sie rannten, war die Sonne schon fast untergegangen und tauchte das kleine Fischerdorf in ein unheimliches goldenes Licht. Ihre Aufregung mischte sich jedoch mit Furcht, da sie das Unbehagen, das durch das Auftauchen dieser Krähe verursacht wurde, nicht abschütteln konnten.

Mit dieser Entdeckung wurde ihr gewöhnlicher Tag zu etwas Besonderem. Einen Augenblick lang trafen sich ihre Blicke, als sie rannten. Sie hatten einen Schatz gefunden.

Erstes Kapitel

Heiliges Land, Sommer des Jahres 1272 nach der Menschwerdung Christi;
Zwei Wochen nach der Zweiten Schlacht von Ayn Jalut;

Peter bekam einen Stiefel ins Gesicht und wachte mit einem Ruck auf.

Ein Nebel hatte sich gelegt und hüllte das Lager ein, während sie schliefen. Da die Sonne ihn nicht beleuchtete, sah er wie ein silbriges Tuch aus. Er verdunkelte sogar die Bäume.

"Steh auf, Longsword", rief Sir James of Durham und trat dem schlafenden Mann erneut gegen den Oberschenkel. Der Tritt ließ ihn auf die Seite fallen. Er stöhnte auf und massierte seinen schmerzenden Oberschenkel. Aus den Augenwinkeln sah er, wie sich der angreifende Fuß erneut nach ihm ausstreckte. Diesmal versuchte er, sein Gesicht wegzuziehen, aber der Fuß traf seine Nase.

"Ich bin wach..." sagte Peter mit einem Zucken. Er versuchte, sich aufzusetzen, während er sich die Nase zuhielt. James grinste ihn an.

"Beweg deinen Arsch!"

Peter war mehr sauer als verärgert, als er sich auf Sir James konzentrierte. Der Hauptmann seiner Gruppe, sein Freund und ein Schotte aus dem Gefolge von Lord Eduard, der ihn unter seine Fittiche nahm. Er war einer der angesehenen Ritter aus Eduards Haushalt. Er war laut und hatte einen brutalen, dunklen Humor, aber er war ein tapferer Soldat mit einem furchterregenden Ruf. Die meisten Männer nannten ihn Roter Hering, denn wenn er wütend wurde, färbte sich sein blasses Gesicht rot, wie der Fisch aus dem Nordmeer - ein Hering, der durch Räuchern und Salzen zu einem rotbraunen Kipper wurde.

Peter, Adam, Owen und dreißig Kreuzfahrer waren zusammen mit zwanzig Bogenschützen auf dem Rückweg vom Gefangenenaustausch mit den Vertretern des Sultans. Es war eine sichere Reise zu ihrem Ziel, wo sie die Verräter aus der Zweiten Schlacht von Ayn Jalut gegen Gold an den Sultan auslieferten.

Mit ihrer Belohnung im Gepäck machten sie sich auf den Rückweg und waren froh, dass sie endlich wieder nach Hause segeln konnten. Einen Tag vor der Stadt Akkon schlugen sie ihr Lager für die Nacht auf.

Doch jetzt schmerzte sein Körper, als hätten ihn wilde Pferde über die Straße geschleift. Peter stöhnte erneut auf. Er war so müde gewesen, dass er geschlafen hatte, während er mit dem Rücken an einem umgestürzten, trockenen Baum saß. Peter hatte sich gerade ausgeruht und doch fühlte sich sein Körper so erschöpft an, dass er bezweifelte, dass er überhaupt die Augen geschlossen hatte. Trotzdem hatten sie den Fuß des Berges erreicht und ihr Lager aufgeschlagen. Wenn sie früh losgingen, würden sie bei Sonnenuntergang in der Stadt sein, und anstatt sich zu beschweren, versuchte Peter, sich aufzurichten. Die Schmerzen in seinem Oberschenkel und das schwere Kettenhemd machten ihm zu schaffen, aber er ignorierte sie und lehnte sich schließlich mit dem Rücken an einen Baum. Um ihn herum waren die Männer damit beschäftigt, ihre Zelte zu verlassen und ihre Sachen zu ordnen, damit sie weiterziehen konnten. Das erloschene Feuer und der strenge Gestank der Männer erinnerten Peter daran, dass er und der Rest seiner Männer noch nicht gebadet hatten.

Er beschloss, nicht derjenige zu sein, der die Männer in Verspätung bringen würde, und näherte sich seinem Pferd, das damit beschäftigt war, etwas zu knabbern. Es sah so zufrieden aus, dass Peter es nicht stören wollte, aber er brauchte etwas zu trinken, und seine Wasserflasche war auf dem Pferd. Er ging näher heran und streckte seine Hand nach dem Gegenstand aus, als ein Pfeil vorbeiflog und sein Bein nur um Zentimeter verfehlte. Überrascht wich Peter sofort zurück und drehte seinen Kopf in die Richtung, aus der der Pfeil gekommen war. Er sah nur den Nebel. Ein anderer Kreuzfahrer hatte den Pfeil gesehen und war kurz davor, Alarm zu schlagen, als ein weiterer Pfeil ins Lager flog und seine Kehle durchschlug. Die Wucht, mit der er die Kehle des Mannes durchschlug, verursachte ein schmatzendes Geräusch, das Peter schnell auf seine Umgebung aufmerksam machte. Jemand griff sie kurz vor Sonnenaufgang an, als sie sicher waren, dass die Wachen müde waren und kaum noch etwas sehen konnten.

"Wir werden angegriffen!" rief Sir James. "Stellt euch auf! Speere und Schilde nach vorne!" Er schrie erneut und zeigte sein schiefes Lächeln, als er zum anderen Zelt sprang. Sein Gesicht wurde rot und seine Augen leuchteten.

Die Männer, die noch in den Zelten waren, rannten mit ihren Waffen in der Hand hinaus und schnappten sich ihre Schilde. Peter ignorierte die Wasserflasche und griff stattdessen nach seinem Schwert und war in höchster Alarmbereitschaft, als er die Morgenluft einatmete und das Lager beobachtete. Durch den Nebel war es schwer zu erkennen, wie groß die feindliche Streitmacht war.

Er hörte Schritte hinter sich und drehte sich um. Sein Freund rannte mit einem Grinsen auf ihn zu.

"Sie kommen", grinste Owen, als er Peter fand.

"Wer kommt denn da?"

"Wen kümmert das?" Der walisische Bogenschütze sagte achselzuckend: "Wir werden diese Scheißkerle schlagen."

"Mamelucken? Tartaren?" Peter Longsword rieb sich die Augen. "Banditen?"

"Das hat der Wachposten nicht gesagt", zwinkerte Owen, während er aufgeregt seinen Langbogen aufhob. Einige Pfeile flogen vom Hang heran und trafen den Boden neben seinem linken Stiefel. Anstatt sich von Owen zu entfernen, grinste der Waliser nur, als er seine Pfeile nahm. Er liebte den Nervenkitzel einer guten Schlacht.

Gott sei Dank war er schon wach, dachte Peter. Er wollte nicht, dass sein elendes Leben mit einer durchgeschnittenen Kehle endete, während er allein im Dreck schlief.

"Ich bringe euch das Schießen bei, ihr Bastarde", rief Owen niemandem zu, als er zurückschlug. Er schoss in den Nebel und war sich sicher, dass sein Pfeil sie erreichen würde, auch wenn er sie nicht sehen konnte.

"Komm schon, du verschwendest deine Pfeile. Lass uns zu den anderen gehen!" sagte Peter, als er Owens Arm nahm. Er wusste, dass sein Freund dort bleiben konnte, aber sie mussten sich bewegen, sonst würde Owen weiter ins Leere schießen. Der Waliser erlaubte Peter, ihn wegzuziehen, sobald sie auf die anderen Männer zuliefen.

"Keine Pferdehufe", sagte Adam, als er neben Peter stand.

"Bist du sicher?" Peter hob eine Augenbraue. Ringsherum wurde laut geschrien und das machte das Hören schwer, obwohl Adam in seiner Nähe war.

"Wer immer uns angreift, ist zu Fuß unterwegs. Ich kann keine Pferde hören", sagte Adam.

Bevor er ihm antworten konnte, unterbrach Sir James sie mit einem Schrei,

"Du, walisischer Meister, nimm deine Abschaumschützen mit auf den Kamm." Sir James zeigte nach Norden, während er seinen großen Helm aufsetzte. "Beeilt euch, Männer, wir haben nicht den ganzen Morgen Zeit! Ihr wisst, was zu tun ist. Schießt diese Bastarde ab, wenn sie sich nähern."

Wenn sie die Plünderer nur sehen könnten. Verdammte Mistkerle, dachte Peter. Der Nebel war dicht und sah nicht so aus, als würde er bald verschwinden. Ihre Angreifer hatten irgendwie die Oberhand, weil sie wussten, wo sie alle waren.

Owen nickte ohne zu zögern und sagte etwas in seiner Muttersprache zu den anderen Bogenschützen. Sie rannten schnell in Richtung höheres Gelände und versuchten, aus dem Nebel herauszukommen. Peter warf einen Blick auf ihn; Owens Alter war schwer zu bestimmen. Er hatte braune Augen und Sommersprossen im Gesicht. Sein wildes, dunkelrotes, lockiges Haar war zottelig. Sein schelmischer Blick schien zu Ärger einzuladen. Aber es musste einen Grund geben, warum er einer der vertrauenswürdigsten Männer im Haushalt von Lady Eleonore und auch einer der besten Bogenschützen war.

Zusammen mit Adam und Peter sind sie in den letzten Wochen enge Freunde geworden.

"Longsword, wir sehen dich nach dem Kampf." Owen zwinkerte ihm zu, während er seinen Männern folgte, und fügte dem Waisen hinzu: "Wenn Ihr überlebt, Hoheit."

"Kümmere dich um dich selbst." Peter zwinkerte ihm zu.

Der Name, den er ihm gegeben hatte, war nicht neu. Seine Freunde wussten, dass er der verschollene Erbe von William Longsword war, ein Halbbruder von Richard the Lionheart und ein Cousin von Eduard, dem Kronprinzen von England. Dadurch war er berühmt geworden. Trotzdem war Peter ein Waisenkind, ein Straßenköter aus Akkon, der sich nicht durch seine Blutsbande definieren lassen wollte und stattdessen entschlossen war, sich mit seinen eigenen Händen einen Namen zu machen.

"Versammelt euch zu mir!" befahl Sir James. Obwohl sein Spitzname Roter Hering war, hatte er das Charisma eines Löwen.

Es war ein frostiger Morgen und der Nebel, der den unteren Teil des Berges einhüllte, trübte ihre Sicht, während die Luft in ihren Lungen stach. Peter wankte nicht. Er konnte hören, wie die anderen Ritter und Waffenträger schrien, sich ankleideten und sich auf den bevorstehenden Kampf vorbereiteten, während Owen und seine Bogenschützen ihnen Zeit verschafften. Er war auch froh, dass er sein Kettenhemd nicht ausgezogen hatte, sonst wäre er bei den anderen, die noch immer um das Kleidungsstück kämpften.

Einige ihrer Truppen hatten den Feind bereits angegriffen. Das konnte er an den entfernten Schreien und dem Klirren des Stahls erkennen, als sie ihre Seelen entblößten. Ein Drittel ihrer Männer hatte sich bereits mit dem schottischen Ritter versammelt. Das hätte ein weiteres friedliches Hin und Her werden sollen, aber jetzt wurden sie angegriffen. Er hatte nicht einmal eine Ahnung, gegen wen sie antraten.

"Schilde und Speere, zu mir!" brüllte ihr kommandierender Offizier. James war ein großer und furchterregender Krieger von der anderen Seite des Meeres, und seine bloße Anwesenheit war mehr als genug, um die Moral aller Männer zu stärken. Er stieß einen Kampfschrei aus und schwang sein Schwert nach einem Angreifer, der sich auf ihn stürzte. Es traf ihn mühelos und schnitt den armen Kerl wie ein kränkliches Schilfrohr um. Sir James war ebenso stark wie stolz, und er nahm ihre Angreifer nicht auf die leichte Schulter. Er schlug mit seinem Schwert nach dem unglücklichen Räuber, der wie vom Blitz getroffen zu Boden fiel. Nur dass der Blitz das Schwert von James war.

"Adam hatte Recht, keine Pferde!" Peter hat keinen der angreifenden Schatten auf den Pferden gesehen. Er hatte keine Zeit, die Lederschnüre seines Kesselhelms um sein Kinn zu binden. Er nahm sein Schwert und seinen Schild, während er ins Ungewisse marschierte.

Adam entledigte sich mit einem fröhlichen Lächeln seines Schwertes und war an Peters Seite. Er war jünger als Longsword, aber auch mutig und naiv. Die beiden waren irgendwie unzertrennlich geworden und achteten sehr darauf, sich gegenseitig den Rücken frei zu halten. So kämpften sie auch, denn sie waren schon immer gut miteinander.

"Bist du bereit, Adam?" Er warf einen Blick auf den hübschen blonden jungen Mann, dessen blasses Gesicht voller Sonnenflecken war, und erhielt ein Nicken. Die beiden standen nebeneinander, und dann brummte Peter.

"Ich bin hungrig."

Obwohl die Situation nicht toll war, konnte er nicht anders. In der Nacht zuvor hatte er wegen seiner Müdigkeit nichts gegessen. Im Moment hatte er mit einem knurrenden Magen zu kämpfen, ganz zu schweigen von den Räubern, die ihm anscheinend an den Kragen wollten.

"Wir werden später essen." Adam grinste.

"Hoffen wir's." Peter nickte.

Je näher sie den Kreuzfahrern kamen, desto deutlicher hörte Peter die Geräusche; er konnte schreiende Männer und das Klirren von Kriegsstählen hören. Es war ein schreckliches Geräusch, zu dem man so früh am Morgen aufwachen musste, aber wie ein Zauberspruch ließ es das Blut in ihren Adern wie Feuer pumpen. Ob Angst oder Adrenalin, es war ein Zeichen dafür, dass sie am Leben waren, und die Männer waren entschlossen, das auch zu bleiben. Während sie kämpften, schrien sie. Dieses Mal gab es keine Harmonie, sondern nur Männer, die leben wollten.

Der Nebel stieg auf, aber sie konnten den angreifenden Feind kaum sehen. Sein frisch gewachsener Bart störte sein Gesicht und sein Kinn. Peter wollte mehr schlafen, denn die Muskeln in seinen Händen waren steif. Er streckte seinen Nacken und versuchte, sich zu konzentrieren. Es ist nicht der richtige Zeitpunkt zum Schlafen, dachte er, während er den Blick geradeaus richtete. Die anderen Männer neben ihm sahen sehr wach aus, und er versuchte, es ihnen gleichzutun. Sie richteten ihre Schultern aus, hielten ihre Schilde fest und richteten ihre Schwerter nach vorne. Trotzdem dachte er, dass die Wache ihnen genug Zeit gab, die Waffen zu tragen und den Feind nicht von Angesicht zu Angesicht zu treffen. Er konnte hören, wie Adams Herz schlug.

"*TAP, TAP, TAP.*" Er sah die Umrisse der feindlichen Angreifer.

"Locker." Peter hörte Owens Stimme und das pfeifende Geräusch der Pfeile kam an. Die Schreie der Männer hallten am Morgen im Tal wider. Das Geräusch von Pfeilspitzen, die die Schilde durchschlugen, kam von hinten. Er hörte einige Körper fallen, und der angreifende Feind war in Sichtweite.

Ein großer, in Leder gekleideter Bastard mit einer weißen Maske im Gesicht schwang seine Axt gegen seinen Schild, gefolgt von zwei weiteren hinter ihm. Peter sah nur einen riesigen Angreifer und seine wütenden Augen, die ihm den Schädel einschlagen wollten.

"Tötet sie!" rief Sir James, als wolle er sie daran erinnern, was ihre Aufgabe war.

Ein Pfeil steckte in Peters Schild. Ein weiterer Pfeil flog über seinen Kopf. Er duckte sich, um den anrückenden Feind nicht aus den Augen zu verlieren, und spürte, wie eine Pfeilspitze seinen Helm streifte. Hinter ihm hörte er einen Schrei.

Der große Angreifer kam auf ihn zu und schlug seine Axt über seinen Schild. Er zersplitterte fast das Holz, als wäre es nicht der Eisenrand. Peters linke Hand zitterte, und er wich zurück. Adam stieß sein Schwert nach vorne, sodass der große Angreifer auswich und zur Seite trat, aber seine Axt ließ er an Peters Schild.

Peter warf einen Blick auf Adam. Das sommersprossen Gesicht seines Freundes zwinkerte ihm zu, während er grinste. Sie brauchten keine Worte zu wechseln; Longsword mochte den jungen Soldaten. Er war zu dem jüngeren Bruder geworden, den er sich wünschte, aber nie hatte. Im Kampf hatten sich ihre Geister aufeinander eingestimmt, denn der junge Soldat war mutig und sein Geist war immer gut drauf.

Peter blinzelte und blickte über die Spitze seines Schildes. Mit aller Kraft stieß er die Axt mit seinem Schwert weg und trat vor, um seinen Freund zu unterstützen, der gerade versuchte, einen anderen Angreifer mit seinem Schwert zu stoßen.

"Geh nicht zurück! Bleib näher dran!" Sir James rief Befehle.

Sie hatten eine zweireihige Linie gebildet, zehn Männer an der Spitze und ebenso viele dahinter. Sie hatten bereits drei Männer verloren, aber trotzdem hob die zweite Reihe der Männer ihre Schilde, um die Köpfe der ersten Reihe vor den ankommenden Pfeilen zu schützen, und bereitete ihre Speere vor, um über den Köpfen ihrer Brüder anzugreifen. Es schien, als wären nicht nur Owens Männer gut im Schießen. Nach der Art und Weise zu urteilen, wie die Pfeile ihres Feindes immer wieder die Stellen trafen, an denen sie sich befanden, hatten sie auch gute Schützen.

Peter roch den Holzschaft des Speers. Die morgendliche Feuchtigkeit und der Nebel machten seine Nasenlöcher empfindlicher und er konnte alles wahrnehmen, obwohl das Holz schon vor langer Zeit geschlagen wurde. Doch es war nicht nur das Holz. Als er tief einatmete, nahm er einen Hauch von Blut im Morgentau wahr. Als Peter zwischen den Männern stand, spürte er ihre Angst und sein Herz raste. Der Feind hatte bereits einige ihrer guten Männer gefangen genommen. Jetzt wollten sie deren Tod rächen.

Als ob der Feind denselben Gedanken gehabt hätte, schlugen sie plötzlich hart auf sie ein.

Die Angreifer rannten auf sie zu und versuchten, ihren kleinen Schildwall zu durchbohren und zu zerschneiden, aber die langen Speere hielten sie auf.

Peter spürte den Stoß von vorne und hörte die Schreie der Männer. Das verschüttete Blut und die Scheiße trafen seine Nasenlöcher. Plötzlich wurden seine Knie schwach. Fast wäre er in die Knie gegangen, aber der Mann hinter ihm stützte seinen Rücken. Er benutzte sein Schwert als Speer und stieß es nach vorne. Dann stellte er sein Gleichgewicht wieder her und stieß seinen Schild gegen die Angreifer vor ihnen. Peter erkannte den großen Mann mit den langen schwarzen Haaren und den blauen Augen wieder durch die weiße Maske, die er trug. Er sah auch, dass er eine neue Waffe bei sich hatte - dieses Mal ein Schwert. Es schien, als hätte er seine Axt doch nicht vermisst.

Die weiße Maske des Angreifers, die sein Gesicht bis zur Nase bedeckte, hob ihn von den anderen ab. Er schien ihr Anführer zu sein und erkannte, dass sich die Kreuzfahrer nicht so einfach ergeben würden. Peter fühlte sich beleidigt. Während sie auf dem ebenen Gelände kämpften, stellten die Kreuzritter die Kampffähigkeiten der Plünderer auf die Probe. Er wusste, dass es an der Art lag, wie sie sich an sie herangeschlichen hatten, indem sie den Nebel als Deckung nutzten. Hätten sie es im Freien getan, wusste Peter, dass seine Schwertbrüder einen guten Kampf geliefert hätten, aber die Räuber hatten sich wie Feiglinge verhalten.

Peter hob sein Schwert und schlug es in den Helm des Angreifers. Er hörte das knirschende Geräusch von Metall, das auf Metall trifft. Der Räuber schrie auf, aber er fiel nicht. Stattdessen ärgerte ihn das noch mehr.

"Stoßt vorwärts! Tötet sie!", rief Sir James.

Die Pfeile kamen wieder und töteten zwei Angreifer.

Die Sonnenstrahlen lichteten den Nebel und verbesserten die Sicht auf die Angreifer. Owen und seine Bogenschützen taten ihren Teil. Mit jeder

Welle fielen mehrere Angreifer wie Fliegen, wobei die Pfeile von Owen und seinen Männern aus ihren lahmen Körpern ragten.

"Schießt weiter!" Sir James hörte nicht auf, Befehle zu geben. Es war seine Beständigkeit, mit der er ihre Truppen in einer Linie hielt, um jeden Angriff und jede Verteidigung zu koordinieren, die sie unternahmen. Seine Stimme war wie ein Lichtstrahl in der Dunkelheit, und jedes Mal, wenn er rief, gab seine Stimme ihnen den Anstoß, dass ihre Kampfschreie lauter und ihre Vorstöße heftiger wurden.

"Stirb!" schrie Peter und stieß sein Schwert in den Hals eines Angreifers zu seiner Rechten. Blut spritzte aus der Stelle wie aus einem Loch im Fass. Es spritzte ihm ins Gesicht, und er schrie wieder und versuchte, den lahmen Körper von sich zu stoßen.

Adam stieß einen ähnlichen Schrei aus, als seine Klinge den Arm eines Angreifers durchtrennte. Die beiden waren wie wilde Tiere, die auf eine Schafherde losgelassen wurden, und doch waren ihre Bewegungen ruhig und kalkuliert. Aus der Wunde im Fleisch des Angreifers floss immer noch Blut, und als Peter versuchte, seine Waffe herauszuziehen, kam es in schnellen Schüben heraus. Der feindliche Anführer vor ihm sah seine Chance und versuchte, mit seinem Schwert nach Peters Hals zu schlagen, aber seine Versuche waren vergeblich. Adam war zur Stelle und parierte mit seiner Waffe. Er hatte gesehen, wie der große Mann seinen Freund im Visier hatte, und er ahnte, dass er auf ihn losgehen würde. Peter war immer noch mit seinem Angreifer beschäftigt, und wenn der große Mann auf ihn zuging, hätte er es mit zwei Feinden zu tun gehabt, also stieß er den toten Mann schnell von seinem Schwert und konzentrierte sich auf den maskierten Mann.

Wenn sie kämpften, wurden Adam und Peter gleich. Sie verteidigten und griffen an und wollten sich gegenseitig schützen. Sie standen mit dem Rücken zueinander und griffen ihre Feinde von beiden Seiten an. Wenn einer den anderen niedermähen wollte, war der andere zum Schutz da. Diese Haltung war hilfreich, weil man so sehen konnte, was im Rücken des anderen vor sich ging, und umgekehrt.

Während sie kämpften, hatten sie sich irgendwie gegenseitig den Rück-en freigehalten und sie arbeiteten gut zusammen. Sie waren immer zusammen und beschützten sich gegenseitig.

Peters Augen loderten vor Wut, als er sich von der Schildmauer aus nach vorne stürzte und seinen Fuß in den Bauch des nahen Feindes trat. Der Mann fiel zu Boden, stieß seine Klinge nach vorne und spürte, dass sie die Lederrüstung des Mannes vor ihm durchbohrte. Er machte sich nicht die Mühe, nachzusehen, ob er tot war. Sein Schwert war bereits durch seine Haut gedrungen.

Aufgeregt zog Peter sein Schwert und schwang es nach rechts, als er seine Klinge in das Gesicht eines anderen Räubers hämmerte. Sofort schwang er seine Waffe in Richtung eines anderen. Er holte sie schnell wieder heraus und ging zu einem anderen weiter. Er hatte nicht einmal Zeit, sich das Blut aus dem Gesicht zu waschen, denn die Räuber kamen von allen Seiten und schrien ihre Schlachtrufe.

Seine Sinne waren wach, denn er konnte sehen, wie alles um ihn herum langsam und verschwommen wurde. Das Adrenalin, das durch seine Adern floss, schien seine Sinne geschärft zu haben. Er blickte zu seiner Linken und sah, wie sich die Nasenlöcher des Feindes weiteten, als er versuchte, seinen Anhängern etwas zuzurufen. Peter beugte den Kopf und spürte, wie ein Schwert auf seinen Helm zielte. Schmunzelnd trat er vor und sprang über den gefallenen toten Mann, um einem anderen Angreifer mit seinem Schild einen Schlag gegen das Kinn zu versetzen und das Wehklagen des Mannes über das Geräusch gebrochener Zähne zu hören.

"Peter!" rief Adam von hinten. "Bleib in der Schildmauer!"

"Longsword!" Die wütende Stimme von Sir James hallte im Tal wider. In diesem Moment stach wieder ein Pfeil in Peters Schild. Der schwarzhaarige Waise kümmerte sich nicht darum. Sein Gesicht brannte noch immer von dem Tritt, den er von dem schottischen Ritter erhalten hatte. Er war wütend, weil er länger schlafen wollte. Die Feinde, die sie angriffen, hinderten ihn daran, und das ärgerte ihn noch mehr. Kurz vor dem Angriff träumte er von seiner Lady Isabella, und zum ersten Mal seit langer Zeit fühlte er sich friedlich. Diese Eindringlinge hatten diesen Frieden gestört.

"Verflucht seist du!" Peters Schwert traf den Ellbogen eines Angreifers und hackte ihm die Hand ab, während er den armen Kerl mit einem Tritt nach hinten stieß und schreiend zu Boden fiel. Eilig drehte er sich um und durchbohrte einen anderen Feind, der fast an ihm vorbeigekommen war, in den Rücken. Es ging schnell und der Mann fiel schneller tot um, als er grunzen oder heulen konnte. Peter blieb nicht stehen; er hörte, wie seine Klinge Fleisch zerriss, als er seine Waffe zurückholte und seinen Schild benutzte, um einen anderen Angreifer niederzuschlagen, der versucht hatte, sich auf ihn zu stürzen. Er spürte den Schlag mit seiner linken Hand, und die Holzplanken seines Schildes vibrierten. Erst als die Vibration aufhörte, merkte Peter, dass seine Hände zitterten. Peter hatte schon einmal einen Kampf überlebt, aber er war nicht so erfahren.

Er holte tief Luft, um sich zu abzustützen. Solange er das tat, war er sicher, dass seine Arroganz ihn nicht in ein frühes Grab führen würde. Er sah, dass er die Formation unterbrochen hatte und wollte gerade zu ihr zurückkehren, als er den Kopf hob und sah, wie der große maskierte Mann auf ihn zusprang. Der Waise wich nach links aus und duckte sich, um dem Schwert auszuweichen, das auf seinen Kopf gerichtet war. Die Klinge schlug gegen seinen Kesselhelm. Einen Moment später hätte die Klinge seinen Hals durchtrennt und das wäre das Ende von Peter Longsword gewesen. Stattdessen kippte die Klinge des Feindes seinen Kesselhelm zur Seite und ließ seinen Kopf nackt. Peter fluchte leise, als er das Gleichgewicht verlor und auf seine Hände fiel. Er musste seine Lederschnüre zubinden. Peter hob den Kopf, richtete seinen Blick auf den Angreifer und bekam einen Stiefel auf sein Kinn.

Verdammte Scheiße.

Nicht schon wieder. Ein weiterer Tritt ins Gesicht.

Der Angriff ließ ihn einen Moment lang taumeln und verwirren, aber zum Glück kam er rechtzeitig wieder zu sich, um wie eine Katze zu rollen und zu springen. Er parierte einen weiteren Schlag gegen seinen Hals.

"Peter!" brüllte Adams Stimme von direkt hinter ihm.

Longsword war immer noch benommen von dem Schlag und verlor für einen Moment wieder das Gleichgewicht. Er fürchtete, er würde wieder fallen. Aber er benutzte seinen Schild, um sich abzustützen, während er sich hinkniete. Für einen Moment dachte er, er hätte sein Schwert verloren, aber er spürte die Schnüre, mit denen er den Griff um seine Hand gebunden hatte, für den Fall, dass jemand versuchte, es ihm während des Kampfes aus der Hand zu ziehen. Und er grinste.

Peter war glücklich. Der Schlag war zwar erschütternd, aber es war mehr oder weniger der Weckruf, den er brauchte. Das hatte er von Sir James gelernt.

Er richtete seinen Blick wieder auf den riesigen, großen Mann mit den schwarzen Haaren. Er sah einen Gegner, der größer als er war und eine dunkelrote Lederrüstung trug. Die Klinge des Mannes war lang, aber er hielt sie in einer Hand, als er sich näherte. Peter erkannte das als Zeichen dafür, dass er es mit einem erfahrenen Krieger zu tun hatte. Das lange Haar des Mannes war hinter ihm zu einem Pferdeschwanz gebunden, da er seinen Helm verloren hatte. Sein Haar war eine Mischung aus Schwarz und Weiß, und Peter fragte sich, wie sein Gesicht wohl hinter der Maske aussehen würde, die es bedeckte.

Es war eine furchteinflößende weiße Maske mit Rissen um die Augen herum und einem offenen Bereich für die Nase. Was war das Material? Ein Leder? Oder ein Stück Seide mit einem um den Hals gebundenen Streifen.

Trotz des Chaos, das sich um sie herum zusammenbraute, hatte der Krieger eine Ruhe in den Augen und sah Peter mit zur Seite geneigtem Kopf an, als er über einen seltenen Fund stolperte. Peter beobachtete die blauen Augen, die durch die Löcher in seiner Maske auf ihn herabblickten. Es war der Blick, den ein König einem Hofnarren zuwerfen würde. Peter hatte keinen Zweifel daran, dass der Mann sich über ihn lustig machen wollte. Der Mann blieb stehen und beäugte ihn neugierig, bevor er seine zweite Hand auf den Griff seines Schwertes legte und sich auf den Waisen stürzte. Ein anderer Angreifer versuchte, Peter anzugreifen, aber der maskierte Mann schob ihn zur Seite. Der Waise versuchte, sich zu konzentrieren, als er seinen Schild erhob, um den Schlag des Maskierten abzuwehren. Die schiere Kraft des Schlages ließ ihn zusammenzucken. Er sah, wie die Klinge des Gegners ein Stück von seinem Schild abschnitt und die Holzplanken durchdrang, aber nur wenige Zentimeter vor seinem linken Auge stehen blieb.

"Verdammte Scheiße", fluchte Peter, als er versuchte, etwas Abstand von dem Mann zu gewinnen. Im selben Moment griff der Krieger nach seinem Schild und riss ihn Peter mit solcher Kraft aus der Hand, dass er das Waisenkind fast mit sich riss. Um nicht von der Kraft des maskierten Mannes umgeworfen zu werden, ließ Peter den Schild los. Als er versuchte, sein Gleichgewicht wiederzufinden, bekam er einen Tritt in die Brust, der ihn nach Luft schnappen ließ, während er zu Boden stürzte. Der große Bastard fegte ihn weg wie Heu und Peter hörte ihn dabei ein wenig kichern.

Peter ächzte auf dem Rücken und zwang sein Gewicht nach oben, als er den Mann traf, der ihn aufmerksam mit zur Seite geneigtem Kopf anstarrte, Wut im Gesicht, und er hatte keinen Schild. Peter rollte sich nach links und versuchte aufzustehen, als er die Waffe des Angreifers auf den Boden hämmern hörte, auf dem er gerade noch stand. Er rollte sich erneut und sprang um einen toten Körper herum. Er packte einen anderen Angreifer an der Schulter und stieß ihn in Richtung des Kriegers, der hinter ihm her war. Nach einem Moment war er wieder auf den Beinen und bereit, sich seinem Verfolger zu stellen.

Der maskierte Mann näherte sich langsam und imposant und hielt sein massives Schwert in einer Hand, als wäre es ein einfaches Werkzeug. Peter nahm Haltung an; er war sich sicher, dass er in dem Moment parieren konnte, in dem der Mann seine Klinge zum Angriff schwang, so wie er es beim ersten Mal getan hatte, aber das passierte nicht. Der maskierte Mann bewegte sich fast blitzschnell und stieß seine Klinge tief in Peters rechte Schulter, während er den Griff seiner Klinge in einer Hand hielt. Peter war wie betäubt; er konnte nicht glauben, dass jemand eine so große Klinge so effizient mit einer Hand führen konnte. Der Waise schrie auf, als er den stechenden, fast betäubenden Schmerz des Durchstichs spürte, und seine Wut verzerrte sein Gesicht. Peter versuchte, seine Klinge zu richten, aber die Muskeln in seinen Armen gaben vor Schmerz nach und er fiel fast auf sein linkes Knie. Er keuchte und hatte Mühe, seine Klinge zu halten.

"Peter!" Er konnte Adam von irgendwoher schreien hören.

Der maskierte Mann beäugte ihn mit einem bösen Glitzern in den Augen, als er ihm sein Gesicht zuwandte.

"Also, Peter", flüsterte der feindliche Räuber in sein Ohr, "bist du bereit zu sterben?" Er konnte sich das Grinsen auf seinem Gesicht durch die Maske hindurch vorstellen. Das Waisenkind zitterte.

"Peter!" schrie Adam, als er ihm zu Hilfe eilte. Sein Freund schwang sein Schwert nach dem großen Krieger und der Angreifer zog seine Klinge grob aus Peters Schulter, als er sich zu Adams Angriff drehte. Der Schmerz, als ihm die Klinge aus der Schulter gezogen wurde, war genauso unerträglich wie der, als ihn die Spitze des Schwertes durchbohrte. Peter sackte zu Boden, als der Mann seine Aufmerksamkeit auf Adam richtete.

Das Klirren der Klingen und das Brüllen der Pfeile im Wind, die das Echo der Schreie der fallenden Männer unterbrachen, verstärkten Peters Schmerz. Er konnte sich kaum noch auf den Beinen halten, als er einen Blick darauf warf, wie der Angreifer und sein Freund sich mit ihren Schwertern aus den Reihen lösten. James und der Rest ihrer Männer hielten langsam ihre Formation aufrecht und wehrten methodisch alle Angriffe ab, die auf sie geworfen wurden. Ein Pfeil traf das Feld in der Nähe von Peters linkem Stiefel, und er zuckte mit den Beinen weg. Er verlor Blut und zögerte, wieder auf die Beine zu kommen, während er nach Luft rang.

"Adam..." Sein Freund war einem solch bedrohlichen Gegner nicht gewachsen, und wenn Peter nichts tun konnte, um ihm zu helfen, fürchtete er um ihn. Der Schmerz verwirrte ihn und trübte sein Urteilsvermögen. Peter wünschte sich nichts sehnlicher, als dazuliegen und einzuschlafen, das Bewusstsein zu verlieren und zu der Prinzessin in seinen Träumen zurückzukehren.

'Nein! Kämpfe weiter! Ich werde hier nicht sterben!' protestierte Peters sturer Geist, als er sich vorwärts drängte. Er kämpfte sich auf die Beine, umklammerte den blutgetränkten Griff seiner Klinge in der linken Hand und stürzte auf den maskierten Mann zu. Er war nah genug dran, um sich auf den Feind zu stürzen, aber nicht nur der Schmerz hinderte ihn daran, sondern der Mann hatte ihn auch kommen sehen. Peter umklammerte mit seiner schwächeren Hand den Griff seines Schwertes, um es fester zu halten, aber das war alles, was er schaffte, bevor ein Schmerzschock durch seinen Oberkörper schoss. Es fiel ihm so schwer, die Waffe über seine Knie zu heben. Der maskierte Mann kämpfte, als ob er Augen am Hinterkopf hätte. In einem Moment stand er Adam gegenüber, und im nächsten schwang seine Klinge von Adam zu Peter. Zum Glück war Peter außerhalb seiner Reichweite. Das Waisenkind wich nach links aus, während Adam mit einem weiten Schwung nach der Kehle des Mannes griff. Der maskierte Mann war ebenso wendig wie flink. Peter warf sich nach vorne. Sein Körper schmerzte wie die Hölle, aber er stieß sein Schwert vor und zielte auf den Oberschenkel des Kriegers.

Der Krieger mit dem Pferdeschwanz schrie auf und trat zurück, um Peter und sein Schwert zur Seite zu schieben. Der Schnitt war flacher als Peter gehofft hatte, aber er war trotzdem froh, die Rüstung des Mannes durchbohrt zu haben. Doch der große Mann nahm es nicht auf die leichte Schulter; er trat Dreck in Adams Gesicht, verlor aber das Gleichgewicht, als der Schmerz in seinem Oberschenkel stach, und fiel auf seinen Hintern.

Peter näherte sich dem gefallenen Räuber und blickte triumphierend in seine blauen Augen, während er mit letzter Kraft sein Schwert hoch genug hob, um einen tödlichen Schlag auszuführen. Doch als er es versuchte, blickten ihn seine blauen Augen mit einem starren Blick an, der Peter zögern und erschaudern ließ.

In seinem Moment der Schwäche dämmerte Peter die Moral. Wer war er, dass er das tun konnte? War er Gott? Nein, er war ein gewöhnlicher Mensch, und da er einen Toten nicht wieder zum Leben erwecken konnte, zögerte er kurz davor, das Leben eines Gegners zu nehmen, der sich seinem Blick nicht entzog. Der Blick des Mannes jagte Peter Schauer über den Rücken; in seinen Augen lag weder Reue noch Schuldgefühle für seine Sünden, nur Resignation, ein bewusstes Eingeständnis des Abgrunds, in den er ihn stürzen würde. Der Blick war das Eis selbst.

Peter ballte die Fäuste und wich zurück. Der Mann war ein so seltsames Wesen, das zu unvorstellbaren Schreckenstaten und zu den schönsten Gesten fähig war. Da stand Peter nun vor dem Mann, den er vor einem Moment noch unbedingt töten wollte, aber jetzt, wo sich ihm endlich die Gelegenheit bot, packte ihn eine unerschütterliche Unsicherheit im

Herzen. Er konnte fast lachen, und er war sich sicher, dass sein Gegner, der vor ihm lag, es auch tun würde.

Adam stand neben Peter.

"Töte ihn!", rief er.

Ein Horn hallte im Tal wider.

Die beiden blickten sich suchend um, um die Quelle zu finden.

Und dann sah der maskierte Krieger seine Chance. Ohne einen Moment zu zögern, trat er dem Waisenkind gegen das linke Bein, woraufhin Peter das Gleichgewicht verlor, rückwärts über einen toten Körper rutschte und fiel. Adam trat vor, um zu beenden, was Peter gezögert hatte.

Der maskierte Krieger wich Adams Waffe aus, zog eine versteckte kurze Klinge und schlitzte ihm den Oberschenkel auf.

"Adam!" rief Peter.

Der Räuber konzentrierte sich auf Adam, der vor dem Angriff des maskierten Mannes zurückwich. Mit einem kräftigen Tritt warf ihn der Räuber zu Boden und stieß ihm das Messer in den Hals. Er versetzte ihm einen so kräftigen Schlag, dass Peter hörte, wie die Klinge einen Knochen durchbohrte. Adams Genick brach und ließ seinen Kopf in einer ungünstigen Position liegen. Im Bruchteil einer Sekunde war Adam so regungslos wie ein morsches Brett, und Blut sickerte aus dem klaffenden Loch in seinem Hals. Peter fühlte sich wie in einem Traum, als er entsetzt zusah - ein furchtbarer Traum, aus dem er nicht erwachen konnte.

"Nein!" schrie Peter, als er mit der Klinge in der Hand auf den maskierten Mann zuging. Es kostete ihn all seine Kraft, zu stehen. Seine rechte Hand hing wie ein toter Ast, als würde sie abfallen, wenn er sie anspannen würde. Er sprang auf den Feind zu, aber es war viel zu spät.

Adam war tot. Der Räuber stellte dies sicher, indem er sein Schwert am Griff anhob und es in Adams Gesicht rammte. Der Waise spürte den Schmerz, als wäre es sein eigener, und tief in seiner Brust stach es, als hätte man ihm eine Nadel ins Herz gestochen. Er hörte das schrille Geräusch zerbrechender Knochen, als Adams Schädel wie eine Walnuss aufbrach und eine Mischung aus Schädelfragmenten, Blut und Gehirn ausspuckte.

"Nein!" Peters Nasenlöcher öffneten sich, als er das Blut roch, und der Hass brannte in seinem Kopf.

Der maskierte Mann stand ruhig vor Peter, seine kalten blauen Augen blickten auf Peters blutunterlaufenen Blick zurück, während er den Kopf zur Seite neigte. In seinem Handeln war keine Reue zu erkennen. Der Mann sah Peter nicht als Bedrohung an, aber er hatte die Absicht, den Waisenjungen ebenfalls niederzustrecken. Ohne mit der Wimper zu zucken, stürzte er sich auf den verletzten Peter.

Ihre Schwerter prallten aufeinander und der Aufprall ließ Peter erschüttern. Er war es nicht gewohnt, seine Klinge mit der linken Hand zu führen, aber er parierte den zweiten Angriff, der folgte, kurz bevor sein Gegner ihm ins Gesicht spuckte. Es war ekelhaft und Peter brauchte eine Sekunde, um sich mit seiner ohnehin schon schmutzigen Hand das Gesicht abzuwischen.

"Du hast deine Chance verpasst, Peter. Jetzt bin ich dran." Der maskierte Mann zwinkerte ihm zu, näherte sich seinem Ohr und flüsterte: "Der einzige Grund, warum ein Krieger am Leben ist, ist, um zu kämpfen. Und der einzige Grund, warum ein Krieger kämpft, ist, um zu gewinnen." Dann lachte er. "Du bist kein Krieger, sondern ein Bauer mit einem Holzstock!"

Peter versuchte, sich zu konzentrieren, aber auch das reichte nicht aus, um seine Wut zu verbergen. Seine Augen tränten, aber nicht wegen des Schmutzes in ihnen. Er war verzweifelt über das schreckliche Schicksal, das Adam ereilt hatte. Wütend wich der Waisenjunge zurück und holte zum Gegenschlag aus, wobei er auf den Kopf des Angreifers zielte. Der maskierte Mann grinste und parierte den Angriff einfach, als wäre Peter ein Kind. In diesem Moment merkte Peter, dass der Schmerz in seinem

Oberschenkel ihm zu schaffen machte. Der Feind versuchte plötzlich, sich zu bewegen. Peter hatte einen schrecklichen Schlag erlitten und viel Blut verloren. Es war kein Wunder, sondern die schiere Kraft seines Willens, die ihn auf den Beinen hielt.

Seine Sicht wurde schwächer, als er ein letztes Mal nach dem gesichtslosen Angreifer schlug, aber der Feind holte mit einem wütenden Schlag aus. Peter hob seine zitternde Hand und hielt seine Waffe, um den Angreifer zu parieren. Der Schlag war so stark, dass er Peters Schwert zerbrach.

Das zersplitternde Metall flog davon, und das Adrenalin im Blut des Waisen ließ ihn den Schmerz in seiner Schulter vergessen und seine Finger zitterten um den Griff seines nun zerbrochenen Schwertes.

Dreimal ertönte das Horn.

Der große Mann setzte sich über das Waisenkind, packte sein rabenschwarzes Haar und verdrehte ihm den Hals. Peter sah, wie sein Gegner unter der Maske grinste und dem Waisenkind zuzwinkerte.

Peter hatte keine Kraft mehr, sich zu wehren. Er war bereits blass und schlaff vor Schmerzen und Blutverlust. So furchtbar es auch war, er hatte sich bereits mit einem grausamen Tod abgefunden. Alles sah für ihn verschwommen aus. Er glaubte, einen riesigen Schatten einer Krähe zu sehen, der über den Nebel flog und die aufgehende Sonne verdeckte.

Ein Pfeil flog nahe an seinen Kopf heran. Er hörte ihn im Wind aufheulen, als er an seinem Ohr vorbei flog und die Maske des Mannes streifte.

"Wir sehen uns wieder, du rabenschwarzes Stück Scheiße!" Der Mann warf Peter beiseite, als wäre er Heu; er stieß ein verächtliches Grunzen aus und trat ihm hart in die Rippen, bevor er sich umdrehte und floh.

‚Das werden wir...‘, dachte Peter, aber seine Kehle fühlte sich an, als hätte sie jemand angezündet und er konnte nicht schreien. Peter konnte nur starren, als er sah, wie der Mann in dem Chaos verschwand.

Der Waisenjunge setzte seine ganze Kraft ein und schleppte sich zum Körper seines Freundes, wobei er Blut hustete, als er versuchte, Druck auf die Wunde auszuüben.

Er blieb in der Nähe von Adams Körper stehen und Tränen stiegen ihm in die Augen.

"Adam..." Peter schrie auf. Er konnte kaum die Kraft aufbringen, seine Stimme zu erheben.

Sie waren dabei, ihr Gefecht zu gewinnen, und die feindlichen Truppen zogen sich zurück. Wäre er in der Formation geblieben, hätte es keinen unnötigen Tod geben müssen. Adam brauchte nicht zu sterben, und es war seine Schuld. Er hatte gezögert, als er diese Bestie von einem Mann hätte erlegen sollen, aber sein Schuldgefühl hatte ihn zögern lassen, und jetzt hatte er den Preis dafür bezahlt. Adam war tot.

"Verdammte Scheiße." Peter hörte Owens Stimme leise, als der Bogenschütze sich neben ihn kniete.

"Das Gold ist weg!", rief jemand.

Die Räuber hatten nicht die Absicht, die Kreuzfahrer zu töten. Ihr Ziel war es die ganze Zeit, das Gold zu bekommen. Peters Ohr klingelte, und er verlor sich in sinnloser Wut und Reue. Er drehte sich um und brüllte seinen ganzen Hass heraus, wütend auf die Morgensonne, die auf ihr blutgetränktes Lager herabblickte.

„Nein!", murmelte er unter Schmerzen und Tränen vor sich hin. Er war zu betäubt, um zu merken, dass Owen sich bereits um seine Wunden kümmerte. Der Schmerz, den er spürte, war nur ein Kribbeln in seinen Schultern, verglichen mit dem Kummer in seinem Herzen. Warum er? Warum musste Adam für meinen Fehler sterben? Er grübelte, aber er kannte die Antwort bereits, und es machte ihn sehr traurig zu glauben, dass er daran schuld war.

"Jemand hat unsere Pferde losgelassen!" rief ein anderer Mann. So konnten sie die Angreifer nicht verfolgen.

Peters Kopf pochte, als er langsam das Bewusstsein verlor. "Bleib bei mir", murmelte Owen, als er seinen Kopf auf den Boden fallen ließ und sich ausruhen konnte. Tränen glitten über seine blassen Wangen und fielen auf den blutigen Sand.

"Longsword! Bastard! Warum hast du die Schildmauer verlassen?" James trat an ihn heran, als er den schottischen Ritter von Kopf bis Fuß in Blut getränkt vorfand.

Das Waisenkind war zu schwach, um einen Protest zu murmeln oder die Worte zu hören, die folgten. Alles, was er hörte, war das Klingeln in seinen Ohren, während er abwesend ins Leere starrte, und dann sah er nichts als Dunkelheit, denn er hatte wieder einen Stiefel ins Gesicht bekommen.

Zweites Kapitel

Peter öffnete seine Augen.

Er stöhnte wach und zuckte vor Schmerzen. Peter schloss wieder seine Augen und träumte von Lady Isabella und ihrem Lächeln. Der süße Duft ihres Haares erfüllte seine Nase, obwohl sie nicht da war. Die Frau, die sein Herz gestohlen hatte. Peter nahm einen tiefen Atemzug. Der Schmerz in seiner Schulter erinnerte ihn an den Stich, den er von dem maskierten Angreifer bekommen hatte.

"Verdammter Mistkerl", fluchte er. "Wo zum Teufel bin ich?"

"Bleibt ruhig liegen, Hoheit", rief Owen ihm zu, als er an dem Wagen vorbeiritt, in dem er lag. "Du musst dich ausruhen."

Peter versuchte, sich auf einen Ellbogen zu stellen, um den Weg zu sehen. Der hölzerne Karren rüttelte und weckte mehr von seinem Schmerz, als sie weiterfuhren. Er hatte keine Ahnung, wohin sie fuhren. Peter berührte seine Nase und stellte fest, dass sie gebrochen war. Er konnte sich aber nicht daran erinnern, ins Gesicht geschlagen worden zu sein.

"Ich bin nicht müde, du hässlicher Waliser." Er grummelte bitterlich vor sich hin, aber der Schmerz, der seinen Oberkörper durchzog, war unerträglich, und er sackte auf den Rücken. Er starrte in den klaren Himmel und spürte jeden Stein, über den sie ritten, als würde er über die Straße geschleift werden. Der Geruch des Ochsen war so unvergesslich wie der Gestank seiner Scheiße.

"Träumst du immer noch von ihr?" fragte Owen.

Peter hat nicht geantwortet.

"Du hast ein paar Mal ihren Namen gesagt."

Das Waisenkind öffnete den Mund, um etwas zu sagen, aber seine trockenen Lippen brachten keinen Ton hervor.

"Sie ist nicht von deinem Stand, Hoheit. Außerdem weißt du, dass sie bald heiraten wird?" sagte Owen.

Peters Herz schlug schneller, als er sich den Moment vorstellte, als sie sich zum ersten Mal küssten. Sie dankte ihm für seine Tapferkeit, und danach verlor er den Verstand für sie. Er schüttelte den Kopf, während eine Träne über seine Wange glitt. Würde er sie wiedersehen?

"Du musst heilen. Du darfst nicht zulassen, dass sie dich so sieht", sagte Owen und las seine Gedanken.

"Wohin gehen wir?" fragte Peter. "Wo sind die anderen?"

"Du brauchst einen Arzt. Südlich der Festung Atlit gibt es ein Lager. Dorthin gehen wir."

"Nur wir beide?"

"Ja... Roter Hering war eine Nervensäge, nachdem du so eine Nummer abgezogen hast. Trotzdem konnte er dich nicht unter seiner Aufsicht sterben lassen und schickte mich, um dich zu begleiten, Hoheit."

Das Waisenkind versuchte zu lächeln, aber der Schmerz ließ sein Gesicht verzerren.

"Herring und die anderen sind nach Akkon aufgebrochen", sagte Owen.

Peter erinnerte sich schließlich daran, wie seine Nase gebrochen worden war. Roter Hering war sein Freund, aber jetzt schämte er sich, dass er seinen Kapitän im Stich gelassen hatte. Er fuhr mit seiner guten Hand von seiner Nase zu seiner Seite und stöhnte. Dort hatte ihn der maskierte Mann getreten und er konnte den Schmerz in seiner Brust spüren.

"Was zum Teufel soll ein Arzt dort tun? Woher wusste Herring, wo der Arzt ist?"

"Hüte deine Zunge. Herring hatte Spione in der Gegend, wie du weißt, Eure Hoheit", spuckte Owen. "Wenn wir nicht schnell einen finden, bist du bald nur noch Totholz."

"Also, ich brauche einen guten, ja?"

"Ja, du brauchst einen verdammt guten", sagte Owen. "Du solltest dankbar sein, dass du noch am Leben bist."

Peter legte seinen Kopf zur Seite, während Tränen in seinen Augen aufstiegen und wieder über seine Wange glitten. Es waren weder die Schmerzen in seiner Seite noch die Schmerzen in seinen Schultern, die ihn zu Tränen rührten. Nein, es waren Tränen der Schuld für Adam. Er war schuld am Tod seines Freundes. Wäre Adam noch am Leben, wenn er nicht so leichtsinnig gewesen wäre? Sein Freund hatte versucht, sein elendes Leben zu retten, aber was hatte er sich dabei gedacht? Er hätte in der Schildmauer sein müssen. Sie hätten beide in der Schildmauer bleiben sollen. Er schloss die Augen und versuchte sich vorzustellen, welches Gesicht Adam gemacht hätte, wenn er dort gewesen wäre, um ihn zu Fall zu bringen. Wäre es mitfühlend oder angewidert von seiner Unfähigkeit gewesen?

"Ich habe Adam enttäuscht..." murmelte Peter.

"Warum hast du die Schildmauer verlassen?" fragte Owen. "Das war falsch!"

"Ich... Ich weiß es nicht. Ich wollte beweisen...", seine trockenen Lippen blieben stehen.

"Was? Dass du fähiger bist als der Rest von uns?"

Peter schloss die Augen, als ihm der Kampf wieder durch den Kopf ging.

"Ich habe meiner Wut nachgegeben... wegen all dem, was mir in letzter Zeit passiert ist. Früher war ich allein auf der Straße."

"Du bist nicht mehr auf der Straße, Peter!"

"Ich bin nicht würdig. Ich habe Adam und den Rest der Gruppe enttäuscht", sagte das Waisenkind erneut.

"Wir sind Bauern, Peter, in einem größeren Spiel, und unser Hauptziel ist es, zu überleben. Vergiss das nicht! Und wenn wir überleben wollen, müssen wir zusammenhalten! Wir sind Schwertbrüder, keine kopflosen Hühner!"

Peter seufzte schwer.

"Ich will nach Hause, Eure Hoheit", sagte Owen, "lebendig... du weißt schon. Verstehst du?"

Das Waisenkind sagte eine Zeit lang kein Wort und es entstand eine unangenehme Stille.

"Was ist mit seinem Körper passiert?", fragte er und eine Träne glitt über seine trockene Wange.

"Zur Ruhe gebettet neben unseren anderen gefallenen Schwertbrüdern", sagte Owen. "Wir sind fast am Ziel."

Wir haben das Gold bei einem Angriff verloren. Nein, die Banditen haben es gestohlen. Peter zog eine Grimasse. Wenn er an die Ereignisse dieses Morgens dachte, kochte sein Herz vor Wut. Ein herzloser Räuber hatte Adam, das vielversprechende junge Mitglied von Eduards Gefolge, erschlagen. Peter knirschte mit den Zähnen, als er schwor, seinen Freund zu rächen. Konnte er das?

Owen hatte ein Tuch über Peters Wunde gewickelt, das es Peter erschwerte, sich zu bewegen, und in dem er sich sehr unbequem ausruhen konnte.

"Maskenmann ... Adam", murmelte Peter vor sich hin. Sein Zustand verschlechterte sich zusehends und bald hatte er paranoide Wahnvorstellungen. Die Geräusche des Pferdes, das seinen Karren zog, und das Knacken der hölzernen Wagenräder erfüllten ihn mit Schrecken.

"Wie bei unserer ersten Mission, weißt du noch?" Owen grinste kurz, aber dahinter sah sein Gesicht aus, als hätte er Angst, dass Peter das nächste Mal, wenn er einschlief, nicht mehr aufwachen würde.

"Was?" Peter stöhnte müde.

"Als wir als Mönche verkleidet nach Jerusalem zogen und mit Leichen reisten, erinnerst du dich?"

Peter schloss die Augen. Wie konnte er das nur vergessen? Vor einem Monat war er noch ein Niemand. Peter war vor kurzem in den königlichen Haushalt von Lady Eleonore eingetreten - einer spanischen Prinzessin, der Frau des englischen Kronprinzen Eduard. Er war ein Waisenkind, das in den Straßen von Akkon aufgewachsen war, ein Bastard mit einem bisher miserablen Leben. Ein Novize in seinem Beruf, den er dank Bruder John, dem alten Mönch, der sich um ihn gekümmert hatte, als er ein Kind war, erhalten hatte.

An seinem ersten Tag im Dienst wurde ein Attentat auf Lord Eduard verübt. Durch Glück, nicht durch Können, hatte er ihn gerettet, und dann überschlugen sich die Ereignisse. Sie mussten Akkon auf der Suche nach einem Arzt verlassen, und da verließ er die Stadt zum ersten Mal. Er sah eine ganz neue Welt; es war, als wäre er gerade erst geboren worden. Die Welt war ganz anders, als er sie sich vorgestellt hatte. Sie war schön und dunkel, groß und erschreckend. Sie war wundervoll, aber auch beängstigend, so wie er sie sich vorgestellt hatte - ein unvollkommenes Durcheinander aus allem, was rein und böse ist. Jetzt fühlte er sich, als wäre er bereits ein Leichnam geworden. Als er an die Tür des Todes klopfte, verzog sich sein Gesicht zu einem Lächeln. Wie ironisch... er hoffte, dass er die Sonne wiedersehen würde, um ihre Wärme auf seinem kalten Gesicht zu spüren.

Dieser Gedanke gefiel ihm.

"Eure Hoheit, es wäre gut, im Moment weit weg von der Stadt zu sein, weißt du."

Peter spitzte seine Ohren, um die Worte seines Freundes zu hören. Alles kam ihm vor, als ob seine Ohren gedämpft wären.

"Unsere letzte Mission ist nicht gut ausgegangen. Außerdem muss die Nachricht, dass du ein Blutsbruder des verdammten Sultans bist, schon bis nach Akkon gedrungen sein. Was denkst du, was passieren wird, Peter?" Owen neigte den Kopf zu ihm. Er wollte wissen, dass er nicht mit sich selbst sprach. "Manche Leute mögen diese Tatsache nicht. Für den Moment ist es besser, vom Hof weg zu sein."

"Häh?", stöhnte das Waisenkind. Er wollte protestieren, aber was sollte er tun? Er hatte wieder Glück und rettete Sultan Baibars das Leben. Deshalb machte ihn der Mamlukenherrscher zu seinem Blutsbruder. Trotzdem wollte er nach Akkon zurückkehren und seine geliebte Isabella wiedersehen. Die Frau hatte ihm das Herz gestohlen, und die Trennung von ihr tat ihm fast so weh wie ein Schwert, das durch seine Schulter getrieben wurde.

"Ich habe die Wunde so gut es ging versorgt. Aber du klopfst schon fast an die Tür des heiligen Petrus. Wenn du den Arzt nicht bald erreichst, um deine Wunde zu heilen, kannst du ihm einen Gruß von mir ausrichten", sagte Owen.

Peter zwang sich zu einem Lächeln. Der walisische Bogenschütze sagte wie immer die Wahrheit. Aber seine Gedanken kehrten zu den Ereignissen des letzten Monats zurück. Peter hatte Lord Eduard und Sultan Baibars das Leben gerettet. Mit ihren vereinten Kräften und unterstützt durch seine Hauptrolle gewannen sie die zweite Schlacht von Ayn Jalut. Sie besiegten die Abtrünnigen, die den Herrscherwechsel in diesen Ländern planten.

Doch einigen Leuten gefiel das nicht. Sie hatten an diesem Tag viele Gefangene gemacht und sie gruppenweise gegen Gold an den Sultan übergeben. Es war keine Überraschung, dass viele sich an ihnen rächen wollten. Dann dachte er wieder an den maskierten Mann. War er jemand, den sie gekannt oder dem sie Unrecht getan hatten? Hielt er sein Handeln für gerechtfertigt? Nein, Peter erinnerte sich an den Blick in den Augen des Räubers. Es war kein Hass darin zu sehen. Stattdessen prägte sich sein Blick in Peters Seele ein. Es gab keinen Grund für sein Handeln. Er kämpfte nur, weil er sah, dass er es konnte und spürte, dass sie unter seiner Würde waren. Peter konnte einem solchen Menschen niemals verzeihen.

Was auch immer das Motiv war, es verwirrte Peter, dass es jemand wagen würde, sie zu bestehlen. Von Lord Eduard, dem englischen Kronprinzen von England.

"Wir müssen sie finden..." sagte Peter. "Ich will diesen Bastard finden."

"Wer?" Owen erhob seine Stimme. "Die Piraten?"

"Die Bastarde... die Räuber, die uns angegriffen haben, der maskierte Mann... der, der Adam getötet hat."

"Wir waren in der Nähe der Via Maris", meinte Owen die Straße am Meer. "Sie kamen ohne Pferde durch den Morgennebel und verschwanden schnell. Einige unserer Männer verfolgten sie und sahen von der Anhöhe aus ein Schiff und drei Boote, die darauf zueilten. Die Boote hatten keine Farben, also mussten es Piraten sein."

"Es sah gut geplant aus. Die Hauptgruppe griff unsere Reihen an, während eine andere, vielleicht eine kleinere Gruppe, die Holztruhe mit dem Gold stahl und in See stach. Sie wollten uns von Anfang an hinhalten, und wir haben ihnen direkt in die Hände gespielt."

"Aber woher wussten sie es?" fragte Peter niemanden bestimmtes. Das Gespräch mit seinem Freund schien ihn ein wenig von den Schmerzen abzulenken.

"Das ist eine gute Frage, verdammt noch mal." Owen verfluchte es. "*Seewölfe...*"

"*Seewölfe*?"

"Mein alter Herr nannte sie die furchtlosen Piraten, die vom Nordmeer kamen und unsere Küsten plünderten, lange bevor ich geboren wurde. Sie sind eine skrupellose Bande von Halsabschneidern", schimpfte Owen. "Aber die eigentliche Frage ist: Wer könnte sie geschickt haben? Von alleine hätten sie nie von unseren Plänen erfahren können."

Ja, wer eigentlich? Peter dachte einen Moment lang nach.

"Mit dem Geld aus dem Gefangenenaustausch würde Lord Eduard seine Schulden bezahlen und unsere Rückkehr nach Hause organisieren." Owen holte tief Luft. "England... wir könnten nach Hause segeln, aber jetzt sitzen wir auf diesem verlassenen Stück Land fest!"

Heimat? Peter kannte nur die Straßen von Akkon und das Kloster, in dem er aufgewachsen war, während Owen und der Rest der Kreuzfahrer ein Jahr zuvor mit Lord Eduard angekommen waren. Ihre Definitionen des Wortes "Heimat" waren sehr unterschiedlich.

"Ich frage mich: Wird sie auf mich warten?" Owen runzelte die Stirn. "Meine Frau?"

"Ich wette, sie ist mit einem anderen hässlichen Bogenschützen in den Wald abgehauen, sobald du England verlassen hast." Peter grinste in einen Hustenanfall hinein, da sich sein Hals wund anfühlte.

"Ich musste Wales verlassen, Eure Hoheit... Aber du willst dich nicht mit einem lockigen Waliser und seiner Familie anlegen", sagte Owen.

Etwa eine Minute später flog eine Möwe über seinen Kopf. Erst ihre schrille Stimme durchbrach die Stille, von der keiner der beiden wusste, dass sie über ihnen lag. Peter spürte, wie der Wagen kippte, und einen Abhang hinunter rannte. Owen war ihnen vorausgefahren, denn sie fuhren einen Hügel hinunter, und Peter wurde einen Zentimeter in die Luft geschleudert. Der Ruck rüttelte ihn so sehr, dass er eine Magenverstimmung bekam und sich fast übergeben musste. Ihm war klar, dass sich die Fahrt nur deshalb so hart anfühlte, weil er ohnehin schon Schmerzen hatte, aber Peter konnte nicht leugnen, dass die Fahrt den Abhang hinunter der schlimmste Teil der ganzen Reise war. Er hatte einen bitteren Geschmack im Mund, als er in der Ferne das sanfte Rauschen der Wellen am Ufer hörte. Peter war sich sicher, dass es das unverwechselbare Geräusch der Wellen war.

Bald hielten sie an. Er versuchte, das Brett des Wagens zu erreichen, um sich abzustützen und selbst zu sehen, wohin sie fuhren, aber er rutschte ab und fiel auf seine verletzte Schulter zurück. Peter atmete tief ein, um keinen Schrei auszustoßen. Seine Arme zitterten vor Schreck, während er selbstvergessen ins Leere starrte.

Die Sonne, die über ihm stand, drohte seine Augen zu verbrennen, wenn er sie nicht mit seiner guten Hand abgeschirmt hätte. Peter versuchte, seinen Hals zu strecken und sich wieder zu bewegen, aber es war viel zu schmerzhaft.

Er brüllte wie ein Esel. Ein Esel mit einer Klinge im Hintern. Er kreischte, als Owen auf ihn zukam und ihm das Hemd vom Rücken riss.

Der Waliser knurrte, als er den Rest des Stoffes zerriss und starrte auf seine Schulter. Peter schrie auf. Owen war alles andere als sanft und behandelte Peter, als wäre er eine Vogelscheuche. Es war eine ärgerliche Erfahrung.

"Du schreist wie ein Schwein, das für die Falle der Wölfe angebunden wurde. Keine Sorge, ich würde dich nicht von den Raubtieren fressen lassen", sagte er. "Allein der Geruch des Blutes lockt sie an."

"Keines deiner Worte ergibt einen Sinn..." sagte Peter und blickte in das Gesicht seines Freundes. Owen betrachtete stirnrunzelnd seine Wunde und schüttelte den Kopf. Das zu sehen, beunruhigte Peter.

"Ist es schlimm?" fragte Peter.

"Gibt es so etwas wie eine gute Wunde?"

"Sag du es mir..."

"Weißt du, mein alter Herr hat immer gesagt: 'Eine Wunde, die dich an deine Dummheit erinnert, ist nie schlecht'", sagte Owen lächelnd, während er seine Handfläche auf Peters Schläfe legte. "Halt durch, kleiner Kerl, bleib am Leben und ich gebe dir ein Rätsel auf.

Peter blinzelte. "Was für eine seltsame Ermutigung", dachte er.

"Ja, ich kenne ein paar..."

"Sag mir jetzt eins... für den Fall, dass ich eher früher als später wie eine Leiche furze."

"Eure Hoheit, du bist stark wie eine Eiche, aber ich denke, ich werde dir ein erstes aufgeben." sagte Owen. "*Was fliegt ohne Fleisch*?"

Peter versuchte, seinen ausgetrockneten Mund zu öffnen, aber es kam keine Antwort. Ihm fiel nichts ein.

"Ich lasse dich nachdenken und will morgen eine Antwort, Peter", sagte Owen, während er seinen Nacken reckte. "Ah, wir sind fast da."

Eine weitere Möwe flog über seinen Kopf.

Peter hoffte, noch einmal die Wellen des Meeres zu erleben. Er liebte den Geruch von Salz in der Luft.

Und er vermisste ihr einsames Lied, das ihn an die Momente erinnerte, in denen er zum Hafen gelaufen war und den Schiffen beim Auslaufen zugesehen hatte.

"Warum versuchst du nicht, mich aus dem Kampf herauszuzwinkern?"

Owen schaute seinen Freund an, aber Peter war so in Gedanken versunken, dass er vor sich hinmurmelte. Kurz darauf versuchte er, seine Augen zu schließen und wurde stattdessen langsam ohnmächtig.

***

Peter öffnete seine Augen. Wo war er?

Er wanderte verloren in einer kargen und doch fruchtbaren Ebene zwischen Feldern.

Als hätte es jemand aus seinem Gedächtnis gerupft, war es nichts weiter als ein Hirngespinst. Sie war weder vertraut noch existierte sie. Es war nur ein Traum des Unbekannten, und er hieß ihn willkommen. Der Himmel war klar, doch er hatte keine Farbe. Oder die Farbe der vagen Natur war zu schön, als dass sich der Waise daran erinnern konnte, oder zu schlicht, um sie zu erkennen. Das Land war weit und frei und doch klein, weil es durch seine Vision begrenzt war. Er war da, und doch beobachtete er es aus der Ferne, wie in jedem Traum war er klar, und doch war die Kontrolle nicht seine eigene. Hier gab es keinen Schmerz und auch nicht die Erinnerung an Schmerz. Peter fühlte sich ganz, ohne einen Kratzer, und er sah trotzdem verloren aus.

Es gab einen Hügel. Einer von vielen, aber dieser Hügel war aus einem Grund anders. Anders als die anderen rief er nach ihm. Er zwang sein Wesen, sich ihm zu nähern, und das tat er auch. Ein Lied flüsterte in seine Ohren...

"Peter... Peter... folge dem Wind..." und das tat er. Auf der Spitze des Hügels standen ein Felsen und mehrere Ruinen aus roten Ziegeln. Sie schienen in ihrer Blütezeit alte römische Gebäude gewesen zu sein, aber jetzt waren sie Skelette und flaches Gras. Er kletterte durch einen schmalen Durchgang, wo er auf einige Steinstufen traf, die ihn auf den Gipfel führten. Ehrfürchtig schaute er sich in den Ruinen um.

Peter konnte alles sehen.

Die Dunkelheit verbarg sich hinter den Wolken, in denen die Sterne verstreut waren und auf dem fernen Land wüteten Feuer. Er fühlte sich allwissend, und doch wusste er nicht, wo er war. Alles, was er sah, war nichts, als ob Wolken alles einhüllten. Er konnte keinen der vertrauten Orte vor ihm erkennen. Die Realität des Traums war verzerrt und verwirrend. Es war schwierig für Peter, sich einen Reim darauf zu machen. Wo war er? Er war sich nicht mehr sicher. Alles und jeder Ort war neu für ihn, und doch wirkten sie auf ihn, als hätte er sie schon immer gekannt. Auf der rechten Seite sah er eine Bucht, in der sich bewaffnete Männer gegenseitig bekämpften. Auf der linken Seite sah er eine große gepflasterte Straße, die ihn hinunter zu einem anderen Ort führte, der vor einer Sekunde noch nicht da gewesen war. Er sah architektonische Wunderwerke und er sah Lichter, die so hell waren, dass es wehtat, sie anzusehen. Plötzlich war es dunkel. Mitten in der Nacht. Die Zeit schien sich nicht mehr so zu bewegen wie früher. Er schaute in den Himmel, und seine Ehrfurcht verwandelte sich in Angst. Ein grauer Nebel umhüllte und vermischte sich mit den Sternen. Die Nacht vor ihm war unheilvoll. Nein, er kannte diesen Ort nicht.

Er hörte etwas hinter sich. Es begann mit einem leisen Knurren, aber bald wurde es laut und bedrohlich. Peter hielt den Atem an.

Alles wurde still. Es gab keinen Wind, keine Vögel, keine Gedanken - nichts außer dem Knurren. Peter wandte seinen Blick schnell um, begierig darauf, der Quelle des schrecklichen Geräuschs zu begegnen, aber es zwang ihn zu warten. Es spielte keine Rolle, wie schnell er sich bewegte; er sah alles langsam. Als er sich umdrehte, kam ihm eine riesige dunkle Gestalt entgegen, die von oben auf ihn herabstarrte. Sie überragte ihn um mehrere Meter und ihre Augen schienen trotz der Dunkelheit, die ihr Wesen ausmachte, zu leuchten. Als die unbekannte Gestalt auf Peter zukam, fühlte er sich seltsam. Die Kreatur vor ihm war alptraumhaft, doch er schien sie nicht zu fürchten. Er konnte keine Angst empfinden.

Und warum?

Die Bestie fletschte knurrend die Zähne und trat einen Schritt vor, um besser sehen zu können. Langsam tauchte es aus der Dunkelheit in das Licht des Mondes, der alles erhellte. Die bedrohliche Bestie war ein Wolf. Ein riesiger Wolf mit scharlachroten Augen, die mit der Intensität eines Lauffeuers glühten. Peter konnte die furchterregenden Eckzähne sehen, die die Innenseite seiner Schnauze säumten, als er ihm die Reißzähne fletschte. Sein Fell war so schwarz wie die Nacht und glitzerte im Mondlicht, das zwischen den Wolken über ihnen hervorlächelte. Der Wolf war zweifellos ein Monster im wahrsten Sinne des Wortes, aber er war ebenso prächtig wie bedrohlich.

Der Wolf starrte Peter an. Er zuckte nicht zurück, und der Wolf näherte sich ihm nicht weiter als ohnehin schon. Die beiden bewegten sich nicht, sie waren in einem unangekündigten Wettstarren gefangen. Das Waisenkind war sprachlos. Er hatte keine Angst, sondern nur noch eine wachsende Neugierde. Wo war er? Was rief ihn auf den Gipfel des Hügels? Warum stand diese Bestie vor ihm? Was wollte die Bestie?

Peter war schon einmal einem Wolf begegnet. Ein Bauer hatte ihn getötet, weil er seinen Hof terrorisiert hatte, und seine Leiche zurück in sein Dorf geschleppt. Auch wenn es nur ein kurzer Moment war, konnte sich Peter daran erinnern, dass der Wolf vor ihm viel größer war als alle anderen Wölfe. Er war einen Kopf größer als das Waisenkind. Die Augen des Tieres waren lebendig und voller Flammen, eine Mischung aus scharlachroten und gelben Farben.

Er konnte sehen, wie der Atem des Wolfes aus seinen Nasenlöchern quoll, als würde er gleich Feuer spucken. Die Wärme seines Atems kontrastierte mit der kalten Nachtluft. Peter war ahnungslos. Es war so kalt wie in jeder anderen Nacht, aber das Waisenkind spürte es nicht.

Der Wolf öffnete sein Maul und anstatt zu bellen oder zu beißen, sprach er.

"Peter Longsword", rief die Bestie mit donnernder Stimme. "Du bist der Nächste."

"Der Nächste?"

Der Wolf trat einen Schritt vor. Seine Schnauze berührte fast Peters Nase, als wolle er ihn angreifen. Von seinem Fell bis hin zu seinem Atem stank er nach Blut und Tod. Sein Maul und die rasiermesserscharfen Zähne darin versprachen nichts anderes als Ströme von Blut, den Schmerz von zerfetztem Fleisch und einen qualvollen Tod.

"Du bist der Nächste." sagte der schwarze Wolf erneut.

Ein Schatten näherte sich hinter der Bestie.

Ein überwältigendes Gefühl der Angst erfüllte Peters Körper und ließ ihn vor dem Wolf auf die Knie sinken. Er fühlte sich von der Hitze in seinem Gesicht erdrückt.

Peter blickte in die Richtung des Schattens, der sich zu ihnen gesellt hatte. Der riesige Wolf hatte jetzt ein regelrechtes Feuerauge, das dort loderte, wo eigentlich seine Augen sein sollten. Nicht nur aus den Augen, sondern aus all seinen Körperöffnungen.

Einen Schritt hinter dem Wolf war ein kleiner Schatten. Der schwarze Wolf stand daneben. Er war so nah, dass Peter seine Gesichtszüge erkennen konnte. Es schien eine ältere Frau zu sein, die den Rücken gebeugt hatte und in ein so schwarzes Gewand gehüllt war, dass sie selbst im Licht der brennenden Fackel, die sie in den Händen hielt, eher wie ein Schatten als ein Mensch aussah. Sie hatte nichts Vertrautes an sich.

"Longsword?", rief die alte, gebeugte Frau leise. Ihre Stimme war ein deutlicher Kontrast zu der des Wolfes, der vor ihr sprach.

Peter nickte und starrte sie an.

Die Frau machte ein paar Schritte nach vorne, während der Wolf ihr folgte, als wäre er eine Art Wächter.

Peter warf einen Blick auf ihr Gesicht. Er konnte ihre Augen nicht sehen, denn sie hatte ein rotes Tuch über den Augen. Ihre Haut sah aus wie die alte Rinde eines Baumes. Sie streckte ihm ihre Hand entgegen. Da war eine alte Narbe von der Verbrennung, aber je näher er sie betrachtete, desto mehr erkannte er, dass sie wie eine Inschrift aussah.

"*Fata volentem ducunt, nolentem trahunt*", einen Moment lang dachte Peter ungläubig, dass dies nur eine Illusion war, so undurchsichtig wie diese falsche Realität, die er schon gesehen hatte. Die Inschriften auf der Haut der Frau waren am verwirrendsten. Er konnte die Spuren auf ihrer Haut sehen, die von der Handfläche bis zum Ellbogen reichten. Dieselbe Hand, die sie ihm entgegengestreckt hatte und deren Handfläche zum Himmel zeigte.

Ihre rechte Hand.

Mit ihrer linken Hand umklammerte sie die fast schon betörende Fackel, die sie mitgebracht hatte.

Für einen Moment formte sie eine Faust und zeigte auf den Schmutz.

Peter folgte ihrer Aufmerksamkeit, als wäre er ein verlorenes Lamm, das zu einem Hirten läuft. Sie sagte kein Wort, aber er wusste, dass sie ihm etwas zeigen wollte, und er gehorchte.

Plötzlich lag dort ein Holzbecher, neben dem sechs Gegenstände lagen.

Ohne Vorwarnung braute sich ein Sturm zusammen, aber es war kein Regen oder Hagel, sondern ein Sturm aus roten Flammen. Der Feuersturm ließ den gesamten Nachthimmel erleuchten, während die tanzenden Flammen in ihm die Schatten der Objekte, die vor Peter lagen, bewegten, als wären sie tanzende Vögel weit weg am verblassenden Horizont.

Es war leicht, sie zu beobachten.

Vor sich sah Peter einen Würfel, vielleicht aus einem Stoßzahn, wie er annahm, mit der Zahl sechs oben drauf. Ein Stück einer kleinen Holzkiste, einen Wolfszahn, eine Schriftrolle und etwas, das wie eine Speerspitze aussah. Sie war ellenbogenlang, hatte keinen Schaft und sah uralt aus. Die Jahre der Vernachlässigung hatten sie rostig gemacht.

Und einen Ring, wie seinen eigenen. Ein schwarzer Rabe landete in seiner Nähe und starrte Peter an.

Was hat das zu bedeuten?

Er richtete seinen Blick wieder auf die alte Dame, die sich ihm dabei erneut näherte.

Im Licht des Sturms konnte er sie klar und deutlich sehen. Ihr Gesicht war unmenschlich blass. Peter untersuchte sie, während sein Herz immer schneller schlug. Der Wind hatte ihr das rote Halstuch aus dem Gesicht gerissen und sie hatte keine Augen. Die Höhlen, in denen die Augen hätten sein sollen, waren hohl und dunkel. Trotzdem tat sie so, als könnte sie alles sehen, und Peter glaubte, dass sie es konnte.

Es donnerte am Himmel, aber es folgten keine Blitze. Stattdessen wurden die Flammen immer heller und wüteten wie wild und drohten, die Welt unter sich zu verschlingen.

Peter war ruhig. Es war ihm nicht in den Sinn gekommen, dass nichts von dem, was er sah, wahr war. Er wollte mehr sehen, mehr erfahren. Mehr wissen.

Er warf einen kurzen Blick darauf, als die alte Dame nach vorne zeigte, und er folgte ihrem Blick hinunter zu einem Strand.

Unten am Strand kam eine weitere Person langsam auf sie zu.

Die Umrisse waren die einer anderen menschlichen Gestalt, aber der Waise zog keine voreiligen Schlüsse. Schließlich hatte er die Frau vor ihm noch vor wenigen Augenblicken für einen Menschen gehalten. Er konnte ihr Gesicht nicht sehen und bezweifelte daher die Bedeutung des Fremden.

Peter wandte seinen Blick wieder zu der Frau und dem Tier, aber sie waren weg.

Er starrte wieder auf die sich nähernde Gestalt aus dem Meer und ging auf sie zu.

Es war ein Mann, vielleicht. Je näher er sich der Gestalt näherte, desto weiter entfernte sie sich, und doch wurden ihre Züge immer deutlicher. Das Feuer am Himmel war erloschen und langsam kehrte die Dunkelheit in die Nacht zurück. Er hatte das Gefühl, je näher er der Gestalt kam, desto bewusster wurde sie ihm.

Der Waisenjunge blickte zu seinen Füßen, als er ein Gesicht im Sand sah, und trat immer weiter auf die Gestalt zu. Er blickte zurück und glaubte, Adams Gesicht halb in der Erde vergraben zu sehen. Sein Herzschlag beschleunigte sich und seine Schulter tat ihm weh. Peter drehte sich zu seinem Ziel um, denn eine unsichtbare Kraft zog ihn an sich. Er rührte sich langsam und dann sah er die Maske auf dem Gesicht des Fremden und ein Blitz schlug ganz in der Nähe ein.

Ein Donner zerschnitt den Himmel und er sah, dass der Mann seine Maske weggeworfen hatte und kein Gesicht mehr zu sehen war. Genauso wie die alte Frau, die keine Augen hatte.

Drittes Kapitel

Peter wachte auf und rieb sich die Augen. An seiner Schläfe stand Schweiß und er keuchte.

Es war alles nur ein Traum. Als er aufwachte, war er hin- und hergerissen zwischen einem seltsamen Gefühl der Erleichterung und einer ebenso entmutigenden Verwirrung. Was hatte das alles zu bedeuten? Nach dem Aufwachen versuchte er, sich an den Traum zu erinnern, und er war sich sicher, dass er sich an das meiste erinnern konnte, aber der Rest fühlte sich an wie Bruchstücke einer zerbrochenen Wahnvorstellung. Der Traum war von der Art, die bleibende Eindrücke hinterlässt. Die meiste Zeit tat er das nicht, wenn er sich an seine Träume erinnerte.

Aber jetzt hat er es getan.

Warum? dachte er, als der Schmerz in seiner Schulter ihn verletzte. Der Schmerz hatte nachgelassen, aber der Schmerz war genau der Beweis, den er brauchte, um sich zu vergewissern, dass es sich nicht um einen weiteren Traum handelte, aus dem er erwacht war. Er war jetzt völlig wach und hatte Schmerzen.

"Peter?" Das Waisenkind hörte eine vertraute Stimme, aber seine Sicht war verschwommen. Er fühlte sich groggy und musste erst blinzeln und sich mit dem Handgelenk über die Augen wischen, um klar zu sehen. Peter roch einen scharfen Geruch aus der Nähe, der ihn erschreckte.

Er rieb sich die Augen, denn um ihn herum gab es nur wenig Licht. Entweder war es Nacht oder er befand sich irgendwo im Dunkeln, dachte er, denn alles erschien ihm so verschwommen und dunkel. Er konnte erkennen, dass jemand an seiner Seite war, aber er konnte sein Gesicht nicht erkennen, obwohl er ihn direkt ansah.

"Trink!", sagte dieselbe Stimme, als er ein steifes Stück Keramik sanft an seine Lippen gedrückt spürte. Peter war durstig und zögerte nicht lange. Er schluckte die Flüssigkeit in der Hoffnung, dass sie seinen Durst stillen würde.

Der bittere Geschmack überrumpelte ihn. Entsetzt hustete Peter und spuckte aus, was von der Flüssigkeit übrig war. Er schlug die Hand, die ihn bediente, von seinem Mund weg und versuchte, wegzuspringen, aber der Schmerz in seiner Schulter schnitt seinen Sprung ab und er fiel zu Boden.

"Peter, bleib stehen", sagte Owen und half ihm, sich zu setzen.

"Wo willst du hin? Bewege dich nicht und trinke es. Alles!", befahl die Stimme, die er gehört hatte. Es überraschte Peter, Owen an seiner Seite zu sehen, und das beruhigte ihn ein wenig, während er leise erkundete, wo er war. Der Schmerz von seinem Sturz hatte die Müdigkeit aus seinen Augen vertrieben, und er starrte den Mann neben Owen an. Er konnte sehen, dass sie vielleicht in einem großen Zelt waren, aber wo? fragte er sich.

Der alte Mann sah fast wie ein Sechziger aus. Sein faltiges Gesicht hatte eine Nase, die wie die Spitze eines Adlers geformt war, und starrte ihn an.

Der Arzt des Sultans lächelte ihn an. Ibn al-Nafis, der Leibarzt des Herrschers des Sultanats der Mamluken. Es war derselbe Mann, der Sir James vor der zweiten Schlacht von Ayn Jalut und dann Lord Eduard geheilt hatte. Peter war fassungslos und konnte nur staunen, als er seine Bewegungen beobachtete. Die einzige Frage, die ihm durch den Kopf ging, war der Gedanke, wo sie ihn gefunden hatten.

"Bleiben Sie ruhig liegen, Hoheit", schimpfte Owen Peter, während er sich fragend dem Arzt zuwandte. "Wird er überleben?"

"Keine Sorge, er mag ein Narr sein, aber dank der guten Freunde, die ihn rechtzeitig zu mir gebracht haben, habe ich seine Wunde gereinigt, und das Schlimmste liegt hinter uns." Der alte Heiler stand auf. "Er muss sich ausruhen. In ein paar Wochen wird er wieder bereit sein, seine Torheit zu entfesseln."

In diesem Sinne verließ der Arzt das Zelt.

Owen half Peter zurück in die Schlafdecke auf dem Boden und reichte ihm eine weitere Keramikschale mit der bitteren Flüssigkeit, die er ausgespuckt hatte. Das Waisenkind zog eine Grimasse, aber da es wusste, dass es die Medizin war, die ihn heilen würde, blieb ihm nichts anderes übrig, als die Luft anzuhalten und alles in einem Schluck zu schlucken. Die Medizin hinterließ einen bitteren Nachgeschmack in seinem Mund, so dass er erleichtert war, als Owen ihm etwas Wasser brachte, um es herunterzuspülen. Nach einer Minute dachte er, dass es ihm besser ging.

"Du hast einen Besucher, Peter", sagte Owen.

"Wer?"

Der walisische Bogenschütze verließ das Zelt für einen Moment und kehrte zurück, gefolgt von jemandem.

Dann erschien Lady Eleonore.

Ihre Anwesenheit erhellte das Zelt wie der Himmel in der Morgendämmerung. Peter war sprachlos. Sie hatte einen dunklen Wollmantel über einer langen Tunika getragen, die ihr bis zu den Füßen reichte. Eine Brosche hielt ihre Kapuze und ihren Mantel über dem Gesicht der Gestalt fest; sie war das Emblem eines Löwen, das ganz aus purem Gold gefertigt war. Sie sah so rein wie unschuldig aus. Lady Eleonore war weder groß noch klein, ihre Körpergröße war bestenfalls durchschnittlich. Sie hatte warme Augen und schmale Lippen. Ihr schönes, blondes Haar war hinter dem Kopf zusammengebunden. Auf den ersten Blick vermutete Peter, dass sie Anfang dreißig sein musste. Lady Eleonore lächelte Owen zu, der bei ihrer Ankunft als ihr Wächter auftrat, und setzte sich neben das Waisenkind auf einen kleinen dreibeinigen Holzschemel und nahm ihre Kapuze ab. Sie betrachtete sein Gesicht mit neugierigen Augen.

"Peter, ich bin froh, dass du lebst", lächelte Lady Eleonore. Ihre kleinen Augen blickten lebhaft.

"Mylady..." sagte Peter und versuchte, sich von seiner Ruhestätte zu erheben, aber der Schmerz ließ das nicht zu. Er hatte zwar ein wenig nachgelassen, aber es war noch lange nicht vorbei.

"Ruh dich aus, Peter. Der Mann, der meinen Mann geheilt hat, Lord Eduard, kümmert sich gerade um dich. Er hat mir versichert, dass du bald wieder laufen wirst."

Peter starrte in ihre Augen; sie hatten einen wunderschönen Blauton und er fühlte sich in ihnen verloren. Sie erinnerten ihn an das endlose Meer. Sie roch nach frisch gepflückten Rosen und je länger sie im Zelt blieb, desto mehr verweilte ihr Duft dort. Obwohl er Teil ihres Gefolges war, hatte er sie nie persönlich gesehen. Er fühlte sich glücklich, in ihrer Gegenwart zu sein. Und sie, die spanische Prinzessin und Ehefrau des englischen Kronprinzen, saß neben ihm. Ihr Besuch reichte aus, um Peter in seinem Herzen beten zu lassen, dass dies nicht sein Sterbebett sein würde.

"Ich werde dir ein Geheimnis verraten." Ihre Augen waren ganz auf Peters Gesicht gerichtet. "Als mein Geliebter ein kleiner Junge war, gab es einen Mann, einen Ritter, der ihn inspirierte. Kannst du erraten, wer?"

Das Waisenkind schüttelte den Kopf.

"William Longsword, dein Vater", flüsterte Lady Eleonore. "Lord Eduard bewunderte ihn für seinen Mut, seine Stärke und seine Loyalität gegenüber der Krone." Sie blinzelte einen Moment und berührte sein schmutziges, rabenschwarzes Haar. "Er hat mir einmal erzählt, dass er ihn vor langer Zeit auf einem Kreuzzug gesehen hat und dass er die gleichen schwarzen Haare hatte wie du. Damals wollte mein Mann seinem Lieblingsritter folgen."

Eduard kannte also seinen Vater, dachte das Waisenkind. Aber warum hatte Lady Eleonore ihm das erzählt?

Als sie seine Gedanken und seine verwirrten Augen lesen konnte, verzog sich ihr Gesicht zu einem kleinen Lächeln. "In dem Moment, als du unseren Weg gekreuzt hast, wusste ich, dass dies ein Werk Gottes ist. Ein Kreislauf des Schicksals, dass wir dich finden. Ich glaube, du hast eine Rolle in unserem Leben zu spielen."

"Wir brauchen dich", sagte sie, während sie ihre Hände auf seine rechte Hand legte und ihren Kopf ein wenig zu ihm neigte, um seine Augen zu betrachten. "Ich kann dir gar nicht genug danken für das, was du schon für mich und meine Familie getan hast, Peter."

Sie sprach leise und senkte ihre Stimme. Da konnte er sehen, wie ernsthaft sie sich um ihn sorgte. Selbst als sie die Stirn runzelte, zog ihre Schönheit Peter in ihren Bann. Dass eine so perfekte Frau sich um ihn sorgen konnte, gab dem Waisenkind einen Funken Motivation.

"In Abwesenheit von Lord Eduard, der im Moment am Hof ist", wandte sie sich kurz an Owen und nickte, dann wieder zu ihm.

"Im Namen meines Mannes und von mir überreiche ich dir dieses Geschenk als Zeichen unserer Dankbarkeit", sagte Lady Eleonore, als sie von dem Bogenschützen einen roten Schal überreicht bekam. Der Schal war aus feiner Seide und hatte eine goldene Stickerei mit Löwen, genau wie Lady Eleonores Kleidung. Sie wickelte das Stück Seide sanft um seinen Hals. Er fühlte sich geehrt, genau wie sie. Der Schal duftete nach ihr, nach Rosen und nach etwas anderem, das er nicht beschreiben konnte. Obwohl er einen Monat lang zu ihrem Gefolge gehörte, hatte er sie nur etwa ein- oder zweimal gesehen. Das letzte Mal sah er sie in der zweiten Schlacht von

Ayn Jalut. Sie so nah bei sich zu haben, war eine wunderbare Erfahrung. Er war fast froh, dass ihn eine Klinge getroffen hatte.

"Danke, Mylady..." Peter brachte es über seine trockenen Lippen und hielt seinen Blick die ganze Zeit über auf sie gerichtet, während er ein schüchternes Lächeln zustande brachte. Es fühlte sich an, als wäre er in der Gegenwart eines Engels, Lady Eleonore. Sie sah für ihn wie ein solcher aus. Peter wusste nicht, wie er sich beherrschen sollte. Er kam sich dumm vor, und das ließ ihn erröten. Er schämte sich für sich selbst. Sie war eine verheiratete Frau, aber er konnte sich nicht davon abhalten, sie anzuglotzen wie ein Schwein vor dem Metzger. Peter fühlte sich unter ihrem Niveau, aber es gefiel ihm, dass eine Frau von solchem Rang sich um ihn kümmerte, als wäre er etwas Besonderes. Jemanden zu haben, der ihm seine Dankbarkeit zeigte, ließ sein Herz höher schlagen, vor allem, weil es sich bei dieser Person um die schöne Frau von Lord Eduard handelte. Leider war seine Freude nur von kurzer Dauer. In seinem Herzen herrschte eine große Leere, die er mit Zweifeln zu füllen suchte.

Ein Halstuch? Er war ein einfacher Junge, ein Waisenkind und ein Straßenkind aus den Straßen von Akkon, und er konnte nicht erkennen, welchen Nutzen er aus diesem Stück Seide ziehen sollte.

Dafür hat er ihrem Mann vor einem Monat das Leben gerettet, einen Freund verloren, fast sein Leben im Dienst verloren und das Schwert seines Vaters zerbrochen. Was war seine Belohnung? Ein Halstuch. Er hatte gerade etwas Sentimentales erhalten und doch fühlte er sich dadurch eher belastet als erfreut. Der Waise hatte das Gefühl, dass er mehr verdient hatte. Wenn es das war, wofür er kämpfte, hatte dann der ganze Kampf wirklich einen Sinn? War er eine Witzfigur für sie? Denn für ihn selbst fühlte er sich wie einer. Peter gefielen die Gedanken in seinem Kopf nicht. Er fühlte sich verbittert und respektlos. Trotz seines inneren Aufruhrs lächelte Peter. Er war sich sicher, dass er noch viel Zeit haben würde, seine Gedanken zu ordnen und zu entscheiden, was er von der Art und Weise hielt, wie sich alles zu entwickeln schien. Für den Moment entschied er sich, sich geehrt zu fühlen.

Lady Eleonore beobachtete seine Reaktion.

Ihr Gesicht sah unschuldig aus, denn sie hoffte, dass ihm das Geschenk gefiel, aber sie war nicht nur gekommen, um ihn allein zu belohnen.

"Peter", sagte Lady Eleonore. "Wegen des Arztes könnt ihr beide in der Ausgrabungsstätte der Mamluken bleiben. Da du der Blutsbruder des Sultans bist, kann er dich nicht zum Sterben zurücklassen, sagte der Arzt. Das mit dem Blutsbruder musst du mir erklären, wenn es dir wieder besser geht."

Ihr Gesicht sah lebhaft aus, denn ihr Ausdruck zeigte, dass sie es bereits wusste.

"Muss ich dich daran erinnern, dass Ägypten und Syrien unter der Kontrolle des Sultanats der Mamluken und ihres Anführers, Sultan Baibars, stehen? Nach der Ankunft von Lord Eduard im letzten Jahr hatten König Hugo von Jerusalem und andere Kreuzfahrerführer dem Frieden mit Baibars zugestimmt. Der Waffenstillstand wurde vor einem Monat zwischen den Kreuzfahrern und dem Sultan besiegelt. Zehn Jahre, zehn Monate und zehn Tage Frieden lagen für das Königreich Jerusalem vor uns und betrafen die Stadt Akkon, die umliegenden Ebenen und die Straße nach Nazareth. Die Stadt Jerusalem ist in den Händen des Sultans. Nach der zweiten Schlacht von Ayn Jalut steht der Frieden immer noch auf dem Spiel, aber er steht auf Messers Schneide. Deshalb möchte ich, dass du gut bist, solange du hier bist. Ich lasse Master Owen bei dir", nickte sie dem Waliser zu. "Halte dich von Ärger fern und wenn du gesund genug bist, um zu reisen, werde ich dich in Akkon erwarten."

Owen grinste ihn an, als er neben ihr stand.

Lady Eleonore schaute ihm tief in die Augen. "Eine Sache noch... Ich muss dich um etwas bitten...", sagte sie und ihre Lippen formten wieder ihr kleines Lächeln.

Peter versuchte, so gut es ging, aufzustehen. Der Schmerz in seiner Schulter hatte genug nachgelassen, um ihm das zu ermöglichen. Er sah in die blauen Augen von Lady Eleonore und wusste, dass er bereit war, ihr bis ans Ende der Welt zu folgen. Lange bevor er überhaupt zugehört hatte, was sie zu sagen hatte.

***

Peter konnte fast das Salz des Meeres in der Luft schmecken, als er tief einatmete. Das Laufen fühlte sich für ihn erfüllend an. In den letzten Stunden hatte er nichts anderes getan, als im Zelt zu liegen. Er vermisste das Gefühl des Meerwassers, das über seine Füße spülte, während die Wellen sanft gegen das Ufer schlugen. Es war eiskalt; das Wasser war so kalt wie ein offenes Grab. Es ließ ihn frösteln, aber er mochte die Kälte nicht. Tatsächlich zog Peter die Kälte dem dumpfen Schmerz in seiner Schulter vor. Er setzte seinen Spaziergang entlang des Ufers fort und blieb an einer Stelle stehen, um mit dem Sand zwischen seinen Zehen zu spielen. Der Ort, an dem er stand, brachte trotz der Schmerzen Frieden und Trost in sein aufgewühltes Herz. Er mochte das Gefühl, einen Sandmantel an der Unterseite seiner Füße zu haben. Peter schloss die Augen und atmete tief und langsam ein, während er seinen Kopf frei machte. Die Zeit schien für ihn stillzustehen und für einen Moment hatte Peter das Gefühl, dass er Trost gefunden hatte.

"Es ging ihm besser", murmelte Peter.

"Wer?" fragte Owen, während er seinen Bogen und die Sehne untersuchte. "Die Nässe ist schlecht für die Sehne. Ich brauche ein paar neue."

"Der maskierte Krieger bei dem Hinterhalt", Peter blickte zum Himmel und wieder zurück zum Meer. "Er schlug uns, mich und Adam, als wären wir Bauern. Er hat mich fast umgebracht ..."

"Fast. Du bist ein gewöhnlicher Bastard, Eure Hoheit. Du musst noch eine Menge lernen", sagte Owen. "Sir James war nicht einer der besten Krieger, nur weil er einen Monat lang trainiert hat, weißt du."

"Ich brauche Übung, ja, ich will besser sein als er, und wenn wir uns das nächste Mal treffen..."

"Warte, du musst erst heilen, oder du kannst deine linke Hand benutzen. Ich nenne dich Linkshänder, Eure Hoheit".

"Und ich brauche ein neues Schwert, kein rotes Halstuch", verfluchte Peter sein Glück, als er versuchte, seine rechte Hand zu heben, aber der Schmerz in seiner Schulter verhinderte das und er verzog das Gesicht.

Der Waliser lachte.

"Eure Hoheit..." Owen begann: "Da klopfst du an die Tür des Todes und willst dich rächen? Vergiss nicht, dass Lady Eleonore einen Gefallen von dir verlangt. Ihr müsst lebendig sein. Oder übersehe ich da etwas?"

Peter antwortete nicht, als er blinzelte und seinen Blick auf seinen Freund richtete. Owen machte ein langes Gesicht, als er sich vorbeugte und nach einem kleinen Stein tastete, den er in die Wellen warf. Nach einem Moment stieß Peter einen tiefen Seufzer aus und griff mit der linken Hand nach dem Sand, der um seine Finger floss.

"Wie ist sie hier? Ich meine, im Zelt?" fragte Peter.

"Nun, sie und ihre Wachen waren auf dem Weg zu einer Freundin von ihr, der Rote Lady", sagte Owen.

"Rote..."

"Lady Helen, die Herrin des Roten Bergfrieds, einen Tagesritt nördlich von hier."

"Nie von ihr gehört".

"Nach dem, was ich gehört habe, war sie vor Jahren eine wichtige Christin in der Festung Atlit, aber jetzt haben die Templer die Kontrolle über diese Hafenstadt."

"Château Pèlerin?" fragte Peter.

"Ja, Château Pèlerin wird von den Franzosen genannt, Festung Atlit von den Einheimischen", blickte Owen ihn an. "Lady Eleonore hat mit dem Arzt gesprochen und ist dann nach Atlit geritten. Du hast mir nicht geantwortet. Ist es etwas, das ich übersehen habe?"

"Lady Eleonore... sie ist so..."

"Ja, ich weiß", nickte Owen. "Wenn sie dir in die Augen schaut, kannst du ihr nicht widerstehen."

"Es war eine Bitte. Ich habe jedes Recht, sie abzulehnen", sagte Peter.

"Ja, richtig..." stellte Owen sachlich fest, während er sich mit einem finsteren Blick neben seinen Freund setzte. "Aber du wirst es nicht tun, oder?"

"Wo sind wir eigentlich?" fragte Peter. Owen hatte einen strengen Blick in seinen Augen.

"Salzbucht hat sie jemand genannt", sagte Owen. "Südlich der Festung Atlit."

Peter kratzte sich am Kinn, während er den Horizont beobachtete. Er hatte noch nie von diesem Ort gehört, obwohl das keine Überraschung war, da er die Stadt Akkon bis zum letzten Monat nie verlassen hatte. Wie viel hatte sich in dieser kurzen Zeitspanne verändert? Alles war jetzt anders. Seit er die Stadt verlassen hatte, war sein Leben voller Schwierigkeiten, Gefahren und Verantwortung.

"Das Rätsel? Die Lösung des Rätsels?"

"Was?" fragte Owen.

"Das, was du mir auf dem Weg hierher erzählt hast... *was fliegt ohne Fleisch*?"

"Ah, die. Hast du eine Antwort?"

"Wind?"

Owen grinste und klopfte Peter in den Nacken.

"Pfeil!", sagte der Bogenschütze.

Peter lächelte, denn er musste seinen Freund besser kennenlernen. "Ein Pfeil? So einfach."

"Wenn man eine kranke Person besucht, wünscht man ihr normalerweise alles Gute und bringt ihr etwas zu essen oder sogar Medizin - aber nicht die Tantiemen..." sagte Owen. "Aber die Tantiemen, die fordern immer Gefallen ein. Sie schuften für dich wie ein Hund..."

Peter sagte nichts, denn er lächelte schief, während er seinem Freund zuhörte. Er war abgelenkt und niemand konnte es ihm verdenken. Owen zuzuhören, erinnerte ihn daran, wie glücklich er war, als Lady Eleonore ihn besuchte. Er konnte ihr lächelndes Gesicht nicht vergessen. Und ihre Bitte.

Warum hatte sie das gewollt? fragte er sich.

Sie hatte Peter angefleht, ein Geheimnis für sie zu lösen. Lady Eleonore wollte, dass er alles über die Vorfälle herausfindet, die sich an dem Strand ereignet hatten, an dem er sich gerade ausruhte. Es gab ein Schiffsunglück, das erste, das jemals an dieser Küste verzeichnet wurde. Und sie wollte unbedingt herausfinden, warum es dazu kam und wer die traurigen Seelen waren, die dabei verloren gingen. Warum? Er verstand es nicht.

Viertes Kapitel

Owen schaute ihn an.

"Peter, ich mag diesen Ort nicht", sagte der Bogenschütze, während seine Augen durch das Lager wanderten. Arbeiterinnen und Arbeiter. Sklaven, Mamelucken, Soldaten, und sie gruben unter dem Gesang der Meereswellen.

"Warum?"

"Seht ihr es nicht, Hoheit? Es ist voll von Mamelucken! Wir waren mit ihnen im Krieg. Wir sind die einzigen Ungläubigen hier!"

"Es wurde ein Frieden unterzeichnet, Owen, entspann dich."

"Mir gefällt es hier nicht. Wir müssen diesen Ort bald verlassen. Du kannst nicht reisen, bevor du nicht vollständig geheilt bist."

"Macht es dir keinen Spaß, auf mich aufzupassen?" verspottete Peter ihn.

"Eure Hoheit, hüte deine Zunge", sagte der Waliser und klopfte ihm auf den Nacken. "Ich sage dir, ich mag diesen Ort nicht."

"Was ist unser Platz?"

"Was meinst du?"

"Du bist ein Bogenschütze und gehörst zum Gefolge von Lady Eleonore, aber ich?"

"Du auch", fügte Owen hinzu.

"Aber ich bin nicht würdig. Ich kann nicht einmal einen Banditen besiegen! Ich habe keine Fähigkeiten und auch keine Familie." Peter schüttelte den Kopf. "Was ist mein Platz in der Welt? Wäre Bruder Johannes stolz auf mich?"

"Eure Hoheit, ich weiß nicht, wie es Bruder John geht, aber du solltest stolz auf dich sein", sagte Owen. "Schau dich an. Schau, wo du jetzt bist."

"Wo? Ein Mamlukenlager, das dir nicht gefällt!" Peter hob eine Augenbraue.

"Aber wir sind Gäste, dank deiner Taten", zwinkerte Owen ihm zu. "Hör auf, dich wie ein verlorenes Waisenkind zu benehmen."

"Ich bin so, Owen."

"Nein, du bist nur leicht verletzt, und mir ging es nach einer Verletzung genauso, aber du solltest dankbar sein."

"Warum?"

"Du lebst doch noch, oder?" Owen grinste und klopfte sich auf den Nacken. "Ich bin am Verhungern..." und machte sich auf die Suche nach Essen. "Mach keinen Blödsinn, Hoheit!" rief Owen ihm zu.

Peter wartete in der Nähe seines Zeltes, das in der Nähe des Bergrückens 100 Meter von den Wellen entfernt stand. Er hatte das Lager am Strand beobachtet. Es gab viele Arbeiter und Zelte, und einige geschäftige Menschen bewegten sich zielstrebig umher. Der warme Wind streifte sein Gesicht, während er Wasser aus einer mitgebrachten Flasche trank. Peter bewegte sich zu schnell, als er die Flasche zum Mund hob, und der Schmerz, der durch seinen Körper schoss, ließ ihn das Wasser verschütten.

"Verdammt noch mal!" zischte er, als er den Flachmann wütend wegwarf. Peter richtete seinen Blick auf seine rechte Hand, die zitterte. Dann schaute er auf seine linke und sah, dass die Narbe auf seiner Handfläche vollständig verheilt war. Sie erinnerte ihn an den Kampf mit Julian in der zweiten Schlacht von Ayn Jalut und an die Schnittwunde, die er sich bei der Begegnung zugezogen hatte.

"Also werde ich Linkshänder." Er schüttelte den Kopf und versuchte, den Flachmann mit der linken Hand zu erreichen. Da stand er nun, gequält, frustriert und durstig, als ein großer, schlaffer Mann auf ihn zukam. Peter richtete seinen Blick auf ihn. Der neu eingetroffene Mann hob die Flasche für ihn auf.

"Brauchst du Hilfe?" Der Mann grüßte, als Peter sie ihm wieder abnahm. Er bemerkte, dass dem Mann zwei Finger an seiner rechten Hand fehlten.

"Danke", sagte Peter.

"Ein Tempelritter", sagte der Mann und hob die Hand mit den fehlenden Fingern. "Ich bin Hauptmann Jaffar", sagte er. Der Mann sah aus wie ein Veteran der Mamluken, vielleicht zwanzig Jahre älter als Peter. Obwohl der Mann entspannt war, konnte Peter an seiner Haltung erkennen, dass er nicht unvorsichtig war. Er sprach lässig, als ob sie alte Bekannte wären. Für Peter war es viel zu offensichtlich, dass der Kapitän ihn viel besser kannte als er den Kapitän.

"Eine Überschwemmung hatte diese Küste überschwemmt und zwei Kinder fanden einen halb vergrabenen Schädel. Nachdem die Dorfbewohner eine Weile gegraben hatten, fanden sie die Überreste eines Schiffes. Das Schiffswrack, von dem alle so fasziniert sind. Jetzt bin ich also für die Verteidigung und Ordnung im Ausgrabungslager zuständig und soll Ibn al-Nafis bei allem unterstützen, was er für seine Forschungen braucht."

Er grinste, und Peter lächelte instinktiv. In der Art, wie der Mann ihn ansprach, lag eine Vertrautheit, die ihn fast davon überzeugte, dass sie sich schon einmal getroffen hatten.

"Ich bin dir zu Diensten", nickte Jaffar, "solange du und dein rothaariger Begleiter euch benehmen."

"Meine Schulter bringt mich um", sagte Peter, als er den letzten ignorierte.

"Ich hoffe nicht, denn das würde nicht gut für Ibn al-Nafis sprechen", sagte der alte Mamluke.

"Wo ist eigentlich die alte Ziege?" fragte Peter.

Der Kapitän blickte sich kurz um und nickte dann von ihrer Position aus nach Süden.

"Ich glaube, er ist irgendwo dort. Er überwacht die Ausgrabungen." antwortete Kapitän Jaffar, bevor er bemerkte, dass Peter ihn aufmerksam musterte.

"Sind wir uns schon einmal begegnet? Dein Gesicht... es kommt mir bekannt vor", sagte Peter. Er sah, dass der Kapitän groß und älter war und einen Bart trug, der genauso viele graue Strähnen aufwies wie sein kahler Kopf. Peter war sich sogar noch sicherer, dass er Kapitän Jaffar schon einmal irgendwo gesehen hatte.

"Nein, das bezweifle ich, aber ich kenne dich, rabenhaariger Christian. Am Tag der zweiten Schlacht von Ayn Jalut war ich dort und kämpfte Seite an Seite mit meinem Herrn, und du warst auch dabei..." Jaffar lachte: "Wie könnte ich vergessen, wie du wie eine Speerspitze in die Schlachtreihen von Ughan dem Verräter gestürmt bist."

Peter schluckte seinen Speichel mit einem lauten Schluck herunter.

"Es war verrückt, ja, und töricht." jubelte Owen, als er ankam und Peter aus heiterem Himmel auf die Schulter klopfte, was ihn halb zu Tode erschreckte. "Siehst du... was du gesehen hast, war die Spezialität dieses Knochensacks, töricht zu sein."

"Mutig ist das richtige Wort", korrigierte Jaffar. "Mit einem Schlag hast du den Kopf der Schlange abgeschlagen! Du und Diyaab al-Sahra habt uns geholfen, die Schlacht an diesem Tag zu gewinnen. Und dafür hast du meinen Respekt."

Peter hob seine rechte Hand und beobachtete, wie sie zitterte, als er versuchte, seine Faust zu ballen. Er fühlte sich ruhiger, als er Owen an seiner Seite hatte, ein weiteres vertrautes Gesicht im Lager.

"Du schmeichelst mir. Mit diesem Arm bin ich so nützlich wie Pferdescheiße", spuckte Peter zur Überraschung von Owen und Captain Jaffar auf den Boden.

"Du bist ein Sack voller Scheiße, dein Name ist stärker geworden", spottete Owen.

Kapitän Jaffar lachte mit weit aufgerissenem Mund, als er den verzweifelten Blick in Peters Augen sah. Die drei gingen langsam auf das Meer zu.

"Genau da liegst du falsch", schimpfte Jaffar. "Du siehst die Niederlage als Mauer, dabei ist sie nur ein Schritt nach vorne. In der Tat warst du nach deiner letzten Anstrengung ein wenig angeschlagen. Das passiert den Besten von uns, aber du hast überlebt und bist dadurch um einige Erfahrungen reicher geworden. Das Wichtigste, wenn man fällt, ist, den Mut zu haben, wieder aufzustehen und zu kämpfen."

"Du klingst wie mein alter Mentor, John." sagte Peter zur Belustigung von Kapitän Jaffar.

"Dann ist dein Mentor ein weiser Mann", jubelte Hauptmann Jaffar.

Peter murmelte feierlich: "Er war..."

Eine Träne entkam seinem Auge und schnitt in sein trockenes Gesicht. Jedes Mal, wenn er an John dachte, konnte er seine Gefühle nicht kontrollieren. "Er war die einzige Familie, die ich je hatte."

"Der Tod war unfreundlich." Jaffar sagte: "Trotzdem hat er dich gut gelehrt."

"Ist das so?" sagte Peter ziemlich ruhig,

"Du bist noch am Leben. Für einen Mann ohne Herkunft oder Verbindungen scheinst du dich gut zu schlagen, wie wir anderen Mamelucken auch!"

Peter blickte in das alte Gesicht von Hauptmann Jaffar und war verwirrt über seine Bemerkung.

"Ich verstehe nicht, warum du mich mit deinem Volk vergleichst?"

"Mamelucken sind nichts anderes als Sklaven, die zu Soldaten erzogen wurden, um für ihren Herrn zu kämpfen, zu verteidigen und zu sterben", sagte Jaffar und zeigte auf die Sklavenmeister, die von ihren Pferden aus die Männer bei der Arbeit beobachteten. Sie waren gerade mit einem weiteren Konvoi mit Arbeitern für die Ausgrabungsstätte angekommen.

Hätte Jaffar sie nicht darauf hingewiesen, hätte Peter nicht bemerkt, dass sie alle in Ketten lagen. "Das Geschäft von Tarin und Tarik ist für das Reich von großer Bedeutung. Trotzdem verachten wir sie, sogar der Sultan tut das. Wusstest du, dass auch er einst ein Sklave war?"

"Ja."

"Sieh ihn dir jetzt an", strahlte Hauptmann Jaffar, "Herr dieser Länder, sogar ihr, die Christen und Kreuzfahrer, müsst euch vor ihm verbeugen!"

"Ich verbeuge mich vor niemandem!" Peters trockene Lippen öffneten sich, als er die Reaktion des Kapitäns betrachtete. Peter konnte Jaffar nicht einschätzen. Sein Ton verriet ihn nicht. Er sagte alles, als würde er einen Vortrag über eine weit entfernte Angelegenheit halten, die ihn nichts anginge. Es war, als ob es ihn nicht interessierte. Entweder er lächelte oder er tat es nicht.

"Ah, Junge, ich verstehe..." Hauptmann Jaffar lachte und klopfte ihm grob auf die verletzte Schulter: "Privilegiert, jung und naiv. Es wird ein Moment in deinem Leben kommen, in dem du deine Seele verkaufen musst, das passiert jedem Mann!"

Peter taumelte und zuckte vor Schmerzen, als er sich nach vorne auf ein Fischerboot lehnte, zu dem sie gelaufen waren. Jaffar ärgerte ihn, aber das lässige Lächeln auf dem Gesicht des alten Mannes machte es ihm schwer, auch nur den Gedanken an einen Protest zu hegen. Jaffar war in Peters Augen ein schlauer alter Mann. Als Peter sich gegen das Boot lehnte, streckte er seine Beine aus, damit die Wellen seine Füße umspülen konnten. Er mochte das kalte Wasser, das um seine Knöchel schäumte. "Ich werde mich hier ein bisschen ausruhen."

Jaffar duckte sich und setzte sich neben Peter.

"Ich brauche auch etwas Ruhe", sagte Jaffar, während er mit den Füßen im Meer stand.

"Was hast du bis jetzt gefunden?" fragte Peter. "Beim Graben?"

"Wir haben nichts anderes gefunden als Schädel", seufzte Jaffar. "... und Knochen, rostige Schwerter, Schilde, oder zumindest das, was von ihnen übrig war."

"Ist das alles?"

"Irgendein morsches Stück Holz, Planken vom Schiff", sagte Jaffar.

"Ich weiß es nicht, und ehrlich gesagt, ist es mir auch egal. Der Sultan gab Ibn al-Nafis seinen Segen zu den Ausgrabungen und ist neugierig auf unsere Funde hier. Wir werden also weitermachen."

"Wer kann es ihm verdenken? Es ist ziemlich ungewöhnlich, ein Schiff zu beerdigen, noch dazu an der Grenze. Aber es scheint, dass die Tat ehrenhaft war." sagte Owen.

Peter starrte auf die Baustelle und beobachtete neugierig, wie alle Männer hart arbeiteten. Er strich sich den Schal um den Hals und ließ seine Gedanken einen Moment lang schweifen.

"Wie kommst du darauf?" fragte Peter.

"Wir haben ihre Waffen und andere Habseligkeiten gefunden. Wenn jemand sie abgeschlachtet und geplündert hätte, wären keine Metallgegenstände mehr zu finden gewesen", sagte Owen.

grübelte Peter. Er nahm an, dass die Piraten ihren Opfern alles wegnahmen und nichts von Wert zurückließen.

"Vielleicht hast du Recht", sagte das Waisenkind, als es nach links schaute, wo ein Geräusch zu kommen schien. "Was ist das für ein schreckliches Geräusch?"

"Ah, das ist die neue Schmiede, die letzte Nacht gebaut wurde. Ibn al-Nafis besteht darauf, dass er bestimmte Werkzeuge brauchte, um die Überreste aus dem Sand zu holen, und er stellte einige Schmiede zu seiner Verfügung."

"Und der Sultan hat geliefert!"

"Ja, sie sind Freunde", fügte Kapitän Jaffar hinzu. "Es herrscht großer Respekt zwischen den beiden. Baibars hat seine Kriege und Regeln, während Ibn al-Nafis seine Studien und Heilungen hat!"

"Na und?", sagte Peter. Peter sagte: "Erzähl mir mehr."

"Vergiss nicht, dass er der Leibarzt des Sultans ist und als der gebildetste und geschickteste Mann des Reiches gilt. Seine Heilkunst hat ihm Respekt eingebracht. Frag deinen Lord Eduard und deinen Freund James."

"Dann sag mir, warum ein so großer Heiler hier ist und Knochen ausgräbt wie ein Hund?"

Kapitän Jaffar lächelte: "Er mag gute Geschichten, weißt du; er hat eine abenteuerliche Seite, und die unterdrückt er mit diesen Fabeln. Er erforscht gerne, um den Staub von seinem Gehirn zu wischen, wie er sagt."

"Du musst ihn sehr gut kennen..." sagte Peter. "Du sprichst so liebevoll von ihm."

"Ich glaube gerne, dass ich das tue. Er hat mir mehr das Leben gerettet als die Finger meiner rechten Hand." Jaffar zeigte auf sein hinkendes Bein.

Peter lächelte. Ein wütendes Geschrei unterbrach ihre absteigende Unterhaltung. Sie hörten beide Schreie und Beschimpfungen. Zweifellos hatten sich einige Männer vor der Schmiede gestritten.

"Ich bitte um Entschuldigung." Hauptmann Jaffar entschuldigte sich. "Ich muss mich um diese Angelegenheit kümmern, bevor sie außer Kontrolle gerät. Wenn du jemanden brauchst, um deinen Schwertkampf zu üben, frag nach mir!"

Peter musste auch mit dem Schwert üben, wenn er den maskierten Mann wieder treffen wollte.

"Danke", sagte das Waisenkind.

Hauptmann Jaffar stand auf, nickte und verschwand in Richtung seiner Aufgaben.

Obwohl er anfangs skeptisch gegenüber dem Mann war, konnte Peter sagen, dass er ihn mochte. Er schien in letzter Zeit die einzige Person in seiner Gesellschaft zu sein, die seine Fragen direkt beantwortete und nicht halbherzig versuchte, ihn auszufragen.

***

"Warum hat sich Lady Eleonore so sehr darum gekümmert? Um ein paar längst verstorbene Menschen - vielleicht waren es Ritter, die ein ordentliches Begräbnis verdient haben, oder unglückliche Adlige. Vielleicht waren es auch Banditen oder Piraten?" Peter zuckte mit den Schultern.

"Vielleicht gibt es in dem Schiffswrack einen Schatz", sagte Owen.

Peter schüttelte den Kopf. Owen tippte ihm auf die Schulter.

"Warum schüttelst du ständig den Kopf, Hoheit?" Er erkundigte sich. "Tut dein Hals weh?"

"Dummerchen... Ich denke nur über die Bitte der Dame nach."

Owen seufzte. "Ich frage noch einmal. Habe ich etwas verpasst?"

Peter holte tief Luft.

"Ich bin mir nicht sicher, Owen", stöhnend stand er auf und wischte sich den Sand vom Rücken, "... aber bist du nicht neugierig, was hier passiert ist?"

"Sehe ich aus wie jemand, der Leuten, die ich nicht kenne, eine Münze für eine Beerdigung oder einen Massenmord gibt, der vor langer Zeit in einem fernen Land passiert ist?" Owen schüttelte den Kopf. "Ich vermisse meine Jungs."

Peter verstand, dass Owen mit der letzten Aussage seine Bogenschützen meinte, die seine Befehle befolgten. "Ich bin sicher, dass es ihnen gut geht", sagte Peter.

"Es gibt ein paar gute Kerle und ein paar sehr fiese Jungs, aber trotzdem vermisse ich sie." Owen seufzte. Bevor er sich von Peter trennte, schickte er sie mit der Hauptgruppe nach Acre. Sie waren bei Lady Eleonore angestellt und gehörten alle zu ihrem Gefolge. Er hatte sie selbst ausgesucht, bevor er zu diesem Kreuzzug aufbrach. Für ihn waren sie die Besten seiner Besten. Sie hatten im letzten Jahr einige von ihnen verloren, aber das hatte den Willen der Überlebenden nur noch verstärkt. Sie kümmerten sich umeinander wie Brüder. Würden sie eine kleine Bruderschaft von Kriegern sein?

Peter grinste seinen Freund an, bevor Owens Wortwahl ihn aufhorchen ließ.

"Massenmord?" wiederholte er plötzlich, während er sich am Kinn kratzte. Er hielt das für eine gewagte Vermutung von Owen und fragte sich, warum.

"Was?" Owen schien von den Überresten des Schiffes nicht begeistert zu sein.

"Warum sollte es sich um Mord handeln?" fragte Peter.

"Wie würdest du es nennen? Schädel und Knochen zu finden, die in einem Schiff unter dem Strand vergraben sind. Ich nehme an, jemand hat sie dort hingelegt. Wenn es kein Mord war... dann muss es ein Begräbnis sein. Ein Schiffsbegräbnis."

"Nun, wir brauchen nur einen Spaten und eine Spitzhacke, um das herauszufinden!" Peter grinste.

"Ich gebe dir eins und schlage es dir auf den Kopf. Vielleicht schenkt dir Lady Eleonore einen, wenn du überlebst?" Der Waliser grinste verschlagen.

"Ich glaube nicht, dass ich einen Spaten oder eine Spitzhacke bekommen werde, wenn du das tust. Nein, ich brauche ein richtiges Schwert und keinen Seidenschal... Ich verstehe das nicht." grummelte Peter, während er sich den Schal um den Hals strich.

Owens Mund blieb offen stehen.

"Du bist so dumm wie ein Esel, Hoheit", lachte der walisische Bogenschütze, als er aufstand und Peter in den Nacken klopfte. "Das bedeutet, dass sie dich als Teil ihrer Familie akzeptiert hat, der königlichen Familie. Siehst du nicht die Farben und die goldenen Löwen? Du siehst vielleicht ein Stück Seide, aber das Ding um deinen Hals ist ein Zeichen. Nur Könige haben ein solches Zeichen für ihren Status."

"Mein Status?" Peter hielt inne, als er das Emblem zweifelnd betrachtete. Er hatte die Dinge nicht so gesehen, wie Owen sie darstellte, aber selbst dann hatte er ein flaues Gefühl in der Brust, das ihn eher wütend als erleichtert machte. "Von welchem Status sprichst du? Ich bin nichts weiter als ein Bastard und ein Waisenkind?"

"Und das Meer ist so salzig wie endlos", sagte Owen. "Na und! Ich habe auf meinen Reisen schon viele Bastarde kennengelernt, aber du bist ein königlicher Bastard, ein Cousin von Lord Eduard, dem Erben des englischen Throns, der dir sein Leben verdankt. Du bist ein Bastard, ja! Ein Bastard, dem der Sultan sein Leben verdankt. Aber Lady Eleonore an deiner Seite zu haben, ist eine weise Entscheidung, Eure Hoheit."

"Du redest Blödsinn", sagte Peter. "Hör auf zu plappern und lass uns hoffen, dass wir hier am Strand einen Schatz finden."

Owen hat gelacht.

"Wie in den Geschichten, die meine Mutter erzählte, als ich noch ein kleiner Junge war", sagte Owen, während er seine linke Hand über sein Auge hob und so tat, als wäre er ein Pirat, "Ich habe den Schatz versteckt und alle getötet, die wussten, wo ich ihn vergraben hatte! Argh..."

"Hören sich Piraten überhaupt so an?" fragte Peter.

"In den Märchen schon." Owen antwortete: "Aber der Gedanke an einen Schatz würde dir nicht gut tun."

"Warum in aller Welt sollte jemand so viele Menschen töten und ein Schiff versenken, nur um einen Schatz darunter zu verstecken? Der Gedanke daran ist Unsinn." sagte Peter. Er dachte an das Schiffswrack, also an einen Mord, der mit dem Geheimnis des Wracks verbunden ist.

Mord... das Wort hatte sich in seinem Hinterkopf festgesetzt.

Wenn jemand diese Menschen getötet hat, wer war es dann? Wer auch immer diese Männer getötet hat, muss sie gekannt haben!

"Das Leben kann sehr geschmacklos, hässlich und grausam sein", grinste Owen mit einem fast schon beunruhigenden Enthusiasmus. "Mein Vater hat immer gesagt: 'Es gibt nur eine Regel in dieser grausamen Welt, und die lautet, niemals nachzugeben. Das Pech kommt zu uns allen, also was musst du tun? Du bekämpfst es, du trittst ihm die Scheiße aus dem Leib, aber du darfst ihm nie, nie nachgeben. Du gehst nur einmal durch diesen Weg des Kummers und der Tränen, also mach um Himmels willen eine gute Geschichte daraus...".

"War dein Vater ein Philosoph?"

"Spottet nicht über meinen Vater, Hoheit. Er war ein richtiger Krieger und ein harter Brocken", sagte Owen stolz, während er lachte und sich zum Gehen wandte. "Ich werde eine Schaufel suchen, denn du bist waffenlos. Wenn ich zurückkomme, können wir mit den Ausgrabungsarbeiten beginnen."

"Du hast mir ein weiteres Rätsel versprochen", sagte Peter.

" Was ist das, was ich vor Owens Tür gesehen habe? Es fliegt hoch, mit einem pfeifenden Geräusch wie das Surren eines Adlers. Es ist schwer zu greifen."

"Eh... du bist ein Dichter", sagte Peter. "Ich brauche einen Moment..."

"Ich bin nur ein Bogenschütze, Eure Hoheit, der etwas zu essen möchte. Willst du etwas essen?"

Peter schüttelte den Kopf. Owen grinste ihn an und ging weg. "Du hast alle Zeit, die du für das Rätsel brauchst."

Ein weiteres Rätsel, eine weitere Aufgabe. Es war noch zu früh, um zu sagen, ob die Aufgabe, die vor ihm lag, tatsächlich einfach war oder ob sie ihm später die Zähne zeigen würde. Trotzdem dachte Peter, dass er damit zufrieden war. Eine Aufgabe war besser als nichts.

Es war ein sengender Nachmittag. Er hatte sich in den Schatten eines Zeltes gesetzt, das nicht weit vom Strand entfernt stand, um zu sehen, wie weit sie kamen. Owen kam nach einer Weile zurück, immer noch kauend, und setzte sich neben ihn. Der Bogenschütze betrachtete seinen Bogen und die Sehne.

Peter kratzte sich am Hals. Zum ersten Mal seit langer Zeit tat sein Arm nicht mehr so unerträglich weh wie sonst. Seine Hand wurde zwar immer noch von einem Stück Stoff gehalten, aber der Arzt hatte sie ihm über die Schulter gebunden und ihn gewarnt, sich nicht zu viel zu bewegen. Das Gefühl, das er dabei hatte, war viel erträglicher als am Tag zuvor. Er beobachtete gerade ein paar Möwen, die über den Horizont flogen, als er Jaffar auf sich zukommen sah. Der Kapitän schien in seiner üblichen fröhlichen Stimmung zu sein und sie tauschten Höflichkeiten aus, wie an jedem anderen Tag auch, aber heute war es anders.

Kapitän Jaffar nickte in Richtung Norden.

"Da wartet ein Freund auf dich, Junge", sagte er.

Peter blickte in die Richtung, in die Kapitän Jaffar auf ihn gezeigt hatte. Die Mamelucken schienen schwer bei der Arbeit zu sein. Ihre Vorgesetzten lungerten herum und bellten ihnen Befehle zu, aber kein einziger von ihnen schien dem Waisenkind irgendwie bekannt zu sein. Er kannte niemanden außer Owen und Ibn al-Nafis, also wer könnte dieser "Freund" sein?

"Der Mann ist heute Morgen angekommen", sagte Hauptmann Jaffar.

Peter war seltsam aufgeregt über die Nachricht.

Er langweilte sich in den letzten Stunden immer mehr und dachte, dass sein Freund ihm helfen könnte, seine Langeweile zu vertreiben.

"Natürlich...", grinste Peter. Peter grinste, "Bring mich zu ihm."

Der Hauptmann nickte, winkte mit der Hand und führte Peter zurück in ihr Lager. Die Sonne war an diesem Nachmittag unbarmherzig. Es war so heiß, dass sogar das Wasser, das aus dem Meer kam, sich erwärmt zu haben schien. Sie hatten es nicht eilig, obwohl die Sonne ihnen zu schaffen machte. Peter, Owen und Jaffar gingen in aller Ruhe weiter, während die Sonne ihnen die Stirn runzelte und sie vor Hitze blinzeln ließ. Es war nur ein kurzer Spaziergang, aber plötzlich fühlte sich Peter schwindlig und durstig. Er gab es nicht gerne zu, aber Peter wusste, dass er sich schwach fühlte, vor allem weil er in den letzten Tagen durch sein Fieber viel Gewicht verloren hatte. Es war ein gutes Zeichen, dass sein Appetit zurückgekehrt war, und er fühlte sich hungrig genug, um ein ganzes Pferd zu verschlingen. Sein Hunger war das, was Owen als ein gutes Zeichen bezeichnen würde, denn sein walisischer Freund war immer auf der Suche nach Nahrung.

Als sie weitergingen, irritierte ein dumpfer Schmerz in seiner Schulter Peter. Es war viel erträglicher geworden, aber wenn er sich bewegte, fühlte er sich sehr unwohl. Zusammen mit seinem Hunger machte ihn das reizbar. Er hielt seine linke Hand über den Verband und massierte sich sanft selbst, was nicht nur gegen die Schmerzen half, sondern auch dazu beitrug, dass er seine Schulter beim Gehen nicht so viel bewegte. Er versuchte, seine rechte Hand zu heben, aber der Schmerz ließ seine Hand zittern und erinnerte ihn an seine bittere Begegnung.

Verdammt seien diese Piraten", fluchte Peter erneut. Seine Wut wuchs, als er sich der Genesung näherte, und er wünschte sich, den maskierten Mann noch einmal zu konfrontieren. Um Adams willen.

Er sah mindestens zwei Dutzend gepanzerte Mamluk-Soldaten um das Lager herum. Es gab über 20 Zelte und es wurden immer mehr.

Hauptmann Jaffar führte ihn zu einem großen Zelt in der Mitte des Lagers. Peter hatte es vorhin nicht bemerkt, aber natürlich war es auch nicht da, als er an diesem Morgen herauskam. Sie hatten es erst kürzlich aufgebaut. Von der Stelle, an der sie standen, waren es noch mindestens zweihundert Schritte nach Osten bis zur riesigen Grabungsfläche.

Peter sah, wie die Männer versuchten, die Überreste von zwei Schiffswracks aus dem Sand zu heben. Auf der linken Seite des Wracks hatten sie eine Stütze errichtet, und die Männer zogen am anderen Ende an Seilen. Peter war beeindruckt, wie schnell die Mamelucken und die Sklaven an der Bergung der Schiffe arbeiteten, und er beobachtete staunend, wie sie kräftig schoben und zogen, um die Eimer mit dem Sand anzuheben. Er beobachtete, was sie mit dem verschanzten Loch machten, das sie eine Woche lang gegraben hatten.

"Sie haben ein zweites Boot gefunden", winkte Jaffar den Arbeitern zu.

Seine Neugierde auf das zweite Schiff und die dortigen Geheimnisse musste warten, denn er wollte den von Jaffar erwähnten Freund sehen und betrat das Zelt.

Peter war sichtlich verblüfft, als er eintrat und von einem bekannten Gesicht begrüßt wurde.

"Ivar..." sagte er. "Was machst du denn hier?" Der große Mann begrüßte ihn und Owen.

Ivar war genauso überglücklich, ihn zu sehen, wie Peter es war. Der Waise konnte sich an die erste Begegnung mit Ivar erinnern, als wäre es gestern gewesen. Wie immer fand er, dass Ivars Nase so spitz war, dass man sie für den Schnabel eines Adlers halten konnte; es passte, dass er ein Falkner war.

"Peter, ich bin froh, dich zu sehen", sagte Ivar, als er Peter umarmen wollte, aber nur seine verletzte Schulter streifte. "Es tut mir leid. Es sieht genauso schlimm aus, wie ich es gehört habe."

"Es ist in Ordnung, ich werde es überleben", versicherte ihm Peter. "Was ist mit Igor?"

Peter war sehr neugierig auf seinen Lieblings-Raubvogel. Igor war der Steinadler, den Ivar hielt. Er war eine wunderbare Kreatur. Peter hatte gelernt, dass es nicht einfach war, in den Besitz eines solchen Vogels zu kommen, und dass es ebenso schwierig war, ihn zu trainieren. Die Ausbildung eines Adlers war eher ein Hobby für Könige. Selbst für den Adel war es nicht einfach, einen Vogel zu bekommen und zu halten, ganz zu schweigen von der Leistung, ihn zu zähmen. Viele waren stolz darauf, mit ihren Raubvögeln bei der Jagd gegeneinander anzutreten. Der Steinadler war natürlich einer der besten Vögel, die man besitzen konnte, und galt unter Jägern als Zeichen von Fleiß und Stolz, wie Ivar ihm schon erzählt hatte.

"Igor könnte einen Wolf fangen", hatte Ivar ihm gegenüber einmal geprahlt. Und jetzt spürte Peter die Freude, seinen Freund wiederzusehen. Ivar selbst war ein großer und stämmiger Mann; er hatte große Augenbrauen und dunkelblaue Augen, die seine Gesichtszüge auflockerten. Sein hellbraunes, langes Haar war meist im Nacken zusammengebunden. Er schien Ende dreißig zu sein, aber er besaß eine furchterregende Beweglichkeit. Ivar war ein Mann der wenigen Worte; er stellte keine unnötigen Fragen und sprach kaum, wenn er nicht angesprochen wurde, und das schätzte Peter am meisten an ihm. Peter war sich sicher, dass das, was in Ivars Kopf vorging, während er sein Schweigen beobachtete, einfach nur genial war. Er trug ein weißes Gewand mit einem Ledergürtel und Messern an den Seiten, die er umhüllte.

"Ich habe Igor in Damaskus zurückgelassen. Ich bin hier im Dienst des Arztes", sagte Ivar. Der hochgewachsene Mann war ein persönlicher Diener von Lady Anna, der letzten Tochter des Sultans. Er und Peter hatten das kleine Mädchen kurz vor der zweiten Schlacht von Ayn Jalut vor einem Monat gerettet. Sie hatten Seite an Seite die Schlacht überstanden und mit ihrem Überleben waren ihre Verbundenheit und ihr Respekt füreinander gewachsen.

"Und du bist hierher gekommen, um zu graben?"

"Baibars hat mich hierher geschickt, um seinem Freund Ibn al-Nafis zu helfen und für seine Sicherheit zu sorgen. Ich habe gehört, dass dich ein maskierter Pirat wie ein Schwein genadelt hat, ja?" sagte Ivar.

Das Waisenkind versuchte zu lachen.

"Ja, er hätte mich fast umgebracht... Wenn Adam nicht..." Er hielt inne, denn der Anblick von Ivar hatte ihm so viel Erleichterung verschafft, dass es ihm fast entfallen war. Er gab sich immer noch die Schuld an Adams Tod.

"Junge, ich bin froh, dass du überlebt hast." sagte Ivar, als er das Stirnrunzeln auf Peters Gesicht bemerkte. "Ich glaube, der Arzt hatte meine Dankbarkeit dafür, dass er meinen Freund für mich zusammengesetzt hat.

"Der gute Mann hatte den Dreck gereinigt und seine Medizin wirkte Wunder bei mir. Sie hat allerdings höllisch geschmeckt", zog Peter eine Grimasse.

"Und es muss auch so weh getan haben", grinste Hauptmann Jaffar,

"Du hast Recht, es tat höllisch weh. Das tut es immer noch", sagte Peter und versuchte, seine Schulter zu bewegen, die sich dabei lähmend anfühlte.

"Ich werde mich entschuldigen", verkündete Kapitän Jaffar, als er sie allein ließ. Peter verstand, dass der alte Mamluk viele Pflichten zu erfüllen hatte, aber er glaubte auch, dass Jaffar ihm einfach nur seine Privatsphäre gegeben hatte, um sich mit einem alten Freund zu unterhalten.

"Du wirst das schon hinkriegen. Du brauchst nur etwas Arbeit, auf die du dich konzentrieren kannst. Ich brauche jemanden, der hier aufräumt", lächelte Ivar und zeigte auf den Tisch voller Schädel und Knochen. "Bist du dabei? Es gibt kostenloses Essen, weißt du, von der Gnade des Versorgungsnetzes des Sultans."

"Was kann er jetzt noch tun?" Owen grinste. "Der Arzt sagt, er muss sich nur ausruhen und heilen. Seine Schulter wird bald wieder so gut wie neu sein." Dann erinnerte er sich,

"Lady Eleonore hat ihn gebeten, aufzudecken, was hier passiert ist, also denke ich, dass wir dir helfen werden, so gut wir können." Der Waliser zwinkerte Peter zu.

Das Gesicht des Waisenkindes sah nicht begeistert genug aus, als er mit den Schultern zuckte.

"Ich will den maskierten Mann wieder treffen. Ich brauche ein neues Schwert und Training", sagte Peter, "nicht das Ausgraben von Knochen am Strand."

"Was ist die beste Methode? Den Spaten schwingen", grinste der Waliser.

Der Falkner klopfte Owen auf den Nacken. "Ich mag dich, Bogenschütze", winkte er ihnen zu. "Ich möchte euch etwas zeigen", sagte Ivar, als er sie zum Tisch führte.

Peter verstand nicht, was er da sah.

Da war ein Schädel mit einem Loch auf der Rückseite.

"Seht her... Jemand hat diesem armen Kerl das Leben gestohlen." sagte Ivar. Er hatte ein böses Glitzern in den Augen. Außerdem war er krankhaft neugierig darauf, welche Geheimnisse der Ort barg. "Wir müssen die Knochen auskochen, Junge."

Ivar hob einen dunklen Schädel hoch, an dem etwas Schmutz und ein dunkler Stoff klebten.

"Was ist das auf dem Schädel dieser armen Seele?" fragte Owen.

"Wir müssen es säubern, Junge, um herauszufinden, was das ist."

"Was? Warum? Wo ist Ibn al-Nafis?"

"Der Arzt beobachtet die Ausgrabung des zweiten Bootes", sagte Ivar.

Peter schüttelte den Kopf. "Und du beschließt, Knochen zu kochen? Machst du eine Suppe aus Knochen?"

Der Ostringer hob nur seine rechte Augenbraue und verzog seine Wange zu einem kleinen Lächeln.

"Bevor ich Ostringer wurde, hatte ich im ganzen Ostreich mit solchen Situationen zu tun. Ich habe alle meine Funde in meinem Notizbuch aufgeschrieben", sagte Ivar und zeigte auf den Tisch. Auf dem Tisch lag ein altes, lederbezogenes Buch, das neben dem Schädel mit einer Schnur zusammengebunden war. "Es war ein wertvolles Geschenk von meinem Mentor, mit einem guten Stück Wissen. Wenn wir die Knochen auskochen, können wir außerdem leichter Wunden erkennen und die Todesursache bestimmen. Ich brauche eine Hand. Kannst du lesen, Peter?"

Peter hat nicht geantwortet. Bücher waren rar, und das meiste, was der Waise gesehen hatte, hatten die Priester selbst geschrieben oder besaßen es. Doch in seiner Tasche befand sich ein Stück Papier.

"Warum interessiert sich Sultan Baibars so sehr für diese Sache? Warum interessiert er sich so sehr für ein altes Schiffswrack und ein paar verrottende Knochen?" fragte Peter. "Er stellte Ibn al-Nafis Arbeiter, Soldaten, Schmiede und sogar Sklaven zur Verfügung, um die Überreste freizulegen, die sie am Strand fanden."

"Vergiss nicht, dass Lord Eduard gerade einen Friedensvertrag für das nächste Jahrzehnt unterzeichnet hat", sagte Ivar.

"Ich verstehe nicht, was du meinst", sagte Peter.

"Durch Ebbe und Flut und durch Zufall fand eine arme Seele, die in den Fischerhütten da draußen lebt, einen halb vergrabenen Männerschädel mit einem Loch, einer abgetrennten Hand, einer Schachfigur im Mund und einem Ring", sagte Ivar.

"Also was?" Peter fühlte sich verloren. Es war, als würde er sich mit jeder Aussage aus Ivars Mund immer weiter vom Thema entfernen. Er konnte immer noch nicht begreifen, warum das alles so wichtig für seine Ermittlungen war. Das alles erklärte nicht, warum die Knochen gekocht werden mussten. Er hob die Augenbrauen und sah Ivar verwirrt an.

Ivar ohrfeigte ihn an der Schläfe.

"Schau, Junge..." sagte er, als er ihm einen kleinen Holzteller auf dem Tisch zeigte. Peter war ein aufmerksamer Beobachter. Er konnte erkennen, dass der Ring darin das war, was Ivar ihm zeigen wollte, aber das ließ ihn nur mehr Fragen als Antworten haben.

"Ich sehe den Ring, Ivar. Was hat er für einen Sinn?"

"Sieh genau hin..." sagte Ivar. "Siehst du keine Ähnlichkeit mit ihm?"

Der Ostringer deutete an, dass der Ring Peter bekannt sein musste, aber das traf nicht auf ihn zu. Er starrte vor sich hin, aber er konnte keine Vertrautheit in dem Schmuckstück erkennen. Zuerst befürchtete er, dass Ivar sich geirrt hatte, aber dann sah er es.

Das Waisenkind griff nach seinem Zeigefinger und nahm den Ring, den er trug, von ihm.

"Ich sehe es", sagte Peter. Der Ring auf dem Teller hatte seinen Glanz verloren, aber er hatte immer noch die Schönheit seiner feinen Handwerkskunst. Er war ähnlich wie der Ring, den er in der Hand hielt. Der Unterschied war jedoch, dass Peters Ring Löwen zierte, während der Ring auf der Platte das Wappen von Speeren trug.

"Zumindest hat er mich an den Ring erinnert, den du getragen hast", sagte Ivar. "Weißt du, wem dieser Ring vorher gehört hat?"

Peter, der immer noch auf den Fund starrte, schüttelte langsam den Kopf. Verdammt noch mal, das war derselbe rostige Ring, den er in seinem Traum gesehen hatte. Er holte tief Luft, als er spürte, wie das Blut in Eile durch seine Adern floss.

"Hast du schon von den Marsmenschen gehört?" fragte Ivar, als er den Ring nahm und ihn vor Peters Augen hielt, damit sie ihn beide untersuchen konnten. Owen griff nach der Schachfigur und betrachtete sie.

"Ein König?", sagte der Bogenschütze. "Das muss eine Krone sein, oder? Aber was bedeutet sie?"

"Keine Ahnung. Ich brauche mehr Informationen für eine Schlussfolgerung", sagte Ivar.

"Männer vom Mars? Ich höre diesen Namen zum ersten Mal", sagte Peter.

Ivar ging im Zelt hin und her und kratzte sich am Kinn.

"Weißt du wirklich nichts darüber, wer Mars war?" fragte Ivar.

Aber das Waisenkind schüttelte wieder den Kopf.

"Soll ich?"

"Das habe ich", sagte Owen.

"Junge, du musst noch eine Menge lernen", sagte Ivar.

Ivars Gesicht sah aus wie ein toter Fisch, gedankenverloren starrte er Peter an, dann fuhr er fort. "Wenn du ein Schiff voller toter Ritter des Ordens der Marsmenschen findest... Mitten in der Grenzzone zwischen Christen und Mamelucken, bedeutet das..." Ivar zögerte, als er Luft holte.

"Das ist ein schlechtes Omen. Es bedeutet, dass der Frieden nicht lange anhalten wird!" sagte Owen und schüttelte den Kopf. "Wir sollen nach Hause segeln und uns nicht mit Männern aus diesem Orden anlegen."

Peter stand der Schweiß im Nacken und ein Mann, der von Kopf bis Fuß mit Staub bedeckt war, betrat plötzlich das Zelt mit einer großen Ledertasche über der Schulter.

Der Mann verbeugte sich, als Ivar ihm winkte, näher zu kommen. Der Mann entlud sie vor seinen Füßen.

Knochen. Mehr Knochen.

"Wie viele Leichen sind es dieses Mal?" fragte Ivar.

"Weitere fünf Leichen aus dem zweiten Boot." berichtete der Mann, nickte dem Ostringer zu und verließ das Zelt.

Peter fühlte sich schwindelig und musste sich hinlegen und ausruhen, als er den Mann gehen sah. "Ich glaube, ich hatte genug für einen Tag", gähnte Peter und Ivar nahm sein Buch.

"Du hast Recht. Wir werden unsere Gespräche morgen fortsetzen." Ivar sagte: "Peter, ich bin froh, dass du am Leben bist."

Das Waisenkind nickte und ging, unterstützt von Owen, weg. Er ging zu seinem Zelt.

Der Sonnenuntergang schien das Meer mit seinem bezaubernden Orangeton in Flammen zu setzen. Es war ein schöner Anblick, als der Wind Peter ins Gesicht blies, kurz bevor er sich zur wohlverdienten Ruhe legte.

Was zum Teufel zeigte ihm der Traum? Seine Haut kribbelte, denn er brauchte eine Pause.

Fünftes Kapitel

Hauptmann Jaffar hatte ein großes Zelt in der Nähe des Bergrückens vorbereitet. Es stand auf einer Anhöhe, so dass es für sie einfacher war, alle Männer bei der Arbeit zu beaufsichtigen. Am nächsten Tag ging Peter zu Ivar, bevor die Arbeit begann. Sein Zelt war kleiner. Es hatte einen Tisch und einen Stuhl, auf dem ein paar dicke Kleidungsstücke lagen. Ivars übrige Habseligkeiten befanden sich in einer kleinen Ledertasche am anderen Ende des Zeltes.

Der Ostringer starrte in sein Notizbuch, und Peter wartete leise darauf, dass er den Blick hob. Eine peinliche Stille trat ein, bevor Ivar eine getuschte Feder in einer Hand hielt und die Brauen runzelte, als würde ihn etwas beunruhigen.

"Stimmt etwas nicht?" fragte Ivar.

"Ich kann nicht aufhören, an den maskierten Mann zu denken. Ich will ihn finden."

"Das wirst du", sagte Ivar und las weiter in seinem Tagebuch.

"Lady Eleonore hat mich auch darum gebeten, herauszufinden, was hier passiert ist", sagte Peter.

"Das wirst du und ich werde dir helfen."

"Aber..."

"Was? Spuck es aus, Peter."

Er konnte die Sorge in Ivars Tonfall hören.

"Ivar... Ich gehöre zum Gefolge von Lady Eleonore... aber ich bin ein Niemand. Ich fühle mich nicht würdig. Ich habe nicht einmal ein Schwert."

"Nun, das ist keine große Sache. So wie ich ein Teil von Sultan Baibars bin - na und?" sagte Ivar. "Wir sind jetzt in Frieden. Im Moment gibt es keinen Grund, dich zu bestrafen. Außerdem wirst du schon bald ein Schwert finden und als kopfloses Kreuzzugshuhn herumlaufen können."

Der Ostringer grinste, während er seinen Blick nicht von seinem Notizbuch abwandte.

"Du bist ein persönlicher Leibwächter und Ostringer von Lady Anna. Wo ist sie jetzt?" fragte Peter.

"Sie ist bei ihrem Vater in Damaskus geblieben", sagte Ivar.

"Owen?"

"Er ging mit seinem Bogen fischen", sagte Ivar.

"Was ist hier los, Ivar?"

"Alles ist in Ordnung; wir werden wissen, was wir als Nächstes tun müssen, sobald wir alles ausgegraben haben, was gefunden werden muss."

Peter hatte einen intensiven Blick in seinen Augen.

"Gibt es etwas, das du mir verschweigst?", fragte das Waisenkind. "Hat der Sultan von dir nur verlangt, Ibn al-Nafis zu helfen?"

Ivar zuckte mit den Schultern, sagte aber nichts.

"Ich bin neugierig", sagte Peter, als er zum Eingang des Zeltes ging und einen Blick auf das Lager warf. "Warum dienst du ihm, dem Sultan? Du bist kein Muslim, du siehst eher aus wie ein..."

Peter zögerte. Die Frage war geistesabwesend und jetzt, wo er sie stellte, hielt er inne, weil er das Gefühl hatte, dass es unhöflich von ihm gewesen wäre.

"Was zum Beispiel?" Ivar hob seine linke Augenbraue. Anstatt streng oder verärgert zu sein, schien er sich zu entspannen und lächelte neugierig.

"Du sahst eher aus wie Ulf."

"Der Wüstenwolf ist einmalig." Ivar lachte. "Er war gegen das Leben, das System und die herrschende Klasse. Er hat es gewagt, das einzufordern, wovon jeder gewöhnliche Mensch träumt... die Freiheit, aber solche Dinge haben einen hohen Preis, den er voll und ganz bezahlt hat."

"Hat er die zweite Schlacht von Ayn Jalut überlebt?" fragte Peter.

"Wir haben seine Leiche nie gefunden."

"Er lebt also", schloss Peter.

"Das hoffe ich", sagte Ivar, während er sein Notizbuch schloss und vom Tisch aufstand. "Peter, gute Männer sind schwer zu finden. In den Augen des Sultans sind du und Ulf solche Männer."

"Weiß Baibars, dass ich hier bin?" antwortete Peter neugierig.

"Er weiß alles, was in seinem Reich bekannt ist. Ein Mann seines Standes hat zweifellos Augen und Ohren in seinem Reich verteilt, so dass er immer informiert ist", sagte Ivar. "Er hat mich gebeten, ein Auge auf dich zu werfen."

"Warum?"

"Du bist sein Blutsbruder. Hast du das schon vergessen? Er kümmert sich immer um seine Männer."

Peter war sich nicht sicher, ob das der Fall war.

"Aber du hast meine Frage nicht beantwortet? Warum dienst du ihm?"

"Knechtschaft ist für Sklaven. Ich arbeite für ihn..." sagte Ivar. "Weißt du, Junge, Baibars war einst ein Sklave."

"War nicht jeder Mamluk einst ein Sklave, der von den Sultanen als zuverlässiger Soldat aufgezogen wurde? Du bist doch kein Mamluk, oder?"

"Nein... aber ich war auch ein Sklave, Junge. Baibars und Ulf haben mich befreit." sagte Ivar, als er sich entschuldigte und Peter mit seinen Gedanken allein ließ. Peter wünschte, er könnte sich entschuldigen, aber er tat es nicht. Ihm war klar, dass seine Worte nichts bewirken würden. Stattdessen machte er sich auf den Weg, um Hauptmann Jaffar aufzusuchen.

Sparring war genau das, was er brauchte, um sich abzulenken.

***

In Peter' Herz brannte ein Feuer. Wegen dieses Feuers fühlte er sich mit jedem Schwung seines Holzschwertes lebendiger und lebendiger. Er holte tief Luft, denn er hatte sich an die richtige Ausbildung erinnert, die er von Sir James erhalten hatte. Sein erster Schritt nach vorne mit dem linken Bein und er stand vollkommen still mit dem Schwert vor sich.

"Was ist diese Wache? Eine hohe Wache? Habe ich vergessen, dir das beizubringen?" hatte Sir James gesagt.

"Das war Hamo", sagte Peter.

"Hör zu, Junge, es gibt nur sieben Prinzipien, die du lernen musst, wenn du ein guter Schwertkämpfer werden willst." Dann sprach er lange über das Erste, was er lernen musste, war eine gute und sichere Deckung, um seinen Körper in jeder Situation zu verteidigen. Das zweite war, den Abstand zwischen ihm und seinem Gegner zu beobachten und richtig zu beachten. Man musste beide und ihre Waffen in Betracht ziehen, bevor man sich entschied, wild und blind zuzuschlagen.

"Du solltest dich immer um den Abstand kümmern, Junge", hatte James ihm mit einem überheblichen Grinsen auf seinem selbstgefälligen Gesicht gesagt. "Es könnte dein elendes Leben retten."

Peter erinnerte sich an jede Lektion, die er erhielt.

Er erinnerte sich, dass es ihm peinlich war, als er lächelte und fragte: "Was ist das Dritte?"

"Um das Gelände zu kennen, in dem du kämpfst, natürlich, Junge."

"Das ist einfach", hatte das Waisenkind gesagt.

"Du wirst sehen, mein junger Freund, manchmal unterschätzen die meisten Leute das. Denk immer daran, ein guter Soldat unterschätzt nichts, wenn der Sieg ungewiss ist." Sir James lächelte. "Das Vierte ist, sich Zeit zu lassen. Es gibt keine Eile im Kampf, denn sie bringt Raum für einen Fehler und jeder Fehler könnte tödlich sein."

"Du sagst, ich bin ungeduldig?"

"Jeder junge Mann hat Feuer im Blut und Scheiße im Kopf", spottete James. "Du bräuchtest eine Tracht Prügel, um das alles rauszukriegen."

"Auch du?"

"Sogar ich. Ich habe immer wieder Prügel bezogen, aber ich habe nicht gesagt, dass ich mein Feuer verloren habe, oder?" Sir James tippte Peter auf die Schulter. "Was war das zweite?"

"Entfernung?"

"Ja. Halte einen Abstand zwischen dir und deinem Gegner. Das ist die fünfte." James blieb stehen und starrte das Waisenkind an. "Das sechste, Junge, ist Geduld. Vergiss auch das nicht."

"Ist das anders als beim vierten?"

"Glaub mir, das ist es, Junge", sagte Sir James.

"Und das letzte?"

"Dräng mich nicht, Peter, ich muss erst mal Luft holen", lachte Sir James, als er sich einen Moment auf ein Holzfass setzte, dann aufstand und sein Schwert aus der Scheide zog. Es war ein wunderschönes Stück Stahl, eine Klinge, mit der sich viele geehrt fühlen würden, ihren letzten Atemzug zu tun. Er trat vor das Waisenkind, während er sprach. "Übe fleißig und übe oft. Übe immer wieder, um dich zu verfeinern, Junge." Und der schottische Mann stürzte sich auf den Jungen.

Peter erschrak. Sir James erwischte ihn unvorbereitet, riss ihm das Schwert aus der Hand und versetzte ihm einen Kopfstoß, der ihn überrascht zu Boden gehen ließ. Es war kein hinterhältiger Angriff, sondern ein einfacher, zu schneller, dem der Junge nicht folgen konnte.

Peter fiel auf den Rücken auf den staubigen Boden. James stand über ihm und richtete die Spitze seines Schwertes auf Peters Kehle.

"Was ich über die Wache gesagt habe? Wenn du deine Wache verlierst, bist du tot. Du hast auch nicht auf den Abstand geachtet. Du hast dir nicht die Zeit genommen, mich zu beobachten, während ich gesprochen habe, oder den Abstand zu halten?"

"Aber..."

"Was aber? Steh auf. Du musst noch viel üben."

Seit seinem ersten Tag im Dienst hatte Peter jeden Tag trainiert, aber manchmal dachte er, er würde nie so gut sein wie James, Hamo oder der Wüstenwolf. Der Schotte hörte nicht auf, ihm zu sagen, dass das Training alles war, aber der Junge war ungeduldig, und das wusste er.

Jetzt starrte er Hauptmann Jaffar an. Peter würde mit ihm üben, wie es der Mamluk angeboten hatte. Er hatte die selbstbewusste Haltung eines Veteranen, als er dem Waisen gegenüberstand. Jaffar sah beweglich aus, auch wenn er nicht jünger war als er, und er schien geschickt mit dem Schwert umzugehen, und er hatte nie gezögert, was er tun sollte. Und jetzt nahm er seine Position gegenüber dem Waisenkind ein und zeigte seine gelben Zähne in einem selbstbewussten Grinsen.

"Bereit?" fragte Jaffar.

Peter nahm Haltung an, nickte und griff den Griff seiner Klinge, als ihr morgendliches Sparring begann.

Jaffar machte ein ernstes Gesicht. Das machte es für Peter schwierig, seine Bewegungen zu deuten. Dann blieb er fünf Schritte von dem Waisenkind entfernt stehen und stellte sich in die obere Schlangenwache, oder, wie Sir James zu sagen pflegte, in die "Aufgerichtete Schlange".

Jaffar nutzte diese Deckung als Ausgangsposition für Abwärtsstöße ins Gesicht, Hebeleien mit der Schwertspitze und auch zur Abwehr von hohen Schlägen wie dem Mordschlag.

"Viele glauben, dass Schwertkampf nur ein einfacher Akt des Klingenschwingens ist, aber sie irren sich. Es gibt einen Akt dazu. Es könnte ein Tanz oder eine Schachpartie sein. In jedem Fall würde der Tod seinen Preis fordern", dachte Peter an Sir James' Worte, während er Jaffar beobachtete. Der schottische Ritter hatte dem Jungen gesagt, dass diese Wache "... große Hiebe ausgleicht und vor Schlägen schützt."

Es fühlte sich fast so an, als würde Sir James in seine Ohren flüstern. Der Waise mit dem Schwert machte mit seinem linken Bein einen halben Schritt nach vorne. Peter stand in der "Pfeilwache". Sie wurde so genannt, weil sein Schwert, wenn es richtig geführt wurde, wie ein Pfeil in einem gespannten Bogen zurückgespannt war. Ebenso war das Schwert bereit, kraftvoll zuzustoßen und Angriffe abzuwehren, oder wie Jakobus zu sagen pflegte: "... gut zum Schlagen und Schützen".

Sie beobachteten sich gegenseitig, als Jaffar ein paar Schritte nach links machte und der Waise nach rechts ging. Ihr Tanz aus Wachen und Parieren ging weiter.

Und Peter stieß nach oben in das Gesicht. Jaffar trat etwas nach rechts von der Linie ab, griff unter den linken Arm des Jungen, umfasste sein rechtes Handgelenk und setzte gleichzeitig seine Spitze in Peters Gesicht. Die Spitze von Jaffars Holzklinge blieb neben dem Kinn des Jungen stehen. Hätte er den Schlag zu Ende geführt, wäre die Spitze seines Schwertes tief in Peters Schädel eingetrieben worden. Der Waise blickte in das Gesicht des Mamluken-Veteranen. Da war eine Freude, die seinen Körper erzittern ließ. Adrenalin. Wenn der Waise es nicht besser wüsste, hätte er gedacht, dass der Mann ihn mit seinem kalten Blick erschlagen würde. Jaffar sah aus wie jemand, der Sparring so behandelt, als ginge es um sein Leben. Aus diesem Grund trainierte Peter gerne mit ihm, denn er war der Meinung, dass der Realismus dabei helfen würde, ihm einige Techniken beizubringen.

"Sei vorsichtig, Peter", sagte Jaffar, "du musst noch eine Menge lernen."

Der Mamluk ließ Peters Schwert los und stieß ihn zu Boden. Mit jeder Niederlage fühlte sich Peter, als ob ihm eine neue Form eingeprügelt worden wäre. Sie kämpften noch ein paar Mal miteinander.

"Pass auf den Abstand auf, und auch auf meine Füße", sagte Jaffar.

"Aber das nächste Mal..." zwitscherte Peter und sprang eifrig wieder auf die Füße.

"Er hat Recht, Eure Hoheit, du bist langsam und berechenbar", sagte Owen. "Manchmal denkst du zu viel."

"Wie kommt das?"

"Du musst oft üben, damit du nicht nachdenken musst, sondern dich auf deinen Instinkt verlassen kannst und schneller bist", sagte Jaffar.

"Du bist so langsam wie mein alter Opa, als er versuchte, sich selbst zu beschlagen", spottete Owen.

"Sehe ich aus wie dein Opa?" Peter lächelte auch.

"Nein, du bist zu hässlich mit dieser Narbe im Gesicht", und sie lachten alle. Peter berührte seine Wange. Das war seine erste Kampfnarbe, und er hatte sie von Julian bekommen. Der Mann, der versucht hatte, ihn an seinem ersten Tag im Dienst zu töten. Wo war er jetzt? Peter hatte ihm in der zweiten Schlacht von Ayn Jalut gegenübergestanden und den Kampf gewonnen, indem er ihm die Hand abhackte - aber seine Leiche wurde danach nie gefunden. Julian muss überlebt haben.

"Mach es nicht wie bei 'Fünf vor Vier'", sagte Jaffar.

"Was?" fragte Peter. "Fünf zu vier?"

Hauptmann Jaffars Gesicht sah ernst aus, als er auf die Waise zuging und ihr Training unterbrach.

"Erhöhe deine Deckung, konzentriere dich! Du machst es wie meine Oma", mischte sich Jaffar ein.

"Deine Oma wäre ein verdammt guter Schwertkämpfer." Owen grinste.

Der Mamluk starrte den Bogenschützen an, der schluckte und hielt den Mund.

"Wenn du gewinnen willst, trainiere richtig und respektiere die Zeit, die du dafür investierst! Hab ich mich klar ausgedrückt? Verschwende nicht unsere Zeit, Peter, und sei nicht der nächste flache Kerl, der nach der nächsten Schlacht tot ist, so wie Adam."

Peter senkte kurz den Kopf und holte tief Luft. Mit einem einzigen Satz war Peters ganze Gelassenheit aus dem Fenster geworfen, und er sprang zu Jaffar hinüber und schwang sein Holzschwert wie ein Wahnsinniger. Er war fest entschlossen, den Mann vor ihm zu verletzen.

"Ruhig, Longsword, behalte die Kontrolle", sagte Jaffar. Er trat nach links und schlug ihm auf den Arm, der die hölzerne Waffe hielt. Peter fluchte und ließ es fallen. "Wenn du die Kontrolle verlierst, hast du den Kampf schon verloren."

Sein Wunsch war in Erfüllung gegangen und er hatte sich mit Hauptmann Jaffar geprügelt. In den letzten Tagen, als es seiner Schulter besser ging, hatte er regelmäßig trainiert, um den Umgang mit dem Schwert in der linken Hand zu verbessern.

"Du hast keine Technik, Junge", sagte Jaffar, "aber du hast den geborenen Instinkt zu kämpfen und zu töten."

Keine Technik. Peter sah ihn an.

"Wir sind Mamelucken, professionell ausgebildete Krieger, Shaqiq Yatim", lachte Jaffar.

"Was war das?"

"Shaqiq Yatim bedeutet 'Bruder Waise', wie die meisten von uns. Wir sind Mamelucken, Waisenkinder wie du, die in Gefangenschaft genommen und verkauft wurden, um als Sklavenkrieger aufgezogen zu werden. Wir sind die Elitesoldaten des Sultans, der auch einmal ein Sklave war." sagte Jaffar.

Longsword nannte ihn die Engländer; Longespée nannte ihn die Franzosen. Jetzt nannten ihn die Mamelucken Shaqiq Yatim. Dabei war er nur Peter, ein Waisenkind aus Akkon, das verwundet war und seine linke Hand trainierte, weil er etwas tun wollte, wenn ein Feind ihn angriff.

"Linker Bastard", nannte Owen ihn.

"Du bist ein schneller Lerner, was?", sagte Kapitän Jaffar. Wenn Peter nicht am Meer oder beim Sparen war, half er Ivar im Amtszelt beim Schreiben über die Ausgrabungsstätte.

Nach dem Schwertkampf ging er zum Meer, um sich ein wenig auszuruhen. Alle waren damit beschäftigt, Knochen zu sammeln, Klingen zu schärfen oder Essen abzuliefern. Jaffar war auch für die Logistik zuständig. Owen war nirgends zu finden, vielleicht bei der Nahrungssuche, und Peter fühlte sich allein. Er war ein Kreuzritter im Lager der Mamluks. Doch er war ein Blutsbruder des Sultans und niemand wagte es, mit ihm zu sprechen. Er war ein Freund von Ivar und Ibn al-Nafis' Patient.

Peter war müde und nicht in der Stimmung, ein Schwert zu schwingen und den maskierten Mann zu treffen; seiner Schulter ging es an diesem Morgen besser. Das Wasser, das gegen seine Füße plätscherte, beruhigte ihn immer und half ihm beim Nachdenken. Als er dort stand, fand ihn Ivar und setzte sich mit einem Flachmann in der Hand neben ihn. Der Ostringer holte tief Luft und wischte sich den Schweiß von der Schläfe.

"Darf ich mich zu dir setzen?"

"Klar", sagte Peter.

"Owen hat mir erzählt, was bei dem Überfall passiert ist."

Peter blickte zu Ivar. Er und Ivar hatten zusammen gekämpft, waren zusammen geritten, beinahe zusammen gestorben und hatten am Ende gemeinsam überlebt. Doch manchmal konnte er nicht verstehen, was der Ostringer vorhatte.

"Der Tod deines Freundes Adam geht zur Hälfte auf dein Konto. Die andere Hälfte war seine Entscheidung, dir zu folgen." sagte Ivar,

"Darum geht es hier also?" sagte Peter. "Ich habe diesen Vortrag schon einmal gehört und ich glaube, wenn ich nicht im Zorn gehandelt und die Kampflinie an diesem Tag verlassen hätte, könnte er noch am Leben sein..."

Eine Träne glitt über seine Wange und in die Nähe der Narbe auf seiner Wange.

Ivar tippte ihm auf die Schulter.

"Was geschehen ist, ist geschehen. Du musst nach vorne schauen und aus deinem Fehler lernen. Denk daran, Peter, der weise Kriegsherr schlägt nie im Zorn zu."

"Ich bin nicht weise und werde es nie sein..."

Ivar schüttelte den Kopf und nahm ein kleines Messer aus seinem Stiefel und hackte ein kleines Holzstück ab, das er in der Hand hielt, als er zu Peter kam.

"Was machst du da?"

"Ich trainiere meinen Geist", sagt Ivar. "Die Holzschnitzerei entspannt mich und hilft mir, klar zu denken. Bevor ich das gefunden habe, war ich ein Wutbündel."

"Das kann ich mir nur schwer vorstellen."

"Aber es ist wahr..." sagte Ivar. "Du solltest deinen Weg finden, um deine Gedanken zu klären."

Peter verschränkte die Arme vor der Brust. Ivar ließ es so klingen, als ob er ohnehin nicht nach einer Lösung suchte.

"Ich denke..."

"Was stört dich so..."

"Alles. Mein Kopf ist voll von Problemen und ich kann sie einfach nicht ausblenden. Ich denke ständig an meine Unzulänglichkeiten, an sie, daran, den Mann zu finden und zu töten, der Adam getötet hat, daran, das Erbe eines Vaters aufrechtzuerhalten, den ich nie kennengelernt habe, an meine Mutter - ob sie noch lebt oder nicht - ich weiß nicht einmal, wer sie war. Es fühlt sich an, als würde mein Verstand auseinanderfallen."

"Ach, Junge, du bist noch jung. Es ist normal, dass du Tausende von Fliegen im Kopf hast", sagte Ivar, "aber hör mir zu. Konzentriere dich darauf, am Leben zu bleiben. Irgendwann wird sich alles so fügen, wie das Schicksal es will."

"Ist jeder ein Philosoph geworden, oder bin ich der Einzige, der nicht mehr weiter weiß?" murmelte Peter,

Ivar hat gelacht.

"Harte Momente im Leben stärken dich genug, um über sie nachzudenken. Und sie werden immer auf dich zukommen."

"Bei dir hört es sich so an, als ob Leben Leiden bedeutet".

"Leider... ist es so", sagte Ivar. "Ich war nicht immer der Mann vor dir. Ich habe mit fragwürdigen Männern gearbeitet, mit gefährlichen Männern, und ich habe den Tod gesehen und bin seinen Fängen doppelt so oft entkommen. Jetzt versuche ich, die Natur zu genießen. Ein erfülltes Leben zu leben. Ja, das Leben ist zum Leiden da, aber es hat auch etwas Gutes. Jeden friedlichen Moment, den ich habe, habe ich mir durch Leiden verdient;

das Leben ist zu kurz, um es mit dem Bedauern über die Vergangenheit zu vergeuden."

"Und gefährlich", sagte Peter.

"Ja, aber du hast noch eine Chance. Im Kampf darfst du nur einmal Fehler machen. Es ist ein tödlicher Beruf. Aber du hast überlebt, und das Ziel ist es, weiter zu überleben. Du solltest für diese Chance dankbar sein. Adam hatte nicht so viel Glück wie du. Lerne und werde besser... zumindest ihm zuliebe."

"Für Adam..." murmelte Peter vor sich hin.

"Vielleicht wirst du eines Tages durch diesen Fehler viele andere Leben retten, wenn du daraus lernst. Am Ende liegt es aber ganz bei dir."

"Die Wahl zu treffen ist die Herausforderung."

"Diese Entscheidungen definieren dich", sagte Ivar eulenhaft.

"Dann sollte ich keine Wahl haben. Ich bin kein definierter Mann, ich bin ein Niemand, Ivar ... nur ein Straßenjunge aus Akkon."

"Warum sagst du das? Ich habe dich gekannt, Peter. Du bist etwas Besonderes. Du merkst es vielleicht nicht, aber deine Entscheidungen haben dich hierher geführt. Peter, du kannst Leben retten; du kannst andere Menschen dazu bringen, dir zu folgen. Du tust dich schwer mit dem Bekenntnis, aber du bist größer als jeder Kleinkind, das du vorgibst zu sein. Peter, du wirst ein großer Mann werden... Auf welchem Weg auch immer du gehst."

"Aber ich weiß nicht, wie. Was soll ich jetzt tun?" sagte Peter.

"Lerne und sei weise. Ich bin nicht der Einzige, der das in dir sieht, Peter. Wenn du nicht an dich selbst glauben kannst, dann glaube wenigstens an deine Freunde."

"Ich will..." Peter winkte ab, aber Ivar seufzte und stand auf.

"Gute Besserung, Peter." Ivar runzelte die Stirn, als er Peter verließ und zum Lager zurückkehrte.

Trotz des Rauschens der Wellen war alles, was Peter hören konnte, Stille. Weder der Wind noch seine Gedanken konnten ihn aus der Trance reißen, in die er geraten war. Größe, Tapferkeit, Ehre... Worte, die Peter in all den Gesprächen, die er in letzter Zeit geführt hatte, immer wieder hörte. Schuldgefühle plagten ihn, aber jetzt, wo er sich selbst überlassen war, fragte er sich, ob es einen Grund gab, sich so niedergeschlagen zu fühlen.

Seine Wunde war verheilt; er konnte seine Hand schwingen, trotz des quälenden Schmerzes, der immer wieder auftrat, wenn er sie bewegte. Adam war tot und Peter hatte seinen Frieden mit dieser Wahrheit gemacht, aber er trug Adams Tod in seinem Herzen, als wäre er derjenige, der den jungen Mann niedergeschlagen hatte. Mehr noch als Schuldgefühle hatte er das Gefühl, dass er vergessen würde, was ihn antrieb, wenn er zuließ, dass die Schuldgefühle in seinem Herzen ihn verließen. Er fürchtete sich vor all den Möglichkeiten, wie sein Leben auseinanderfallen könnte, anstatt sich zum Besseren zu wenden, wie sie alle behaupteten. Peter fuhr mit den Fingern durch sein Haar. Es fühlte sich bei der Berührung länger an. Es war schon eine Weile her, dass er sie das letzte Mal geschnitten hatte. Sogar sein Bart war nachgewachsen. Peter hatte so viele unbeantwortete Fragen, er hatte das Gefühl, dass er vieles nicht unter Kontrolle hatte. Also beruhigte er sich und befolgte den Rat, der ihm gegeben wurde. Es würde eine Weile dauern, bis er etwas Beruhigendes finden würde, wie das Verlangen nach Holz, also beschloss er, sich abzulenken, indem er tat, was er konnte.

***

Am nächsten Morgen ging Peter an den Strand, um ein bisschen zu trainieren, und traf dort Owen. Seinem Freund gefiel das gar nicht. Er schwang einen Holzstock mit der linken Hand.

Die Sonne war kaum aufgegangen, aber vom Schweiß durchnässt war Peter.

"Bist du sicher, dass es nicht zu früh ist, um deinen Arm zu belasten?" rief Owen. Er war besorgt, dass Peters Hand zwar geheilt aussah, aber dass diese Bewegung die Wunde wieder öffnen würde.

"Ich musste mich ein bisschen strecken." sagte Peter.

Er hielt sein Schwert seltsam, und Owen spottete über ihn.

"Diese Haltung würde mit einem Linkshänder niemals funktionieren", sagte der Bogenschütze. "Der Linkshänder-Krieger schlägt wieder zu... bei niemandem."

Peter lächelte, denn er mochte den Humor seines Freundes.

"Warum sagst du das? Gibt es nicht einen berühmten Linkshänder-Krieger?"

"Ein richtiges Schwert wäre zu schwer für deine linke Hand. Es wird lange dauern, bis du von der rechten auf die linke Hand umsteigen kannst", sagte Owen, als Peter den Holzstab zeigte und ihn Owen zuwarf. "Der letzte Ritter, der das gelernt hat, hat fünf Monate gebraucht."

"Was ist mit ihm passiert?" fragte Peter.

"Er ritt wieder in die Schlacht und starb wie ein dummes Schwein."

"Wie?"

"Er wurde von Schurken wie mir aufgespießt und erstochen", grinste Owen.

"Er ist also nicht wegen seiner linken Hand gestorben", sagte Peter. "Wer war dieser Ritter?"

"Ein Söldner, der nicht verstehen konnte, dass er ohne seine rechte Hand am Ende war."

"Darauf können wir wetten. Ich werde nicht wie er sein", sagte Peter.

Es hatte ihn in den Fingern gejuckt, zu kämpfen. Ivar hatte gesagt, er müsse heilen und seine Muskeln stärken. "Es gibt keinen besseren Weg zu heilen, als ein paar Knochen zu brechen", hatte Hauptmann Jaffar gesagt. dachte Peter schmunzelnd, als Owen den von ihm geworfenen Holzstock nahm und seine Herausforderung annahm.

"Ich werde keine Gnade walten lassen, nur weil du verletzt bist", grinste Owen, aber Peter ging nicht auf seinen Bluff ein. Er hoffte sogar, dass Owen sich während ihres Sparrings nicht zurückhalten würde. Er wollte den Anreiz eines echten Kampfes, um zu sehen, wie sehr er sich von der Behandlung und dem Sparring mit Ivar und Jaffar erholt hatte, sowie von all den anderen Dingen, die er getan hatte, um seinen verletzten Körper zu trainieren.

Owen war eher ein Bogenschütze, aber das machte ihn nicht weniger zu einem Schwertkämpfer.

Obwohl er kürzere Schwerter bevorzugte und das Holzschwert, das er in der Hand hielt, einhändig war, konnte er immer noch so leicht zuschlagen und parieren wie sonst auch.

Peter war ebenso beeindruckend. Seit sie ihr Sparring begonnen hatten, ließ er seine linke Hand nicht mehr auf der Klinge ruhen und schwang, blockte und parierte mit einer Hand, so wie er zuvor mit der rechten pariert hatte. Dann schlug Owen Peter mit einem Überraschungsangriff den Holzstock aus der Hand. Peter wurde etwas klar.

Owen hatte nicht ganz unrecht. Wenn er verlor, lag das nicht nur an der Haltung und der Technik, die er verwendete. Jeder Schlag verlangte ihm viel zu viel ab, und wenn Owen parierte, wurde es für seine Schultern schwierig, seine Haltung zu korrigieren und dann wieder zu parieren. Wäre es ein echter Kampf gewesen, hätte er sicher verloren. Ihr Sparring dauerte kaum eine Minute.

"Du hattest Recht... Ich muss noch viel üben."

"Richtig?" Owen keuchte. Er war plötzlich ekstatisch, und das nicht nur, weil er gewonnen hatte.

"In all meinen Tagen habe ich noch nie einen Mann gesehen, der ein Schwert so schwingt. Ich denke, du musst warten, bis deine rechte Schulter vollständig verheilt ist und deine rechte Hand wieder für dein Schwert benutzen. Verlass dich nicht auf deine Linke."

"Warum?"

"Ein linker Schwertkämpfer ist schwer zu treffen, aber schwer zu meistern, und es braucht Zeit. Eine solche Haltung könnte deine Gegner zu einem tödlichen Schlag hinreißen. Du kannst Roter Hering fragen."

"Wo ist er?"

"In Acre, nehme ich an", sagte Owen.

"Wann fahren wir hin?"

"Wenn der Arzt sagt, dass du bereit bist, oder sie uns rufen."

"Oder wir finden heraus, was mit diesem Schiffswrack passiert ist. Oder wir finden den maskierten Mann und töten ihn", fügte Peter hinzu. "Such dir was aus."

Owen holte tief Luft und starrte ihn an.

"*Was ist das, was ich vor Owens Tür gesehen habe? Es fliegt hoch, mit einem pfeifenden Geräusch wie das Surren eines Adlers. Es ist schwer zu greifen.*" Der Bogenschütze sagte. "Habt ihr eine Antwort auf mein Rätsel? Oder hast du sie schon vergessen?"

"Seemöwe?" Peter versuchte sein Glück, aber Owen schüttelte den Kopf.

"Ein Pfeil, die Antwort ist ein Pfeil, Eure Hoheit." Der Bogenschütze grinste. "Du bist faul im Kopf. Du musst nicht nur deinen Körper, sondern auch deinen Geist trainieren."

***

Die Sonne war zu Bett gegangen und eine kühle Brise fegte durch das Lager und rauschte über das Meer. Er lag einfach in seinem Zelt und hatte nichts weiter als seine Gedanken, die ihn begleiteten. Owens Worte hatten ihn zum Nachdenken gebracht,

Der maskierte Mann.

Der Räuber, der Adam so brutal niedergeschlagen hatte.

Dieser Mann kämpft wie ein erfahrener Ritter. Er und Adam hätten ihn fast besiegt, aber sie waren die beiden, die gleichzeitig angriffen. Doch der Feind rutschte über einen Körper und sie nutzten das aus. Peter fühlte sich wie ein Narr. Er hatte keine Chance, nicht mit seiner verwundeten Schulter und der lahmen Handhabung des Schwertes mit seiner gesunden linken Hand.

Jetzt, wo er sich an die Begegnung erinnerte, war er sich sicher, dass der Räuber keine seiner Bewegungen verschwendet hatte und alle seine Schläge eine unglaubliche Kraft hinter sich hatten. Peter wusste, dass er stärker werden musste, wenn er auch nur annähernd in der Lage sein wollte, einem solchen Krieger gegenüberzutreten. Die weiße Maske des Angreifers hatte ihn eine Zeit lang in seinen Träumen verfolgt. Peter hatte immer mehr Angst, dass er keine Chance auf Rache haben würde. Die weiße Maske, die der Räuber trug, hatte Risse an den Stellen, an denen sich die Augen befanden, und einen großen Freiraum für die Nase. Sie war grob gezeichnet. Von der Spitze bis zum Kinn der Maske war eine schwarze Linie gezogen.

Was war das Material? Leder?

'Auf keinen Fall sieht es leicht und beweglich aus.' Peter debattierte mit sich selbst: 'Oder ein Stück Seide mit einem Band um den Hals gebunden.'

Peter legte sich wieder hin. Er ließ die Öffnung seines Zeltes einen Spalt offen, damit die kalte Luft hereinströmen konnte, und als er hinausschaute, sah er einen wunderschönen Himmel über sich. Es war wieder eine wunderschöne Nacht. Die letzten Nächte waren atemberaubend gewesen, so sehr, dass es ihm half, sich zu entspannen. Er glaubte, dass der Blick in den Himmel die Wahrscheinlichkeit von Albträumen verringerte. Stattdessen träumte er davon, im Schein des Mondes durch die Wolken zu fliegen. Obwohl es ihm so vorkam, als ob er in Frieden dalag und die Sterne betrachtete. Peters Geist war in Aufruhr. Myriaden von Gedanken wirbelten in seinem Kopf herum wie ein Wirbelwind um die Angreifer, während die Meereswellen ihr Lied zum Glanz des Nachthimmels hinzufügten.

Ihr Angriff war viel zu ausgeklügelt. Diese Räuber, Piraten, Banditen oder Räuberbanden - wie auch immer sie genannt wurden - kannten die Route der Kreuzfahrer und ihre Pläne, vom Austausch zurückzukehren. Sie wussten von ihrer Fracht. Es war kein einfacher Überfall, kein Überfall, der ohne einen brillanten Plan oder das Wissen um ihr Vorhaben erfolgreich verlaufen wäre. Es hätte nicht möglich sein dürfen, und doch ist es passiert.

Wie hätten sie das wissen können?

'Es sei denn, jemand hat ihnen alles erzählt.' Peter setzte sich mit einem strengen Blick auf und schüttelte ungläubig den Kopf. Er wollte nicht glauben, dass jemand sie wieder verraten hatte. Als er über die Möglichkeit nachdachte, dass der gesamte Angriff ein Akt des Verrats war, fiel ihm ein einfaches Detail ein, das er übersehen hatte. Die Maske. Im Gegensatz zu den anderen Räubern verbarg der Stärkste sein Gesicht. Zuerst dachte Peter, es handele sich nur um einen Akt der Einschüchterung, aber das konnte nicht der Fall sein. Die Maske war eher grob als furchterregend genug, um seine Gegner einzuschüchtern. Sie war eher wie eine Decke, die sein Gesicht verbarg. Und warum? Weil es fast so war, als würde er etwas verbergen. Der Anführer der Räuber fürchtete, jemand könnte ihn erkennen.' fragte sich Peter. 'Wer könnte dieser Mann sein?'

Je mehr Peter darüber nachdachte, desto mehr hatte er das Gefühl, dass er der Rache an seinem guten Freund Adam näher kommen könnte.

Der maskierte Räuber stach aus seinen Reihen hervor. Seine Kleidung war anders, ebenso wie die Ausrüstung und die Säge, die er schwang. Er sagte wenig, aber Peter konnte sich erinnern, wie seine Stimme klang. Es war keine Stimme, die er wiedererkannte. Vielleicht war der maskierte Mann beim Gefangenenaustausch. Das würde bedeuten, dass niemand sie verraten hatte, sondern dass jemand gierig war und sie zufällig aufgesucht hatte. Nein, das konnte nicht sein. Soweit Peter sich erinnern konnte, gab es nur den Konvoi, der von Lord Eduard geschickt wurde, und er war ein Teil davon. Jeder andere Mann hatte die Ladung bei dem morgendlichen Angriff verteidigt. Hätte einer von ihnen das getan, wäre er während des Angriffs geflohen. Laut Owen wurde später am Tag über alle berichtet - tot oder lebendig.

Der andere Gedanke, der mir in den Sinn kam, war ein Verdacht gegen die Mamelucken und ihren Konvoi. 'Vielleicht wollte der Sultan sein Gold zurück? Wollte er schmutzig spielen?' Peter zögerte, während er sich am Kinn kratzte. Schließlich war der Sultan für seine Abneigung gegen Templer und Kreuzfahrer bekannt.

Doch Lord Eduards Gruppe bestand nur aus Männern aus seinem Gefolge und dem seiner Frau, Lady Eleonore. Lord Eduard hatte seinen Ton gegenüber dem Orden der Templer nach ihrem Verrat in der zweiten Schlacht von Ayn Jalut verhärtet. Nur ein Narr hätte sich erweichen lassen, ihn ein zweites Mal zu verraten. Es sei denn, der besagte Narr war sich sicher, dass er damit durchkommen würde. Oder es gab einen Verräter in ihrer Gruppe.

Peter ballte seine Faust so fest, dass seine Nägel die Haut zu durchbrechen drohten. Er konnte nicht glauben, dass es sich um einen weiteren Verrat handeln würde. Lord Eduards Partei bestand aus den vertrauenswürdigsten und loyalsten Anhängern. Warum sollte jemand...?

"Schläfst du?" rief Owen, als er an der Öffnung von Peters Zelt erschien.

"Noch nicht..."

"Wie geht es deinem Arm?" fragte er. Er machte sich Sorgen, dass Peter sich vorzeitig zurückgezogen hatte, weil er Schmerzen hatte. Peter streckte sich unbewusst kurz; seine Schulter tat weh und brannte, aber ansonsten fühlte er sich gut.

"Mir geht es gut. Ich musste nur über vieles nachdenken."

"Wozu?" fragte Owen.

Peter war nicht im Geringsten müde, also trat er aus seinem Zelt und setzte sich zu Owen ans Feuer.

"Ich habe mich gefragt, wer uns angegriffen hat."

"Piraten. Warum?" fragte Owen.

"So viel weiß ich, aber woher wussten sie, wo sie uns finden können? Über das Gold, über unseren Rückweg. Jemand muss uns verraten haben", Peter schaute seinen Freund an.

Owen war sprachlos. Es war eine schwere Anschuldigung, die Peter da machte, aber anstatt ihn zu beschimpfen, saß er still da und hörte zu, als Peter seine Ängste äußerte. Er hatte sich auch gefragt, ob Owen vielleicht seine Gedanken über den Angriff hatte.

"Nachdem der Sergeant von Sir James uns in Jerusalem verraten hat, konnte das jeder, Eure Hoheit." Owen starrte mit geballten Fäusten auf das Feuer.

"Würdest du?" fragte Peter, als Owen seinen Blick auf den Jungen richtete. Er fühlte sich beleidigt.

"Würdest du?" fragte Owen wütend. "Deine Reißzähne auf die Hände richten, die dich füttern?"

"Ich bin nicht so schlau..." sagte Peter und starrte immer noch in die Sterne, anstatt ins Feuer zu schauen. Das Betrachten der Sterne war zu seiner Art geworden, sich zu beruhigen; er wollte sich nicht in das Gespräch vertiefen und riskieren, Hinweise zu übersehen. "Und wenn ich es wäre, wäre ich nicht so undankbar, so etwas zu versuchen."

"Ich auch nicht", sagte Owen, aber Peter merkte, dass sich seine Wut nicht gegen ihn richtete, aber das Thema regte den Waliser sehr auf. "Vergiss nicht, die Welt ist voller Scheiße. Scheißer, die auf zwei Beinen laufen und immer bereit sind, alles für Münzen zu verkaufen, auch dich und mich, Junge! Vergiss das nicht. Es wird immer Leute geben, die voller Scheiße sind!"

Peter fluchte ernsthaft und nickte. "Wegen einem dieser Scheißer ist Adam weg. Wir müssen den maskierten Mann finden, Owen."

"Glaube mir. Ich würde ihm gerne die Augen mit meinem Pfeil ausstechen, aber leider bezweifle ich das", sagte Owen finster, während er einen Stock nahm und in der Glut des Feuers stocherte. "Eure Hoheit, ich gebe es nur ungern zu, aber sie sind schon zu weit weg."

Peter hat nicht geantwortet.

Er hatte daran gedacht und fand es nicht schön, diese Worte von einem Freund bestätigt zu bekommen. Sein Ego war zerbrochen. Allein der Gedanke an ein Versagen fühlte sich an, als wäre sein Ruf beschädigt worden. Und vor allem würde er seinen Freund niemals rächen.

Rache war kein guter Gedanke, das wusste er, aber alles, was er sah, war der Drang, dem Mann sein Schwert in den Schädel zu rammen und ihn wie eine Keramikurne in tausend Stücke zu zerschlagen.

Owen gab seinem Freund einen Klaps auf den Nacken.

"Du verziehst schon wieder das Gesicht", sagte Owen.

"Tut mir leid."

Seine Wut hatte ihn für einen Moment überwältigt. Peter fühlte sich wie die Verkörperung des Todes, und der Blick, den er aufsetzte, war genauso erschreckend. "Es ist nicht deine Schuld, Peter", sagte Owen. "Tragödien und Blutvergießen gehen in unserem Beruf Hand in Hand. Diese Dinge passieren, Menschen sterben, und manchmal sind es die Guten. Gib dir nicht die Schuld. Du wärst auch fast gestorben."

"Ein Leben ist voller Wendungen und Umschwünge; das Schicksal wird eines Tages über unsere armen Seelen lächeln." Owen murmelte: "Mit diesem Gold könnten wir die Schiffe bezahlen, die uns in unsere Heimat zurückbringen... aber ohne es gibt es keine baldige Rückkehr, und du musst meine Gesellschaft noch ein wenig länger genießen."

Peter seufzte, und dann wurde sein Gesicht lebendig.

"Vielleicht...", seine Augen drehten sich wie ein Sturm, "könnten wir unser Gold zurückholen, unsere Gefallenen rächen und du könntest endlich nach Hause zurückkehren... Denk darüber nach, Owen. Morgen will Ivar den östlichen Teil des Schiffes räumen." sagte Peter.

"Und?"

Der Waise hörte seinem Freund nicht zu, während seine Gedanken davonflogen. Sie befanden sich immer noch in der Küstenregion, also mussten die Piraten ihre Informationen von irgendwo in der Nähe erhalten haben. Sie kannten das Terrain gut und nutzten es zu ihrem Vorteil. Ein weiteres Zeichen dafür, dass die Piraten entgegen Owens Überzeugung vielleicht doch noch in Peters Reichweite waren. Er war optimistisch, also klammerte er sich noch an das Fünkchen Hoffnung, den Bastard mit der weißen Maske finden zu können.

"Schließlich werden die Leute bald über die Ausgrabung und den hier vergrabenen Schatz sprechen", sagte er.

"Welcher Schatz?" Owen erhob seine Stimme.

"Wen kümmert das schon?" Peter starrte ihn an. "Wir müssen nur das Wort 'Schatz' verbreiten."

Peters Gesicht verzog sich zu einem verruchten Grinsen, das nur die Sterne oben sehen konnten.

"Ich habe diesen Blick schon einmal gesehen", sagte Owen. "Und er gefällt mir nicht."

"Es ist nur mein Gesicht", sagte Peter, "aber ich muss bereit sein!" Er brauchte einen Plan, und er brauchte auch eine Waffe.

"Für?"

"Um einen Bastard zu töten!"

Sechstes Kapitel

Peter hatte sich gerade aus Ivars Zelt geschlichen, nachdem die beiden versucht hatten, die Spielsteine, die sie aus dem Schiffswrack geborgen hatten, zu katalogisieren und zu untersuchen. Er setzte sich an den Strand und streckte seine Beine aus, damit das Wasser ihn berühren konnte. Er spürte, dass er die Kühle des Wassers an seinen Beinen brauchte. Seine Augen wanderten zum Horizont und er beobachtete, wie sich der Himmel mit dem Meer vereinigte. Es schien ein Glücksfall zu sein. Die Sonne war hell, aber nicht mehr so grell wie am Tag zuvor. Sie hatte genau die richtige Temperatur. Der Wind schlug gegen seine Haut und er konnte das Pfeifen in seinen Ohren hören.

Er war viel zu sehr damit beschäftigt, seine linke Hand zu trainieren und Ivar zu helfen. Irgendwann hatte er das Gefühl, dass ihn das alles auslaugte. Peter griff in sein Hemd und fuhr mit den Fingern die Linie seiner Verletzung entlang. Er konnte die Kontur der Verletzung sehen und sie ließ seine Finger zittern. Seine Schulter war immer noch sehr schmerzhaft und fühlte sich fast taub an. Es kam ihm wie ein Wunder vor, dass er die Hand so schnell wieder so gut bewegen konnte, wie er es tat. Es war kaum eine Woche her, dass er hier angekommen war, und der Arzt hatte hervorragende Arbeit geleistet.

Die Wellen des Meeres umspülten seine Füße, während das kalte Wasser plätscherte und blubberte. Die Wellen würden irgendwann tiefer ans Ufer gelangen und seinen Hintern berühren, während er saß, aber das Gefühl, nass zu werden, begrüßte er eher, als dass er es verabscheute. Es war schon eine Weile her, dass er dieses Gefühl der Befriedigung hatte. Er mochte das Gefühl des Sandes auf seinem Hintern, während er sich über seine linke Schulter lehnte und den Meereshorizont betrachtete.

Die Sonnenstrahlen auf dem Rücken seines Gewandes bildeten einen schönen Kontrast zu der Kälte seiner unteren Hälfte.

Er war schweißgebadet, aber das schien ihn nicht zu stören. Er genoss die Ironie des Ganzen und es half seinem Geist, die ersehnte Ruhe zu bewahren.

Sein Geist war von so vielen Gedanken umwölkt. Ihm ging so viel durch den Kopf, aber jetzt, wo er sich entspannt fühlte, blieb er noch ein bisschen länger. Er dachte an Adam und seinen Tod. Der Gedanke an ihn verweilte in seinem Kopf und er vermisste ihn. Die beiden hatten sich in den letzten Monaten gut verstanden und waren zu engen Freunden geworden. Trotz der Realität, in der sie lebten, fanden sie die trivialsten Dinge, die sie teilen konnten. Sie hatten es geschafft, sich gegenseitig glücklich zu machen. Adam war wie der jüngere Bruder, den er nie gehabt hatte, den er aber in diesem Moment schmerzlich verloren hatte.

Das Gefühl der Verantwortung, das er für Adam empfand, erhob ihn.

Es war das erste Mal, dass er das Gefühl hatte, wirklich einen Bruder zu haben.

Aber Adam war jetzt weg. Er wünschte sich, er wäre derjenige, der an diesem Tag gestorben war. Peter seufzte.

Er hat versucht, damit Frieden zu schließen.

Tief einatmen. Einatmen... Ausatmen... und wiederholen, bis er sich mit geschlossenen Augen leicht wie eine Feder fühlte und die Wärme wie eine Umarmung des Himmels war. Die Wärme umspülte ihn, auch wenn die pralle Sonne sie noch verstärkte. Er hatte beschlossen, dass er diesen tödlichen Weg nicht gehen würde. Den Weg, der das Herz eines Mannes nimmt und es in Stücke schlägt. Er schüttelte den Kopf und versicherte sich, dass er weiterhin den Weg gehen würde, der ihn eines Tages zu dem lobenswerten Krieger machen würde, nach dem er sich sehnte.

Ein Geräusch schreckte Peter auf.

Ein Grashüpfer flog und landete ein paar Schritte von Peters rechter Hand entfernt. Er war so in seine Gedanken vertieft, dass er seine Umgebung fast aus den Augen verlor. Er legte sich zurück in den Sand und seine Schulter schmerzte ein wenig. Sie war schon lange nicht mehr genäht worden, da sein Ellenbogen an seinen Oberkörper gebunden war, um die Schmerzen der Wunde zu lindern. Er konnte den Stoff, der um seinen Arm gewickelt war, immer noch auf seiner Haut spüren.

Ibn al-Nafis, dem die ganze Zeit schwindlig war, sagte, er habe Glück gehabt, dass er seine rechte Hand noch hatte. Wäre der Schnitt einen Zentimeter länger gewesen oder hätte er einen Knochen getroffen, wäre es eine ganz andere Geschichte gewesen. Du hättest lernen müssen, dich mit links am Arsch zu kratzen". spottete Owen grob über ihn.

Der Gedanke daran brachte ihn zum Lachen. Er konnte sich noch gut daran erinnern, wie sehr er damals unter Schmerzen litt. Peter war dankbar, aber verdammt noch mal, es tat weh.

Die Flügel der Heuschrecke flatterten, als sie in seiner Nähe landete. Sie verleitete ihn dazu, die Hand auszustrecken und sie vielleicht zu pflücken, aber er tat es nicht.

Peter folgte dem Grashüpfer mit seinem Blick. Das Insekt war groß, so groß wie seine halbe Handfläche. In der Stadt Akkon hatte er schon kleinere gesehen, aber noch nie so ein großes.

Das kleine Ding sah müde vom Springen aus, zumindest dachte Peter das, als er die Kreatur beobachtete.

SLAP.

Die Heuschrecke war zu nahe an Peters Gesicht herangekommen und die massive Hand eines Sklaven stürzte auf ihn herab, gerade als das Wasser das Ufer erreichte. Peter blinzelte erneut, da er sich zu träge fühlte, um zu reagieren, aber seine Augen folgten den Händen, die er gesehen hatte. Seine Augen waren müde, aber er ließ sie trotzdem arbeiten. Es war ein Sklave, der die Seile voller Sand und Steine trug, die die Arbeiter im Schiffsboden gefunden hatten. Er war der Mann, der einen Sack mit Knochen zum Hauptzelt gebracht hatte, als er bei Ivar war. Peter konnte sich endlich daran erinnern, wo er ihn gesehen hatte. Er war zuversichtlich, dass sein Verstand ihn nicht entgleisen lassen würde.

Er war der Sklave, dessen Herren ihn beschimpft und als Verbrecher oder Tier bezeichnet hatten. Sie hatten vor, ihn zu lynchen, wenn Hauptmann Jaffar sich nicht gerührt hätte und es verhindert hätte. Peter hatte ihn immer wieder bei der Arbeit im Ausgrabungslager gesehen. Peter erinnerte sich, und er war sich sicher, dass er Recht hatte.

Jetzt, wo Peter den Mann besser sehen konnte, wurde ihm klar, wie groß er war. Der Mann sah stark aus, mit einem gut geformten Kiefer und einem Körper, den die Härte des Lebens geformt hatte. Die Muskeln in seinem Körper waren sichtbar und er konnte sogar die Falten auf seiner Haut erkennen. Er war riesig und behaart wie ein Bär. Er starrte Peter fragend an und der Waise fühlte sich veranlasst, aufzustehen. Obwohl auch er verwirrt war, wünschte er sich, der Sklave hätte den Grashüpfer nicht getötet. Er wollte den Sklaven nicht beleidigen, der wahrscheinlich nur helfen wollte.

"Danke", sagte Peter.

Der Mann war einen Kopf größer als Peter, hatte eine niedrige Schläfe und breite Augenbrauen. Sein schwarzes Haar war ein Durcheinander und sein rundes Gesicht sah aus wie das eines Christen, den Peter kennen könnte.

Er sah nicht aus wie ein Mamluke oder aus dieser Region. Trotzdem hatten die Sklavenhalter ihn irgendwie zum Verkauf hierher gebracht. Es verwunderte Peter, wie der Sklave ihn immer wieder ansah und er fragte sich, was für einen Fleck er hatte. Er nickte Peter zu.

Er hatte Jaffar sagen hören, dass der Sklave nicht sprach. Peter sah in die Augen des Mannes. Der Sklave hatte ein gutmütiges und zugängliches Gesicht. Obwohl es das erste Mal war, dass die beiden sich alleine trafen, fühlte es sich an, als ob er dem Mann direkt in die Seele blickte. Es fühlte sich seltsam an, aber er konnte seinen Blick nicht von ihm abwenden. Er zwang seinen Geist, sich zu konzentrieren, und zwang sich schließlich, den Blick abzuwenden. In seinen Augen lag keine Verachtung. Sie wirkten nicht wie die Augen eines Kriminellen. Es war nur eine weitere unschuldige Seele, gefangen im Netz des Unrechts auf der Welt.

Der Sklave drehte sich um und spülte das, was von der Heuschrecke übrig war, ins Meer. Der Sklave hatte Peters Interesse geweckt. Vielleicht konnte er eines Tages den Rest der Geschichte dieses Mannes erfahren. Aber in diesem Moment wollte er sich nicht einmischen.

Der Mann hockte in der Hocke, und Peter bemerkte, dass er geprellt aussah und dass er zitterte. Als Peter genau hinschaute, erkannte er, dass er die Heuschrecke nicht ins Meer spülte, sondern den Sand abspülte, damit er die Heuschrecke essen konnte. Peter war fassungslos darüber.

Es bestätigte seine Beobachtungen, als der Mann das Insekt anhob und es ohne ein Gefühl des Ekels in seinen Mund nahm. Er schien sich dabei wohl zu fühlen. Das erste Knirschen entkam dem Mund des Mannes, und er traute seinen Ohren nicht, als er zusammenzuckte.

Die beiden Männer starrten sich gegenseitig an. Peter sah zu, wie der Mann das Insekt wie ein hungriger Hund verschlang. Sein Herz füllte sich mit einem unkontrollierbaren Mitleid für den Mann.

Peter hatte sich das Stück Brot und den Käse aus dem provisorischen Zelt gesichert. Er setzte sich neben ihn, als er das, was er bekommen hatte, auspackte und in seine Hände legte.

"Hier... iss das", sagte Peter, während er beharrlich weiterschaute und der Blick des Mannes seinen traf und er ihn eine lange Zeit lang hielt. In seinen Augen konnte er nichts spüren.

Er war nicht zögerlich, aber Peter konnte erkennen, dass der Mann vorsichtig war. Es war fast so, als wüsste er nicht, was er von ihm zu erwarten hatte. Peter setzte ein Lächeln auf, als der Mann die Hand danach ausstreckte. Er bemerkte, dass sein Gesichtsausdruck weicher wurde.

Der Sklave neigte höflich den Kopf und nahm das Essen von Peter entgegen, aß es aber nicht so schnell wie den Grashüpfer. Das Waisenkind wandte sein Gesicht lässig den Meereswellen zu, um dem Blick des Sklaven zu entgehen. Er versuchte sein Bestes, um dem Sklaven keine Angst vor Bestrafung zu machen. Aus dem linken Augenwinkel konnte er sehen, dass dieser, während er ihn nicht beobachtete, seinen Atem beruhigte und kaute. Peters Lächeln wurde bei jedem Nicken breiter und er hatte das Gefühl, dass sein Gesicht von zu viel Lächeln überdehnt werden könnte.

Der Sklave genoss den Käse wie jedes hungrige Kind.

"Wie ist dein Name?" fragte Peter.

Während er neben dem Sklaven saß, hatte er immer wieder einen Blick auf den Mann geworfen. Der Sklave schien sich bei Peters Stimme zu sträuben. Nachdem Peter gesprochen hatte, war er sehr auf der Hut. Instinktiv hob er die Schultern, um sein Gesicht vor dem Mann zu schützen, der ihn gerade gefüttert hatte, als ob er einen Schlag gegen sein Gesicht erwartete. Er zuckte so schnell zusammen, dass er fast sein Brot ins Meer fallen ließ.

Der Waise blickte finster drein und holte tief Luft.

"Peter. Ich bin Peter", sagte er und deutete auf sich selbst. Der Mann antwortete nicht, sondern schaute Peter weiter an.

Er schien bei dem Sklaven keine Fortschritte zu machen. Trotz seiner Gesprächsversuche starrte der Mann ihn an, als wäre er ein unheimliches Wesen. Peter machte sich daran, dem Sklaven näher zu kommen, aber irgendetwas veranlasste ihn zu warten und zu beobachten. Sein Blick hatte sich so weit gelockert, dass Peter daraus schließen konnte, dass der Mann keine Angst vor ihm hatte, aber der Mann ließ nicht ein einziges Mal seine Deckung völlig fallen und schien auch kein Wort von Peter zu verstehen. Die Luft zwischen ihnen wurde zu einem unangenehmen Moment und Peter wusste sich nicht zu helfen. Er hatte versucht, den Mann zu streicheln, aber er ließ nicht von seiner Deckung ab. Das Schlimmste aber war, dass der Sklave nicht einmal hören oder verstehen konnte, was vor sich ging.

Schließlich gab Peter den Versuch auf, mit dem Mann zu kommunizieren, und konzentrierte sich mehr darauf, sich zu entspannen, solange er konnte. Das war sein Plan, als er am Strand blieb. Er lehnte sich zurück und genoss die Wärme in seinem Gesicht und den Sand an seinen Füßen, während der Mann neben ihm seine Mahlzeit beendete und sich still neben ihn setzte.

Nach einer Weile versteckte sich die Sonne hinter einigen Wolken und warf den Schatten der Wolken auf sie und Peter hatte einen Gedanken. Er fragte sich, wie es wohl wäre, wenn es am Strand regnen würde. Er könnte fast wetten, dass das Wasser steigen würde, aber er konnte es nicht mit Sicherheit sagen, da er es noch nie mit eigenen Augen gesehen hatte. Es war ein verrückter Gedanke, und er wunderte sich, dass er sogar an die kleinsten Dinge dachte, wenn es triviale Dinge zu besprechen gab. Der Waisenjunge blickte den Sklaven neben sich an. So wie er damit zufrieden war, unter der Sonne zu sein, schien der Sklave mit der Stille zufrieden zu sein. Peter verzog das Gesicht, als er die Narben auf dem Rücken des Mannes sah. Es sah aus, als hätten sie ihn ausgepeitscht. Die Auspeitschung schien keine einmalige Sache zu sein, denn die Narben waren schon älter. Einige schienen frischer zu sein als die anderen, und einige schienen auch tiefer zu sein. Peter runzelte die Stirn, denn er wünschte sich, ein Gespräch mit dem Sklaven zu führen. Er wollte in seinen Gedanken stochern und von seinen Nöten erfahren. Schließlich gibt es einige Geschichten, die so einzigartig sind, dass sie nicht erzählt werden können. Er fragte sich, wie ein soziales Wesen ohne die Möglichkeit, seine Gedanken zu äußern, überleben konnte. Allein der Gedanke an ein solches Leben machte Peter wahnsinnig, als er sich vorstellte, wie es wäre, wenn ihm das Schicksal die Fähigkeit zu sprechen genommen hätte. Was für ein Leben hätte er wohl geführt, wenn er keine Stimme gehabt hätte, um seinen Namen zu verkünden? Die Bibel sagte, dass in der Zunge Macht liegt… aber was nützt eine Zunge, die nicht sprechen kann? Wurde dieser Mann so geboren? Oder hat er seine Stimme verloren?

Peters Gedanken waren wie leergefegt, aber er wünschte, er hätte Antworten auf seine Fragen. Er beugte sich wieder vor und versuchte zu überlegen, was er dem Sklaven sagen sollte, aber ihm dämmerte, dass der Mann, den er an seiner Seite beherbergte, nicht in der Lage war zu sprechen.

Myriaden von Fragen schwirrten dem Waisen durch den Kopf, aber es waren nicht die Gedanken, die ihn plagten. Dass er keine Antworten bekam, langweilte oder frustrierte ihn nicht. Stattdessen hatte er das Gefühl, dass die Fragen eine erfrischende Abwechslung in seinem ohnehin schon langweiligen Tagesablauf waren. Er fragte sich, ob diese Gedanken seine Erleuchtung waren. Vielleicht verwandelten ihn die Gespräche mit Owen und Ivars kluge Sprüche langsam in einen Philosophen. Er kicherte, als die Gedanken in seinem Kopf vorbeizogen.

"Verstehst du ein Wort von dem, was ich sage?" fragte er.

Sicherlich war der Sklave nicht taub.

Der Mann sah ihm wieder in die Augen und zeigte, dass er Peter' Worte gehört hatte, aber er verstand sie nicht. Peter wurde unsicher, ob der Mann vor ihm ihn überhaupt hören konnte. Er hätte sich unsensibel gefühlt, wenn er erfahren hätte, dass er mit einem Mann gesprochen hatte, der ihn weder hören noch entsprechend antworten konnte. Selbst ein Nicken als Antwort auf die Fragen des Peter hätte zu diesem Zeitpunkt viel verändert.

"Hmmm", hatte Peter eine Idee, "ich weiß, dass du nicht sprichst, aber wenn du meine Worte verstehst, nicke wenigstens mit dem Kopf für ein Ja."

sagte Peter, als er die Reaktion des großen Mannes untersuchte. Er beobachtete, wie der Mann im Sand schlurfte und seine Haltung änderte. Peter tat das Gleiche, während er zusah.

Der Mann zögerte, aber er nickte und das brachte das Waisenkind zum Lachen.

"Und er nickt." Peter grinste. "Was kannst du sonst noch tun?" fragte Peter mit einem breiten Lächeln im Gesicht. Er glänzte bereits im Sonnenlicht.

Und der Sklave zählte seine Finger vor sich und berührte sie einen nach dem anderen.

Sie sprachen also die gleiche Sprache. dachte Peter in der Erkenntnis.

Eine Peitsche schlug auf das Gesicht des Sklaven, als zwei Sklavenmeister mit fünf Wachen erschienen. Noch einmal wirbelte der neu eingetroffene Sklavenmeister mit der Peitsche, und dieses Mal traf er Peters Wange. Die anderen fünf Männer kamen auf ihn zu.

"Lass ihn in Ruhe", sagte Peter, während er die Peitsche packte und kräftig an ihm zog, als der kleine Mann das Gleichgewicht verlor und fiel.

"Schnappt ihn euch! Christlicher Hund!", schrie der kleine Mann.

Die anderen umringten Peter und traten ihm in die Rippen, dann stießen sie ihn zur Seite und versuchten, den Sklaven zu packen. Die Augen des Waisenkindes funkelten sie an und er stürzte nach vorne, während sein Gesicht rot wurde.

"Hau ab!" rief Peter, während er seine Zähne zeigte.

"Sprich nicht mit uns Christenhund!", sagte der kleinere Sklavenhalter, der ihr Anführer zu sein schien. "Fesselt ihn, Tarik!", sagte er zu seinem größeren Begleiter.

"Ja, Tarin", sagte der überragende Sklavenmeister. Ihre Gesichter sahen genauso aus wie die der Zwillinge, trotzdem war einer von ihnen einen Kopf größer.

Peter stand zwischen ihnen, während er sich Blut und Schweiß von der Wange wischte. Es würde einen Abdruck in seinem Gesicht geben. Er spuckte in den Sand und drehte sein Gesicht in Richtung der Sklavenhalter. Die Sonne brannte inmitten des Staubs auf die Ausgrabungsstätte herab. Er und der große Mann, der eine, der eine gewaltige Figur mit prallen Muskeln hatte, standen kampfbereit, der andere, der kleiner und schlanker war, trat zurück. Peter reckte seinen Hals, während er seinen Blick nicht von ihnen abwandte. Sein rechter Arm war mit einem Verband fest an seine Brust gebunden. Hatte er eine Chance? Warten wir's ab, dachte er.

Eine kleine Schar von mamlukischen Soldaten und Arbeitern versammelte sich um sie und schaute gespannt zu.

Der kleinere Sklavenmeister winkte seinem größeren Gefährten zu, der keine Angst zeigte, als er sich dem Waisenkind stellte. Peter wusste, dass der Sieg nicht allein durch körperliche Stärke, sondern auch durch Mut und Geschicklichkeit bestimmt wurde. Auch wenn er verletzt war, ließ er ein kleines Lächeln los. Er brauchte schließlich eine kurze Verschnaufpause.

"Lösche sein christliches Lächeln, Tarik", sagte Tarin, der kleinere Sklavenmeister. "Bringen wir diesem Bastard bei, wie er sich im Lager der Mamluks zu benehmen hat!"

Der Größere nickte und stürzte sich nach vorne. Der Kampf begann mit einem heftigen Angriff des hochgewachsenen Mannes, der Peter mit seiner rohen Gewalt und seinen langen Armen zerquetschen wollte. Das Waisenkind erwartete seinen Angriff und wich mit Leichtigkeit nach links aus, um dem Angreifer etwas Erde ins Gesicht zu treten. Trotz seiner Verletzung bewegte er sich wild, als er seinen Gegner überraschte, und schlug ihm mit der linken Faust aufs Kinn.

Tarik stöhnte vor Schreck auf, als er das Gleichgewicht verlor und hinfiel. Peter trat ihm mit einem Lächeln in die Rippen und drehte sich eilig um, als er den Kleinen packte und ihn hart an der Schläfe traf. Das Gesicht des Mannes färbte sich rot mit dem Blut aus seiner Nase, als er eine Finte machte und sein Körper wie ein morsches Brett umfiel. Die anderen erstarrten, da sie nicht mit Widerstand gerechnet hatten.

Peter grinste, denn er war zufrieden. Sie hatten ihn unterschätzt, und er überraschte sie mit einem Knall. Der hochgewachsene Mann hatte Mühe, sich aufrecht zu halten, als Peter ihm erneut in die Rippen schlug und ihn aus dem Gleichgewicht brachte und wieder zu Boden stieß, diesmal über den kleinen Sklavenhalter.

Peters Straßenkampferfahrung zeigte sich. Er sah eine Lücke in der Verteidigung seines Gegners und nutzte die Gelegenheit, um mit voller Wucht zuzuschlagen, als seine Faust sein Kinn traf. Tarik stolperte rückwärts; die Wucht des Schlags raubte ihm den Atem. Trotzdem stand er wieder auf.

"Tarik! Tarik, bist du in Ordnung?" schrie Tarin, als er versuchte, den Blick seines Begleiters zu treffen.

"Bastard!" Tarik, der größere Mann, brüllte in Richtung Peter und sprang wieder auf und schüttelte den Kopf. Der hoch aufragende Sklavenhalter war noch nicht besiegt worden. Er sammelte seine Kräfte und griff erneut an, fest entschlossen, den rabenhaarigen, bandagierten Christen mit seinen Fäusten zu zerquetschen. Sein Gesicht verzog sich vor Schmerz und Wut und zeigte, dass er den Waisen schlagen wollte, der ihm ins Gesicht lachte.

Die Menge brüllte, als sie die kämpfenden Männer anfeuerte.

"Ja, ich bin ein Mistkerl. Hast du ein Problem damit?" Peter ging zwei Schritte zurück und einen nach links, als er sich über die fliegenden Fäuste seines Gegners duckte und den Angreifer nach vorne stieß.

"Bist du müde, Tarik?" Das Waisenkind lächelte ihn zuversichtlich an.

Tarik verfluchte ihn und diesmal konzentrierte er sich auf Peter. Für einen Moment trat er mit seinem linken Bein vor und winkte dem Waisenkind zu. Peter lächelte und versuchte, auf ihn zuzugehen. Aber in dem Moment, in dem er sich nach vorne bewegte, fegte Tarik mit seinem linken Bein das Bein seines Gegners unter ihm weg, so dass das Waisenkind das Gleichgewicht verlor und vorwärts zu Boden fiel. Und im nächsten Moment schlug Tarik mit seinem rechten Knie gegen Peters Kopf und warf das Waisenkind nach hinten.

Peter verlor den Blick und sah zu Boden. Er hörte, wie Tarin sein Schwert aus der Scheide zog und sich anschickte, ihn zu erstechen, da erklang Owens Stimme: "Verschwinde!"

"Peter? Bist du in Ordnung?" Owen stützte ihn und half ihm aufzustehen. Das Waisenkind rieb sich die Augen, weil es immer noch verschwommen sah. Mit diesem Schritt hatte er nicht gerechnet. Der Tritt auf der Straße hatte ihn unbewacht erwischt und er fühlte sich peinlich berührt. Eine klebrige Flüssigkeit tropfte von seiner Nase in Richtung seines Mundes. Peter spuckte Blut und versuchte, es aus seinem Gesicht zu wischen.

"Genug!" rief Hauptmann Jaffar, als er sich mit zwanzig bewaffneten Soldaten näherte. "Was machst du da?"

"Diese Kreuzritter-Ratte greift uns an, und er braucht eine Lektion!" sagte Tarin, als sein Freund Tarik neben ihm stand.

"Ein verletzter Gast im Lager des Sultans? Und du hast dich ihm vorgestellt?"

Tarin fluchte, während er mit der Hand auf Tarik und den Sklaven zuwinkte.

"Ich übe nur." Peter schwankte immer noch, aber er versuchte zu lächeln, als er den Sklavenmeistern seine Zähne zeigte.

"Ihr müsst euch benehmen, Eure Hoheit!" Owen grinste. "Fangt keinen Streit ohne mich an!"

Der Waise zuckte mit den Schultern, als er Tarin und Tarik mit seinen Augen verfolgte. Die Sklavenmeister schnappten sich den Sklaven und gingen mit ihm weg.

"Geht zurück an die Arbeit!" sagte Jaffar mit seiner eisernen Stimme, die die Menge sofort bewegte.

"Hast du neue Freunde gefunden, Peter?" fragte Jaffar, als er ihm Ivars Zelt zeigte.

"Eure Hoheit!" sagte Owen. "Ivar hat nach dir gesucht. Wir haben eine Überraschung für dich!"

***

"Peter, das ist Matthew", stellte Ivar ihn vor. "Er und seine Schwester hatten den Schädel an diesem Ort gefunden."

Das Waisenkind starrte den Jungen an. Er hatte Sonnenflecken im Gesicht. Sein braunes Haar war ein Durcheinander, aber seine Augen liefen von links nach rechts und beobachteten alles um sie herum.

"Ich bin zwölf. Bist du ein echter Kreuzritter?", fragte der Junge.

Owen lachte und klopfte Peter auf den Rücken.

"Wir sind Kreuzritter, aber wir sind keine Ritter, Junge", sagte Owen.

Peter streichelte seinen Kopf, als er die Enttäuschung in den Augen des Jungen sah.

"Willst du ein Ritter werden?"

Der Junge nickte.

"Ich auch", zwinkerte Peter ihm zu. "Vielleicht können wir zusammen auf einem staubigen Schlachtfeld kämpfen?"

Die Augen des Jungen wurden weit aufgerissen.

Ivar schüttelte den Kopf und begann: "Matthew ist Lehrling bei einem Schmied. Einem sehr guten."

"Hier im Ausgrabungslager gibt es einige Schmiede. Ich hoffe, ich kann einen überreden, mein Schwert neu zu schmieden", sagte Peter.

"Wo willst du einen finden, der bereit ist, umsonst zu arbeiten?" Owen grinste. "Ich glaube, du hast es nicht bemerkt, aber wir haben keine Münzen."

Peter winkte ab.

"Einen Schmied... hier in der Ausgrabungsstätte kannst du welche finden, aber..." sagte Ivar. "Wir brauchen sie, um hier zu helfen. Einige Werkzeuge sind abgestumpft und...", begann er und gab Peter einen Flachmann.

Peter nahm es mit Freude und ohne zu zögern, als er das Wasser in seine speichelnde Kehle schüttete.

Nachdem er seine Lippen erfrischt hatte, reichte er ihn Matthew. Der Junge zögerte, nahm ihn aber und trank.

"Ich glaube nicht, dass sie gut genug sind, um dein Schwert neu zu schmieden", sagte Ivar.

"Wo können wir einen Schmied finden, einen Meister der Waffen?"

Die nächste, die Peter einfiel, war in Akkon, aber sie waren weit genug entfernt.

"Es gibt eine, die einen halben Tagesmarsch weiter nördlich liegt. Matthew arbeitet dort", sagte Ivar. "Die Leute haben von diesem Meister gesprochen, der jede Art von Klinge schmieden kann, die du willst."

Peter hob eine Augenbraue und sah den Jungen an.

"Ja, er ist ein sehr guter Schmied und... mürrisch." Matthews Lippen zitterten.

"Woran erkennst du das?" fragte Owen.

Matthew gab den Flachmann zurück.

"Viele Leute besuchen ihn", begann der Junge.

"Mach weiter", sagte Owen.

"Ritter der roten Festung, Mamelucken, Kreuzritter, Tempelritter, Ba uern..."

"Außerdem würde dir ein langer Spaziergang gut tun", sagte Ivar.

"Kannst du uns zu ihm führen?" Peter kratzte sich am Kinn.

Matthew nickte.

"Du gehst nach Norden. Es geht in Richtung der Straße von Acre, aber du kommst an eine Kreuzung, lange bevor du überhaupt in der Nähe bist, dann nimmst du den Weg nach links. Geh stetig weiter und er wird dich zu dem Kamm dort drüben führen." Ivar zeigte auf die Hügel im Norden in der Ferne. "Dort kannst du dem Rauch seines Ofens den Rest des Weges folgen."

Peter war begeistert.

"Matthew wird dich und Owen zu ihm führen, stimmt's, Junge? Geh und hol deine Sachen", sagte Ivar und schickte ihn weg.

"Kennst du ihn, den Schmied?", fragte er.

Ivar grinste und nickte.

"Der Sultan beschäftigt ihn bei irgendeiner Gelegenheit. Seien es Nägel für seine Schiffe oder Klingen, Ornamente und sogar Steinwurfmaschinen. Er macht das alles. Richte ihm meine Grüße aus."

Peter hob die Augenbrauen.

"Er hat auch ein paar Instrumente für mich gemacht, und er ist sehr gut in seinem Handwerk", war Ibn al-Nafis gekommen, holte etwas aus seiner Ledertasche und legte es Peter in die Hand.

"Was ist das?" fragte Peter, als er auf seine Handfläche starrte, verwundert über das, was er bekommen hatte.

Es war ein kleines Stück Eisen, etwa einen halben Zentimeter lang. Vielleicht war es eine Pfeilspitze oder ein Dorn, dachte er, während er seine Augen zusammenkniff und seinen Verstand durchforstete.

"Mit seinem geschickten Werkzeug habe ich das aus deiner Schulter herausgeholt, und du dachtest, du müsstest dich nur um deinen Arm kümmern", grinste der Arzt. Er nahm Peter das Fläschchen ab und trank. Der Schmerz in seiner Schulter muss so nervenaufreibend gewesen sein, bis ihm klar wurde, dass dies die Schwertspitze des maskierten Mannes war.

"Es muss gebrochen sein, als er mich während des Kampfes durchbohrt hat", verriet Peters Gesicht, wie fassungslos er über diese Enthüllung war. "Und in meiner Schulter zurückgelassen".

"Du bist ein echter Glückspilz, Peter Longsword", sagte Ibn al-Nafis.

Peter war dem Arzt nach der Enthüllung noch dankbarer und er beobachtete die Spitze, einen halben Zentimeter.

"Danke", verbeugte er sich vor Ibn al-Nafis.

"Deine Naivität hat mir die Chance gegeben, meine Fähigkeiten zu testen, also brauchst du mir nicht zu danken", sagte der Arzt.

"Ich glaube nicht, dass ich dir jemals genug danken kann", sagte Peter, und der Arzt nickte anerkennend und gab ihm die Flasche zurück.

"Peter, wusstest du", sagte er, "dass der Mensch das einzige Lebewesen auf dieser Welt ist, das nicht wasserfest ist?"

Das Waisenkind blinzelte einen Moment lang. Er verstand nicht, was der Arzt meinte oder warum er plötzlich von etwas so Bizarrem sprach.

"Sieh dir zum Beispiel die Hunde, Vögel und all die anderen Tiere an", fuhr Ibn al-Nafis fort. "All diese Tiere können aus jeder Wasserquelle trinken, sei es ein Sumpf, ein Fluss oder eine Pfütze. Die Quelle spielt für sie keine Rolle, solange sie ihren Durst stillt. Wenn ein Mensch dagegen aus einer unzuverlässigen Quelle trinkt, ohne sie abzukochen oder zu reinigen, kann er schlimmstenfalls an die Pforten seines Schöpfers klopfen. Wenn er Glück hat, würde er die Ruhr oder eine andere schreckliche Krankheit erleiden, wenn der Schöpfer gnädig ist."

"Wirklich?" verkündete Peter verlegen.

"Was glaubst du, warum wir auf unseren Schiffen und Pferden Wein und Bier in die Wasserflasche tun?" fügte Ivar hinzu.

Peter blickte auf das Meer.

"Ich bin noch nie mit einem Schiff gereist." sagte das Waisenkind. In diesem Moment wünschte er sich mehr als alles andere, dass er sich auf einem Schiff befände und vom Deck aus beobachten könnte, wie die Fische an der Seite des Schiffes vorbeischwammen.

"Eines Tages, mein Sohn, eines Tages wirst du es sicher tun. Die große, weite Welt ruft nach dir", Ibn al-Nafis tippte auf seine bandagierte Schulter. "Ich werde zur Festung Qaqun gehen; ich muss Aufzeichnungen über ein verschwundenes Schiff oder einen Unfall an diesem Ort finden."

Peter blickte ihn mit dankbaren Augen und einem Hauch von Bewunderung an, während er den Arzt beobachtete. Ibn al-Nafis entschuldigte sich, als er wegging, blieb aber stehen und drehte sich zu dem Waisenkind um.

"Peter, ich hoffe, dass du dich an die Befehle des Garnisonskommandeurs hältst, und ich zähle auf dich, dass du den Frieden hier an der Grenze verteidigst. Du bist der Blutsbruder von Sultan Baibars, der dir vertraut."

Der Arzt grinste ihn an.

"Und Peter, richte ihm meine Grüße aus und frage ihn, ob er mit meinem Auftrag fertig ist", sagte Ibn al-Nafis und verschwand genauso plötzlich im Lager, wie er aufgetaucht war.

Peter wandte sich wieder dem Meer zu und sah zu, wie die Wellen gegen das Land schlugen.

Sultan Baibars vertraut ihm. Peter hat ihm das Leben gerettet, und er hat ihn zu seinem Blutsbruder gemacht.

Aber Lord Eduard hat gerade seine Frau geschickt, um ihm einen Schal zu schenken.

Verdiene ich nicht mehr?

Peter spuckte in den Staub. Der Wind wirbelte Sand in die Luft und verteilte ihn überall. Zum Glück zog Peter seinen Schal an, um sich den Staub aus dem Gesicht zu halten. Trotzdem waren alle Arbeiter fleißig dabei, die Überreste der Schiffe umzugraben.

'Wie soll ich ihn bezahlen?', dachte er.

Ivar stellte sich in seine Nähe und drückte ihm einen Geldbeutel in die linke Hand, als ob er seine Gedanken lesen könnte.

"Ein Geschenk", sagte der Ostringer,

"Ich kann es nicht annehmen", versuchte Peter zu erwidern.

"Betrachte es als Darlehen", sagte Ivar. "Du wirst es zurückgeben, wenn du kannst."

"Danke, Ivar."

"Sir?" Matthew kam mit einer Tasche an und stellte sich neben ihn. Er sah älter aus als sein Alter. "Ich bin bereit. Wenn wir vor der Abenddämmerung zurückkehren wollen, müssen wir bald aufbrechen."

Peter lächelte den Jungen an und klopfte ihm auf den Kopf.

Siebtes Kapitel

Der walisische Bogenschütze lächelte Peter an.

"Wir haben ein Sprichwort, wo ich herkomme. Wer der Herde folgt, läuft den Arschlöchern hinterher", sagte Owen und zwinkerte Peter zu. "Ich mag dich, Hoheit, aber du musst dich entscheiden. Du bist ein Arschloch-Jäger oder ein Arschloch-Anführer."

Peter hat gelacht.

Er, Owen, Matthew und ein Sklave verließen das Ausgrabungslager. Hauptmann Jaffar schickte den großen Kerl mit, den Peter zuvor kennengelernt hatte, um ihnen mit dem Gepäck auf dem Weg zu helfen. Sie gingen einen schmalen Pfad hinauf, und der Bogenschütze und Peter saßen auf Pferden.

"Meiner sieht aus wie ein Esel", sagte das Waisenkind. "Er scheint den Hintern deiner Stute zu mögen!"

"Ist sie nicht wunderschön?" Owen streichelte das Tier. "Alle folgen uns, Schönheit. Sogar die edlen Bastarde, wie dieser hier, verletzten sogar einen Dummkopf", flüsterte er dem Pferd ins Ohr. "Ich wusste es. Er ist der Arschlochjäger!"

"Ich kann dich hören", sagte Peter.

"Ist mir egal", hatte Owen Matthew hinter sich in den Sattel gesetzt. "Hältst du durch, Junge?"

Matthew nickte.

"Arschlochjäger oder Arschlochführer? Was soll das bringen? So oder so wäre ich immer noch ein Arschloch."

"Jetzt lernst du es, Junge." Owen grinste.

Peter ritt hinter Owen, und der Sklave ging neben ihm her. Die verletzte rechte Schulter des Waisenkindes war an seine Brust gebunden, aber das Gehen auf dem steinigen Pfad war immer noch schmerzhaft. Er fragte sich, ob der Schmerz jemals ganz verschwinden würde. Peter wollte Owen auch nichts davon erzählen, damit sein Freund sie nicht davon abhielt, zum Schmied zu gehen.

Er sah den Sklaven an.

"Kannst du sprechen?" fragte Peter erneut. "Warst du dein ganzes Leben lang ein Sklave?"

Die Augen des Mannes trafen Peters Augen. Er konnte das Zucken seiner Augenlider sehen, und irgendetwas sagte ihm, dass der Sklave ihn verstand. Dennoch schien es, als würde der Sklave zögern, ihm die gewünschte Antwort zu geben. Er schüttelte den Kopf als Antwort. Er konnte ihn also hören und ebenso gut verstehen, sagte aber nichts.

"Wie ist dein Name?"

Der Sklave antwortete nicht, während er neben seinem Pferd herlief und die Taschen trug.

"Du sahst für mich aus wie einer, den ich in Akkon gekannt habe, Robert", sagte Peter. "Ich werde dich Robert nennen. Darf ich das? Jeder muss einen Namen haben." Der große Sklave sagte kein Wort, und Peter beobachtete sein blasses Gesicht, dann ließ er ihn zurück, um die Aussicht auf das Meer zu beobachten.

Matthäus hörte nicht auf, Fragen zu ihren Abenteuern zu stellen, aber Peter wurde es langweilig, ihm zu antworten; nach einer Stunde Fahrt sang der Junge sogar etwas, das Peter nicht kannte.

Old Ben mag das Mädchen
Alte Ziege jagt die Perle
Sein Speichel läuft ihr nach
Der alte Ben heult wie ein Wolf

Heulen, heulen, heulen

Old Ben schleicht sie dann
Hopp, hopp, komm zu mir
Mein Schloss ist so groß
Der alte Ben schreit wie ein Schwein

Grunz, grunz, grunz

Old Ben mag einen frischen Pfirsich
Aber sein Sohn stand am Strand
Und sie passen zu ihr
Der Sturm kommt mit Schmerzen an

Old Ben schlägt in wütender Ader zu
Fühlte seinen Magen wieder leer
Aber sein Sohn verschwindet blutbefleckt
Sturm kommt mit Regen an...

"Wo hast du das Lied gelernt, Junge?" fragte Owen. "Du singst sehr gut."
Peter grinste, als er dachte, dass der Bogenschütze gelogen hatte.
"In der Taverne im Dorf", sagte Matthew.
"Wer ist der Mann, für den du singst?"

"Der Schankwirt sagt, dass er für den Weißen Lord, Lord Broca, ist", sagte Matthew. "Und er kämpft, um die Rote Dame zu gewinnen."

"Lady Helen? Die Dame aus dem Roten Bergfried?" fragte Peter.

"Lady Helen, die anderen nennen sie 'Helen, das wilde Kind der Wüste'", sagte der Junge.

"Ist das echt? Ich meine, in dem Lied. Wann haben diese Kämpfe stattgefunden?" fragte Owen.

Matthew zuckte mit den Schultern. "Ich weiß nicht, vor meiner Geburt."

"Kennst du Lady Helen?" fragte Peter.

"Ich habe sie noch nie gesehen, Sir", sagte Matthew, "aber die Leute sagen, sie sei wunderschön."

Owen lachte. "Wir sind keine Sirs, Junge", sagte er.

"Ja, Sir..." Matthew hielt inne, als Peter lächelte.

"Es gibt immer eine Geschichte über ein hübsches Mädchen", grinste der Bogenschütze das Waisenkind an. "Ich kenne diesen Blick!"

"Was? Ist da etwas in meinem Gesicht?"

"Du lächelst immer so blöd, wenn du an sie denkst oder wir über sie reden. Denk nicht an sie!"

"Lady Eleonore sagt, dass sie eine Freundin von ihr ist und ihr Besuche abstattet", sagte Peter.

"Ich meine Lady Isabella, aber du weißt, dass wir nicht in ihrer Liga spielen, verstehst du?"

Peter lächelte und dachte an Lady Isabella, die sein Herz gestohlen hatte, aber einen anderen Mann wählte. Was konnte er tun? Er war ein gewöhnlicher Mann, ja, ein Bastard, verwandt mit Lord Eduard durch das Blut seines Vaters. Er wusste nicht, wer seine Mutter war, und durch die jüngsten Ereignisse war er ein Blutsbruder des Sultans geworden. Trotzdem sagte sein Freund immer wieder, dass er keine Chance habe, in der bürgerlichen Welt und beim Adel voranzukommen.

"Eines Tages..." Peters Augen flogen herum.

"Hört auf zu träumen, Eure Hoheit", sagte Owen. "Kennst du noch ein anderes Lied, Matthew?"

"Nein", und der Junge sang weiter das Gleiche. Peter musste sich also den Gesang anhören oder die Fragen des Jungen beantworten. Was für ein ärgerlicher Tag das werden würde.

Owen schaute ihn an, ermutigte ihn und lehrte ihn, wie er besser singen konnte. "Ich weiß noch, als ich so ein Junge war."

"Ich will mich nicht an meine Tage erinnern", murmelte Peter.

Die Reise war lang, und Peter wurde müde. Das Pferd blökte und Peter klopfte ihm auf die Seite und streichelte es sanft. Merkwürdigerweise schüttelte das Tier den Kopf und ging weiter.

Die Sonne brachte ihn zum Schwitzen. Sie versengte sie alle gleichermaßen und verächtlich. Peter nahm das Halstuch von seinem Hals und band es an seinen Gürtel. Selbst der Junge war mit strengem Blick still geworden, da er von der Hitze zu müde war, um Fragen zu stellen. Keiner machte sich die Mühe, ihm zu antworten.

"Es hätte Spaß gemacht", sagte Peter und kniff die Augen zusammen, um sich auf ihren Weg zu konzentrieren.

Bald erreichten sie die Kreuzung, die Ivar erwähnt hatte, bogen links ab und nahmen den schmaleren Weg in Richtung Klippe. Er führte zu einem felsigen Hügel. Peter' Herz sank. Der Bergrücken war wie eine Turmruine aus dem Berg herausgeschnitten und bildete eine scharfe Erhebung über der Küste. Sie waren erst ein paar Stunden unterwegs, und Peter hatte schon genug.

***

Sie hatten ihr Ziel erreicht. Dort, auf der Spitze eines Hügels, stand ein Herrenhaus aus Kalkstein, das von einigen trockenen Bäumen umgeben war. Über dem Eingang hing ein hölzernes Schild mit einem Hammer, aber das Schild schien abgenutzt zu sein. Die Mauern des Herrenhauses waren hoch, und an den Ranken, die sich an ihnen entlang zogen, schienen Wildblumen zu wachsen. Peter war voller Ehrfurcht bei diesem Anblick. Das Haus des Einsiedlerschmieds war wie eine Szene aus einem der Wandteppiche aus Lord Eduards Kammer. Ein wunderschöner Anblick, der von der Natur um ihn herum umgeben war, als wäre er von Anfang an Teil des Hügels gewesen. Als sie näher kamen, sahen sie eine kleine Versammlung am Eingang des Herrenhauses. Es war eine kleine Gruppe von vier gepanzerten Männern, die mehrere Kisten auf den Rücksitz ihrer zweispännigen Kutsche packten. Peter runzelte neugierig die Stirn und blickte hinter Owen her.

"Ritter aus der Festung Atlit", sagte Matthew. "Sie tragen rote Umhänge über ihren Mänteln und Rüstungen."

Peter beobachtete die Männer an den Waffen. Sie malten ein schwarzes Kreuz auf die roten Drachenschilde, die sie trugen. Der Anführer des Ritters schien einen Blick auf sie zu werfen, nickte Matthäus zu und drehte ihnen den Rücken zu. Der Junge winkte ihnen mit der Hand zu, während sich seine Augen bei ihrem Anblick weit öffneten.

"Die Templer sind die Herren dieser Hafenstadtfestung, richtig?" fragte Owen.

"Diese roten Ritter gehören zur persönlichen Garde von Lady Helen", fügte Matthew hinzu.

"Sie haben also auch den Schmied benutzt", sagte Peter, als der Junge nickte.

"Für einen Einsiedler muss er sehr beliebt sein", bemerkte Owen.

Die Waffenträger schenkten ihnen keine Beachtung, als sie gingen.

Vor dem Herrenhaus stand ein junges Mädchen im gleichen Alter wie Matthew, das sie sah und auf sie wartete. Sie trug eine fleckige Schürze und zwei große Handschuhe. Das Mädchen hatte einen widerspenstigen Kopf mit schwarzen Locken und einen strengen Blick, der sie fast älter aussehen ließ, als sie war.

"Hallo, du", grinste Owen. "Du musst der Schmied sein", sagte er, während er von seinem Pferd sprang, Matthew half, ebenfalls aufzuspringen, und sofort auf das Mädchen zuging und sich verbeugte.

"Matthew!" Das Mädchen bewegte ihren Blick von Owen zu dem Jungen und umarmte ihn. Sie hatte einen schwarzen Fleck auf ihrer rechten Wange, aber ihr Lächeln öffnete ihr Gesicht.

"Matilda!", sagte der Junge.

"Ich wusste, dass du hierher zurückkommst", sagte sie zu ihrer Freundin. "Wer bist du?"

Matthew stellte sie vor, denn er freute sich, sie wiederzusehen.

"Das ist meine Schwester Matilda. Wir haben den Schädel zusammen am Strand gefunden, als wir gespielt haben. Ich bin der Lehrling des Einsiedlerschmieds, deshalb erlaubt er ihr, uns zu besuchen." Sagte der Junge. "Sie arbeitet in der Taverne im Dorf für den Tavernenwirt, der eine Witwe ist."

"Ich bin mit ihr gekommen", sagte Matilda. "Wir haben Essen für dich und Meister Gabriel mitgebracht."

Der Junge erzählte seiner Schwester ihre bisherige Geschichte.

Draußen bellte ein Hund. Peter war genauso erschrocken wie das Pferd, als es wieherte, aber er griff an Owens Stelle schnell nach den Zügeln, denn sonst hätte ihn das Pferd zweifellos abgeworfen. Owen beruhigte das Pferd, während er den Ort beobachtete.

Der Sklave half dem Waisen von seinem Pferd und führte ihre Pferde am Zügel zu einem Baum.

Er war erleichtert, vom Pferd herunterzukommen. Peter wünschte, er wäre auf etwas Kleinerem geritten, zum Beispiel auf einem Esel. Vielleicht hätten ihm dann seine Leiste und seine Schulter nicht so weh getan, wie sie es taten.

"Ist dein Herr hier?" Owen erwartete, dass ihnen jemand entgegenkam.

"Er arbeitet an etwas", sagte das Mädchen. "Und ich helfe ihm dabei!", zeigte sie stolz ihre Handschuhe.

Peter sah, dass die Spitze des Hügels eine atemberaubende Aussicht bot. Von dort aus konnte er das weite Meer, ihr Lager in der Nähe der Ausgrabungsstätte und die Sonne dahinter sehen. Es war herrlich. Peter konnte verstehen, warum ein Mensch sich an einem solchen Ort vom Rest der Welt abkapseln wollte. Immerhin hatte er die Schönheit der Natur selbst, um ihm Gesellschaft zu leisten. Alles, was er sah, war so weit weg und doch so nah. So nah, dass er in einem flüchtigen Gedanken glaubte, dass ein Mann, wenn er sich gut genug werfen würde, eher im Meer landen würde als am Fuß des Hügels mit zerschmettertem Hirn. Ein wirklich schrecklicher Gedanke. Irgendwie hatte er das Gefühl, dass er diesen Ort und diese Aussicht kannte. Dieser Anblick war ihm vertraut ... ja, wie sein Albtraum mit dem Biest, der alten Frau und dem maskierten Mann und dem Feuer ringsum.

"Matthew!", rief eine heisere Stimme von hinter dem Haus.

Der Junge verbeugte sich und stürmte sofort herein, gefolgt von Matilda.

Das klang wie der Schmied! Peters Augen funkelten, als er das, was von seinem Schwert übrig war, aus der Tasche nahm, die der Sklave ihnen getragen hatte, und dem Jungen folgte.

Die Tür zum Herrenhaus schien offen zu sein und neugierig schlenderte Peter hinein. Owen folgte ihm, während der Sklave mit seinen Pferden draußen wartete. Durch das Herrenhaus führte ein Korridor, der in einen Hof führte, wo sie die Schmiede sehen konnten, aber es gab noch andere Räume, von denen zwei so weit offen waren, dass Peter hineinschauen konnte. Der erste Raum sah wie eine Küche aus, mit mehreren Holztellern und Schüsseln, einer Feuerstelle und einigen Töpfen.

Jemand hatte den zweiten Raum spärlich möbliert und einen einzigen Holzstuhl hineingestellt. Peter erlaubte sich, ihn zu betreten, während Owen von der Tür aus zusah. Der Stuhl machte Peter neugierig. Der Stuhl erregte Peters Aufmerksamkeit, als er den Raum betrat, und er bemerkte, dass er aus Eichenholz gefertigt war und kunstvoll geschnitzte Armlehnen hatte. Er hatte eine Ästhetik, die das Stück betörte, und dann sah er, was sich sonst noch in dem Raum befand. Der Raum war wie eine Art Galerie. Schwerter, Schilde und Äxte schmückten die Wände. Alle waren fein gearbeitet und mit schönen Inschriften und Siegeln verziert. Es waren Werkzeuge und doch waren sie schön.

"Das sind die, die er nicht verkauft hat", sagte Matthew.

"Hat er die alle selbst gemacht?" sagte Peter mit weit aufgerissenem Mund und rollte mit den Augen.

"Ja. Er ist ein sehr begabter Schmied. Allerdings wird er nie wieder so gut schnitzen können wie früher", sagte Matthew.

"Er wird dich jetzt sehen." sagte der Junge, während er Peter nach draußen in die Werkstatt führte.

Anders als im Inneren des Herrenhauses war es in der Werkstatt warm. Der Raum war geräumig mit mehreren Werkbänken, aber schwach beleuchtet und es roch nach Schweiß, Holzkohle, Eisen und etwas, das der Waise nicht erkennen konnte.

Owen hatte sie einander vorgestellt, während Peter den Schmied in aller Ruhe beobachtete. Der Mann kam ihm anders vor; er wirkte nicht fett und hatte muskulöse Hände wie die anderen Schmiede, denen er in der Stadt Akkon begegnet war. Sein Haar war eine fast weiß-graue Mischung, ein Zeichen dafür, dass der Mann trotz seiner einschüchternden Statur langsam ausfranst. Der Schmied sah aus wie ein erfahrener Profi. Sein linkes Auge zeigte keine Emotionen, während eine Lederklappe sein rechtes Auge bedeckte. Peter konnte um das Pflaster herum Spuren von entzündeter roter Haut sehen. Hatte ihn ein Feuer oder vielleicht ein Feuerfunke verwundet? Es sah geheilt aus, also muss es schon lange her sein. Peter beobachtete den Schmied. Er sah aus wie ein Mittvierziger und war genauso groß wie Peter. Sein durchtrainierter Körper und die prallen Muskeln ließen keinen Zweifel daran, dass der Mann schon so lange an der Schmiede gehämmert hatte, wie er lebte.

Der Schmied sah aus wie ein einschüchterndes Kraftpaket von einem Mann und Peters Mut schien in seiner Gegenwart zu schwinden. Es war keine Angst, sondern eher lähmender Respekt. Kurz nachdem Owen aufgehört hatte zu reden, wandte der Mann seine Aufmerksamkeit endlich dem Waisenkind zu. Peter richtete sich auf, als der Schmied auf ihn zukam.

Meister Gabriel betrachtete ihn von Kopf bis Fuß, als er eine Handbreit von ihm entfernt stand. Peter war nicht so groß wie er. Es gab einen unangenehmen Moment, in dem sie sich ansahen.

"Ist es das?", fragte der Schmied und deutete auf die zerbrochene Klinge in Peters Hand.

Das Waisenkind nickte.

Der Schmied trug einen kurzen Umhang, aber als er darauf zeigte, sah das Waisenkind, dass seiner rechten Hand eine Handfläche fehlte. Wie konnte ein einhändiger Schmied also ein guter Schmied sein?

Peter reichte dem Mann die Klinge. "Ich hoffe, du kannst es neu schm ieden..." Der Einsiedlerschmied nahm die beiden Teile des Schwertes und betrachtete sie. Dann legte er sie auf den Holztisch und Peter blickte in seine kalten Augen, die vom Griff zu seiner fehlenden Hand und dann wieder zu den Teilen wanderten.

"Gabriel...", sagte der Mann scharf, als er dem Waisenkind den Rücken zuwandte und zu seiner Werkbank zurückkehrte, "Mein Name ist Gabriel, und ja, ich kann dein Schwert neu schmieden." Er starrte Peter an und neigte den Kopf in eine Richtung. "Und du bist?"

"Peter... Peter von Akkon", sagte er.

"Woher hast du so eine feine Klinge, selbst wenn sie kaputt ist? Du siehst nicht wie ein Mann aus, der sich so etwas leisten kann." sagte Gabriel.

"Du siehst nicht wie ein Mann aus, der einen umschmieden kann", sagte Peter. Gabriel reagierte nicht auf diese Bemerkung.

"Hast du es gestohlen?"

"Es war das Schwert meines Vaters."

Gabriel hob den unteren Teil mit dem Griff an und betrachtete das verkrustete Kreuz am Knauf.

"Eine teure Kreuzritterwaffe".

"Aber genauso nutzlos wie kaputt", sagte Peter.

"Ja, in der Tat. Es gibt einige Risse und Abplatzungen am Rücken und mehr Rost an den beiden Kanten."

"Kannst du es reparieren?" Peters Augen waren auf Gabriel gerichtet.

"Ich muss es neu schmieden, wie neu", sagte der Einsiedlerschmied, "aber das wird ein paar Tage dauern." Gabriel winkte mit seiner linken Hand in Richtung des anderen Teils des Tisches. "Bring das zu Ibn al-Nafis. Sag ihm, dass es immer ein Vergnügen ist, seine seltsamen Ideen zu schmieden."

"Das werde ich", sagte Owen.

Der Blick des Einsiedlerschmieds war mehr auf Peter fixiert, der hinter ihm stand. Hatte er den Mann irgendwie beleidigt?

"Du müsstest das Schwert im Voraus bezahlen", sagte Gabriel.

Peter stöhnte, als er den Geldbeutel herausholte, den er sich von Ivar geliehen hatte. Er drückte sie Matthew in die Hand, der sie auf den Tisch vor dem Schmied legte.

"Wer war dein Vater, Peter?" fragte Gabriel.

"William Longsword. Warum? Kanntest du ihn?" Peters Ohren kribbelten.

Der Schmied untersuchte noch einmal die Teile seines Schwertes, dann sein Gesicht und schüttelte den Kopf.

Peters Gesicht konnte seine Enttäuschung nicht verbergen und er ging weg, als sein Blick auf etwas über ihm stehen blieb.

"*Fata volentem ducunt, nolentem trahunt.*"

Er sah eine lateinische Inschrift auf einer Holzplanke über der Schmiede. Was zum Teufel? Waren das dieselben Zeilen, die er in seinem Traum auf der Haut der alten Frau gesehen hatte?

"Was soll das bedeuten?" fragte Peter.

"Du kannst Latein?" sagte Gabriel.

"Nein, ich bin nur neugierig..."

"Das Schicksal führt die Willigen und zerrt die Unwilligen", sagte Gabriel.

"Was bedeutet das?"

"Das muss jeder selbst herausfinden", sagte Gabriel und drehte Peter den Rücken zu.

Das Waisenkind ging in Gedanken versunken weg.

***

Er war allein in seiner Werkstatt und legte Peters Klinge ins Feuer. Er konnte nicht glauben, dass sie nach all der Zeit zu ihm zurückgekommen war. Eine Klinge, von der er dachte, dass er sie nie wieder zu Gesicht bekommen würde.

"Mathew, mehr Kohlen!", rief der Schmied dem Jungen zu.

Gabriel hob seinen Blick auf die Inschrift, die er vor langer Zeit gemacht hatte. Als er sich vor über zweiundzwanzig Jahren hier niedergelassen hatte.

"*Fata volentem ducunt, nolentem trahunt.*"

Im Moment konnte er sich nicht entscheiden, welches Gefühl er im Bauch hatte, als er auf seine fehlende Hand blickte. Dann blickte er auf die zerbrochene Klinge und wieder auf die Inschrift.

Das Schicksal hatte einen seltsamen Sinn für Humor.

Er spürte den Schmerz seiner alten Wunde; sogar seine Wirbelsäule zitterte, während ihm kalter Schweiß auf der Schläfe stand. Gabriel fluchte, als er seinen Hammer holte und sich in die Nähe der Schmiede setzte, um die Flammen zu beobachten, die an den zerbrochenen Teilen der Klinge arbeiteten.

Vielleicht war seine Zeit gekommen, sich seinem Schicksal zu stellen. Sich seinen Sünden zu stellen und zu kapitulieren?

Das Schicksal war so grausam wie sein Leben. Er holte tief Luft, die Hitze des Feuers brannte auf seiner Haut und sein Herz drohte herauszuspringen.

Dann lachte er mit seiner vollen Stimme. War das nicht lustig? Hatte das Schicksal einen Sinn für Humor? Er hatte ihn sicher nicht, denn er konnte sich an alles erinnern, was er geopfert hatte. Er verfluchte den Tag vor langer Zeit, als er an dieser Küste gelandet war.

"Verdammt noch mal!"

"Meister?" fragte Matthew.

"Mehr Kohlen, Junge", sagte er wieder und warf einen Blick auf die lateinische Inschrift über der Tür. Dann blieb sein Blick an dem rot gestrichenen Drachenschild an der Wand hängen.

"Verflucht seist du, Peter Longsword", murmelte Gabriel diesmal und blickte zurück auf die zerbrochene Klinge. Er hatte Arbeit zu erledigen. Seine Seele würde für immer dem Untergang geweiht sein, wenn er dem Schicksal nicht gefiel.

"Ich dachte, wir fangen zuerst mit dem neuen Befehl des mamlukischen Arztes an, Meister?" Matthew stand neben ihm.

"Die alte Ziege kann warten", verfluchte Gabriel sein Glück, "erst das Schwert, und dann lass das Schicksal nicht warten!"

Er hämmerte das Metallstück mit der linken Hand fest auf den Amboss. Der Schmied schaute den Jungen an.

"Die Figur darf sich nicht bewegen, Matthew. Halte sie fest!"

"Ja, Meister", sagte Matthew, während er sich bemühte, dem Schmied zu helfen. Gabriel schlug hart zu, denn er hatte Angst, dass er seine Schuld gegenüber dem Schicksal begleichen musste. Seine Zeit war gekommen. Er wischte sich den Schweiß von der Schläfe. Nein, dieses Mal würde er seinem Schicksal mutig begegnen.

Achtes Kapitel

Peter holte tief Luft. Er musste darüber nachdenken, über seinen Traum und die lateinische Inschrift. Er dachte, dass er diesen Satz schon einmal gesehen hatte. Peter musste in dem Buch, das er gestohlen hatte, nachsehen. Das gab ihm kein gutes Gefühl, und jedes Mal, wenn er die Seiten des Buches umblätterte, sah er sein Gesicht. Das Gesicht von Lord Eduard, denn dieses Buch war sein Geburtstagsgeschenk von seiner Frau, Lady Eleonore. Er verfluchte sich von dem Moment an, als er das Buch während des Attentats in seiner Kammer in die Hand nahm, denn die schönen Zeichnungen gefielen ihm. Einen Monat später wusste er nicht, wie er es zurückgeben sollte. Er schämte sich für seine Tat, und er hatte keine gute Chance. Er wusste jedoch, dass er das Buch noch einmal sehen musste, um diese Inschrift zu finden und um herauszufinden, warum sie in seinem Traum in seinem Kopf ist und er sie jetzt über der Tür des Einsiedlerschmieds sah. Er hatte vor seinem Zelt gesessen und Seite für Seite umgeschlagen, aber er hatte sie nicht gefunden.

Irgendwo muss es ja sein, dachte er.

War das ein Zufall?

Das Schicksal spielte mit ihm, das war sicher. Er spürte einen unangenehmen und seltsamen Schmerz in seinem Bauch. Hatte das Schicksal etwas mit ihm vor? Er holte tief Luft, während er seinen Nacken reckte und seinen Blick nach links wandte.

Mehrere Pferde ritten auf ihr Lager zu, aber eines stach am meisten hervor. Eine Frau ritt auf einem weißen Pferd mit einem silbernen Zügel. Peter sah ihr Gesicht und sein Herz raste.

Sie hatte ihr Lächeln auf dem Gesicht und ritt auf ihrem edlen Ross. Dieselbe wilde Tochter, die ihm vor einem Monat am Davidsturm in Jerusalem geholfen hatte, stand direkt vor seinen Augen. Peter hatte vergessen, nach ihrem Namen zu fragen, als sie sich das erste Mal getroffen hatten.

Ivar begrüßte sie und half der Prinzessin von ihrem Pferd herunter. Peter beobachtete, wie sie sich wie alte Freunde umarmten und dann ein paar Worte wechselten. Er hatte die Pferde gehört, aber er war nicht nah genug dran, um zu erkennen, was sie sagte. Er bemerkte nicht, dass er sie angestarrt hatte.

Peter wollte ihren Namen wissen. Er musste sie fragen. Die Mamlukenprinzessin und Ivar unterhielten sich; er sah, wie sie etwas zu Ivar sagte, als sie außer Sichtweite schlenderten. Doch von dort, wo er stand, konnte er nur ein Nicken von Ivar sehen. Schließlich redete der Falkner nicht gerne viel. Zusammen hatten sie einmal nachts im Schutze der Dunkelheit eine feindliche Festung gestürmt. Die vier Männer waren angetreten, um Lady Isabella und Anna, die jüngste Tochter des Sultans, zu retten. Peter konnte sich an diese stürmische Nacht erinnern, als wäre sie erst am Tag zuvor gewesen und nicht schon einen Monat her. Nachdem Hamo verwundet worden war, hatte Isabella ihm ihre Gefühle gestanden. In dieser Nacht brach sie ihm das Herz. Sie kämpften wie Dämonen und jagten ihren Feinden Angst ein. In dieser Nacht retteten sie nicht nur Anna und Isabella, sondern auch einen kleinen Jungen, der ein Beduinenprinz war. Und das gab ihnen eine Chance für die große Schlacht am nächsten Tag. Peter, Ivar, Hamo und der Wüstenwolf hatten in dieser regnerischen Nacht in der Festung gekämpft. Der Wüstenwolf, der legendäre Krieger des Reiches.

Peter kratzte sich am Kinn.

Als er daran zurückdachte, was Ivar gesagt hatte, fragte er sich, ob der Wüstenwolf die zweite Schlacht von Ayn Jalut überlebt hatte. Peter dachte oft an sie. Er mochte ihn und Ivar. Sie sprechen keine leeren Worte, und doch hatten sie ihm das Gefühl gegeben, ein richtiger Schwertbruder in ihrer Mitte zu sein. Ein Schwertbruder.

Durch eine seltsame Laune des Schicksals hatte Peter im letzten Monat die wertvollsten Leben der beiden Königreiche gerettet - Lord Eduard und Sultan Baibars. Sie alle waren ihm zu Dank verpflichtet. Der tapfere und der einfache Soldat aus Lady Eleonores Haushalt, und das Leben des Waisenkindes wurde von der wildesten Tochter des Sultans gerettet. Dieselbe, die gerade angekommen war.

"Wer ist sie?" sagte Owen schüchtern, als er sich zu Peter gesellte.

"Sie hat uns im Turm von David geholfen", sagte Peter.

"Ach, die", grinste Owen und tippte dem Waisenkind auf die Schulter. "Es gibt viele schöne und gefährliche Prinzessinnen um dich herum, Hoheit."

Ivar hatte die Prinzessin zum Zelt des Arztes gebracht. Sie unterhielten sich einen Moment lang draußen und dann bemerkte sie Peter und Owen von der anderen Seite des Lagers. Erkannte sie ihn? Sie sahen sich in die Augen, und sie zwinkerte Peter zu, bevor sie das Zelt betrat. Es war nur der Bruchteil einer Sekunde, aber für Peter fühlte es sich an, als wäre die Zeit stehen geblieben. Sie erinnerte sich an ihn, und dieser Gedanke ließ ihn lächeln.

"Warum nennen die Leute sie 'die wildeste Tochter'?" fragte Owen.

Peter zuckte mit den Schultern, so gut er konnte, obwohl der Verband an seiner rechten Seite seine Bewegung verhinderte.

"Es gab eine weitere Verschwörung, um Baibars vom Thron zu stürzen. Die Verräter haben eine seiner Konkubinen entführt, ihre Mutter." sagte Ivar. Peter sah ihn nicht kommen, bis er direkt vor ihnen stand.

"Wirklich?" Peter hob eine Augenbraue.

"In der Tat. Sie hat alles gesehen: das Feuer, den Tod und das Blut. Baibars war unversöhnlich und jagte alle Verschwörer, die hinter dem Vorfall steckten, und ließ sie alle vor ihren Augen hinrichten." fügte Ivar hinzu.

"Ich habe diese Geschichte noch nie gehört?" sagte Owen.

"Weil es keine Überlebenden gab, die es erzählen konnten", grinste Ivar.

"Trotzdem erzählst du es..." sagte Owen.

"Ich habe Wüstenwolf geholfen, Befehle auszuführen..."

Peter grinste, als er in den roten Himmel über ihnen starrte. Die Sonne war auf dem Weg in ihr Bett.

"Ich mache ein Lagerfeuer", sagte Owen.

Es war eine stille Nacht. Die Art, die es einem leicht macht, nachzudenken und zu meditieren. Alle Vögel schliefen und keine einzige Grille schien daran interessiert zu sein, ein Lied anzustimmen. Die Wüste war sowohl einsam als auch glückselig. Auf der einen Seite wehte der Wüstenwind, aber auf der anderen Seite war das Meer. Er konnte hören, wie die Wellen den Sand von der Küste stahlen, während sie ihn unter das Wasser zogen.

Peter starrte in das Feuer, das Owen gemacht hatte. Die Wärme des Feuers tröstete ihn in seinen Gedanken. Owen schärfte gerade eine Klinge. Er schien sich sehr damit zu beschäftigen, obwohl er an jedem anderen Tag seine Pfeile einer Klinge vorziehen würde. Peter überlegte, während er seine Hände über die Flammen streckte und sie dort schweben ließ. Er mochte die Hitze, die er spürte. Sie wärmte seine Hände so sehr und trotzdem war sein Rücken kalt, ebenso wie sein Herz. Ein leeres Gefühl hatte ihn langsam erfasst, aber das war keine neue Empfindung für den

Waisenjungen. Er hatte sich an die Einsamkeit und die Schuldgefühle gewöhnt, die er durch das bloße Leben empfand. Es war kein Gefühl, das ihn definierte, aber es erinnerte ihn immer daran, wie weit er gekommen war und wie viel er dafür gegeben hatte. Dennoch war er sich nicht sicher, wo er hingehörte.

Peter schaute in den Himmel. Es war eine ruhige Nacht. Der Mond und die Sterne leuchteten wunderschön über ihnen. Es lag ein Duft in der Luft. Es war ein schwacher Duft von Blumen, Natur und Salzwasser. Es war ein angenehmer Duft, aber er konnte niemals mit ihrem Parfüm verglichen werden. Als der Gedanke aufkam, war es fast so, als ob seine Erinnerung sie mitbrachte. Er roch sie wieder. Dieser angenehme Duft ihres Parfums erinnerte ihn an die Nacht, in der er sie zum ersten Mal im Davidsturm in Jerusalem getroffen hatte.

"Peter Longsword", rief ihm eine sanfte Stimme zu. Peter erwachte abrupt aus der Benommenheit, in der er sich befand, aber er war ruhig, um sich nicht zu verraten, als er sich langsam umdrehte und genau die traf, an die er gedacht hatte, die hinter ihm stand. Sie, die wildeste Tochter des Sultans, näherte sich ihm am Feuer.

All die Grausamkeit, die er über sie gehört hatte, schien in diesem Moment nur ein Gerücht zu sein, denn in seinen Augen schien sie das sanftmütigste Wesen im ganzen Himmel zu sein. Sie sah genauso unschuldig aus, wie sie klang, und obwohl sie ihn rief, war ihre Stimme nicht fordernd.

"Kann ich mit dir sprechen?"

"Ich stehe Euch zu Diensten, Mylady", sagte der Waise mit einer Verbeugung.

"Mylady", sagte Owen und verbeugte sich, dann zwinkerte er Peter zu.

Aus der Nähe war sie noch atemberaubender als aus der Ferne. Es war erst kurze Zeit vergangen und doch hatte sie die Eleganz einer richtigen Prinzessin. Es war fast so, als wäre sie nicht dieselbe Prinzessin, die er gekannt hatte, sondern viel kultivierter. Sie roch nach Orchideen und feinem Öl. Das Kleid, das sie trug, war aus herrlicher weißer Seide, die sich gut an ihren Körper anschmiegte und ihre schlanke Figur zur Geltung brachte. Owen, Ivar und zwei von Hauptmann Jaffars Männern saßen mit ihm am Feuer, während zwei Leibwächter ihr ebenfalls folgten.

Peter konnte sich noch an das letzte Mal erinnern, als er mit ihr gesprochen hatte. Das letzte Mal, als sie miteinander sprachen, war eine glückliche Erinnerung. Er war damals so fasziniert von ihr und war es auch jetzt. Er hatte es nicht nötig, Worte wie "Service" und "Milady" zu benutzen. Sie waren Freunde, und er dachte, dass es so war, aber für einen Moment, verglichen mit seiner Gegenwart, gab es keine Grenzen zwischen ihnen. Jetzt war alles so anders. Die Förmlichkeit hatte sie in Wasser und Öl verwandelt. Selbst wenn sie wollte, dass die Dinge so blieben, wie sie waren, konnte Peter sie niemals so ansprechen, als wären sie gleichberechtigt. Sie war eine Klasse für sich und er war eine Klasse für sich. Er wusste, dass Peter sich seit dem Moment, als sie mit einer Gruppe von Soldaten an der Ausgrabungsstätte angekommen war, nur wünschen konnte, dass sie wieder miteinander reden würden.

Der Herr im Himmel erhört Gebete. Peter wollte aufstehen, aber sie gab ihm ein Zeichen, sich zu setzen und setzte sich neben ihn. Sie lächelte Owen an und zwinkerte ihm zu. Der Bogenschütze grinste und hatte einen schelmischen Funken in seinem Blick, als er der anderen Wache einen Klaps auf den Rücken gab.

"Zu deinem Zelt, du Made", grinste Owen und erschreckte den Wächter. Der arme Mann ließ den Kopf hängen und folgte Owen wie ein Hund, der seinen Schwanz zwischen die Beine klemmt, als sie gingen. Mit einer Handbewegung verbeugten sich Ivar und die Wachen und verschwanden leise mit ihren dunklen Gestalten in der Nacht.

Und Peter war mit der Prinzessin allein am Feuer.

"Was machen zwei Kreuzritter in einer Mamluken-Ausgrabungsstätte?", fragte sie.

Er zuckte mit den Schultern und starrte sie an.

"Ich überlebe", sagte Peter. "Mit der Erlaubnis des Sultans und seines Arztes, natürlich."

"Wer hat dir die Nase gebrochen?"

"Ich bin ausgerutscht", hat er gelogen.

"Natürlich hast du das", sagte sie. "Oh, wie ich dich vermisst habe, Peter", rief sie mit einem charmanten Lächeln.

"Mylady, Sie sehen anders aus als bei unserem letzten Treffen..."

"Ich hatte keine Zeit, mich umzuziehen", lächelte sie ihn an, und Peter lachte. Es war, als würde er eine Maske abnehmen. "Reden Sie nicht mit mir, als wären wir Fremde.... Milady'... redest du so mit allen christlichen Damen, die du getroffen hast?"

Das Waisenkind schüttelte den Kopf.

"Die Zeiten haben sich geändert, aber du anscheinend nicht", lächelte er.

"In der Tat", sagte sie, "wie geht es dir?"

"Mir geht es gut", sagte Peter, während er seine verletzte Schulter so gut wie möglich beugte. Er konnte einige Blutflecken auf seinem Verband sehen, die von seiner Bewegung und seinem Training stammten. Dennoch war sie gut genug verheilt, dass er sie bewegen und Dinge in der Hand halten konnte, aber hinter seinem Lächeln verbarg er seinen Schmerz. Obwohl der Verband gut heilte, zitterte seine Hand immer noch und tat höllisch weh.

"Du bist kein guter Lügner, Peter." sagte sie. "Du siehst nicht besser aus als ein geprügelter Hund."

Peter starrte ihr in die Augen, und sie lachte auf seine Kosten. Ihr Lächeln war zärtlich, und er sah ihr in die Augen. Der Realität konnte man nichts vormachen. Sie konnten lachen und scherzen wie früher, aber am Ende waren sie doch ganz andere Menschen. Das Mädchen, das jetzt vor Peter stand, war kein Mädchen, sondern eine elegante Frau. Sie war eine Nummer zu groß für ihn. Die weiße Tunika, die sie trug, war genauso hell wie ihre Haut. Wenn er sich richtig erinnerte, war sie so alt wie er, wenn nicht sogar jünger, und doch hatte sie eine gewisse Reife, die er bewunderte. Ihr langes schwarzes Haar war gelockt, aber es wirkte gepflegt im Vergleich zu dem widerspenstigen Durcheinander, das es früher war, und es stand ihr sehr gut, weil es mehr von ihren weiblichen Reizen zeigte. Sie hatte braune Augen, die so lebhaft waren, dass Peter sich darin verlieren konnte. Auf ihren Wangen bildeten sich kleine Grübchen, wenn sie lächelte. Peter war fast einen Kopf größer als sie, aber sie war dünn und ihre Figur wirkte zerbrechlich. Dadurch fühlte er sich verpflichtet, sie zu beschützen. Doch der Waisenjunge war nicht dumm; er war scharfsinnig genug, um zu erkennen, dass sie alles andere als wehrlos war.

"Ein Freund von mir ist gestorben..." gab Peter feierlich zu. "Und das alles wegen mir."

"Ich habe es gehört. Es war nicht deine Schuld, Peter."

"Aber es war... wenn ich nicht gewesen wäre, wäre Adam noch am Leben."

"Du kannst dir nicht die Schuld für das geben, was passiert ist", sagte sie, als sie ihre Hand auf seine legte. Ihre Handfläche war kalt, aber seltsamerweise schien das genauso beruhigend zu sein wie die Hitze des Feuers, über das er kurz zuvor seine Hand gehalten hatte. Peter wollte das gerne glauben, aber er konnte nicht aufhören, sich die Schuld an Adams Tod zu geben.

Er erzählte ihr den Vorfall und schilderte ihr alles bis ins kleinste Detail. Sie hätte alles schon von Ivar hören können, aber sie hörte ihm zu. Sie hielt Peters Hand fest und versuchte ihn zu trösten, während er seine Geschichte erzählte.

"Ich habe auch jemanden verloren, den ich geliebt habe", sagte sie.

"Bist du Mutter?" fragte Peter.

Sie nickte. Sie wusste also, wie es sich anfühlt, jemanden zu verlieren, das schreckliche Gefühl der Machtlosigkeit, das damit einhergeht.

"Was geschehen ist, ist geschehen, Peter", sagte sie. "Es ist eine schreckliche Welt und Männer werden immer sterben. Auf dem Schlachtfeld oder in den Armen ihrer Liebhaber. Adam war sich der Risiken bewusst, als er an deiner Seite kämpfte... sein Tod war nicht vergebens, Peter, und es war ganz sicher nicht deine Schuld."

"Ich vermisse ihn."

"Ich habe meine Mutter auch vermisst, aber das Leben geht weiter. Genug mit dem Mitleid, Longsword!" sagte sie und sah ihn wütend an: "Ich lasse dich einen Monat lang allein und jetzt sieh dich an? Verwundet, geschlagen, und dein Wille und dein Schwert sind gebrochen."

"Natürlich... du hast auch von dem Schwert gehört", seufzte Peter, als sie seine Hand in die ihre nahm. Sie hatte diesen intensiven Blick in ihren Augen. Peter mag sich selbst aufgegeben haben, aber sie hatte den Glauben an ihn noch nicht verloren.

"Peter... das ist nicht das Ende der Welt", versicherte sie ihm lächelnd. "Du lebst für einen bestimmten Zweck."

"Aber wie soll ich dienen, wenn ich kein Schwert habe?"

"Mein Vater hat immer gesagt: 'Ein Mann ist nur so gut wie sein Schwert!'" sagte sie und lächelte ihn an. "Du hast also das Schwert deines Vaters zerbrochen. Das macht dich nicht weniger zu einem Mann, nicht in meinen Augen."

Peter starrte auf ihr Gesicht.

"Was wirst du jetzt tun?" Sie errötete und ihre rechte Hand spielte mit ihrem Haar.

"Ich helfe Ivar", sagte er, "aber sonst weiß ich nicht so recht..."

"Langweilt dich das Ausgraben von Leichen nicht?", sagte sie.

"Machst du dich über mich lustig? Das ist ein Traumjob", grinste Peter. "Ich könnte nicht einmal so viel machen. Meine Schulter tut immer noch weh."

"Ich kann mir nicht vorstellen, dass der mutige Kreuzritterjunge, der meinem Vater das Leben gerettet hat, einen Spaten nimmt und Knochen ausgräbt."

"Das tue ich nicht. Die Sklaven machen die Arbeit und ich tue so, als würde ich Ivar helfen", sagte er. "Owen nannte mich den linken Krieger mit dem Spaten", lächelte er.

"Aber ich habe gehört, dass du auch mit der linken Hand trainiert hast", sagte sie. "Mit der linken Hand."

Peter holte tief Luft und nickte. Sein Gesicht verzog sich bei der Erinnerung an den Schmerz in seiner Schulter. Dann musste er noch eine Sache wissen.

"Schickt dein Vater Männer, um uns anzugreifen?" fragte Peter.

"Was?"

"Wir wurden nach dem Gefangenenaustausch angegriffen, als wir mit dem Lösegeld unterwegs waren..."

"Und du glaubst, der Sultan, mein Vater, nimmt das Gold zurück?"

Peter antwortete nicht, sondern schaute ihr in die Augen.

"Er kann einen solchen Befehl geben, aber das Gold ist ihm egal", sagte sie. "Wenn er nicht will, dass du das Gold gibst, würde er den Tausch nicht arrangieren." Ihr Tonfall wurde härter. "Ich bezweifle, dass es sein Werk war. Immerhin bist du sein Blutsbruder..."

"Jemand wusste von dem Gold. Es war ein gut geplanter Angriff, um es zu stehlen", sagte Peter.

"Du bist der Blutsbruder meines Vaters. Er wird dein Leben nicht riskieren", sagte sie.

"Dein Vater braucht einen Straßenköter wie mich nicht. Ich wette, er hat eine Menge stärkerer, geschickterer und loyalerer Männer in seinem Hof", sagte Peter.

"Ja, aber du bist einer der wenigen, denen er vertrauen kann, auch wenn du ein Ungläubiger bist."

"Warum?", fragte das Waisenkind, unbeeindruckt von ihrem selbstgefälligen Grinsen. Aber wie konnte er dem Sultan Nein sagen? Der mächtigste Mann in diesem Reich. Der Löwe von Ägypten", nannte ihn jemand - Sultan Baibars. "Was sieht er in mir?"

"Das frage ich mich auch", sagte sie.

"Ich meine, ich habe keinen politischen Hintergrund und bin fast adelig."

"Genau", sagte sie. "Es liegt daran, dass du nicht aus einer Aristokratie kommst. Du bist nicht in einen eitlen Kampf um Reichtum und Macht verwickelt. Du zeichnest dich durch Individualität und Reinheit aus, und das macht dich vertrauenswürdig. Außerdem erinnerst du ihn an ein jüngeres Ich."

"Hat er dir das gesagt?"

Sie lächelte, als sie Kreise auf seiner Handfläche nachzeichnete.

"Er war auch ein Waisenkind", sagte sie, während sie ihn aufmerksam beobachtete. "Dein Herz ist noch nicht korrumpiert."

Dann lächelte sie hinauf in den Himmel. "Es ist ein schöner Abend...", sprach sie.

Der Mond und die Sterne spiegelten sich in ihren Augen. Es gab keinen Wind, nur das lautlose Lied der Wüste, das den Tanz der unaufhörlichen Meereswellen erreichte, wenn sie ans Ufer schlugen. Peter starrte ihr in die Augen. Worte konnten nicht beschreiben, wie sehr ihn ihr Anblick in den Bann zog. Ihr lächelndes Gesicht konnte die Herzen der kältesten Männer zum Schmelzen bringen.

"Ich habe nie nach deinem Namen gefragt", sagte Peter.

"Warum?", schien sie überrascht. "Ich habe mich gefragt, wann du fragen wirst."

"Ich... Ich wollte, aber als wir das letzte Mal gesprochen haben... Dein Vater wurde angegriffen und ich habe es vergessen. Die Gelegenheit hat sich nie wieder ergeben", sagte er mit einem schüchternen Lächeln.

"Sag einer Frau nie, dass du sie vergessen hast." Sie schien nicht beeindruckt zu sein.

"Die Ereignisse haben sich so schnell gedreht", versuchte das Waisenkind zu sagen.

"Du hast vergessen zu fragen?" Wiederholte sie, doch dann lachte sie. "Es war chaotisch in dieser Nacht, hmm... also kann ich es dir vielleicht nicht verübeln."

Peter lächelte auch.

"Nun, ich denke, es ist an der Zeit, dass wir uns richtig vorstellen." Sie strahlte, als sie sich erhob und sich kurz verbeugte. "Ich bin Shajar al-Durr, das heißt 'der Perlenbaum', die sechste Tochter des Sultans Baibars. Aber mein Vater und meine Freunde nannten mich Abal."

"Abal?"

"Es bedeutet "wilde Rose" und ist ein Name für einen Jungen. Mein Vater hatte sich immer einen Jungen gewünscht, aber er hat nie einen bekommen."

Peter gehorchte und tat genau das, was sie tat. Er stand auf und verbeugte sich kurz, als er antwortete,

"Ich bin Peter Longsword, das Waisenkind, ein Straßenköter aus Akkon. Meinen Vater habe ich nie kennengelernt. Manche sagen, er war ein tapferer und berühmter Kreuzritter, der von deinem Vater getötet wurde. Auch meine Mutter habe ich nie gekannt. Das macht mich offiziell zu einem Bastard. Owen nannte mich 'einen Sack voll Knochen voller Pferdescheiße'."

Er grinste und schaute auf seine Füße. Er meinte es als Scherz, aber jetzt, wo er es laut ausgesprochen hatte, konnte er seine Verlegenheit nicht mehr verbergen. Natürlich fand Abal es lustig und lachte, bevor sie ihre Hand hob und sein Kinn packte. Sie lenkte seinen Blick wieder zu ihr. Ihre Berührung war jetzt warm und sanft, als er zu ihr aufblickte und ihr in die Augen sah.

"Und so haben sich eine Prinzessin und ein Waisenkind kennengelernt", lächelte sie. "Ich danke dir für deine Tapferkeit in der zweiten Schlacht von Ayn Jalut." Sie sah so sanft aus, während sie sprach, und er hing an jedem Wort, das sie aussprach. "Danke, dass du meinen Vater gerettet hast."

Das Lächeln auf ihrem hübschen Gesicht lenkte seine ganze Aufmerksamkeit auf sie.

Abal neigte ihr Gesicht näher und küsste ihn sanft auf die Lippe. Es ging schnell und doch fühlte es sich an, als wäre die Zeit stehen geblieben. Peter war wie verzaubert, ehrfürchtig und sprachlos, als sie ihr Gesicht vor ihm verbarg.

"Gute Nacht Peter!" flüsterte sie, als sie ihn in aller Eile am Feuer zurückließ. Sie ging schnell weg, um zu ihrem Zelt zu gelangen, bevor das Waisenkind ein Wort sagen konnte.

Peter berührte seine Lippe. Es fühlte sich an wie ein Traum. Er konnte sich nicht bewegen. Er konnte immer noch die Berührung ihrer Lippen auf seinen spüren, so weich und warm. Und der Geschmack von ihnen lag wie Gewürz in seinem Mund. Wärme umgab sein Gesicht und seinen Körper, als er sich leicht benommen fühlte und wie ein Narr lächelte. Er hatte seine Müdigkeit und seinen Schmerz vergessen. Sie hatte ihn mit neuem Leben erfüllt, und er wollte, dass diese Erinnerung länger anhielt.

Mit einem jungenhaften Lächeln im Gesicht ging er zu seinem Zelt.

Peter dachte an sie, als er sich zur Ruhe legte und seine Augen schloss. Diesmal hatte er keine Albträume, sondern Träume voller Parfüm.

Neuntes Kapitel

Am nächsten Morgen lächelte Peter sie an.

"Ich hatte vergessen, nach dem Grund deines Besuchs zu fragen?", fragte er. "Oder bist du der Agent des Sultans, der die Grenzen kontrolliert?"

"Ja, ich bin die Agentin des Sultans. Wie kommst du darauf?", lächelte sie zurück.

"Das war ein Scherz."

"Das tue ich aber nicht, aber schmeichle dir nicht selbst, Longsword", lachte sie, "aber nein, deshalb bin ich nicht hier. Ich muss mich um dringendere Angelegenheiten im Namen meines Vaters kümmern."

Sie brauchte nicht ins Detail zu gehen. Er hatte bereits von Ivar gehört, dass der Sultan sehr an ihren Funden bezüglich des Schiffes interessiert war. Es beunruhigte Peter, dass er trotz der Bitte von Lady Eleonore selbst immer noch keine Ahnung hatte, wonach er suchte.

"Ich interessiere mich für Geschichte", sagte Abal. "Ich will wissen, was hier vor langer Zeit passiert ist."

"Lady Eleonore hat das Gleiche gesagt. Habt ihr beide miteinander geredet?"

"Ich hatte sie seit der Schlacht nicht mehr gesehen. Wie geht es ihr?" sagte Abal.

"Sie sieht... gut aus..."

"Sie ist wunderschön, nicht wahr?" Abals Augen starrten ihn an.

"Ja, aber..."

"Lady Eleonore ist ein anderes Tier als die anderen. Magst du sie?"

"Was sind das für Fragen?" Peter wurde rot. "Nein... ja, aber sie ist mit Lord Eduard verheiratet..."

"Und?"

"Warum interessiert dich das?"

"Ich bin nicht..."

"Du kannst nicht lügen, Prinzessin", lächelte Peter.

"Mein Vater glaubt, dass sie der Grund dafür ist, dass Eduard noch am Leben ist. Er ist ein Bewunderer von ihr."

"Sultan Baibars ist ein Verehrer von Lady Eleonore?"

"Halt die Klappe... das ist ein Geheimnis", lächelte sie ihn an. "Du siehst doch, dass du auch rot geworden bist."

"Hat er vor, sie zu stehlen?"

"Wie kommst du auf so etwas? Nein", sagte Abal. "Außerdem will mein Vater, dass diese Ländereien und Meeresküsten von Banditen und Piraten befreit werden."

"Und Kreuzritter?"

"Ja, bitte, aber nicht du", starrte sie ihn an.

"Das ist der Grund, warum du hier bist?"

"Der Sultan will mich heiraten, und ich will weit weg vom Hof sein. Außerdem sollten ich und Ivar in der Nähe sein, wenn der maskierte Mann vorbeikommt", sagte Abal.

"Du bist jetzt mein persönlicher Leibwächter?"

"Nicht du, Dummerchen, Ibn al-Nafis".

"Das hat Ivar auch gesagt."

"Ich habe dir gesagt, dass sich die Welt nicht um dich dreht, Peter".

Er grinste einen Moment lang.

"Du bist also nicht wegen mir hier?"

"Nein. Du musst dich also verteidigen", sagte sie, während sie mit ihren Haaren spielte, "wenn der maskierte Mann wieder auftaucht. Und dieses Mal, Peter, darfst du nicht zögern! Tu, was du tun musst, oder trage die Konsequenzen!"

"Zögern? Aber wer hat es dir gesagt?"

"Vergiss nicht, ich bin der Agent meines Vaters." Sie berührte seine Wange: "Peter, was auch immer du in diesem Leben und auf dieser Welt tun wirst, vergiss dein Zögern."

"Die Worte deines Vaters?"

"Meins", sagte sie und trat zurück zu ihrem Pferd.

"Und wie soll man sich verteidigen? Verwundet und ohne Schwert? Ich hoffte, die wilde Tochter des Sultans würde mich beschützen." Peter seufzte schwer.

"Ich habe gehört, dass du den Einsiedlerschmied besucht und ein neues Schwert bestellt hast", sagte Abal.

"Du scheinst alles zu wissen?"

"Ich bin die Tochter meines Vaters. Ich muss es tun." Sie zwinkerte ihm zu und ritt mit Ibn al-Nafis zur Festung Qaqun, gefolgt von ihrem Gefolge, 200 starken Mamluken-Soldaten, die in Kettenhemden gekleidet waren und Gold an ihren Hälsen trugen. Die persönliche Garde des Sultans. Sie hatte Peter versichert, dass sie zurückkehren würde, um die Baustelle weiter zu überwachen. Am nächsten Morgen, als Peter sich auf den Tag vorbereitete, kam Hauptmann Jaffar zu seinem Zelt.

"Peter, mein Junge, du siehst heute so lebendig und gesund aus!"

"Gut."

"Ein kleines Training?"

Er dachte daran, was Abal zu ihm gesagt hatte. Ja, er musste bereit sein, wenn der maskierte Mann zurückkommt. Peter blickte auf seine linke

Hand und sah, wie sie zitterte. Hatte er sie überlastet? Er hob sie und beobachtete, wie seine Finger zitterten, weil er sich unsicher fühlte, ob er ein Schwert greifen sollte. Doch er wusste, dass er es tun musste. Üben war alles, was Roter Hering zu sagen pflegte. Um deine Bewegungen und Reaktionen zu beherrschen. Sonst wäre er beim nächsten Auftauchen des maskierten Mannes ein toter Mann. Verdammt noch mal, ich will ihm sein hässliches Grinsen aus dem Gesicht schneiden. Peter verfluchte es.

"Ich bin bereit!"

"Schön, schon wieder mit der linken Hand?" Jaffar lachte. "Ich werde es in dich hineinbohren wie die sengende Sonne in den Wüstensand."

"Du stehst mir gegenüber, bist verletzt, ich bin stärker und habe eine Waffe mit großer Reichweite. Was würdest du tun?"

"Ich werde dich töten", lächelte Peter.

"Wage den Versuch", sagte Jaffar. "Aber du musst mich erreichen!" Er trat vor und schwang seine Schwertscheide auf Peter zu. Der Waise wich zurück, trat nach links und versuchte, ihn zu umgehen, aber Jaffar drehte sich zu ihm um und richtete die Spitze seiner Waffe auf sein Gesicht.

"Du bist tot", sagte der alte Mamluk. "Nochmal", wiederholten sie ein paar Mal, "beweg deine Füße, Peter. Wenn du auf einer Stelle stehst, bist du ein leichtes Ziel."

"Aber du bist stärker und besser ausgerüstet", sagte Peter.

Der Mamluk lachte. "Ergibst du dich?"

"Niemals."

"Schau mich an. Wo sind meine Schwachstellen? Denk nach", bat Jaffar.

Peter kratzte sich am Kopf. "Achselhöhlen?"

Der Kapitän nickte.

"Wie erreicht man sie? Du verteidigst dich gut, wie jeder ausgebildete Soldat."

"Denkst du, was du am meisten hasst, wenn dich jemand angreift?"

"Wenn der Angreifer schneller ist als ich und mich mit seinem Zug überrascht", sagte Peter.

Jaffar lächelte, bewegte sein linkes Bein nach vorne und stürzte sich plötzlich mit der rechten Hand nach vorne, wobei er seine Waffe schwang. Er stieß das Waisenkind nach hinten und lachte ihn aus. Er reichte ihm eine Hand, um ihm beim Aufstehen zu helfen. "Achte auf die Füße deines Gegners, weiche aus und greife ihn an, um ihn aus dem Gleichgewicht zu bringen und zu Boden zu bringen. Wenn er fällt, darfst du nicht zögern, sonst bist du tot!"

Das kam Peter so bekannt vor, als sie weiter trainierten.

Hauptmann Jaffar, der Dreifingersoldat, hielt sein Wort und brachte Peter mächtig ins Schwitzen.

***

Am Nachmittag versteckte sich die Sonne hinter den Wolken, und vielleicht kam der Regen.

"Ich brauche Hilfe und du brauchst Ruhe vom Training", sagte Ivar.

"Womit in aller Welt kann ich dir helfen?"

"Komm, ich brauche die Meinung eines naiven Dummkopfs."

"Wo Ibn al-Nafis und Abal geritten sind?"

"Er wollte einige Aufzeichnungen in der Festung Qaqun aufspüren."

"Warum?"

"Er hoffte, etwas über einen Schiffsvorfall in der Gegend zu finden", sagte Ivar.

"Ist das so wichtig? Ich verstehe nicht, warum", sagte Peter.

"Es gibt nichts Wichtigeres als ein Menschenleben; es gibt keine größere Strafe als den Tod. Ein Mörder gibt ein Leben für ein Leben: Das Gesetz zeigt keine Gnade", sagte Ivar.

"Warum erzählst du mir das?" Peter schaute verwirrt.

"Abal hat mich gebeten, eine Verwendung für dich zu finden, bis du dich erholt hast, und du wolltest nicht nach Scheiße graben, aber vielleicht kannst du mir helfen, die Wahrheit herauszufinden."

"Die Wahrheit? Wie? Welchen Nutzen habe ich davon?"

"Ich muss zugeben, dass ein frischer Geist wie deiner hilfreich wäre."

"Wirklich? Was ist mit Owen?"

Der Bogenschütze kam mit einem Stück Brot in der Hand und etwas in seinem Mund ins Zelt.

"Ich bin hier", sagte der Waliser.

Ivar zeigte ihnen ein Pergament auf dem Tisch mit einer Zeichnung, die wie eine Karte der Ausgrabungsstätte aussah.

"Hast du das getan?" sagte Owen.

Ivar nickte. "Also, Jungs, was würde ein Gerichtsmediziner tun?

"Ehrlich gesagt, ich weiß es nicht!" Das Waisenkind hatte Mühe, zu verstehen, was in dem Kopf des Ostringers vor sich ging.

"Nun, wir haben tote Männer, also ist dies ein sehr ungewöhnlicher Tatort, der vor langer Zeit passiert ist", kratzte sich Ivar an den Haaren, "Zuerst müssen wir die Leichen untersuchen: Der Gerichtsmediziner würde zunächst alle Schädel und Knochen untersuchen und sich Notizen über körperliche Merkmale und Anzeichen von Verletzungen oder Krankheiten machen."

"Ich verstehe, was du meinst", sagte Owen, "dann müssen wir Beweise sammeln."

"Ja, der Gerichtsmediziner würde alle anderen relevanten Beweise sammeln, die am Tatort gefunden werden, wie Kleidung, Waffen oder andere Artefakte."

"Was dann?" fragte Peter.

"Versuche, Zeugen zu finden, die du befragen kannst", sagte Ivar.

"Wir haben Matthew und Matilda", sagte Peter.

"Sei nicht albern, sie haben es gerade erst gefunden; sie waren noch nicht geboren, als es passierte."

"Woher weißt du das?"

"Durch die Verwesung der Leichen." Ivar hob einen Schädel mit einem Loch auf dem Rücken hoch. "Über 15 Jahre, aber die verrotteten Holzplanken des Schiffes lassen vermuten, dass es nicht mehr als 25 Jahre sind."

"Wow, du hast mich beeindruckt", Owen biss in ein Stück Brot.

"Ich muss kotzen", Peters Augen waren immer noch auf den Schädel gerichtet, dann sah er seinen Freund beim Essen an,

"Brauchst du nicht. Trink etwas Wasser", und Ivar reichte ihm einen Flachmann.

"Der Gerichtsmediziner würde alle Zeugen oder Verdächtigen befragen, um Informationen über den Tod und die Begleitumstände zu sammeln." Ivar winkte mit der Hand in Richtung Osten. "Deshalb ritt Ibn al-Nafis, um irgendwelche schriftlichen Aufzeichnungen zu finden."

"Und bis zu seiner Rückkehr müssen wir die Todesursache feststellen."

"Ist das nicht offensichtlich?" fragte Peter.

"Sie haben sich nicht umgebracht", grinste Owen.

"Ja, aber jemand musste sie begraben. Wer? Und warum? Und diese Fragen brauchen Antworten."

"Glaubst du, dass du nach so vielen Jahren herausfinden wirst, wer dafür verantwortlich ist?" fragte Peter.

"Hier herrscht ständig Krieg", sagt Owen.

Ivar drückte ihm ein altes Pergament und ein Stück schwarze Kreide in die Hand.

"Wir haben Arbeit zu erledigen", fügte der Ostringer hinzu. "Peter, du bist jetzt mein persönlicher Diener."

"Diener? Ich bin ein Soldat..."

"Ein Mann ist nur so gut wie sein Schwert. Du hast keins, und du kannst es auch nicht führen." Ivar war barsch. "Jetzt bist du Gerichtsvollzieher, wie ich."

Owen grinste: "Ein Diener."

"Archer, du auch", zwinkerte Ivar ihm zu.

"Heiliges Blut! Ein Diener! Ich bin genauso gut mit einer Hand!" schrie Peter ihn an.

"Bis du wieder gesund bist, wirst du alles tun, was ich sage!" sagte Ivar. "Kannst du lesen?"

Peter erstarrte. Er wäre lieber in seine Praxis zurückgekehrt. Er fühlte sich rebellisch, aber sein Freund tippte ihm auf die Schulter. "Komm, Eure Hoheit, lass uns dem Ostringer helfen".

Ivar hatte die Untersuchungsnotizen vor sich liegen. Er setzte sich neben den Tisch und betrachtete die Knochen und Schädel um ihn herum. Er holte ein altes Notizbuch aus seiner Tasche und legte es auf den Tisch.

"Hört zu, Jungs", sagte Ivar und las.

"Es gibt nichts Wichtigeres als ein Menschenleben; es gibt keine größere Strafe als den Tod. Ein Mörder gibt ein Leben für ein Leben: Das Gesetz zeigt keine Gnade. Die Gültigkeit des Geständnisses und des Urteils hängt von einer zufriedenstellenden Untersuchung der Wunde ab, um zu verhindern, dass die falsche Strafe bereut wird." Ivar las laut im Heiligtum seines Zeltes, während er das Wissen seines Notizbuches durchblätterte. "Das ist mein Gerichtsmediziner-Notizbuch. Ein Leben für ein Leben. Ich glaube, dass es sein ganzes Leben lang Taten und Konsequenzen gab."

"Wenn keine ordnungsgemäße Untersuchung durchgeführt wird, bleibt das Unrecht des Ermordeten ungesühnt und kann neue Untaten verursachen. Andere Leben werden geopfert, und beide Seiten werden zu Racheakten angestachelt, deren Ende niemand vorhersehen kann." Ivar las weiter in der Schrift über Gerichtsmediziner und ihre Handlungen. "Bei allen Untersuchungen muss als Erstes die Leiche von Verwandten und Nachbarn identifiziert werden."

"Bin ich ein Leichenbeschauer oder ein Diener?" Peter hob eine Augenbraue.

"Ein Beamter, der gerichtliche Untersuchungen durchführt", sagte Ivar. "Bring mir Wasser", befahl er der Wache am Zelteingang, während er sich den Nacken kratzte und weiter las.

"Der Zweck einer erneuten Untersuchung ist nicht die Bestätigung eines früheren Urteils, sondern die Verhinderung von Ungerechtigkeiten. Wenn ein so ernannter Leichenbeschauer, der die Bedeutung des menschlichen Lebens aus den Augen verliert, auch nur den Hauch eines Unrechts zulässt, sei es aus Angst, den Beamten zu beleidigen, der bei der vorherigen Untersuchung den Vorsitz geführt hat, sei es aus dem Unwillen heraus, den Angeklagten, der möglicherweise vermögend ist, freizulassen, sei es aus dem Bestreben heraus, den Bericht den Wünschen der vorgesetzten Beamten anzupassen, oder sei es aus dem Bestreben heraus, den aktuellen Fall den vergangenen Fällen anzugleichen, um sich so schnell wie möglich von seiner Pflicht zu befreien, wird sein Vergehen größer sein als das des Leichenbeschauers, der die erste Untersuchung durchgeführt hat. Bei der Untersuchung der Knochen sollte der Tag klar und hell sein."

"Wir müssen also die Knochen reinigen?" fragte Owen.

"Kluger Junge", sagte Ivar und blätterte eine Seite um.

"Nimm zuerst sauberes Wasser und wasche sie, dann binde sie mit einer Schnur in der richtigen Reihenfolge zusammen, so dass ein Skelett entsteht, und lege dieses auf eine Matte. Dann gräbst du ein Loch in den Boden, 5 Fuß lang, 3 Fuß breit und 2 Fuß tief." Ivar warf einen Blick auf Peter. "Hast du das verstanden?"

"Noch mehr graben?" fragte das Waisenkind.

"Dann wirfst du reichlich Brennholz und Holzkohle hinein und lässt es brennen, bis der Boden richtig heiß ist. Lösche das Feuer und schütte zwei Pfund guten Spiritus und fünf Pfund starken Essig hinein. Lege die Knochen schnell in die dampfende Grube und bedecke sie gut mit Binsen und Schilf. Lass sie dort zwei oder drei Stunden liegen, bis der Boden kalt ist. Dann kann man die Abdeckungen entfernen, die Knochen an einen geeigneten Ort bringen und sie unter einem roten Öltuchschirm untersuchen."

"Wo finden wir einen Regenschirm?"

"Abal hat sich ihres geliehen", zeigte Ivar auf die andere Ecke des Zeltes.

"Warum machen wir das?" fragte Owen.

"Wenn der Tag dunkel oder regnerisch ist, muss die Kochmethode angewendet werden", blickte er das Waisenkind an.

"Heute ist es nicht sonnig."

Ivar nickte und steckte seine Nase wieder in das Notizbuch. "Nimm einen großen Krug und erhitze darin eine Menge Essig; dann gib reichlich Salz und weiße Pflaumen hinein. Koche alles zusammen mit den Knochen auf, wobei du den Vorgang selbst beaufsichtigst. Wenn es schnell kocht, nimm die Knochen heraus, wasche sie in Wasser und halte sie gegen das Licht. Die Wunden werden gut sichtbar sein, da das Blut in die verletzten Stellen eingedrungen ist und sie rot, dunkelblau oder schwarz gefärbt hat. Achte als Nächstes sorgfältig darauf, ob einer der Knochen geknackt oder gespalten ist.

"Wir kochen eine Knochensuppe?" Owen grinste.

"Suppe?"

"Wiederhole nicht wie ein Zurückgebliebener, sondern hilf ihm", winkte Ivar dem Waliser zu. "Wir müssen herausfinden, was hier passiert ist, und die Knochen haben ihre eigene Geschichte zu erzählen."

"Ist das nicht offensichtlich? Jemand hat diese Männer getötet", sagte Peter.

"Sie sind tot, ja, aber wie? Wer? Warum? Das sind die Fragen, die wir beantworten müssen."

"Und die Knochen werden dir das sagen?"

"Ich hoffe, wir können noch viel mehr finden", sagte Ivar und trank Wasser, bevor er weiterlas.

"Wunden am Knochen hinterlassen einen roten Fleck und ein leichtes Sättigungsgefühl, und wo der Knochen gebrochen ist, ist an beiden Enden eine haloartige Blutspur zu sehen."

Peter saß neben Ivar und hörte zu, was er las. Plötzlich dachte er, dass es eine Menge Knochenspiele geben würde.

"Nimm einen Knochen, auf dem sich Spuren einer Wunde befinden, und halte ihn gegen das Licht; wenn diese von einem frischen Rot sind, wurde die Wunde vor dem Tod zugefügt und ist bis zum Knochen vorgedrungen. Wenn es aber keine Spur von Sättigung durch Blut gibt, obwohl eine Wunde vorhanden ist, wurde sie nach dem Tod zugefügt."

"Es gibt viele Knochen, die wir untersuchen müssen..." sagte Owen.

"Alle Männer haben alte Narben auf ihren Körpern, entweder von Stürzen in der Jugend oder von Kämpfen. Wir alle werden irgendwie von dieser Welt gezeichnet. Obwohl die Stelle mit der Zeit heilt, geht die Narbe nie weg. Sie nimmt eine dunkle Färbung an und bleibt auch nach dem Tod sichtbar. Denn dort, wo das Blut einmal geronnen ist, wird es nie wieder sein früheres Aussehen annehmen. Aber alte Wunden haben kein haloartiges Aussehen, fühlen sich weich an, liegen auf einer Ebene mit den umgebenden Teilen und haben eine matte Farbe. Sowohl das Fleisch als auch die Knochen sind anders als bei einer frischen Wunde."

Ivar ließ das Notizbuch liegen und starrte Peter an.

"Wir kochen die Knochen, reinigen sie und untersuchen sie. Dann machst du dir Notizen und schaust, was wir herausfinden. Wenn meine Vermutung richtig ist, ist die Wahrheit nicht angenehm." sagte Ivar.

Peter verfluchte sein Glück. Ein weiterer Tag in der Ausgrabungsstätte an der Küste südlich der Festung Atlit, er musste mit alten Knochen spielen. Doch Owen grinste, während er kaute, bis er mit Knochen spielte.

***

Nach ein paar Stunden im Zelt, in denen er beobachtete, sich Notizen machte und sein Glück verfluchte, hatte Peter etwas anderes im Sinn und fragte Ivar,

"*Fata volentem ducunt, nolentem trahunt*", sagte Peter. Das war die Inschrift, die er in seinem Traum und über der Tür des Einsiedlerschmieds gesehen hatte. "Was bedeutet das?"

"Das Schicksal führt die Willigen und zerrt die Unwilligen..." sagte Ivar, ohne seinen Blick von seinem Notizbuch abzuwenden.

"Was sollte das denn heißen?"

"Du kannst Latein?" fragte Ivar und klang beeindruckt.

"Ich... Ich kenne ein paar Wörter", log Peter. Seit er Eduards Buch gestohlen hatte, wollte er unbedingt lernen und endlich lesen können. Nickolas hatte ihm ein wenig beigebracht, aber jetzt war er nicht mehr da. Peter war stur, aber jetzt hatte er akzeptiert, dass er nicht mehr der

Straßenjunge von Acre war; er kannte keinen anderen Jungen, der Bücher oder die Geschichten, die sie erzählten, liebte.

"Aber ich kann nicht verstehen, was das bedeutet", sagte Peter.

"Das ist doch offensichtlich, meinst du nicht?" Ivar grinste. "Du wirst sowieso dorthin gehen, also genieße die Fahrt und dein Schicksal! So ist das Leben, nicht wahr?"

Peter rollte mit den Augen.

"Das Schicksal, ach, diese gesegnete alte Dame", murmelte Owen, als er eine abgetrennte Hand betrachtete.

"Wo hast du das gelesen?" fragte Ivar.

Peter erzählte ihm von dem Traum und dem Schmied.

"Ich bin kein Traumdeuter, aber das Schicksal will dir etwas sagen."

"Was?"

"Du fährst sowieso dorthin, also genieße die Fahrt", wiederholte Ivar. Das Waisenkind fühlte sich nicht erleichtert. Er verstand nichts, und seine Gedanken waren wirr. Er hatte einen seltsamen Schmerz im Bauch. Er wischte sich den Schweiß von der Schläfe und versuchte, sich zu konzentrieren.

"Wo hast du Latein gelernt?" fragte Peter.

"Ich habe Unterricht am Hof", sagte Ivar und holte tief Luft, als hätte er Schwierigkeiten, sich zu erinnern. "Im Östlichen Reich wurde sogar eine Person wie ich ausgebildet und gelernt..."

"Östliches Reich?"

"Lange Geschichte für einen anderen Tag", sagte Ivar. "Wie geht es deiner linken Hand?"

"Links?"

Ivar grinste, als er eine weitere Seite in seinem Notizbuch umblätterte. "Ich habe gesehen, wie du ohne mit der Wimper zu zucken deine schwache Hand trainiert hast."

"Die Schmerzen in meiner rechten Schulter werden mich wünschen lassen, ich wäre nie geboren worden. Aber ich will nicht wehrlos sein, wenn etwas passiert..."

"Ein linker Kreuzritter, was?" Ivar lachte.

"Es gab eine Legende über einen König der Linken..." sagte Owen. "Ich habe sie ihm erzählt."

"Wir sind jetzt Totengräber", sagte Peter.

"Nein, wir sind Ermittler, also hopp, hopp, beweg deinen Arsch", lachte Owen.

"Wir müssen die Knochen säubern und alle untersuchen." Ivar nickte. "Eine kurze Strecke und ein Spaziergang draußen?"

"Ich bleibe hier", sagte Owen. "Ich muss noch ein paar Knochen untersuchen."

Peter folgte Ivar näher zum Ausgrabungslager. Normalerweise hatte er sie vom Strand aus beobachtet, aber aus der Nähe erkannte er, wie viel Arbeit geleistet worden war.

Es war das erste Mal, dass Peter so etwas gesehen hatte. Die Ausgrabung zeigte ihm ein riesiges Loch, etwa 50 Schritte lang und 12 Schritte breit. Die beiden Abhänge dienten als Gänge, die vom östlichen und westlichen Teil der Öffnung in das Loch führten. Dort waren die Überreste des Schiffes noch sichtbar. Die Nieten dienten als Markierung dafür, wo das Schiff lag. Von den Holzplanken, die das Schiff einst zusammenhielten, waren nur noch verrottete und zerbrochene Teile übrig. Der Kiel war noch sichtbar und in zwei Teile zerbrochen. Schmutz und Sand hatten mehr als die Hälfte des Schiffes bedeckt.

Das Schiff selbst war ein schöner Anblick, auch wenn es inzwischen sehr heruntergekommen war. Das gesamte Bett des Schiffes war etwa 8 Meter tief. Um das Schiff herum hatten die Sklavenarbeiter 5 große Vierfachzelte und 5 runde Zelte aufgestellt. Fast 50 Sklaven waren vor Ort, um den

Mamelucken bei ihrem Versuch zu helfen, das Schiff auszugraben und alle Beweise zu sammeln, die ihnen helfen könnten, herauszufinden, was hier vor so langer Zeit passiert ist. Jetzt, wo Peter das Schiff gesehen hatte, verstand er, warum Owen es als Begräbnis bezeichnet hatte.

Nach dem, was Ivar aus den Knochen, die sie freigelegt hatten, geschlossen hatte, zählten sie einundvierzig begrabene Skelette.

"Diplomatische Delegation?" fragte Peter.

"Ich hatte Zweifel", sagte Ivar. "Wir haben keine Überreste von Falken oder Hunden gefunden, und auch keine weiblichen Skelette. Nur Männerleichen."

Die Schwerter der toten Männer und die Nieten an den Schilden ließen darauf schließen, dass sie einst wunderbare Stücke waren. Das Schiff selbst hatte Metallspalten, ein Zeichen dafür, dass man sich Mühe gegeben hatte, das Schiff zu verstärken. Der Ring, den Ivar ihm gezeigt hatte, kam ihm in den Sinn. Dann fanden sie Spielsteine aus Knochen; Peter vermutete, dass die Insassen des Schiffes sich damit die Zeit vertrieben haben mussten, aber Ivar meinte, es sei zu früh, um irgendwelche Schlüsse zu ziehen.

Ivar glaubte, dass Peters frischer Verstand schärfer sein würde als er selbst, wenn er nur noch halb so erfahren war wie er selbst. Er erlaubte dem Waisenkind, das Schiff nach Herzenslust zu untersuchen. Die Sklaven arbeiteten daran, das zweite Schiff auszugraben, das zwanzig Schritte neben dem ersten lag.

Peter hat es beobachtet. Die Schiffe waren etwa 100 m landeinwärts geschleppt worden und waren teilweise mit Steinen und Erde bedeckt. Die beiden Schiffe waren geklinkert und hatten Reihen von Eisennieten, die die sich überlappenden horizontalen Planken des Rumpfes miteinander verbanden.

Peter nahm an, dass das erste Schiff 11 m lang war und 6 Ruderpaare hatte.

Sieben der dort gefundenen Skelette waren von großen, jungen Männern in sitzender Position.

In einigen Skeletten fanden sich Fragmente von zwei Schwertern, Messern, einer kleinen Axt, einem Speer und Pfeilspitzen: das Zeichen einer Schlacht. Diese Entdeckung ließ sie daran zweifeln, dass es sich um eine Bestattung handelte. Aber warum? Peter schüttelte tief in Gedanken versunken den Kopf.

Fünfundsiebzig Spielfiguren aus Walknochen wurden entdeckt, dazu drei Würfel, aber kein einziges Spielbrett wurde auf dem ersten Schiff gefunden.

Es gab zu viele Ungereimtheiten. Ivar wies darauf hin, dass sie, wenn es sich um eine Bestattung handelte, die Knochen eines Tieres hätten finden müssen. An der Ausgrabungsstätte fehlten Knochen von Falken, Bären, Hunden oder anderen Tieren, die normalerweise zusammen mit einem verstorbenen Adligen in die Erde gelegt wurden. Zumindest bei wohlhabenden Bestattungen war es üblich, Vogelknochen zu finden.

Das zweite Schiff stand zwanzig Schritte von dem kleineren entfernt. Es sah eher aus wie die venezianischen Koggen, die Peter im Hafen von Akkon gesehen hatte. Es war 25 m lang, etwa 3 m breit und hatte einen Kiel zum Segeln. Sie hatten wahrscheinlich eine Besatzung von etwa 30 Männern an Bord. Die vierunddreißig Skelette waren auf dem Schiff wie Brennholz in vier Schichten auf einer Fläche von vier Metern Breite gestapelt. Die Leichen waren mit 34 Schwertern begraben worden. Zweischneidige Klingen, die von großen hölzernen Schilden mit Bossen aus Eisen und Stoff bedeckt waren, die wahrscheinlich vom Segel des Schiffes gerissen wurden.

Es wurden einige Dinge von Wert gefunden, aber es gab keinen stillen Schatz, wie Peter gehofft hatte.

Andere Grabbeigaben, die sie entdeckt hatten, waren die Fragmente eines verzierten Kammes aus Hirschgeweih, kleine Vorhängeschlösser und

120 Spielsteine aus Walknochen, die zwischen den Leichen verstreut worden waren. Sie hatten viele Pfeilspitzen in und an den Skeletten gefunden, aber keine richtigen Speere oder Äxte. Obwohl einige Pfeilspitzen in den Skeletten steckten, steckten die meisten von ihnen im Holz und in den Schilden des Schiffes.

Unter den Spielsteinen war der "König" größer als die anderen Stücke und mit einer Bronzeverzierung und einer Eisenkrone auf der Spitze versehen. Der "König" wurde in der Mundregion eines der reichen Skelette gefunden. Ein weiterer Punkt, der Peter und Ivar Fragen aufwarf, waren die Schäden an den Halsknochen einiger Skelette, die sie ausgegraben hatten. Es sah so aus, als wären sie von einer Klinge verursacht worden, vielleicht das Ergebnis einer Hinrichtung durch Enthauptung. Weitere Knochen sollten gekocht und gereinigt werden, um die Wunden zu untersuchen.

Es gab einundvierzig Schnallen und Beschläge aus Kupferlegierung: Kreuzritterschnallen? fragte sich Peter. Er hatte eine solche Schnalle an seinem Gürtel, aber wie hätte er sicher sein können?

Sie kehrten zum Zelt zurück und untersuchten die erste Welle von gereinigten Knochen.

Alle Skelette stammten von Erwachsenen, mit Ausnahme von zwei kleineren, die wahrscheinlich von jungen Burschen stammten. Es gab Anzeichen für Verletzungen durch scharfe, durchdringende und sogar stumpfe Gewalteinwirkung; das konnte man an den fehlenden Knochen und den zertrümmerten Knochen erkennen, die wahrscheinlich von den Projektilen der Belagerungsmaschinen stammen.

Die meisten Knochen wiesen Anzeichen von verheilten Verletzungen auf, was darauf hindeutet, dass sie Wunden aus früheren Konflikten überlebt haben mussten. Das machte es schwer zu glauben, dass es sich um Könige und nicht um Krieger oder Piraten handelte - wenn nicht sogar um beides.

"Es gab keine Zahnabdrücke auf den Knochen", schloss Ivar.

"Sie wurden also gleich begraben und nicht den Raubtieren überlasse n..." sagte Peter.

"Du lernst schnell, Junge", grinste Ivar. "Es gab keine Anzeichen für Plünderungen oder Entführungen nach der Schlacht. Jemand hat sich um die toten Männer gekümmert. Dieser Jemand muss sie also sehr gut gekannt haben."

"Sie waren ungestört... aber für wie lange?" Peter warf einen Blick auf die Knochen.

"Es dauert 50 bis 100 Tage, bis aus einem unbegrabenen Körper ein Skelett wird", sagte Ivar. "Aber diese? Die sind schon viel länger hier. Ich würde auf Jahre tippen... Das Holz ist übrigens verrottet, aber noch nicht zersetzt worden."

"Ist hier ein Schatz versteckt?" fragte Owen.

"Ich habe noch keine gefunden", sagte Ivar.

Peter war halb überzeugt, dass sie den Schatz, wenn es ihn gäbe, schon früher entdeckt hätten. Das Interessanteste von allem war der Haufen von Skeletten, der auf dem Dach des Schiffes in der Nähe seines Fockmastes lag. Bis jetzt hatten sie 41 Schädel und die meisten ihrer anderen Körperteile enthüllt.

Alle waren Männer, groß und stark. Kriegsgestählt und doch tot.

"Die sieben Skelette in dem kleinen Schiff..." Owen hob einen Schädel an, "sie hatten alle Spuren von Enthauptungen?"

Ivar stand neben ihm und beobachtete sie.

"Du hast recht. Vielleicht waren sie die letzten verbliebenen Männer, die den Rest begraben und dann getötet haben."

"Wer hat sie getötet?" fragte Peter, "und warum?"

"Um den Ort zu verstecken? Etwas mitgenommen? Oder das Schicksal der anderen", fügte Owen hinzu.

"Warum wurden sie mit Ehren begraben? Der Rest der 34 Männer auf dem großen Schiff", sagte Ivar. "Und warum zum Teufel hat niemand in der Region davon gewusst?"

"Vielleicht findet Ibn al-Nafis es heraus", sagte Owen.

"Ich hoffe, das tut er."

Die beiden Skelette, die oben auf dem Haufen lagen, waren wahrscheinlich die faszinierendsten Funde während ihrer Untersuchung. Sie lagen nebeneinander, denn einem der beiden war die rechte Hand abgetrennt worden, und das andere hielt noch einen Schild. Das andere Skelett hatte eine Schachfigur in seinem Mund versteckt, genau zwischen dem, was von seinen weißen Zahnreihen übrig war. Es war dasselbe, das oben auf dem Haufen lag und das Matthew und Matilda gefunden hatten.

"Ein König. Warum wurde ihm die Schachfigur des Königs in den Mund gesteckt? Was hat das alles zu bedeuten?" sagte Ivar.

"Wer auch immer das in den Mund dieser armen Seele gelegt hat, muss die Toten kennen", sagte Peter.

"Das denke ich auch", sagte Ivar. "Es gibt keinen größeren Alptraum als die Dummheit und den Stolz der Menschen. Wer sich für einen König hält, ist oft nicht mehr wert als ein Bauer."

"Ein Bauer, der vorgibt, König zu sein?" Owens Gesicht sah verwirrt aus. "Ein Verrat?"

Peter spürte, dass das Teil wichtig war. Ein Teil des Puzzles, das sie noch nicht gelöst hatten. Was ist mit den Identitäten der Skelette?

Es sieht nicht wie ein Piratenschiff aus, eher wie ein Kreuzfahrerschiff, wenn man die rostigen Schnallen betrachtet, die sie gefunden hatten.

"Das Schiff war also nicht zu diplomatischen Zwecken unterwegs. Es gab keine weiblichen Überreste, keine tierischen Überreste. Nur abgehärtete Männer und ihre Rüstungen und Waffen. Wer auch immer das getan hat, er kannte diese Männer. Er hat sie sogar ordentlich begraben und sie nicht den Raubtieren überlassen", sagte Ivar.

"Vielleicht waren sie auf einer Mission?"

"Oder die Rückkehr von einem solchen..." fügte Owen hinzu.

"Und sie haben sich wegen irgendetwas bekämpft?" Peter kratzte sich am Kopf. "Einen Schatz?"

"Wir müssen ein Drittel des großen Schiffes ausgraben und freilegen. Ich bezweifle, dass wir einen Schatz finden werden." Ivar kratzte sich am Kinn.

"Oder jemand brauchte diese Männer nicht mehr...?" sagte Peter.

"Das ist ein schrecklicher Gedanke. Sie wurden benutzt und getötet." Ivar schüttelte den Kopf. Er hob einen Schädel vom Tisch, der ein Loch auf der Rückseite hatte. "Die Hälfte der Männer wurde hingerichtet, wie ich an ihren Knochen sehen kann. Die andere Hälfte hat sich gewehrt oder war bereits tot."

"Trotzdem hat sie jemand vor langer Zeit vergraben."

"Irgendjemand muss an diesem Strand etwas gesehen haben", sagte Ivar und zeigte nach Norden und Süden. "Die Festung Atlit ist ganz in der Nähe."

"Wir müssen uns umhören."

Es war kein Grabschiff, sondern ein geheimnisvolles Schiff mit einer Geschichte, die es zu enthüllen galt. Je mehr Peter darüber nachdachte, desto mehr erschien es ihm wie eine Fabel. Und sie hatten das bisher interessanteste Teil ihres Puzzles gefunden.

"Wir haben eine abgetrennte Hand mehr als die Skelette. Eine rechte", sagte der Waliser. "Jemand hat sie zwischen den beiden Skeletten oben auf dem Stapel platziert."

"Lass mal sehen." Ivar griff danach. "Bist du sicher?"

"Jemand fehlt", sagte Owen, als er die abgetrennte Hand zu Ivar hob. "Der arme Kerl hat eine Hand hier gelassen."

"Ein Überlebender?" Peter dachte an die zweite Schlacht von Ayn Jalut und den vermissten Tempelritter Julian. Er blickte auf die Narbe auf seiner linken Handfläche und lächelte, als er sich daran erinnerte, wie er sich die Hand abgeschnitten hatte.

"Oder ein Verräter", sagte Owen.

"Was wir hier haben", sagte Ivar. Er zog einen Ring vom Mittelfinger der Hand. Er war mit Schmutz bedeckt und er säuberte ihn.

"Ein silberner Fingerring?" Peters Augen weiteten sich.

"Was für eine Chance, einen Ring vom Orden der Marsmenschen zu finden und noch einen", Ivar zog die Augen und Augenbrauen zusammen und sein besorgtes Gesicht sah Peter an.

"Was ist da drauf?" Owen starrte es an.

Dieser Ring hatte einen Adler mit einem Flügel und ohne Schwanz.

"Kennst du dieses Wappen?", fuhr der Waisenjunge Ivar mit den Augen an. Der Ostringer nickte. Das war ein Hinweis, dachte er, aber wohin führte er sie? Die Antwort kam schon am nächsten Morgen.

Zehntes Kapitel

Peter öffnete die Augen, als Owen erneut an seiner Schulter rüttelte.

"Wacht auf, Eure Hoheit. Wir haben Besuch", sagte der Waliser.

Er rieb sich die Augen, als er versuchte, sich zu konzentrieren. Sein Rücken schmerzte, weil er sich gestern über Knochen und Schädel geduckt hatte.

"Wer?"

"Ich weiß nicht", sagte Owen, und nachdem er sich den Ledergürtel um die Hüfte gelegt hatte, verließen sie das Zelt.

Außerhalb ihres Lagers schienen zwei Kompanien angekommen zu sein und warteten auf die Erlaubnis, eintreten zu dürfen.

Hauptmann Jaffar und seine 100 Mamluken-Soldaten waren kampfbereit und richteten ihre Speere auf die ankommenden Parteien. Eine Staubwolke wurde von den ankommenden Pferden aufgewirbelt.

Trotzdem konnte Peter die Farben der neu ankommenden Reiter sehen.

Ein schwarzer Adler mit einem Flügel und ohne Schwanz wurde auf einen weißen Hintergrund gemalt.

"Genauso wie der Ring, den wir gefunden haben", murmelte Peter. "Wie haben sie das so schnell herausgefunden?"

"Spione, denke ich. Selbst Lord Eduard hatte überall Spione." Owen verschränkte die Hände vor der Brust, während er den Kriegsherrn beobachtete.

"Verdammte Scheiße, die sehen aus, als wären sie bereit für den Krieg!"

"Haben wir nicht kürzlich einen Friedensvertrag unterzeichnet?" Peters Augen waren auf die Ritter unter den weißen Fahnen gerichtet.

"Es herrscht Frieden zwischen Kreuzrittern und Mamelucken, aber wer sind diese Ritter?" fragte Owen.

"Das gefällt mir nicht", sagte Peter und blickte auf seine bandagierte Schulter und dann wieder auf seine rechte Handfläche, die immer noch zitterte.

"Wir sind zwei Kreuzfahrer in einem Mamlukenlager, Eure Hoheit. Ich hoffe, wir überleben das." Owen grinste.

Die erste Gruppe, die ankam, trug weiße Fahnen und Mäntel über ihren Rüstungen. Fast 30 starke, kampferprobte Männer beobachteten das Ausgrabungslager von den Sätteln ihrer Schlachtrösser aus. Ihr Anführer wartete darauf, dass Hauptmann Jaffar sie offiziell in das Lager ließ. Doch ihr Blick richtete sich auf die zweite Gruppe, die mit dem Sonnenaufgang angekommen war. Ritter mit rot gefärbten Schilden, mindestens vierzig an der Zahl. Die beiden Parteien sahen aus, als würden sie sich nicht mögen.

"Matthew sagte, die Roten kämen von der Festung Atlit", fügte Owen hinzu.

In der ersten Reihe der roten Gruppe standen fünf Ritter, und ein junger Mann führte sie an. Er schien in Peters Alter zu sein, und doch hatte er eine gewisse Autorität, die jeder, der ihn sah, zweifellos anerkennen würde. Der Anführer der roten Ritter schien einen Streit mit dem älteren Mann zu haben, der eine schöne weiße Stute ritt und die weiß gekleideten Soldaten anzuführen schien.

"Wer sind sie?" fragte Peter.

"Die beiden Kompanien sind vor einer Weile angekommen. Der Ritter in Weiß nennt sich Sir Guido Embriaco, ein Hauptmann von Lord Broca.

Aber der junge Bursche in Rot ist Hauptmann Thomas von der Festung Atlit", sagte Owen.

"Was wollen sie?"

"Sie scheinen einen Streit um das Ausgrabungslager und die umliegenden Gebiete zu haben."

"Ist Ibn al-Nafis zurückgekehrt?" fragte Peter.

"Eure Prinzessin kam spät in der Nacht mit ihrem Gefolge an, hat aber den alten Mann nicht gesehen", sagte Owen.

Der Waise schaute sich um, aber sie war nirgends zu sehen. Er sah, wie Kapitän Jaffar auf die Männer zuging, als der junge Thomas sich umdrehte, um ihn zu begrüßen. Der Kapitän trug einen Helm in der Hand, seine leuchtend blauen Augen spiegelten das Meer wider, und er war durchschnittlich groß und von bescheidener Statur, wie Peter an der roten Tunika über seinem Kettenhemd erkennen konnte.

Sir Guido Embriaco brüllte Thomas etwas zu, aber er konnte es von seinem Platz aus nicht hören. Thomas' Augen waren scharf und mit einem einzigen Blick nickte er Jaffar zu und wartete darauf, dass sein Gegner aufhörte zu schreien. Seine Gelassenheit machte den weiß gekleideten Ritter wütend. Sir Guido Embriaco beschimpfte Thomas, der darauf kaum reagierte, erst als Ivar versuchte, einzugreifen.

Peter und Owen gingen auf die Parteien zu, damit sie hören konnten, was sie sagten.

"Ich habe genug von deiner Unverschämtheit geduldet. Das ist unbefugtes Betreten des Landes meines Herrn", schrie Sir Guido Embriaco den Anführer der roten Ritter an. "Zieh sofort mit deinen Männern ab!"

Peter hat Sir Guido Embriaco beobachtet.

Der hochgewachsene und unverschämte Mann stand mit vor der Brust verschränkten Händen da. Er war ein großer Mann, gekleidet in teures Kettenhemd und einen weißen Mantel darüber. Sein Haar war eine Mischung aus Schwarz und Weiß und fiel ihm frei auf die Schultern, die vom Schweiß nass aussahen. Er musste in den Vierzigern sein. Die blauen Augen des Mannes waren auf ihn gerichtet, denn der Soldat hatte einen Fleck vom Rasieren seines Bartes in der Nähe seines linken Ohres. Peter sah ein böses Glitzern in seinen Augen und ein seltsames Gefühl überkam ihn.

Thomas richtete seine Aufmerksamkeit schließlich auf Sir Guido, aber der reagierte nicht. Er schien nicht im Geringsten durch den Spott des Mannes eingeschüchtert zu sein. Der weiße Ritter war verärgert über die Art, wie Thomas ihn ansah. Er stieg vom Pferd und deutete mit dem Arm auf die Bucht. "Bis zum Mittag gebe ich dir und deinen Männern... und wenn du bis dahin nicht verschwunden bist. werde ich dieses Land mit Gewalt von dir befreien!"

"Lord Broca befiehlt?" fragte Thomas.

"Ja, in der Tat!" sagte Sir Guido Embriaco.

"Warum hat er uns seinen Hund geschickt, damit er anstelle von ihm spricht?"

Sir Guido Embriaco griff zu seinem Schwert und ohne zu zögern griffen fünf Ritter aus seiner Kompanie zu den Waffen, aber auch die Männer von Thomas.

Peter spürte, wie sich die Muskeln in seinem Körper bei dem Gedanken an eine Schlacht anspannten. Er zögerte, wo er stand, und sah, wie Jaffar sich zwischen die beiden Kompanien warf, gefolgt von zwei Dutzend starken Mamluken-Wachen.

"Genug! Ihr beide!" Jaffar blieb standhaft, als die mamlukischen Soldaten Speere auf die beiden Parteien richteten und versuchten, sie zu trennen. Mit donnernder Stimme lenkte er die Aufmerksamkeit von Sir Guido Embriaco und Thomas auf sich, als er auf sie zukam. "Beruhigt euch, ihr beiden. Ihr hört euch an wie naive Kinder."

Dann kam das Lachen einer Frau.

"Na, na, na, wer besucht uns denn da?" Abal erschien aus ihrem Zelt und 20 Mamelucken mit goldverzierten Kettenhemden standen um sie herum.

Die beiden Parteien wurden still.

"Soweit ich mich von unserem letzten Treffen erinnere, gehörte diese Passage zum Meer zu den Besitztümern des Sultans. Und ich bin doch nicht zu faul, um zu vergessen, wie du die Papiere unterschrieben hast, oder?" Die Prinzessin lächelte und verschränkte ihre Hände. Die Goldenen Mamelucken traten zehn Schritte zurück, die Hände auf ihren Speeren.

"Kommst du, um deinen jährlichen Tribut zu zahlen, Sir Thomas?" Abal schaute ihn an. "Oder hat Lord Broca dich geschickt, um seinen Tribut zu zahlen?", wandte sie seinen Blick auf den weißen Ritter.

"Bist du ein offizieller Vertreter von Sultan Baibars?" fragte Sir Guido Embriaco.

"Was denkst du, was ich bin?" sagte Abal. Nach einem Moment der Stille fügte sie hinzu: "Es sieht so aus, als wärst du nicht hier, um deinen Tribut zu zahlen. Ich erwarte Antworten. Warum hast du meinen Morgen gestört?"

Peter lächelte, als er beobachtete, dass das ganze Lager seine Arbeit eingestellt hatte und erwartete, was passieren würde.

"Lady Shajar al-Durr", verbeugte sich Thomas.

"Nenn mich Abal".

"Abal, diese weißen Ratten haben mich beleidigt und sind eine Gefahr für den Frieden in der Region. Thomas reichte seinen Helm einem seiner Gefolgsleute und reckte den Hals.

Sir Guido Embriaco grinste und legte seine Hand auf seinen Ledergürtel. "Eine Bedrohung...", spottete er über Thomas.

"Genug davon", sagte Abal. "Beruhigen wir uns und reden wir wie zivilisierte Menschen."

"Solange ich mich erinnere, ist die Rote Hexe ständig in unser Gebiet eingedrungen. Ich nehme an, sie hat sich wieder vergessen?" Guidos Augen funkelten den jungen Vertreter der Festung Atlit an.

"Das sind schwere Anschuldigungen, Sir Guido, der Kluge. Ich erinnere mich, dass deine Männer dich so nennen?" sagte Thomas. "Lege deine Beweise vor oder ich muss deinen Kopf als Entschuldigung für deine falsche Behauptung nehmen."

"Wer zum Teufel bist du, junger Arschkriecher?" Sir Guido grinste, als er seine Klinge zog.

Im selben Moment traten die roten Ritter zur Wache ihres Anführers vor.

"Ich verlange, dass du dich zu Wort meldest, Herr Klugscheißer!" sagte Thomas. "Make my day!"

"Oder meine! Willst du wieder weglaufen oder lieber die Rote Hexe beschwören, um deine Tränen zu trocknen?" Guido grinste und zwinkerte seinen Gefolgsleuten zu, allesamt starke und gut ausgerüstete Männer. Sie lachten spöttisch über Thomas' Geringschätzung.

Thomas schien unbeeindruckt zu sein, denn er ignorierte die Provokation und richtete sein Knie auf, während er seinen Hals reckte. "Wenn du meine Mutter noch einmal 'Rote Hexe' nennst, werden deine angeheuerten Klingen mich nicht davon abhalten, dir diese dreckige Zunge aus dem Mund zu reißen!"

Peter und Owen hatten sich hinter Ivar und die Mamelucken gestellt, die die beiden Parteien umzingelt hatten, während sie sich stritten. Er konnte kaum verbergen, dass er sich über die beiden Kompanien vor ihm amüsierte. Peter genoss dieses Spiel der Beleidigungen, während seine Hand mit der Wasserflasche, die er einem Soldaten abgenommen hatte, der vergessen hatte zu trinken, gefroren war.

"Ah, Jungs mit Stöcken", sagte Abal. "Beruhigt euch, ihr alle. Es ist ein schöner Tag zum Reden. Kommt, es gibt ein schattiges Plätzchen, wo ihr euch hinsetzen und meine Gesellschaft genießen könnt!" Sie winkte mit der Hand und ging zu einem entfernten Zelt, weit weg vom Lärm der Grabungsarbeiter. "Nur ein Vertreter, nur einer", sagte sie.

Die roten und die weißen Ritter waren zögerlich und wütend, aber genauso einfach wie Jaffar zu atmen, trennten seine Männer sie und erlaubten nur Guido und Thomas, der Tochter des Sultans zu folgen.

Während die Männer miteinander stritten, hatte Abal einige Sklaven dazu gebracht, ein Zelt für ein Treffen vorzubereiten. Es war ein großes Zelt am Ende des Lagers in der Nähe des Strandes, in dem die Sklaven Kissen und runde silberne Teetabletts mit Tassen darauf aufgestellt hatten, um die Gäste zu erfrischen.

Peter wischte sich den Schweiß von der Schläfe und verfolgte die Gruppe aus der Ferne. Er war neugierig auf das, was passieren würde. Das Waisenkind war eher davon überzeugt, dass die Prinzessin ihre Besucher im Voraus erwartet hatte, als dass sie einfach nur schlagfertig mit ihnen umgegangen war.

Die beiden Anführer saßen im Schatten des Zeltes und starrten sich an. Thomas berührte sein kurzes blondes Haar und versuchte, Guido zu ignorieren, der sein Lächeln in Richtung Abal drehte.

Abal entdeckte Peter und winkte mit der Hand, so dass er und Ivar sich zu dem Zelt begaben, in dem sie und ihre Besucher den Grund ihres Streits besprechen würden. Owen stand in der Nähe der Wachen und beobachtete sie ebenfalls.

Die Schiffe, die an der Ausgrabungsstätte gefunden worden waren, waren das Gesprächsthema.

Die Luft im Zelt war fast entflammbar. Peter war sich fast sicher, dass ein einziges Wort ein Feuer der Wut und Feindseligkeit hätte entfachen können, aber als er Abals ruhiges Verhalten sah, wurde er wieder stark.

"Ich werde deine Vermittlerin sein." Sie sagte: "Mein Name ist Shajar al-Durr, Tochter von Sultan Baibars, aber du kannst mich Abal nennen. Ich bin die Vertreterin meines Vaters. An meiner Seite steht Ivar der Ostringer, der die Ausgrabungsstätte überwacht, und an seiner Seite steht Peter Longsword, ein Teil von Lady Eleonores Männern."

Sir Thomas stellte sich vor, verbeugte sich vor Abal und sah den Waisen neugierig an. Sir Guido musterte sie alle, während er sich wie ein Jäger auf Peter konzentrierte.

"Ich bin Sir Guido Embriaco von der Weißen Burg, Vertreter von Lord Broca", sagte der weiße Ritter und starrte Peter an. "Was hatte der Mann von Lady Eleonore in einem Mamlukenlager zu suchen? War er nicht ein Kreuzritter, ein Feind Eures Staates, Prinzessin?"

"Nach der Zweiten Schlacht von Ayn Jalut herrscht Frieden und Peter Longsword ist als Blutsbruder meines Vaters, Sultan Baibars, mein Gast." Abal strich sich die Haare hinters Ohr und fuhr fort,

"Was wollt ihr hier am Strand, meine Herren?"

Peter schwieg, seine Augen huschten durch das Zelt, während er die Männer studierte. Im Zelt saßen die Prinzessin, Ivar und er selbst. Zu ihrer Rechten saß Sir Guido. Ihnen gegenüber saß Thomas von der Festung Atlit. Der Rest ihrer Kompanien wartete außerhalb des Lagers, während Hauptmann Jaffar sie auseinander hielt.

Das Treffen verlief reibungslos, die Männer stellten sich zunächst vor und legten dann ihre Forderungen dar. Sir Guido machte eine schockierende Enthüllung. Er behauptete, dass die Schiffe, die die Männer von Ibn al-Nafis entdeckt hatten, Lord Broca gehörten.

"... der Sohn meines Herrn hatte sein Leben an Bord dieser Schiffe verloren, als sie vor 22 Jahren verschwanden. Ich sollte seinen Familienring und alle gefundenen Besitztümer an meine Männer zurückgeben, und ich verlange, dass der Abschaum der Roten Ritter, der ihn angegriffen hat, für ihre Taten bezahlt."

"Blödsinn! Ich kann es nicht ertragen, mir deine unverschämten Lügen anzuhören", spottete Kapitän Thomas. "Ich bin hierher gekommen, um zu verlangen, dass das, was ihr an unserem Strand gefunden habt, in unsere Herrschaft übergeht!"

"Es waren deine Männer, die ihn getötet haben, und ich werde dich und deine Hexe dafür bezahlen lassen!"

"Damals war ich noch nicht einmal geboren", grinste Thomas. "Vielleicht weißt du mehr über seinen Tod, als du sagst. Vielleicht hast du ihn getötet und brauchst jetzt jemanden, dem du die Schuld geben kannst?"

"Wie kannst du es wagen!" Sir Guidos Gesicht wurde rot.

Sie spotteten hin und her, bevor Abal ihre Hand hob und sie langsam verstummten. Peter beobachtete den ganzen Austausch aufmerksam und neugierig.

"Du hast einen Ring des Sohnes meines Herrn gefunden, nehme ich an, nein, ich wusste es ganz genau", sagte Guido, "ich will ihn seinem Herrn zurückgeben."

"Das war der Ring von Lord Brocas Sohn?" fragte Ivar.

"Ja", sagte Guido.

"Woher weißt du das?" fragte Ivar.

"Zwing mich nicht zu lügen", lächelte Guido. "Ich bestehe darauf, dass du alle deine Funde, das Schiff und den Rest, an Lord Broca zurückgibst."

"Zuerst müssen wir unsere Ermittlungen beenden", sagte Ivar. "Und sichergehen, dass das Gesetz eingehalten wird!"

"Belehre mich nicht über das Gesetz oder..."

"Oder was Sir Guido, klären Sie uns auf?" Thomas verspottete ihn.

Abal hob ihre linke Augenbraue und senkte ihre Stimme.

"Diese Bucht liegt im Gebiet der Mamluken, also hat keiner von euch das Recht, Ansprüche zu stellen", sagte sie.

"Es gab keinen Angriff. Sonst wären die Schiffe nicht in einem so guten Zustand", sagte Thomas. "Was hast du so viel zu untersuchen? Auf der letzten Karte unseres Bezirks gehörten sie uns. Alles in unserem Land gehört uns!"

"Zuerst müssen wir unsere Ermittlungen beenden, befiehlt der Sultan", sagte Abal. Die beiden Ritter schwiegen einen Moment lang und sahen sich dann an.

"Woher weißt du das?" fragte Ivar Thomas. "... dass es keine Angriffsspuren auf dem großen Schiff gab?"

Thomas zuckte mit den Schultern und lächelte. "Deine Männer haben Vorräte und Materialien bei uns gekauft."

Ivar hob eine Augenbraue und schaute zu Peter und dann wieder zu den beiden Rittern.

"Diese Männer wurden ermordet", sagte Sir Guido und winkte mit den Händen in Richtung der Überreste des großen Schiffes. "Das ist doch offensichtlich!"

"Der Fall ist also einfach", sagte Thomas. "Wir werden die Leichen untersuchen müssen. Dann würde die Wahrheit die Sache abschließen."

"Ja, in der Tat. Wir brauchen einen Coroner!" sagte Sir Guido.

"Zum ersten Mal seit langem scheint ihr euch einig zu sein", sagte Abal.

Sie berührte ihr Haar und richtete ihr Lächeln auf den weißen Ritter. Das ganze Treffen war in die Richtung gelaufen, die sie erwartet hatte, dachte Peter. Sein Blick war auf Thomas gerichtet, dann wieder auf Guido. Irgendetwas war an diesen beiden Männern, aber er konnte nicht definieren, was ihn störte.

"Was meint Ihr, Mylady?" fragte Thomas.

"Wie praktisch!" Abal jubelte. "Ivar der Ostringer ist für die Ermittlungsangelegenheiten zuständig."

"Er? Ein Ostringer? Die Aufgabe eines Falkners ist es, die Vögel zu füttern! Was weiß er schon von der Arbeit des Coroners? Ich protestiere!" sagte Sir Guido.

"Ich lehne deinen Protest ab!" sagte Abal. "Auf dem Land des Sultans kannst du nichts verlangen, das ist mein letztes Wort."

"Wir brauchen eine weitere Zusicherung, dass er allen Seiten gleiches Recht sprechen wird." sagte Sir Guido.

"Ja, ich stimme zu", sagte Thomas und nickte seinem Gegner zu.

Peter lächelte. Wieder einmal sangen die beiden gegenüberliegenden Seiten, der weiße Ritter und der rot gekleidete Kapitän, dasselbe Lied.

"Wir wollen eine Garantie, dass dieser Mann, ein Muslim, ein Mamluke, Ivar der Ostringer, das, was er herausgefunden hat, teilen und nichts als die Wahrheit sagen wird!"

"Er ist weder ein Muslim noch ein Mamluke." Abal lachte. "Ich kann dir garantieren, dass Ivar die Wahrheit sagen wird. Er hat dem Ostreich einen solchen Dienst erwiesen. Dennoch werde ich deinem Wunsch eine Antwort geben."

Sie sah das Waisenkind an.

"Also, ich lasse nicht zu, dass es nicht eines eurer Lager ist... also, Peter Longsword..."

Peters Lächeln gefror.

Verdammt noch mal, warum ich?", dachte er schockiert.

Sir Guido winkte mit der Hand in Richtung des roten Ritters und schenkte dem Waisenkind ein Lächeln.

"Peter? Hat er irgendwelche Fähigkeiten oder eine Abstammung?" fragte Thomas.

"Er hat ein Halstuch um den Gürtel mit den Zeichen der königlichen Familie von England", sagte Guido. "Eine Bastardlinie?"

Das Waisenkind ballte die Fäuste, behielt aber die Fassung.

"Er ist ein vertrauenswürdiger Soldat aus dem Gefolge von Lady Eleonore. Ein Christ und Kreuzritter wie du", sagte Abal. "Aber ich kann mich nicht daran erinnern, dass du an der zweiten Schlacht von Ayn Jalut teilgenommen hast?"

Thomas hustete und versuchte, den Mund zu öffnen, aber er sagte nichts.

"Mein Herr, Lord Broca hat sich in der Tat nicht an diesem Blutvergießen beteiligt", sagte Sir Guido, "denn ich habe seine Befehle befolgt. Wir hatten eine geschäftliche Angelegenheit zu erledigen."

"Womit? Indem er sich noch reicher macht? Ist er nicht reich genug?" Abal ließ ein kleines Lächeln los.

"Ja, mein Herr ist der reichste Mann in der Region. Ist das ein Verbrechen?" fragte Sir Guido.

"Stell dir mal vor, du arbeitest für einen Armen", spottete Thomas.

"Ich bezweifle, dass wir alle in letzter Zeit gehungert haben", sagte Abal. "Zu Ehren des unterzeichneten Friedens werden ein Vertreter von Lord Eduard im Namen von Peter und Ivar im Namen des Sultans gemeinsam handeln. Ich werde ihn beauftragen, euch über die Ermittlungen auf dem Laufenden zu halten und eure beiden Lager zu besuchen." Abal erhob ihre Stimme. "Ich hoffe, du wirst Ivar und Peter unterstützen, indem du ihnen sagst, was du weißt, und ihnen bei der Wahrheitsfindung hilfst."

Es entstand ein Moment der Stille.

"Und dann kannst du Peter und seinen Charakter beurteilen. Auf mein Wort hin wird er in deiner Obhut sein, wie Ivar selbst. Betrachte es als Zeichen deines guten Willens."

Peter holte tief Luft, als er die streitenden Parteien ansah.

Die Gesichter der Männer sahen ihn zweifelnd an. Peters Puls beschleunigte sich, während er versuchte, sich nicht von seinem Gesichtsausdruck verraten zu lassen, während er die Männer einen Moment lang zanken sah.

"Wir werden es erlauben." Sir Guido sagte: "Mein Herr wird dein Wort akzeptieren. Ist er ein Krieger?" Er senkte seine Stimme und grinste Peter an. Dem Waisenkind gefiel weder sein Gesichtsausdruck noch die Situation. Auch nicht die Idee. Da war etwas in ihm, etwas Vertrautes. Hatte er ihn schon einmal irgendwo gesehen? Beim Austausch der Gefangenen war der Treffpunkt auf dem neutralen Land, einem Ort, den er nicht kannte, der aber von einem neutralen Herrn aus der Region angeboten wurde. Damals dachte er, ob es in diesen Ländern so etwas wie einen neutralen Mann gab? Man war auf der Seite der Kreuzfahrer oder der Mamelucken. Punkt. Er starrte wieder auf Guidos Gesicht und sein Kleid. Jedes Mal, wenn er ihm in die Augen sah, kratzte ihn etwas am Bauch. Und Guido begegnete ihnen jedes Mal und schenkte ihm ein verdrehtes Lächeln zurück. Peter war bereit zu sagen, dass er den Mann schon einmal gesehen hatte.

"Sind wir uns schon mal begegnet?"

"Das glaube ich nicht", sagte Guido.

"Vielleicht am Ort des Gefangenenaustauschs mit dem Sultan?" fragte Peter.

"Mein Herr, Lord Broca, hat sein Land oft für Verhandlungen zwischen Mamelucken und Kreuzrittern zur Verfügung gestellt, es ist also möglich", hob Guidos linke Augenbraue, als er den Waisen anhimmelte. "Aber an einen so rabenschwarzen Kreuzfahrer wie dich würde ich mich erinnern."

Thomas blickte von Guido zu Peter, dann wieder zu Abal, zu dem Waisenkind und dann wieder zu Ivar. Sein Gesicht wirkte verwirrt. Er brauchte eine Minute zum Nachdenken, bevor er wieder sprach.

"Meine Mutter wird sich freuen", sagte Thomas.

Die Geschichte wurde kompliziert. Was wussten die beiden Parteien über die Ausgrabungsstätte? Woher wussten sie von dem Ring, den sie gefunden hatten? Sie mussten Spione im Lager haben. Warum wollten sie die Überreste des Schiffes? Es war vor 22 Jahren passiert, sagten sie. Peter warf einen Blick auf Ivar, der ihm zuwinkte, ruhig zu bleiben. Doch er starrte wieder auf den weißen Mantel von Sir Guido. Er sah die Zeichnung eines Adlers mit einem Flügel und ohne Schwanz. Verdammter Mist. Der Ring, den sie an der abgetrennten Hand gefunden hatten, zeigte einen Adler mit einem Flügel und ohne Schwanz. Ein Anhaltspunkt. Aber wofür?

Was war dort geschehen? Abgesehen von dem unglückseligen Kreuzzug des französischen Königs. Auf dem er auch seinen Vater verloren hatte. Er und Ivar mussten das herausfinden. Im Namen des Friedens mussten sie das mysteriöse Begräbnis des Schiffes aufklären.

Oder die roten Ritter und die weißen Ritter würden bald deswegen in den Krieg ziehen.

Elftes Kapitel

Ein schwarzer Rabe flog über seinen Kopf.

"Bist du ein Krieger, Peter?", fragte der maskierte Mann. Peter schaute sich verwirrt um und sah den Körper seines Freundes Adam auf seinen Füßen liegen. Ein Blutstropfen löste sich von der Schneide der Klinge und fiel auf Adams weißes Gesicht.

"Willst du mich aufhalten, Peter? Der tapfere rabenhaarige Krieger?"

Trotz der Maske konnte er sein Lächeln und seine Augen sehen.

"Bist du das?"

Das Waisenkind wachte schweißgebadet auf, als ein entferntes Donnern den Himmel zerschnitt.

Peter stand auf, holte tief Luft und verließ das Zelt. Während er herumlief, starrte er auf die endlose Weite des Horizonts. Wolken türmten sich auf und die Dämmerung näherte sich mit ihrer Dunkelheit. Die starke Brise löschte fast die Fackeln rund um das Lager aus. Irgendwo westlich auf dem Meer hatte es einen Sturm gegeben. Ein paar Herzschläge später konnte er die Donnerschläge hören.

Etwas durchbrach die dunkle Linie des Horizonts.

Zwei schwarze Flecken erschienen und näherten sich.

Peter hob den Kopf und betrachtete das Meer. Der Mond versteckte sich hinter den Wolken. Er konnte das gleichmäßige Lied der Wellen hören, die gegen den Sand und die Felsen schlugen. Aber es gab noch eine dritte Sache, die dafür sorgte, dass das Lied der Wellen seinen Takt änderte.

Das Waisenkind konnte spüren, dass da noch etwas anderes war.

Eine Gefahr?

Verdammt noch mal! Er verfluchte es. Er befand sich in der Nähe des Sanitätszeltes mit dem Rest der verwundeten, kranken und sterbenden Arbeiter auf dem Gelände. In der Nacht waren ein paar Wachen im Lager und zwei weitere am Eingang auf dem Festland, gegenüber dem Strand.

Der Offizier, der sie befehligte, wie hieß er noch gleich? Wie auch immer! Namen waren nicht seine starke Seite. Das war auch nicht wichtig. Er hatte gerade etwas Dunkles entdeckt, das sich ihrem Ufer näherte. Die Dunkelheit war dicht und er hatte Mühe, etwas zu erkennen. Ein Donner zerschnitt wieder den fernen Himmel und er glaubte, ein Schiff zu sehen. Peter rieb sich erneut die Augen und starrte auf das weite Meer.

Es sieht aus wie zwei Boote, die die Linie des Horizonts umreißen. Mit Figuren einer Besatzung.

Sein Herz raste, als er darüber nachdachte, was sein nächster Schritt sein würde. Wer waren die sich nähernden Schatten?

Reisende, Banditen oder Piraten? Wie viele Männer könnte ein solches Boot transportieren? Er warf einen Blick auf ein solches Boot in der Nähe des Lagers. Sie erhielten ständig Nachschub von der Festung Atlit.

Acht? Zwölf? Zwanzig Männer? Vielleicht mehr. Peter fluchte wieder einmal. Sie hatten keine Fackeln. Jemand hatte die Dämmerung abgewartet und sich der Bucht vom Meer aus genähert. Genial!

Das war keine freundliche Absicht, und er spürte es einfach in seinen Knochen. Was sollte er tun? Alarm schlagen. Die Angreifer waren nicht weit vom Ufer entfernt. Trotzdem ruderten sie schweigend. Vielleicht wussten sie nicht, wie viele Wachen im Lager waren.

So ein Blödsinn. Peter war sich sicher, dass es kein Zufall war, dass sie darauf gewartet hatten, dass die beiden Besuchergruppen früher gingen.

Dieser Gedanke gefiel ihm nicht. Die Räuber vom Meer nutzten die Dunkelheit, also hatten sie einen Plan, nicht nur zum Angreifen und Plündern. Die *Seewölfe*, so nannte er sie, aber wonach werden sie in einer Ausgrabungsstätte voller Knochen suchen? Irgendetwas stimmt da nicht.

Er würde später fragen.

Er musste Owen und Ivar finden und die Mamluken-Wachen aufwecken!

Als die Boote näher kamen, konnte Peter die salzige Seeluft riechen und den Wind hören.

"Piraten! Piraten!" rief er, als er von seinem Platz aufsprang und eine Öllampe von dem Holztisch neben dem Sanitätszelt nahm. Er wusste nicht genau, was er vorhatte, aber er wusste eines: Er hatte es eilig. Ohne eine Lampe wusste er, dass die Angreifer die Oberhand hatten. Wenn ein Kampf ausbrach, würde er nachsehen müssen. Obwohl sich sein Körper sauer anfühlte, war der Schmerz in seiner heilenden Schulter verschwunden. Peter rannte auf das Fischerboot zu und warf es über die Balken. Er bemerkte die Flammen, die durch den Schlag entstanden waren, und das knisternde Geräusch der Flammen erfüllte seine Ohren und ließ ihn hoffen.

Peer hatte damit gerechnet, von einem Dutzend Wachen umzingelt zu sein, aber es waren nur zwei grobschlächtige Wachen neben ihm zu sehen. Überall war es noch ruhig, bis auf den heftigen Wind, der erbarmungslos gegen alles blies. Peter winkte mit der Hand in Richtung der Boote, und die Wachen folgten seinem Fingerzeig. Sie blickten um ihn herum und im nächsten Moment schrien sie,

"Wir werden angegriffen!"

Auch Peter schrie wie ein Tier, das bereit ist, seine Beute zu verschlingen.

Er richtete seine Aufmerksamkeit auf den verantwortlichen Offizier.

Im selben Moment berührte das erste Boot den Sand. Sein Herz setzte einen Schlag aus, als das Geräusch seine Ohren erreichte. Er hörte ein heiseres Geräusch in der Ferne, und bevor er reagieren konnte, flog ein Speer über seinen Kopf und spießte den nächsten Wachposten auf. Der Mann schrie wie ein Schwein und fiel zurück. Die andere Wache erstarrte für einen Moment und rannte weg. Verdammte Scheiße.

Sie waren hier!

Peter hörte Männer, die in den Wellen planschten und schrien, sodass sein Herz raste und sein Körper taub wurde. Es waren mehr, als er sich vorgestellt hatte. Er rannte in die Mitte des Lagers.

"Owen!" Wo warst du, verdammter Waliser, als ich dich brauchte?

Peter musste eine Waffe finden, während er rannte. Er blickte sich um und sah mindestens zehn Männer, die sich vom ersten Boot aus näherten, und noch einmal so viele vom zweiten. Die Gruppe teilte sich auf und schien zu wissen, was sie wollte. Ihre Koordination erstaunte Peter und er wusste, dass sie sich der Anzahl der wachen Wachen im Lager bewusst waren.

Endlich war das Lager lebendig, und alle bemerkten die herannahende Gefahr. Die Wachen kamen zu spät, und nun waren die Schatten bereit zum Angriff.

"Schlagen Sie Alarm!" schrie er erneut. Er konnte die Panik um sich herum sehen, denn die meisten Arbeiter waren müde von dem heißen Tag und irrten umher wie Schafe ohne Hirten. Die Angst um diese Menschen erfüllte sein Herz.

Vielleicht waren die persönlichen Wachen von Abal bereit gewesen. Aber er wusste tief in seinem Herzen, dass sie nur die Prinzessin beschützen würden. Aber er hoffte, dass das Feuer, das er auf dem Fischerboot entzündet hatte, ihnen helfen würde, herauszufinden, was vor sich ging. Er musste überleben, aber dann flog ein Pfeil über seinen Kopf. Das Feuer war die einzige Hoffnung, dass sie Verstärkung bekommen würden.

Peter konnte die Stimme von Hauptmann Jaffar hören, als er sich umdrehte und auf ihn zurannte. Er hörte ununterbrochen Kampfschreie in der Luft und Schreie von abgeschlachteten Arbeitern oder allein stehenden Wachen. Als er auf Jaffars Stimme zulief, keuchte er. Er holte Luft, um zu schreien, aber ein pfeifendes Geräusch erfüllte die Luft und ein Pfeil durchbohrte die Kehle einer Mamluk-Wache neben ihm. Seine Augen weiteten sich vor Schreck, als das Blut über den ganzen Platz spritzte und ein paar Tropfen auf Peters Gesicht landeten. Der Körper fiel zu Boden, während weitere Pfeile an seinem Kopf vorbeiflogen und in der Ferne landeten.

Das Waisenkind duckte sich hinter ein Fass mit Wasser, als weitere Pfeifgeräusche an sein Ohr drangen.

"Verdammt noch mal!" Er suchte fieberhaft nach dem Rest der bewaffneten Mamelucken unter dem Kommando von Hauptmann Jaffar. Er sah keine. Nur einer von ihnen stand vor ihm, und er hatte gedacht, dass es noch mehr waren. Peter hörte die Pfeile, die umherflogen. Die Angreifer zielten auf ihre Zelte und nutzten das Feuer, das er gelegt hatte. Verdammte Scheiße. Das war wohl doch keine gute Idee.

Peter kroch auf seinen Ellbogen neben den sterbenden Mann, als er den Schrecken in seinen Augen sah. Er drehte ihn so, dass er auf dem Rücken landete, während er das Kurzschwert des Mannes, das an seinem Gürtel hing, herausholte. Das war mehr als ein Holzstock. Er wollte gerade aufstehen, doch für eine Sekunde drehte er seine Hand um und versuchte, die Geldbörse des Mannes zu finden.

Komm schon! rief seine Stimme in seinem Kopf. Ein Pfeil schlug nur wenige Zentimeter vor seinem Gesicht im Dreck ein. Einen Moment später griffen seine Finger nach etwas unter der Tunika des Wächters in der

Nähe seiner linken Brust. Peter zog seine blutverschmierte Hand heraus und grinste.

Er rollte nach links und versuchte, sich zu orientieren, wo er war. Er sprang und versuchte, wie eine Ente zu laufen, in der Hoffnung, den Angreifern zu entkommen. Dabei taten ihm die Knie weh, aber er musste Hauptmann Jaffar und seine Männer erreichen.

Er konnte Schreie und Geräusche von Zusammenstößen um sich herum hören. Die *Seewölfe* begannen zu töten. Er konnte es hören. Einen Moment lang holte er tief Luft und hielt inne. Er roch Pferdeäpfel.

Peter kam an der Stelle an, wo die Pferde gesichert waren, und beobachtete die Nervosität in ihren Augen. Die angeketteten Sklaven in der Nähe der Pferde strahlten Schweiß und Angst aus.

Und er sah den riesigen Sklaven. Robert. Er brauchte diesen riesigen Mann jetzt an seiner Seite.

Eilig nahm er den Schlüssel aus der Tasche des Offiziers und steckte ihn in das Schlüsselloch, während er in die verängstigten Gesichter der Sklaven starrte.

"Robert?"

Nachdem die Ketten auf dem Boden lagen, zog er sie von den Händen der schmutzigen Arbeiter ab und blickte dem großen Mann suchend in die Augen.

"Lauft!" Er rief den Sklaven zu: "Wir werden angegriffen! Verteidigt euch!"

Als er Robert in die Augen schaute, nickte er ihm nur zu und winkte mit der Hand.

"Komm schon! Folge mir!"

Robert bewegte sich nicht, er saß einfach in der Ecke seiner Welt.

"Bitte, ich brauche deine Hilfe?" Peter stellte sich über ihn und reichte ihm die Hand.

Ihre Blicke trafen sich für einen Moment und das Waisenkind nickte.

Robert nahm ihn und stellte sich über ihn. Peter zögerte keinen Moment, den Sklaven zu befreien. War es richtig oder nicht? Er wusste einfach, dass er es tun musste.

"Finde eine Waffe. Böse Menschen greifen uns an."

Die beiden ließen die Pferde zurück, während Peter stand und versuchte, Jaffar zu finden. Er konnte sehen, wie die Menschen durch das Chaos rannten, und er hörte das Klirren von Schwertern am Strand, aber er konnte den Mamluken-Kapitän nicht sehen.

Im nächsten Moment dachte er an die Prinzessin. Hatten die *Seewölfe* sie als Ziel auserkoren? Jaffar musste doch mit seinen Soldaten klarkommen, oder? Er war ein erfahrener Soldat und es würde ihm gut gehen, und er rannte zu Abals Zelt.

Er brauchte einen Punkt, um das Feld zu beobachten. Und er wusste, wo er sein musste, um den höchsten Punkt zu erreichen. Das Zelt von Abal. Als Peter den Hang hinaufstieg, spürte er, wie seine Muskeln bei jedem Sprung brannten. Als er endlich oben ankam, holte er tief Luft und suchte die Gegend nach Überlebenden ab.

Er hatte Schreie vom Strand und aus der Nähe der Ausgrabungsstätte gehört.

Was haben die Piraten dort gemacht?

Eine Jagd nach Schätzen?

Das würde er später fragen, als er die Angreifer über einer Leiche in der Nähe des Zelteingangs sah. Seine Haut kribbelte, als er um Abal fürchtete.

"Bastarde!" rief Peter und rannte auf den ersten Plünderer zu, während er sein Kurzschwert über seinen Schild stülpte und ihn zu Fall brachte. Der Mann sah überrascht aus, als er einen Schritt zurücktrat, verlor aber unter dem Zorn von Peter das Gleichgewicht und landete mit dem Hintern auf dem Boden. Der Waisenjunge warf einen Blick auf den zweiten Angreifer, der seinen Kopf vom Plündern der Leiche hob und den großen Sklaven in seiner zerrissenen Kleidung anstarrte, der auf ihn zustürmte. Robert packte ihn einfach mit seinen riesigen Handflächen an der Kehle und brach ihm das Genick, als wäre er eine Holzpuppe. Das knackende Geräusch pumpte noch mehr Adrenalin in das Herz des Waisenkindes. Peter sprang über den gefallenen Mann und trat ihm an den Kopf, als sein Nasenhelm wegflog. Er bemerkte sein blasses Gesicht und den schwarzen Bart, der mit Blut vom Schlag und der gebrochenen Nase vermischt war.

"Hund...", versuchte der Räuber zu schreien, aber Peter beugte sich über ihn und schlug ihm mit der rechten Faust ins Gesicht. Der Schmerz durchzog seinen ganzen Körper. Er schrie wie ein verwundetes Tier, als seine Wut ihn übermannte. Er hatte seine schwache Schulter vergessen. Der Mann versuchte, Peter aus der Brust zu treten, aber der Waisenjunge stieß sein Knie über seinen Kopf und schlug mit der linken Faust auf die Schläfe des Mannes. Wieder und wieder spürte er in seiner Wildheit nicht, wenn der Mann aufhörte, sich zu wehren.

Eine Hand griff nach seiner verletzten, bandagierten Schulter.

Peter sprang wie eine Schlange aus dem Korb und wandte sich dem nächsten Angreifer zu.

"Peter, lass ihn!" rief Owen ihm zu. In diesem Moment lächelte sein Herz, denn er war froh, seinen Freund zu sehen. "Sie ist nicht hier!"

Robert, der einen Kopf größer war als er, sah die Aufregung in seinen Augen und trat einen Schritt zurück. Der Bogenschütze nickte ihm zu und tippte Peter an den Hals. "Atme, Peter", sagte er nach einem Moment, "komm, wir müssen zum Rest der Wachen!" sagte Owen.

Peter nahm einen tiefen Atemzug. Er starrte auf den reglosen Körper, dessen Kopf auf eine Seite geneigt war und dessen Hände blutverschmiert waren. Er duckte sich und legte seinen Finger auf den Hals des Mannes.

"Er lebt noch", sagte Peter und wandte sich an Robert. "Fessle ihn!"

Er fand die Waffe, die in dem Holzschild steckte, stellte seinen Stiefel darüber und zog mit der linken Hand daran.

"Verdammte Scheiße." Der Schmerz drang in seinen Oberkörper, aber er holte die Waffe und den Schild. Die linke Hand mit dem Schwert, die rechte mit dem Schild. Wo war Sir James, um zu sehen, wie ich meine Kampfhaltung umkehrte? Peter grinste, während er versuchte, sich zu konzentrieren und seinen Kopf frei zu bekommen.

"Abals Wachen haben einen Schildwall in der Mitte des Lagers errichtet!" rief Owen.

Denkste, er hatte die wichtigste Regel in einem Kampf vergessen, dass sein Kopf frei von Emotionen sein musste. Während er das Feuer beobachtete, das er am Strand entzündet hatte, stieg ihm der Rauch in die Nase. Peter bemerkte, dass zwei Wachen aus ihrem Versteck aufgetaucht waren und sich dem Zelt näherten.

"Zu mir!" Er erhob seine Stimme, in der Hoffnung, mehr Männer für sich zu gewinnen.

"Du", er zeigte auf den kleinen dicken Soldaten, "nimm eine Fackel, du", er wandte sich an den nächsten, "Speer und Schild." Die Männer sahen erschrocken aus, als der Sklave sich näherte. Er hatte Blut an den Händen und trug einen Schild und ein langes Stück Holz als Waffe.

Peter wandte sich an die Wachen. "Er hilft uns! Jetzt folgt mir."

"Ihr habt ihn gehört!" rief Owen, und dann rannten sie alle in die Mitte des Lagers.

Sie erreichten das Zentrum. Er sah, dass die Schildmauer und die goldgekleideten Mamelucken die Prinzessin umzingelt hatten. Mehrere Arbeiter und Sklaven hatten sich zu ihnen gesellt und suchten Schutz vor den Angreifern. Die beiden Wachen, die ihm folgten, schlossen sich Abal und ihren Mamelucken an.

"Was ist los, Peter?" fragte Abal.

"Wir werden vom Meer aus angegriffen!"

"Piraten?" Ivar stand neben Abal.

"Lasst es uns herausfinden!" rief Peter, als er zum Strand lief und hoffte, dass sie ihm folgen würden.

"Peter, warte! Die Sicherheit der Prinzessin geht vor!" rief Ivar.

"Nimm zehn Männer und hilf ihm, Ivar!" befahl Abal.

Der Ostringer grunzte, als er die Hand hob und einigen Soldaten befahl, ihm zu folgen, und rannte dem Waisenkind hinterher.

Peter grinste kurz, denn dies war sein erstes Unternehmen, in dem er die Verantwortung trug. Und er hatte keine Ängste verspürt. Er wusste, dass er gegen die *Seewölfe* kämpfen musste. Und allein konnte er das nicht. Jetzt hatte er Owen, Robert, Ivar und ein Dutzend goldener Mamelucken.

"Bleibt zusammen!", rief der Ostringer. "Kämpft zu zweit, nicht allein."

Ja, das war ein guter Rat, dachte Peter.

Zeigen wir diesen Bastarden, dass sie nicht uneingeladen kommen. Seine Kampfstimmung machte ihn rachsüchtig. Und er fühlte sich wieder lebendig. Nach ein paar Herzschlägen näherten sie sich der Ausgrabungsstätte.

Sechs Angreifer sahen sie und machten sich bereit, sich ihnen zu stellen. Bald kamen sechs weitere Feinde in dunklen Tuniken über ihren Rüstungen mit Streitäxten und Schilden aus der Dunkelheit. Eine hoch aufragende Gestalt tauchte hinter ihnen auf, als wäre sie aus der Dunkelheit aufgetaucht.

Peter sah die Maske und seine Wut explodierte. Der Mann, der Adam getötet, Peter erstochen und seinen Traum heimgesucht hatte, stand vor ihm.

"Ihr gehört mir!", rief der Waise und führte seine kleine Gruppe von Männern auf sie zu. Die ersten sechs Männer standen in einer Reihe und blickten ihren Gegnern entschlossen entgegen. Schnell stellten sie sich mit den anderen sechs Räubern in Formation auf.

Das Gesicht des maskierten Mannes sah nicht verwirrt aus, als er das schwarzhaarige Waisenkind anstarrte. Er drehte sein Kinn und zeigte seine gelblichen Zähne, als ein anderer Seewolf sich ihm von hinten näherte und ihm etwas ins Ohr sagte.

"Rückzug! Zu den Booten!", rief der maskierte Mann und winkte den ersten sechs Männern, auf die Mamelucken und Ivar zuzugehen.

Peter hatte die Boote vergessen. Er musste stattdessen dorthin gehen und den Kampfgeräuschen folgen. Er war neugierig, warum sie an der Ausgrabungsstätte waren. Der große Kapitän der *Seewölfe* zwinkerte Peter zu, drehte ihm den Rücken zu und verschwand mit seinem Unteroffizier in der Dunkelheit.

Die sechs Männer stürmten Peters Reihe, als sie versuchten, sie daran zu hindern, die sich zurückziehenden Piraten zu verfolgen. Peter hob seinen Schild und parierte den ersten Schlag. Er fühlte sich so unwohl und unbeholfen, dass er seine rechte Hand dazu benutzte. Er hob die linke Hand und versuchte, sein Kurzschwert zu schwingen, aber er verfehlte sein Ziel. Im selben Moment benutzte Robert seinen langen Holzstab und schlug ihn dem ersten Angreifer über den Kopf und stieß die anderen mit seinem massiven Gewicht zur Seite. Die Linie der Angreifer brach nach dem heftigen Vorstoß von Peter, Ivar und dem Rest der Mamelucken.

Als Peter zu den Booten rannte, nahm er sich einen Moment Zeit, um sich zu beruhigen und zu Atem zu kommen.

"Peter, bleib in der Schildmauer!" rief Owen ihm hinterher, dann fluchte er und folgte ihm.

Das Waisenkind gehorchte nicht und rannte dem maskierten Mann hinterher. Er konnte den Atem des Sklaven hören, als er hinter ihm war. Die Geräusche der schwingenden Schwerter von Ivar und seinen Männern griffen die sechs Räuber an, die zurückblieben. Er wollte die Boote erreichen und sich dem maskierten Mann stellen, auch wenn er wusste, dass er noch nicht bereit war.

In diesem Moment hörte er das Krachen eines Zeltes und die Pferde, die vor den Flammen ausflippten. Er schaute zurück und sah ein Pferd, das in der Dunkelheit davonlief. Doch Robert und Owen folgten ihm. Peter richtete seine Aufmerksamkeit auf den Kapitän der *Seewölfe*, der über das Boot sprang und den Rest seiner Mannschaft befehligte. Einer von ihnen schob das Boot und sprang an Bord, während die anderen ruderten.

Ein Horn ertönte vom Boot aus.

Peter stolperte über etwas und fiel nach vorne. Er verfluchte sein Glück, als er den Kopf hob und seine linke Hand etwas Klebriges berührte. Blut klebte an seinen Händen, als er die linke Hand hob.

Auf seinen Füßen lag ein Körper, der von den Flammen des verbrannten Bootes umrissen war.

Peter starrte ihn an und sah, dass er enthauptet war. Von Angst getrieben, verdrehte er hektisch die Augen und suchte nach dem anderen Teil des Körpers. Und er sah es ein paar Schritte entfernt. Jaffars Kopf, mit einem verdrehten Lächeln aus dem Sand, starrte ihn an.

Nein!

"Ich bringe dich um!" schrie Peter, als Owen ihn beim Aufstehen unterstützte.

Der Schmerz im Bauch verdoppelte sich durch die Trauer über den Tod von Jaffar. Er war ein netter Mann. Einer der wenigen, die gut zu ihm gewesen waren. Ihn ereilte das gleiche Schicksal wie Adam durch die Hand des maskierten Mannes.

Peter beobachtete, wie sein Feind wieder einmal entglitt.

"Ich bringe dich um!", schrie das Waisenkind.

"Vielleicht...", rief der maskierte Mann vom Boot aus zurück, "aber nicht heute Nacht, du rabenschwarzes Stück Pferdescheiße!" Und der Mann hob etwas in seiner Hand.

Eine abgehackte Dreifingerhandfläche von Jaffars Arm, die sein Feind als Trophäe hochhielt.

Der maskierte Mann lachte, als er in der dunklen See verschwand.

Zwölftes Kapitel

Sie haben es wieder getan.

"Verdammt noch mal!" sagte Peter. "Diese Bastarde greifen uns wieder an, Owen."

Der Bogenschütze saß neben ihm, und sein Schweigen passte zu seinen eigenen unruhigen Gedanken. Das Feuer hatte den Bogen seines Freundes aufgefressen. Er murmelte etwas in seiner Muttersprache, und der scharfe, wütende Ton verriet seinen Unmut.

Der Seewind trug den scharfen Geruch von brennendem Holz und den metallischen Geschmack von Blut heran.

"Wo ist die Prinzessin?" Peter suchte sie mit seinen Augen. Er konnte nur ausgebrannte Zelte und tote Körper sehen, die über den Strand gerollt waren. Die Überreste des Bootes, das er in der Nacht angezündet hatte, lagen als Erinnerung an das, was letzte Nacht geschehen war. Die Sonne nahm ihren Platz ein und arbeitete schwer. Er wischte sich Blut und Schweiß ab, als er die Hände vor sich hob.

Er zitterte immer noch und der Schmerz in seiner rechten Schulter war dumpf, aber immer noch da. Er brauchte Zeit, um sich zu erholen, aber er wollte sofort hinter den Räubern herlaufen. Aber wohin? Wie sollte er sie finden?

"Die Prinzessin ist von ihren mamlukischen Wachen umgeben. Ivar ist auch in ihrer Nähe", sagte Owen.

"Der maskierte Mann hat uns auf die gleiche Weise angegriffen, wie sie es getan haben, als sie uns das Gold gestohlen haben."

"Aber hier gibt es doch kein Gold, oder?"

"Soweit ich weiß, wurde hier in der Ausgrabungsstätte nichts gefunden", sagte Peter. Er lehnte sich im Sand zurück und schloss die Augen. Er sah das Lächeln von Jaffar aus seinem abgeschnittenen Kopf. Nein, er mochte diesen Mann, und jetzt war er tot. Der Tod schien Peters Freunden zu folgen, denn Bruder John, Adam und nun auch Jaffar waren umgekommen.

"Ich bin verflucht", murmelte er vor sich hin.

"Warum?" sagte Owen, während er die Wellen beobachtete.

"Jeder, mit dem ich mich anfreunde, stirbt, Owen. Verlasse mich, kehre zu Lady Eleonore zurück und segle nach Hause."

"Unsinn, Eure Hoheit", grinste Owen, "Abal, Lady Isabella, Hamo, Sir James und ich sind noch sehr lebendig. Vergiss nicht, dass du ein Blutsbruder des Sultans bist, und der ist stärker als je zuvor. Denke nicht darüber nach."

"Ich habe letzte Nacht seine Stimme in der Dunkelheit gehört, Jaffars Stimme".

"Und?"

"Hätte ich mich entschieden, ihn zu erreichen, wäre er vielleicht noch am Leben. Ich habe mich entschieden..." Peter' trockene Lippen verzogen sich.

"Du hast die Frau gewählt. Ich würde dasselbe tun", Owen tätschelte seinen Nacken. "Mach dir keine Vorwürfe, Hoheit, du hast dich noch nicht ganz erholt. Wenn du Jaffar gefolgt wärst, würde ich mich jetzt fragen, wie ich Lady Eleonore deinen Verlust erklären soll. Ich hoffe nur, dass du dich das nächste Mal, wenn du dich zwischen mir und einem hübschen Mädchen entscheiden musst, an mich erinnerst und daran, dass ich jetzt auf dich aufpasse, nicht wahr?"

"Was würdest du an meiner Stelle tun?"

"Ich bin nicht an deiner Stelle", grinste Owen. "Eure Hoheit muss mehr Vertrauen in seine Freunde haben. Halte dich an den Plan und bleibe in der Schildmauer. Wenn du das von Anfang an getan hättest, wären wir jetzt nicht hier, in diesem Mamlukenlager."

Peter versuchte zu lächeln, aber tief im Inneren wusste er, dass sein Freund Recht hatte. Er hoffte, dass er diese Entscheidung nie treffen musste.

Ein Mamluk-Offizier aus Abals Heer kam zu ihnen an den Strand und befahl ihnen, sich von Ärger fernzuhalten und in der Nähe ihres Zeltes zu bleiben, denn bald würde Ivar sie erreichen. Einige andere Soldaten sammelten die Leichen ein und lagerten sie auf einem Haufen, um sie zu verbrennen. Peter zählte bis zu dreißig Soldaten von Jaffars Männern und etwa zwanzig Arbeiter und Sklaven. Er nahm einen tiefen Atemzug. Es musste einen Grund geben, warum das alles passierte. In dem Moment, als sie den Ring gefunden hatten, hatte sich alles verändert. Die einst langweilige Ausgrabungsstätte war nun ein Ort des Terrors und des Blutvergießens.

Er konnte ein Netz von Verbindungen zwischen allen Teilen spüren, aber das Puzzle wollte sich in seinem Kopf nicht zusammenfügen. Es fühlte sich an, als würde sich sein Verstand in einer Spirale drehen, und langsam spürte er, wie sich ein deprimierendes Gefühl in sein Herz schlich. Peter brauchte Antworten und war fest entschlossen, sie zu finden, trotz der Warnungen des Beamten und von Owen. Das würde er später tun, aber im Moment wollte er nicht einfach nur dasitzen und nichts tun. Peter musste etwas tun, irgendetwas, um das Gefühl der Nutzlosigkeit zu beseitigen. Er wollte seinen Platz wiederfinden und wissen, wo er gebraucht wurde. Er warf einen Blick auf den Schal an seinem Gürtel und dachte an Lady Eleonore. Wo war sie? Brauchte sie ihn? Warum? Er war doch für niemanden von Nutzen. Verdammt noch mal, er musste sich ein bisschen strecken.

Peter erhob sich von seinem Platz am Strand und schlenderte durch das Lager. Denn er wollte nicht, dass der Offizier ihn sieht. Er machte sich nicht die Mühe, jemanden nach Ivars Aufenthaltsort zu fragen. Stattdessen ging er vorsichtig auf die Ausgrabungsstätte zu. Der Waise bemerkte, dass Owen leise an seine Seite ging.

"Was machst du da, Hoheit?" sagte Owen.

"Ich brauche einen Spaziergang", sagte Peter.

"Lustig, dass du das erwähnst." sagte Owen. "Ich hoffe, wir gehen nur spazieren und machen keine Dummheiten, oder?"

"In der Tat..."

"Hmm..." Owen überlegte: "Ich habe Lady Eleonore versprochen, dich lebend und in einem Stück zu bringen. Ich weiß nicht, ob sie dich noch will, wenn du ein Auge oder einen Arm verlierst, Hoheit?" Owen lachte.

Er stichelte, und Peter grinste, als er mit Owen um die Ausgrabungsstätte herumging und ihn begleitete.

Peter erreichte den Pfad, der zur Bucht führt, und schaute sich im Lager um, um alle Sklaven bei der Arbeit zu sehen. Während er ihnen bei der Arbeit zusah, kam ihm ein Gedanke. Er fragte sich, wo der Sklave, der ihm gestern Abend geholfen hatte, geblieben sein könnte. Er wollte sich bei ihm bedanken. Robert, so nannte er ihn. Als er daran dachte, fiel ihm ein, dass er die Sklavenseite ihres Lagers noch gar nicht besucht hatte. Der Anblick so vieler Sklaven war überwältigend, und es war fast unmöglich, sie alle zu zählen.

Peter wusste, dass die Mamluken-Soldaten am nördlichen Ende des Ausgrabungslagers wohnten. Hier, im südlichen Teil, war der Platz der Sklavenhalter. Er wollte sich den Zustand des Ortes ansehen und beschloss, ihm einen Besuch abzustatten. Außerdem konnte er die Gelegenheit nutzen, um nach Robert zu suchen.

Es war der ekelhafte Geruch, der Peter zuerst zu schaffen machte. Der Gestank von Pisse ließ ihn die Nase rümpfen, und fast hätte er sich vom Lager abgewandt, aber er tat es nicht. Worte konnten die Bitterkeit nicht beschreiben, die Peter beim Anblick der Sklavenseite des Lagers empfand. Selbst als er einen Sklaven bei der Arbeit beobachtete, achtete er nicht auf ihn. Peter war schockiert, als er die Männer sah, die in der Sonne hart gearbeitet hatten und erschöpft im Wüstensand lagen, ohne Schatten, der sie vor der Sonne schützen konnte.

"Sie behandeln diese Menschen wie Tiere", sagte Peter.

"Sie sind so für sie, Eure Hoheit", sagte Owen. "Das ist nicht unser Platz","

Ein Lachen unterbrach plötzlich Peters Aussage.

Direkt neben einem Zelt konnte er einige gut gekleidete Männer sehen. Ihre schöne Kleidung stand in starkem Kontrast zu der Umgebung, was Peter dazu brachte, in Richtung der Sklavenhalter zu spucken. Trotz des Todes so vieler Sklaven in der letzten Nacht schienen Tarin und Tarik völlig ungerührt zu sein, was ihn abstieß.

"Lass sie in Ruhe, Peter", sagte Owen. Aber Peter war schon auf sie zugegangen, mit zielstrebigen Schritten und Wut in den Augen.

Der Körper des jungen Mannes lag regungslos in der Nähe des Fußes von Tarin. Der tote Mann sah nicht wie ein Räuber aus.

"Ich hoffe, ihr seid stolz auf euch..." Peters Worte verstummten, als er zu ihnen sprach, während Owen neben ihm stand.

"Natürlich, christlicher Hund!" Tarin, der Kleine, spuckte auf die Leiche, die in einer Pfütze zu seinen Füßen lag. "Der Unglückliche ist gegangen und gestorben. Was für eine Verschwendung von hart verdientem Geld".

"Du bist ein Monster..." Peter starrte sie an.

"Sorgen die Monster für Nahrung und Arbeit für ihre Männer?" Tarin zog die Augenbrauen hoch. Er war klein und pummelig und trug eine Menge Schmuck für einen Mann. Er hatte viele Piercings im Gesicht, mehr als fünf Ketten am Hals und Peter war sich sicher, dass an seinen Händen jeweils zehn Armbänder hingen, wenn nicht mehr. Tarik kam aus dem nahe gelegenen Zelt. Der hochgewachsene Sklavenmeister zeigte Peter seine Zähne, während er ein Seil zog und der Waise dessen Ende nachzeichnete, um eine verängstigte arme Seele zu finden.

"Du hast es nicht verdient, unsere Luft zu atmen", sagte der kleine, pummelige Mann mit einem Schnauben, als er sich von dem toten Sklaven abwandte. Er trat auf den schlaffen Körper ein. "Tarik, ruf jemanden, der diese Sauerei aufräumt!"

Peter entdeckte ein Grinsen auf seinem runden Gesicht und runzelte angewidert die Stirn. Da war nichts, was auf Mitgefühl oder Mitleid mit dem Tod des Sklaven hindeutete. Es war so, als wäre gar nichts passiert.

"Ich habe mit dir geredet!" Peter starrte ihn an. "Ein Mann ist deinetwegen tot. Wie kannst du nur so herzlos sein?"

"Beruhige dich, christlicher Hund", sagte Tarin. "Ein Freund von dir?" Er duckte sich und packte den Kopf der Leiche an den Haaren und hob ihn soweit an, dass er sein Gesicht sehen konnte.

"Das sah nicht nach dir aus." Er trat vor und strich mit der Hand über Peters Tunika. Das Waisenkind konnte seinen fauligen Mund riechen und seine gelben Zähne sehen.

"Die Sklaven sind eine wertvolle Bereicherung für die Arbeit hier, aber jemand hat sie letzte Nacht freigelassen und wir haben Verluste. Es gibt noch viele weitere Leichen im Lager, und einige sind nirgendwo zu finden. Und wir wollten doch nur ein Exempel statuieren, nicht wahr, Tarik? Keiner läuft vor uns weg!"

"Ja, das haben wir", sagte der große Sklavenmeister, der neben seinem Bruder stand und grinste, während er immer noch das Seil hielt. Er zog es zu sich heran und trat den armen Sklaven vor Tarin.

Peter starrte die arme Seele an. Sein blasses Gesicht hatte blaue Flecken von den Schlägen. Der Sklave starrte auf seine eigenen Augen und öffnete seinen Mund.

"Er hat uns freigelassen", nickte der Sklave in Richtung Peter.

Der Waisenjunge verfolgte die Reaktion des Sklaven und schaute dann wieder zu Tarin und Tarik. Die beiden Brüder erstarrten, als die Sonne hart arbeitete.

"Ist das so?" fragte Tarin. "Übrigens, was machst du in unserem Teil des Lagers?"

Peter holte tief Luft, als er Mitleid mit dem armen Kerl am anderen Ende des Seils empfand. Trotzdem wandte er sich Tarin zu und hob sein Kinn.

"Ich suche etwas", sagte Peter, als er Tariks Hände beobachtete. Er wäre schon längst bereit gewesen, seine Fäuste zu entfesseln, wenn Tarin nicht gewesen wäre. Aber selbst dann kochte das Blut des Waisen, als er die beiden Männer musterte.

"Oder jemand?", sagte der kleine, pummelige Mann.

Owen versuchte, Peter von ihnen wegzuziehen, während die Männer ihn verächtlich ansahen.

"Wir gehen jetzt. Kommt, Eure Hoheit".

"Habt ihr es eilig, irgendwohin zu kommen?" Tarik grinste, als er mit der Hand winkte und drei weitere in Leder gekleidete Sklavenhalter mit Säbeln und Peitschen um sie herumstanden.

"Du hast meine Frage nicht beantwortet, christlicher Hund".

"Wir sind keinem von euch Rechenschaft schuldig." Owen antwortete zähneknirschend: "Wir meiden euch, und ihr meidet uns. Wir können alle unsere eigenen Wege gehen. Komm schon, Peter, lass uns zu Ivar gehen."

"Läufst du wieder zu ihr, Christenhund? Sie wird dich nicht ewig aufbewahren, weißt du", zwinkerte Tarin ihm zu. Der kleine Mann neigte den Kopf zur Seite und beobachtete sie, als würde er die Situation berechnen.

Das Waisenkind hatte den Blick der Traurigkeit und des Zorns auf dem Gesicht des Sklaven gesehen. Es war ein schneller Blick, aber er hatte ihn gesehen. Und die Verzweiflung in den Augen des Sklaven.

Peter fühlte sich ohnmächtig und abseits. Seine Schultern sackten in sich zusammen, als läge eine große Last auf ihnen, und er senkte den Kopf, weil er das Schicksal des Sklaven hoffnungslos fand.

Dann hörte er eine laute Stimme. Drei weitere bewaffnete Sklavenwächter kamen und brachten einen in ein Fischernetz gewickelten Sklaven. Eine Wache versetzte ihm einen harten Tritt, bevor sie an dem Seil zog. Sie fesselten ihn und legten ihn zu Tarins Füßen.

Tarik lächelte, als er sich duckte, um zu sehen, wer der Sklave war. Er packte ihn an den Haaren und verdrehte ihm den Hals.

"Willst du weglaufen, Hund?", fragte er. "Niemand läuft vor den Brüdern weg."

Das Waisenkind schaute seinen Freund an, dann den Sklaven. Als er Peters Gesichtsausdruck sah, seufzte Owen und flüsterte: "Misch dich nicht ein, Peter, verdammt noch mal."

Tarin hatte gerade den toten Körper eines Sklaven entsorgt und lächelte nun über den frisch angelieferten.

Er ignorierte Owens Warnungen und trat näher heran, um einen besseren Blick zu erhaschen. Er runzelte leicht die Stirn, als er erkannte, dass es Robert war.

Peter sah, dass die Augen des Mannes eingefallen waren, und er sah niedergeschlagen aus, wie betäubt von der Welt um ihn herum. Robert hatte seinen Blick auf die Leiche vor seinen Augen gerichtet.

"Tarin, hüte dich vor diesem Mann", sagte Tarik. Peter konnte eine Peitsche und eine Holzkeule in seiner rechten Hand sehen.

"Warum Tarik? Was kann er schon tun?" Tarin ließ seine Peitsche los und schlug ohne einen Moment zu zögern auf den Sklaven ein. Seine Peitsche schlug mit einem weiteren Peitschenhieb auf das Gesicht des Mannes, als Tarik zur Seite trat.

Peter sah erstaunt zu, wie das Blut auf den Boden tropfte. Die Peitsche hatte einen tiefen Schnitt auf der Stirn und der Wange des Sklaven hinterlassen, aber der Mann hielt einfach stumm seine Hand über die Wunde.

"Man muss ihm eine Lektion erteilen", sagte Tarin. "Ist dieser Hund derjenige, den du suchst, christliche Ratte?" Er drehte sich um und sah Peter direkt an, der seinem wütenden Blick nicht auswich.

"Wenn wir einige Sklaven nicht bestrafen, die nicht auf uns hören, werden sie es weiter tun." Er deutete auf den Leichnam am Boden und sagte: "Vielleicht ein weiteres Beispiel für die anderen." Tarin nahm ein Messer in die Hand und zerschnitt das Fischernetz, um Robert zu befreien, der immer noch regungslos dasaß. Dann setzte er die Schneide des Messers einen Zentimeter neben sein linkes Auge.

Peter dachte nur daran, wie er Robert helfen konnte, aber Owen erlaubte es ihm nicht. Sein Griff um seinen Arm war fest, während seine Augen keinen Rückzug zeigten.

Peter beobachtete Roberts Reaktion. Er erstarrte, als der Sklavenmeister sprach. Er hielt ihm sein Messer über die Stirn und der Sklave starrte auf den Leichnam vor ihm hinunter.

"Vielleicht ist es an der Zeit, dein Gesicht zu verschönern, Tier?" sagte Tarin, als er das Messer in die Wange des Sklaven drückte und Peter das Blut aus dem Schnitt sah. Robert bewegte sich nicht.

Als er die Leiche betrachtete, dachte Peter, dass es vielleicht ein Freund von ihm war. Wenn sie seinen Freund töteten, was würde er dann tun?

Das erinnerte ihn an Adam und das schürte seine Wut. Er blickte auf seine Arme, die immer noch zitterten. Er war sich nicht sicher, ob es an seiner Wunde lag oder am Adrenalin des Kampfes von gestern Abend. An seinen Handflächen klebte getrocknetes Blut und Schmutz. Er spürte, wie eine Träne seine Wange hinunterlief. Im selben Moment erhob sich Robert vom Boden und hechelte wie ein wildes Tier. In seinen Augen stand nichts als Hass, als er den Sklavenhalter anblickte.

"Tarin!" Tarik schrie auf, als er ahnte, was passieren würde. Der Sklave griff schnell an, während Peter wegschaute, und Robert schnappte sich Tarins Messer und stellte sich über sie, mit Blut im Gesicht. Roberts Augen waren eiskalt, als er die Sklavenmeister anstarrte. Er sah aus wie ein Raubtier in der Gegenwart von Kaninchen.

Der Sklave stach mit dem Messer auf den nächstbesten Wächter ein und ließ es in seiner Brust stecken. Er streckte seine Hand aus und griff nach der Peitsche, die seine Haut zerrissen hatte, zog Tarin zu sich und hämmerte ihm die Faust auf die Nase. Peter glaubte ein Knacken zu hören. Der Sklavenmeister war wie betäubt, als Robert mit der anderen Hand und dem Ellbogen das Kinn des dritten Wächters mit voller Wucht traf. Der Mann fiel zu Boden und dann ließ der Sklave Tarin los, der kein Lebenszeichen von sich gab. Er drehte sein Gesicht zu Tarik, der nicht schnell genug war, um seinem Bruder zu helfen.

Auch das Waisenkind ließ seiner Wut freien Lauf, schob eine der drei anderen Wachen zur Seite und schlug mit der Faust auf die nächste Wache ein, während Peter versuchte, Robert zu helfen. Owen folgte ihm, als er den dritten Wachmann packte und ihn daran hinderte, seine Waffe zu entsichern.

"Du bist tot!" schrie Tarik, als er den Strick um den Hals des Sklaven ziehen wollte. Aber Roberts Wut und Kraft ließen das nicht zu. Der Sklave packte das Seil mit beiden Händen und zog an ihm. Als Tarik sich nach vorne bewegte, nutzte Robert das Seil, um ihn zu sich zu ziehen und wickelte es fest um seinen Hals.

Peter musste eingreifen, bevor der Sklave ihm das Genick brechen konnte, denn er sah entschlossen aus, dies zu tun.

"Stopp! Tu's nicht, du bist besser als das..." flehte Peter, während er die Arme des Sklaven festhielt. Er wusste, dass der Sklave ihn gehört hatte.

"Du bist kein Tier... das bist du nicht. Beruhige dich."

Owen stellte sich neben die anderen drei Wachen und schüttelte den Kopf, um ihnen zu zeigen, dass sie sich nicht einmischen sollten, und zeigte auf das Schwert, das er von dem Sklavenmeister bekommen hatte.

Tarin hielt sich die Nase zu, als das Blut seine Handfläche füllte, betrachtete entsetzt das blutige Durcheinander rund um das Lager und starrte den großen Sklaven an, der immer noch benommen war.

Roberts Muskeln bäumten sich auf und er fletschte die Zähne wie ein wildes Tier, während Tränen aus seinen blutunterlaufenen Augen flossen. Er bebte vor Wut, als er Peter und Owen anfunkelte. Peter hatte noch nie einen so wütenden Mann gesehen. Der Sklave packte das Seil fester und hob den Sklavenmeister in die Luft. Langsam wölbten sich die Augen des Meisters, während er gurgelte und an seiner Spucke erstickte.

"Lass ihn runter... das wird deinen Freund nicht zurückbringen!" sagte Peter.

Tarin nutzte den Moment, in dem sie sich unterhielten, um aufzustehen und sein Schwert zu entsichern, aber Peter sah das und packte seine Hand, drehte den Sklavenmeister zu sich und versetzte ihm mit seiner Schläfe einen so heftigen Kopfstoß, dass der Mann nach hinten fiel. Der Waise spürte das Blut aus Tarins Nase auf seinem Gesicht.

"Rühr dich nicht vom Fleck, wenn du um dein Leben fürchtest!" sagte Peter, während er das Blut wegwischte.

"Bastard..." versuchte Tarin zu sagen.

"Ja, das bin ich", knirschte Peter ihm gegenüber mit den Zähnen.

"Das wirst du mir büßen."

Peter schüttelte den Kopf und der Mann lehnte sich einfach zurück und ergab sich. Owen ermöglichte es den anderen drei Wachen, ihn zu erreichen und half ihm aufzustehen.

"Lass ihn frei." Peter winkte Tarik mit der Hand zu.

Die Augen des Sklaven erlahmten, er wurde schlaff und fiel zu Boden. Und Peter war erleichtert, dass Tarik nur bewusstlos war. Wenn er tot war, würde das für Robert eine Menge Ärger bedeuten.

Der große Sklave vergrub sein Gesicht in seinen Handflächen und weinte, als drei Wachen bei Tarin standen und versuchten, Tarik zu helfen.

"Ich will seinen Kopf auf einem Spieß!" rief Tarin.

"Oder deine?" sagte Peter. "Und jetzt verschwinde!"

"Ich habe es dir gesagt", spuckte Tarik Blut, als er an Tarins Seite kroch. "Dieser Mann ist nichts weiter als Ärger und ein Tier! Er verdient den Tod."

"Wer ist dieser Mann?" fragte Peter.

"Ein Verbrecher und ein Hund. Er hat keinen Namen und kann nicht einmal sprechen; alles, was er tut, ist, uns mit diesen kalten Augen anzustarren. Wir haben versucht, ihn zur Vernunft zu bringen, aber er wollte sich nicht ändern!" sagte Tarik.

Die Wachen machten einen Versuch, den Sklaven zu ergreifen, aber Peter war schneller, warf sich auf einen von ihnen und ließ ihn zu Boden fallen. Mit dieser Bewegung schnappte er ihm das Schwert weg. Owen reagierte schnell und hielt Tarin ein Messer an die Kehle, noch bevor die anderen beiden ihre Schwerter aus der Scheide ziehen konnten. Plötzlich waren alle zum Stillstand gekommen.

"Was hat das zu bedeuten?" Tarin schluckte, als er spürte, wie der kalte Stahl sein warmes Fleisch küsste.

"Ich bin hungrig!" Owen grinste, denn er hatte die Arroganz des Sklavenmeisters satt. "Wenn es dir nichts ausmacht, ein Leben zu nehmen, dann solltest du es auch nicht bereuen, wenn du deines auslöschst."

"Bleibt zurück!", rief der Sklavenhalter seinen Wachen zu, die zögernd nachgaben und ihre Waffen fallen ließen. "Ibn al-Nafis wird davon hören. Der Sultan wird von diesem Christenhund hören. Ich werde euch beide bestrafen lassen."

"Wofür? Weil ich dein Leben gerettet habe?" Owen drückte die Schneide des Messers fest an Tarins Kehle.

Tariks Hand ging instinktiv zu der Stelle, an der das Seil seine Spuren hinterlassen hatte.

"Wenn Peter nicht gewesen wäre, wären dein Bruder und du ein Haufen Knochen, meinst du nicht?"

"Ja, euer Leben gehört mir", sagte Peter und winkte Robert mit der Hand. "Aus diesem Grund behalte ich den Sklaven als Belohnung. Einverstanden?"

"Bastard", sagte Tarin, der pummelige Sklavenhalter.

"Du wiederholst dich, und du hast uns noch ein Leben geschenkt. Vergesst nicht, dass ich euch beide gerettet habe." Peter zwinkerte den beiden Brüdern zu.

"Wir werden uns wiedersehen, christlicher Hund."

"Das hoffe ich", sagte Peter und half Robert aufzustehen und schnitt das Seil um seinen Hals durch. "Komm!"

Owen zog eine Grimasse, als er dem Sklavenhalter ins Gesicht spuckte und ihn in den Dreck stieß. Der Sklavenhalter sah so überrascht aus, dass Peter fast lachen musste.

Robert sah trotz allem, was passiert war, unwillig aus und seine Augen verweilten immer noch auf der Leiche. Dann kehrte er zu Peter und Owen zurück. Das Gesicht des Sklavenmeisters verzog sich zu einem finsteren

Blick, als er sie bedrohlich anschaute. Peter spürte Tarins unnachgiebigen Blick auf sich, als sie zum anderen Ende ihres Teils des Lagers gingen. Das Waisenkind dachte, dass dies nicht so einfach vorbei sein würde.

Du weißt, wie man sich "Freunde" macht, Eure Hoheit", sagte Owen.

Peters Bauchgefühl fühlte sich besser an, weil er wusste, dass er das Richtige getan hatte. Um Adams willen musste er jetzt handeln. Um dem Mann zu helfen, der ihm im Kampf gegen die Piraten geholfen hatte. Er sah Owen an und bedankte sich mit einer Geste dafür, dass er ihm zur Seite stand. Der walisische Bogenschütze sprach jedoch erst mit ihm, als er sich von der Sicherheit des Waisenkindes und des Sklaven in Peters Zelt überzeugt hatte.

Dreizehntes Kapitel

In Peters Zelt herrschte Stille. Er holte tief Luft und hob seine linke Hand, die immer noch zitterte. Er versuchte, seinen Herzschlag zu beruhigen. Das einzige Geräusch, das die Stille durchbrach, war das Schlagen ihrer Herzen. Owen, Peter und Robert saßen herum und sagten kein Wort.

"Sind Sie jetzt zufrieden, Hoheit?" fragte der Waliser.

Das Waisenkind starrte auf seine zitternden Finger. Tief in seinem Inneren war der Schmerz in den Eingeweiden nicht so stark gewesen. Er hatte Adam verloren, und mit der Entscheidung für Abal in der letzten Nacht hatte er auch Jaffar verloren. Er schloss die Augen und sah sein freundliches Lächeln. Dieser Veteran kümmerte sich gut um ihn, seit er und Owen dem Ausgrabungscamp beigetreten waren. Der dreifingrige Mamluk erzählte ihm Geschichten und übte mit ihm den Schwertkampf. Und jetzt war er tot.

Peter sah den Sklaven mit dem runden Gesicht an. Ihre Blicke trafen sich, und er sah tiefblaue Augen, und der Sklave nickte. Das war genug für ihn. Er konnte Adam nicht retten, nicht Jaffar, aber indem er Robert rettete, konnte er vielleicht seine Schuld befriedigen. Peter hatte dem Sklaven Wasser gegeben, um seine Wunden zu waschen und war erleichtert zu erfahren, dass sie nicht so tief waren, wie er dachte. Robert stand wie eine Statue da und starrte in seine Handflächen. Die Lippen des Sklaven waren rissig und er sah ausgedörrt aus, aber er lehnte alles ab, was Peter oder Owen ihm anboten.

Owen klopfte dem Waisenkind grob auf den Rücken. "Ich brauche Bier! Du wirst bezahlen."

"Danke, Owen".

"Gern geschehen, Eure Hoheit", sagte der Bogenschütze. Seine Augen funkelten, als er sich von dem Waisenkind abwandte und spielerisch gähnte. "Ein Bier wird reichen! Ich habe von einer Taverne im Dorf gehört..."

"Peter Longsword!", kam ein Ruf von draußen.

"Ivar klingt wütend." Owen zwinkerte dem Waisenkind zu. "Na und? Wir sind zufällig dorthin gekommen, oder? Eure Hoheit?"

"Er würde uns nicht glauben." Peter schüttelte den Kopf und stand auf. "Bleib hier", sagte er zu Robert und ging hinaus, um sich dem Ostringer zu stellen.

"Natürlich wird er das", grinste Owen und folgte ihm.

Der Mann mit der Adlernase sah nicht freundlich aus. Neben ihm stand ein Dutzend Mamluken-Krieger in Kettenhemden mit Speeren und Schilden.

"Was hat dir der Soldat gesagt, den ich vorhin zu dir geschickt habe?"

Peter war still.

"Oh, ich erinnere mich", sagte Owen, "der Offizier, den du vorhin zu uns geschickt hast... Ich spreche seine Sprache nicht..."

"Halt die Klappe!" Ivars Augen funkelten den Waliser an. "Ich habe dich nicht gefragt!"

"Sich aus Ärger raushalten?" Peter hob seine linke Augenbraue.

"Und was hast du getan?" Ivar presste seine Wangenknochen fest zusammen.

"Wir waren spazieren und..." Owen hob seine Hände, verstummte aber nach dem kalten Blick des Ostringers.

"Es ist nicht Owens Schuld. Er hat nur Lady Eleonores Anweisung befolgt, mich zu beschützen", sagte Peter.

"Du bist ein Gast im Lager des Sultans und wagst es, seine Untertanen anzugreifen?" Ivars Ton änderte sich nicht. "Wo ist der Sklave?"

Peter schaute zum Zelt.

"Du, folge mir", winkte Ivar Peter zu. "Bewacht den Bogenschützen und den Sklaven!" sagte er zu den Mamluken-Soldaten.

Das Waisenkind lief Ivar mit gesenktem Kopf hinterher wie ein Hund.

"Ich habe dir gesagt, du sollst dich von Ärger fernhalten. Und du fängst einen Streit mit den Sklavenmeistern an!" Der Ostringer sagte das nur für seine Ohren, während sie gingen.

"Ich hatte keine Wahl, Ivar. Sie hatten schon einen Mann getötet, und ich wollte nicht zusehen, wie sie Robert töten." sagte Peter. "Die Brüder schienen sich nicht um das Leben dieser Menschen zu kümmern."

Ivar schaute ihn finster an, sagte aber kein weiteres Wort.

"Es ist meine Schuld", sagte Peter.

"Das ist in der Tat deine Schuld. Warum hast du eigentlich mit den Sklavenmeistern gekämpft?" Ivar schlug sich aus Frust an die Stirn.

"Und ich musste es tun..." sagte Peter mit einem Blick auf sein Zelt, "sonst hätte mein Freund dem Bastard die Kehle durchgeschnitten..."

"Oder der Bogenschützenmeister würde ihm die Kehle durchschneiden? Willst du damit sagen, dass der Sklave dein Freund ist?"

"Er hat mir geholfen. Er hat uns bei dem Angriff letzte Nacht geholfen. Ich stehe bei ihm in der Schuld. Tarik hat ihn wieder erwischt. Ich konnte mich nicht zurückhalten."

"Peter, der Sklavenfreund", lachte Ivar. "Du solltest vorsichtig sein, Junge. Du bist vielleicht ein Blutsbruder des Sultans, aber diese Männer haben Einfluss. Halte dich von ihnen und der Politik fern."

"Politik?"

"Das Sklavengeschäft ist eine gottverdammte Politik in dieser Region!"

"Was sagst du da, Ivar?" fragte Peter, aber Ivar ließ ihn nicht ausreden, denn er tippte ihm auf die rechte Schulter.

"Ich finde, es sieht gut aus. Bald wirst du mit deiner rechten Hand wieder ein Schwert schwingen", sagte Ivar. "Und du hast den Dicken geschlagen?"

Peter starrte Ivar an und nickte.

"Oh, ich sollte es sein", flüsterte Ivar. "Ich hasse diese Männer auch. Ich beneide dich, Peter. Junge, ich wollte den Kerl wirklich ausschalten", sagte Ivar. "Sie bellten mir Befehle zu, als wäre ich eines ihrer Haustiere. Wir haben gute Männer verloren und sie beschweren sich über dich."

"Wohin gehen wir?" sagte Peter.

"Die Prinzessin will dich sehen."

"Warum?"

Ivar wischte es ab.

"Dein Problem, nicht meins", sagte er, als sie ihr Zelt erreichten und zwei große Mamluken-Wachen vor dem Eingang standen.

Peter kam allein.

Und er bekam einen Klaps auf den Wangenknochen.

"Um diese Sklavenhalter kümmere ich mich später, Peter", sie richtete ihren Blick auf ihn, "was soll ich mit dir machen?" Abal hob ihre Hände und machte ein paar Schritte um ihn herum, dann kam sie auf ihn zu und umarmte ihn. Sie legte ihre Lippen für einen kurzen Moment auf die seinen, dann trat sie zurück und er konnte Spuren von Tränen auf ihrem Gesicht sehen.

"Was hast du dir dabei gedacht, dorthin zu gehen?", fragte sie.

"Wo?"

"Maskierter Mann, Sklavenhalter... Du bist immer dem Ärger hinterher, Peter".

Peter erstarrte, als er nach vorne trat und versuchte, sie zu umarmen.

"Du machst dir Sorgen um mich?"

"Nicht du, der Waliser", sagte sie.

Peter lächelte, als er seine linke Hand hob, nach ihrem Scheck griff und ihr eine Träne aus dem blassen Gesicht wischte. "Deine Unterlippe zittert, wenn du lügst".

"Ich weiß, das sagt mir mein Vater auch immer", umarmte Abal ihn.

"Warum machst du dir Sorgen um mich?"

"Ich habe Lady Eleonore versprochen, dich in einem Stück zurückzubringen, erinnerst du dich?", runzelte sie die Augenbrauen, als sie zurücktrat. Dann sah ihr Gesicht aus wie eine Gewitterwolke.

"Wo ist deine Lady Isabella von Ibelin? Denkst du immer noch an sie?", ihre Augen starrten ihn an. Peter wusste nicht, wie er reagieren sollte, als er einen Schritt zurücktrat.

"Sie ist bei Hamo, denke ich..."

"Denkst du immer noch an sie?"

Peter öffnete seinen Mund, sagte aber nichts. Seit er Abal hier getroffen hatte, dachte er nicht mehr an Lady Isabella. Aber das konnte er ihr nicht sagen. Er holte tief Luft, denn er vermisste ihre Augen nicht.

"Ich will ein besserer Ritter werden und den Maskenmann kriegen", log Peter nicht. Abal senkte ihren Blick leicht.

"Aber wenn du ein guter Ritter sein willst, musst du Befehle befolgen und dein Wort halten."

"Aber..."

"Mein Vater pflegte zu sagen: 'Weißt du, was den guten Mann von der Pferdescheiße unterscheidet?'"

"Was?"

"Ein guter Mann hält sein Wort!" sagte Abal. "Wenn du versprichst, dich zu benehmen und die Regeln zu befolgen, dann tust du das auch!" Abals Stimme klang wie Stahl. "Habe ich mich klar ausgedrückt?"

Peter nickte.

"Nur du und dein Freund haben das Privileg, mit den Mamelucken im Lager auf Augenhöhe zu sein, aber ihr müsst euch an die Regeln halten. Der Frieden zwischen den Mamelucken und den Kreuzrittern steht auf Messers Schneide. Treibe es nicht zu weit, Peter Longsword!"

"Ich werde es versuchen." Er klang wie ein Hund, der gerade getreten wurde.

"Das solltest du auch, oder ich werde es bereuen. Sag lieber, dass du es tust!" sagte Abal, während ihre Stimme zitterte.

Ivars Stimme kam von außerhalb des Zeltes.

"Milady?"

"Komm rein", sagte Abal.

Der Ostringer, immer noch in ein Kettenhemd gekleidet, mit dunklen Blutflecken und seinem Schwert in der Hand, trat ein. Mit der anderen Hand reichte er Abal eine Schriftrolle.

"Ibn al-Nafis hatte etwas gefunden", sagte Ivar und schaute Peter an.

Die Tochter des Sultans nahm die Schriftrolle, brach das Siegel und las sie. Dann reichte sie sie an Ivar weiter, der sie ebenfalls las.

"Der Arzt schreibt, dass er in den Archiven einige aufgezeichnete Ereignisse von vor 22 Jahren gefunden hat", sagte Ivar. "Es gab einen Krieg zwischen Lord Broca und der Familie der Roten Dame."

"Warte, es gab die Zeit des Kreuzzugs des französischen Königs, im selben Jahr, in dem ich geboren wurde", sagte Abal.

"Ich auch", sagte Peter. "Mein Vater war bei diesem Kreuzzug gestorben. Gehörten die beiden Kreuzfahrerfamilien zum Hauptheer?"

"Ibn al-Nafis schreibt, dass sie eine private Angelegenheit zu klären hatten", sagte Ivar. "Und er setzt seine Nachforschungen fort. Er wird uns informieren, wenn er etwas findet, das mit den Ereignissen hier zu tun hat."

"Privatangelegenheit?" fragte Peter.

"Das bedeutet, dass sie eine Heirat zwischen den Erben der Familien besprechen mussten, eine arrangierte Ehe", sagte Abal, während er Ivar und dann wieder Peter ansah.

"Eine arrangierte Ehe, die zum Krieg eskalierte?"

"Vielleicht ist das der Grund, warum sie sich nicht der Hauptarmee angeschlossen haben?" sagte Abal.

"Oder haben sie das?" sagte Ivar. "Zu viele Fragen. Wir brauchen mehr Informationen aus den Archiven."

"Oder um sie zu fragen?" sagte Abal und starrte Peter an. "Du musst ihren Geschichten nachgehen", sagte Abal.

"Aber der maskierte Mann?", erwiderte das Waisenkind.

"Er wird zurückkehren. Das Gefühl habe ich", antwortete Ivar. "Die Angreifer haben nach etwas gesucht, als ob sie wüssten, wonach. Sie haben sich aufgeteilt, eine Gruppe zur Ablenkung und die andere zur Ausgrabungsstätte."

"Aber was?"

"An der Ausgrabungsstätte fehlt nichts, nichts Wertvolles", sagte Ivar.

"Ein Drittel des Hauptschiffes ist noch unbedeckt. Du musst dich beeilen", befahl Abal.

"Wir brauchen jetzt mehr Arbeiter und Soldaten", sagte der Ostringer. "Und Essen und Wasser."

"Überlass das mir", sagte die Prinzessin. "Du solltest lieber herausfinden, was hier vergraben liegt."

"Ja, Mylady", sagte Ivar. "Komm, Peter, wir haben noch etwas zu tun."

"Wenn wir wieder angegriffen werden?" fragte Peter.

"Dann müssen wir uns überlegen, wie wir überleben und die Piraten überlisten können, richtig?"

"Was hat der Gefangene gesagt, Ivar?" fragte Peter.

"Er ist an seinen Wunden gestorben. Wir konnten ihn nicht befragen."

Bloody Hell. Das Waisenkind wollte nur etwas Glück an dieser verfluchten Küste.

***

Tarin und Tarik waren nirgends zu sehen. Ivar und die Prinzessin erlaubten Peter, den Sklaven zu behalten. Die Soldaten säuberten das Lager von den Leichen und bauten die Zelte wieder auf. Karawanen mit Lebensmitteln, Werkzeugen und Arbeitern kamen aus der Festung Atlit. Diesmal keine Sklaven, sondern nur diejenigen, die nach dem Angriff im Lager geblieben waren.

"Der nächste Lieferant, oder willst du einen Monat warten?" Ivar zog die Augenbrauen hoch und sah Peter an. Die Mamelucken trieben also von der Festung Atlit aus aktiv Handel mit den Kreuzrittern.

"Geschäft ist Geschäft, Geld ist Geld", sagte Owen.

Aus den zwei Kreuzfahrern wurden nun drei Männer. Niemand wagte es, sich Peter, Owen und Robert im Lager der Mamluken entgegenzustellen. Der Waise fühlte ein wenig Stolz. Sie sahen einschüchternd aus. Die drei christlichen Hunde, wie die Mamelucken sie nannten. Sie begruben die Leiche der toten Sklaven, und Owen brachte sie in die Taverne im Dorf.

"Ich brauche ein verdammtes Bier", grummelte er und war sauer, weil er seinen Langbogen verloren hatte und sich nutzlos fühlte. "Du bist ein schwertloser Bastard. Ich bin ein stachelloser Schurke, Eure Hoheit. Aber wir haben eine große Leibwache." Owen verspottete sie die ganze Zeit, während sie zum Dorf liefen und bald fanden sie die Taverne. Sie öffneten die Holztür und der Geruch von Braten, Schweiß und Bier stieg ihnen in die Nase.

Ein Barde in der gegenüberliegenden Ecke der schummrigen Taverne stimmte ein Lied an:

Old Ben mag das Mädchen
Alte Ziege jagt die Perle
Sein Speichel läuft ihr nach

Der alte Ben heult wie ein Wolf
Heulen, heulen, heulen

Old Ben schleicht sie dann
Hopp, hopp, komm zu mir
Mein Schloss ist so groß

Der alte Ben schreit wie ein Schwein
Grunz, grunz, grunz

Old Ben mag einen frischen Pfirsich
Aber sein Sohn stand am Strand
Und sie passen zu ihr

Der Sturm kommt mit Schmerzen an
Old Ben schlägt in wütender Ader zu
Fühlte seinen Magen wieder leer
Aber sein Sohn verschwindet blutbefleckt
Sturm kommt mit Regen an...

Das Lied hallte immer wieder in der Taverne wider, gesungen von einer melodiösen Stimme des alten Barden. Der Raum war mit einer Menge Menschen gefüllt, die alle ausgelassen und fröhlich waren und bis zum Umfallen tranken. Die meisten Männer waren Dorfbewohner, schmutzig, mit Bärten und Peter fragte sich, ob er jemals in das Leben kommen würde, in dem auch ihm ein solcher Bart wachsen würde.

Owen saß Peter am Tisch gegenüber, während Robert sich umschaute und sich in die Nähe des Waisenkindes stellte. Das Geschnatter, das die Luft erfüllte, und der unaufhörliche Klang des Liedes ließen ihn nicht mehr los.

"Ale!" rief Owen, als er hoffte, dass der Wirt sie bedienen würde. Einen Moment später erschien ein Funkenauge mit drei Bechern Bier.

"Bitte sehr, meine Herren", sagte Matilda.

"Hey, ich kenne dich", lächelte Owen, "du warst doch bei der Einsiedlerschmiede, oder?"

"Ja, Essen ausliefern", nickte das Mädchen.

"Was machst du denn hier?" fragte Peter.

"Ich helfe meiner Herrin, der Schankwirtin", winkte Matilda mit der Hand in Richtung der anderen Seite des Lokals.

"Matthew?" Peter hob eine Augenbraue.

"Gabriel hat in diesen Tagen viel Arbeit, und er bleibt dort", sagte Matilda. "Wollt ihr noch etwas, meine Herren?", fragte sie.

"Wir sind keine Sirs, wir haben nur Hunger", zwinkerte Owen ihr zu. Das Mädchen lächelte: "Ich hole euch etwas zu essen", und verschwand zu einem anderen Tisch.

"Und mehr Bier", rief Owen ihr hinterher.

"Was ist das für ein blödes Lied?" Peter hob seine Tasse. "Für Jaffar, Adam..."

"Und alle Schwertbrüder, die im Kampf an unserer Seite gefallen sind", hob Owen seinen Becher und nickte Robert zu, "mögen sie im Jenseits Frieden und nicht Krieg finden."

Sie tranken die erste Tasse auf einmal aus. Peter versuchte, sich das Gesicht von Adam vorzustellen, aber plötzlich konnte er es nicht mehr. Mit Traurigkeit im Herzen wischte er sich eine Träne weg, die ihm über die Wange zu laufen drohte.

"Mehr Bier", kam Matilda mit Bechern. "Das Essen ist auf dem Weg", sagte Peter, als das Mädchen wegging. Aber der Schmerz und die Trauer trübten seine Sicht, als er an die Freunde dachte, die er verloren hatte.

Old Ben mag das Mädchen
Alte Ziege jagt die Perle
Sein Speichel läuft ihr nach...

Die Zeilen des Liedes kamen ihm wieder in den Sinn.

"War das nicht das Lied, das Matthew immer gesungen hat?" fragte Owen.

"Ja, derselbe Dummkopf", ärgerte sich Peter über die Textzeilen des Liedes und konnte es nicht mehr verbergen. Er konnte sich nicht mehr beruhigen. Er war ausgehungert und gleichzeitig durstig. Selbst das Bier, das er sich gerade in den Mund geschüttet hatte, konnte ihn nicht sättigen.

"Mylady sagt, das ist für den Weißen Lord, Lord Broca", sagte Matilda. "Und seine Kämpfe, um die Rote Lady zu gewinnen."

"Lady Helen, ich erinnere mich", sagte Peter, als er beobachtete, wie Matilda mehr Bier und etwas getrockneten Schinken und Brot brachte.

"Lady Helen, die anderen nennen sie 'Helen, das wilde Kind der Wüste'", sagte Matilda. "Ich möchte wissen, was das bedeutet."

"Sind diese Kämpfe passiert?" fragte Owen.

"Ich ziehe es vor zu glauben, dass es passiert ist", sagte Peter über die Entdeckung von Ibn al-Nafis.

Er war so durstig wie eine Kuh ohne Wasser. Und hungrig wie ein Wolf. Aber nicht nach Nahrung. Er wollte sich würdig erweisen und seine gefallenen Freunde rächen.

Old Ben mag einen frischen Pfirsich
Aber sein Sohn stand am Strand
Und sie passen zu ihr

Das Lied löste eine weitere Runde Wut in ihm aus, und er konnte die Wut, die in ihm aufstieg, einfach nicht zurückhalten.

"Argh! Halt die Klappe!" und er warf den Becher in Richtung des Barden. Der schrie auf und schaute zu dem Sänger, der das Lied wiederholte. Am Ende des Raumes, neben dem Barden, starrte ihn ein unrasierter Mann in dunklen Hosen an. Dieser Mann hatte etwas Vertrautes für den Waisen, aber er konnte sich nicht erinnern, was. Irgendwann würde er es tun, wie immer.

Sein Schrei schien die anderen nicht zu stören, denn sie feuerten den Barden an, mit seinem Lied fortzufahren. Owen konnte nur leise kichern, amüsiert über das Verhalten seines Waisenfreundes. Peter stieß ein leises Knurren aus. Er hasste den dummen Gesang, der die Stube der Taverne erfüllte, aber er mochte das Bier, das seinen Bauch füllte.

Wo war der Schankwirt? Peter sah sich aufgeregt um, während er den Raum mit seinen Augen absuchte. Er brauchte ihre Aufmerksamkeit für zwei Dinge, und das erste war, dass sie diesem Barden das Maul stopfen sollte. Peter warf einen Blick auf den unrasierten Mann, der ihn anstarrte.

In dem Moment, als sich ihre Blicke trafen, tat der Mann so, als würde er singen.

"Owen, dieser Mann.... Ich kannte ihn..."

"Was, Eure Hoheit? Seid ihr schon betrunken?" Peter schüttelte den Kopf, aber er brauchte noch eine Runde Bier, denn ihre Becher waren fast leer.

"Hey, gib mir noch ein Bier!" rief Owen, und Peter drehte sich schnell um, um den Blick seines Freundes mit einem breiten Lächeln auf dem Gesicht zu erhaschen.

"Noch ein armer Bastard, der von deinen königlichen Farben, dem Schal, angezogen wird", nickte Owen und lachte. "Mehr Bier!"

Die Tavernenwirtin mittleren Alters eilte durch die Menge auf eine Stimme zu, die nach ihr rief. Peter wunderte sich, woher sie genau kam. Matilda hatte gesagt, dass sie die Taverne im Dorf führte. Ihr langes graues Haar war auf dem Rücken zusammengebunden, als sie Peter liebevoll anlächelte. Sie trug ein mattes grünes Kleid mit Blumenmustern in verschiedenen Farben und Formen.

Sie hatte Kurven an den richtigen Stellen, und ihr Busen war keine Ausnahme. Die Schankwirtin sah attraktiv aus. Sogar ihre Schürze war mit Bier besudelt. Das schien sie aber nicht zu stören, denn sie starrte Owen erwartungsvoll an.

"Wer hat nach mir gerufen?" fragte sie und wechselte einen Blick zwischen den drei Männern, während sie Robert ängstlich beobachtete.

"Ist das wichtig? Lass den Barden ein anderes Lied singen!" fragte Peter, als die Dame ihre Hände vor sich verschränkte.

"Bist du nicht zu jung, um zu trinken, Junge? Hast du dich von zu Hause verlaufen?"

"Und was geht dich das an?" fragte Peter.

"Verzeiht mir, Eure Hoheit, aber das Volk hat gewählt, was der Barde singt. Wenn es dir nicht gefällt, dann verschwinde!" sagte der Schankwirt.

"Eure Hoheit, ich nenne ihn so", lachte Owen. "So spricht man nicht mit einer Dame", schrumpft Owen das Waisenkind, während er seine Hand auf Peters Nacken legt. "Er lebt ein zweites Leben, also müssen wir darauf trinken. Und jetzt bring uns mehr Bier."

"Oh, ich verstehe! Du bist diejenige, die ihn auf diesen Weg gebracht hat, was?", fuhr die Frau fort.

"Wirklich, Frau? Ich weiß, dass es dir egal ist, wer in deiner Taverne trinkt und wer nicht. Dir geht es nur darum, dein Geld zu verdienen, und wir bieten dir an, dich zu bezahlen, wenn du uns bitte etwas Bier holen würdest. sagte Owen.

Die Wirtin legte den Kopf schief und ein Grinsen erschien auf ihrem Gesicht, das ihre Miene entspannte.

"Zuerst die Münzen!" verlangte die Dame mit fragend hochgezogenen Augenbrauen.

Owens pompöses Grinsen wurde noch breiter, als er sein Portemonnaie achtlos auf den Holztisch fallen ließ und das Geräusch von klimpernden Münzen die Luft erfüllte. Ihr Blick traf Owens düstere Augen, und sie wurde instinktiv weicher.

"Komm schon, Frau, wir sind durstig", grinste Owen, zwinkerte ihr zu und verabschiedete sich von ihr, damit sie ihnen ein Bier holen konnte.

"Matilda, Schatz, diese Bastarde brauchen mehr Bier." Sie zwinkerte Owen zu und winkte mit der Hand.

Die Frau ging vom Tisch weg und der Bogenschütze verfolgte ihren Rücken.

"Dieser alte Lappen war mal eine echte Schönheit, das kann ich dir sagen, immer noch alt, aber sah gut aus", der Waliser folgte ihr mit seinen Augen, als er hinausging.

Peter grinste, als er sah, wie sein Freund die Frau anstarrte, als könnte er sie mit seinem Blick ausziehen. Er stand einfach da und sah zu, wie sie wegging. Peter fand die Frau charmant, aber er war nicht total in sie verknallt. Vielleicht war es sein Freund. Es war ihm eigentlich egal.

Das Waisenkind kratzte sich an den Haaren und wandte seine Aufmerksamkeit Owen zu.

"Ich habe mich gefragt", sagte Peter, "warum folgst du Eduard? Warum bist du eigentlich lieber hier, weit weg von deiner Heimat?" Er hatte gehofft, dass er diese Frage bei Gelegenheit stellen könnte. Er hatte nicht den richtigen Zeitpunkt gefunden, um darüber zu sprechen.

Robert trank nur sein Bier und hörte zu, denn er sprach nicht und machte sich nicht die Mühe, etwas zu wollen. Er war jetzt ihr Schatten. Peter schaute den Bogenschützen wieder an und tippte abwartend mit den Fingern auf den Holztisch.

Owen lächelte das Waisenkind an. Peter sah diesen schelmischen Blick in seinen Augen, während er sich den Schweiß von der Schläfe wischte. Er trank den letzten Schluck seines Bieres und stellte den Becher mit einem lauten Schlag auf den Tisch ab. Peter konnte die Bereitschaft in seinen Augen ablesen, die Geschichte zu erzählen, und er freute sich darauf.

"Nein, Junge, ich folge ihm nicht. Ich bin ihr zuliebe hier." Owen zeigte auf den roten Schal, den Lady Eleonore Peter gegeben hatte.

"Lady Eleonore?"

"Während des Krieges des Barons zu Hause hatte ich fast alles verloren. Von meinem Land bis zu meinem Leben... Ich war nur noch ein Schatten meiner selbst." Er streckte seine Hände aus und tat so, als sei er ein König.

"Von wegen galant", spottete Peter, als der Waliser herzhaft mitlachte.

"Und eines Tages traf ich sie." Nach einem Blick auf den Tavernenbesitzer erklärte Owen: "Ich war allein, verloren und mittellos und verzweifelt, ohne Hoffnung auf etwas Besseres als einen grausamen Tod."

Der Waliser schloss für einen Moment die Augen und lächelte freundlich. Peter wartete darauf, dass er seine Erinnerung mit ihm teilte. Es war eine bittersüße Erinnerung, die einen Wendepunkt in seinem einst so hageren Leben markiert hatte.

"Ich kann mich noch an den Tag erinnern, an dem wir uns kennengelernt haben. Ich war kaum noch Haut und Knochen, als sie mich bevorzugte. Etwas, das kein anderer Mensch tun konnte. Während andere nur Abfall sahen, sah sie einen Mann, der gerettet werden musste. Es steht mir frei, jederzeit zu gehen, aber sie hat mir einen Grund zum Leben gegeben. Wie konnte ich nur?", er blickte wieder auf Peters Schal. Owens Gesicht verzog sich, als es ernst wurde. "Ich war verwundet, hungrig und am Rande des Todes. Ihr ging es auch nicht besser. Aber sie trug ein Lächeln auf den Lippen, ein so engelsgleiches Lächeln, dass mir in dieser frostigen Nacht unter der Brücke ganz warm ums Herz wurde. Sie sammelte Essen für ihre Familie und ihr Personal, während sie sich vor dem hungrigen Mob versteckte. Lady Eleonore war mittellos wie ich, aber sie hatte ein großes Herz, so groß, dass sie nur ihr Wort geben musste. Sie zeigte mir, dass es mehr Menschen wie sie geben musste, wenn eine kleine junge Frau mit Mut und einem Lächeln einen Gegner besiegen konnte. Mehr Menschen, die nicht nur voller Scheiße und Hass sind. Sie hat einen enormen eisernen Willen, etwas zu schaffen und die Welt zu einem besseren Ort zu machen. Nicht diesen brutalen, kalten Ort, an dem die Stärksten und Grausamsten nur töten, um zu gewinnen und die Gefallenen zu essen. Sie hatte höhere Ziele."

Owen nahm einen tiefen Atemzug.

"Sie kann alles machen, was sie will, und vor allem kann sie sogar das eiserne Herz ihres Mannes verändern."

Peter hörte fleißig zu.

Owen trocknete seine Tasse. "Eines Tages werden meine Familie und mein Land ihr Lächeln brauchen, um den Willen der Krone uns gegenüber zu erweichen."

"Bist du in sie verliebt?" fragte Peter schließlich.

"Sind das nicht alle Männer, die sie trifft, Eure Hoheit?" sagte Owen. "Lasst uns auf sie trinken!"

Peter hatte das Gefühl, dass Owen Recht hatte. Sie hatte etwas an sich, das sie alle zu Lady Eleonore hinzog, und sie hatte eine Art, das Beste aus ihnen herauszuholen.

Peter ließ schließlich seine Hand auf dem Tisch vor ihm ruhen. Seine Geschmacksknospen zuckten und erinnerten ihn an das Mädchen, das eigentlich mit mehr Bier hätte zurückkommen sollen.

Da trafen seine Augen wieder auf den unrasierten Mann, der neben dem Barden in der gegenüberliegenden Ecke der kleinen Hütte stand, die zu einem Platz zum Trinken umfunktioniert wurde. Peter dachte, der Barde hätte aufgehört zu singen, aber er sang das gleiche alte Lied leidenschaftlich, obwohl er betrunken aussah. Als er sah, dass er bereits aus der Welt war, erhob sich seine Stimme höher als die ganze Nacht zuvor, so dass Peter fast durchdrehte.

Old Ben mag das Mädchen
Alte Ziege jagt die Perle
Sein Speichel läuft ihr nach

Der alte Ben heult wie ein Wolf
Heulen, heulen, heulen

Old Ben schleicht sie dann
Hopp, hopp, komm zu mir

Mein Schloss ist so groß

Der alte Ben schreit wie ein Schwein
Grunz, grunz, grunz

Old Ben mag einen frischen Pfirsich
Aber sein Sohn stand am Strand
Und sie passen zu ihr

Der Sturm kommt mit Schmerzen an
Old Ben schlägt in wütender Ader zu
Fühlte seinen Magen wieder leer
Aber sein Sohn verschwindet blutbefleckt
Sturm kommt mit Regen an...

Wenn er fertig war, jubelte ihm die Menge wie verrückt zu, bis er es noch einmal sang. Je mehr sie den Mann mit Anfeuerungsrufen anfeuerten, um mit dem Lied Schritt zu halten, desto mehr fühlte es sich an, als würden sie Peter bis zur Wut anfeuern. Dieses dumme Lied erklang immer wieder und machte Peter wahnsinnig. Der Barde hatte eine wunderbare Singstimme, aber sein Lied war zu deprimierend für die Getränke, die sie hatten. Es verdarb Peter die Laune.

Die Art und Weise, wie sich der Rest der Meute in der Taverne verhielt, ließ Peter denken, dass er der Einzige war, der das Lied hörte. Es war wirklich deprimierend für Peter, aber es erregte den Rest jedes Mal zu Beginn des Liedes.

Old Ben mag einen frischen Pfirsich
Aber sein Sohn stand am Strand

Und sie passen zu ihr

Das war der Höhepunkt des Ganzen und Peter konnte es nicht mehr ertragen. Es machte ihn wütend und er musste seinem Ärger einfach Luft machen. Er sprang auf und schaute zu der Stelle hinüber, von der der Jubel und das Lied kamen, und schrie.

"Hey!", rief Peter. Peter schrie: "Halt dein verdammtes Maul!"

Peter war laut wie ein Löwe, aber niemanden interessierte, was er zu sagen hatte. Er wünschte, er könnte seine Schreie zurücknehmen, und Peter wünschte, sie wären so effektiv, wie er es sich vorgestellt hatte. Er wünschte sich auch, dass er so schnell wie möglich sein Bier bekommen könnte, in der Hoffnung, dass es ihn von seinem Elend erlösen würde. Das Lied erklang weiter und Peter wollte sich nur noch die Ohren abschneiden, wenn das helfen würde.

Was ihn am meisten an dem verdächtigen Mann in der gegenüberliegenden Ecke ärgerte, war, dass er nicht aufhörte, ihn anzustarren. Kannte der Mann ihn?

"War er ein Spion?" fragte Peter niemanden besonders.

"Wer?" Owen verfolgte seinen Blick. "Ihr seid betrunken, Eure Hoheit. Robert, hilf mir, unseren königlichen Bastardfreund zurück ins Lager zu schleppen."

Matilda kehrte zu ihrem Tisch zurück und stellte sechs weitere Becher Bier vor sie hin, was Peter als Jahrzehnte bezeichnen würde. Er schrie wieder in Richtung der Sängerin, und das Mädchen sah erschrocken aus. Sie sah in seine roten Augen und rannte weg.

"Benehmt euch, oder ich werfe euch beide raus!" warnte die Wirtin, und Peter starrte ihr nur ins Gesicht. Würde sie das tun? fragte sich Peter.

"Hey, Mylady", sagte Owen, als er nach dem Bier auf dem Tisch griff, "lass den armen Jungen in Ruhe - ich kann es ihm nicht verdenken, dass er schlechte Laune hat, abgesehen von dem Lied, das der Barde singt. Kennt er denn keine fröhlicheren?"

Owen wirkte ruhig und seine Stimme versuchte sein Bestes, um die Frau zur Vernunft zu bringen, aber er bezweifelte, dass die Tavernenbesitzerin ihn überhaupt ernst nehmen würde. Der Blick, den sie Owen zuwarf, zeigte ihm, dass er sich in sein Schneckenhaus zurückziehen und nicht mehr herauskommen sollte.

"Ich bin nicht deine Lady oder dein Bote", sagte sie. "Und ich mag das Lied sehr. Es ist ein echtes Lied für eine echte Person, das die tragische Geschichte einer Liebe erzählt..."

Peter schüttelte den Kopf über die Worte der Frau. "Liebe?"

"Wirklich tragisch, was?" Owen schaute sie an. Er war immer noch mies gelaunt, aber er versuchte, nicht aggressiv zu sein.

"Ich habe es gehört, als ich noch eine hübsche Blume war." Sie sagte: "Es geht um eine Schönheit, die dem alten Herrn, Lord Broca, den Kopf verdreht hat. Er brach sein Versprechen, seinen Sohn mit ihr zu verheiraten, und versuchte, das Mädchen für sich zu entführen. Sie verschwanden im Meer, als sie im Sturm vor ihm flohen."

"Old Ben?"

"Lord Benjamin Broca, ja. Er wollte Lady Helen für sich, die Rote Lady, unsere Beschützerin", nickte die Wirtin, während sie ihnen das Bier vorsetzte und Owen es eilig ergriff. Sogar Peter bewegte sich langsamer, als er es erwartet hatte, als das Bier kam.

Owen nahm einen langen Schluck von seinem Bier, während Peters Becher noch fast voll war. Er war von der Geschichte der Frau mehr als gefesselt. Sie erzählte sie auf eine Weise, die er noch nie zuvor gehört hatte, und das erregte seine Aufmerksamkeit.

"Es ist also echt? Und der alte Ben hat sie gefunden?" fragte Peter.

"Niemand weiß es, trotzdem gibt es dieses Lied... das, das dich irritiert hat", sagte sie und warf ihm einen bedeutungsvollen Blick zu. "Im Sommer singen es die Leute hier gerne."

"Aber warum?", rief Peter. rief Peter, und die Frau drehte sich, um ihm bereitwillig zu antworten.

"Ich weiß es nicht", sagte sie achselzuckend. "Vielleicht erinnert das Lied sie an die gute Frau aus dem Roten Bergfried."

Er hob den Becher zum Mund und nahm einen kleinen Schluck. Das Bier war erfrischend, als es seine Kehle hinunterrann und seinen Durst stillte.

"Halt dich fest", rief Owen ihr zu.

"Ist das Lied für sie? Lady Helen?" Owen ließ schließlich seine Tasse fallen und Schaum bildete sich auf seinen Lippen. Peter bemerkte, dass dies das einzige Mal war, dass er Interesse an der Geschichte zeigte.

"Die Leute sagen, dass sie in den letzten zwanzig Jahren niemand gesehen hat", sagte der Wirt.

"Ist sie tot?"

"Sie ging nicht gerne aus ihrer Kammer, sagt man."

"Warum?"

Der Tavernenbesitzer wies sie ab. "Wer weiß? Er muss jetzt alt und buckelig sein. Die Sache ist die, dass ich nicht mehr weiß, wie die Geschichte geht. Es ist ein altes Lied. Die Einheimischen mögen Lady Helen. Das ist alles."

Peter hielt seinen Becher an die Lippen, aber er trank nicht. Er blinzelte schnell, als ihm klar wurde, was die Frau gerade gesagt hatte.

Das Lied war nicht nur für die Frau des Roten Bergfrieds. Es handelte von dem, was vor langer Zeit am Strand geschah. Über das Schiff und das Geheimnis der menschlichen Überreste, dachte Peter in der Erkenntnis.

Er hatte eine Erkenntnis über das Lied und eine Glühbirne ging in seinem Kopf an. Es fühlte sich an, als kämen die Hinweise aus allen Ecken und doch konnte Peter immer noch nicht das Gesamtbild sehen; es war alles sehr frustrierend.

"Ihr seid gut informiert, Mylady", sagte Owen, während er ihr eine zusätzliche Münze zuwarf, die sie geschickt auffing. Ihr Gesichtsausdruck wurde endlich weicher und ihre Wangen erröteten leicht. Auch sie sah zufrieden aus, als sie den Wert der Münze, die in ihrer Handfläche landete, überprüfte. Vor lauter Aufregung lächelte sie ihnen zu.

Die Frau zwinkerte Owen zu, bevor sie ihm den Rücken zuwandte und ging, um sich um ihre anderen Kunden zu kümmern. Peter holte tief Luft und stellte die leere Tasse auf den Tisch.

Owen tätschelte ihm den Nacken und nickte Robert zu. "Kümmere dich um ihn. Ich muss etwas tun."

Der Bogenschütze stand auf und folgte dem Tavernenbesitzer mit einem Lächeln. Matilda kam und nahm den leeren Teller vom Essen. Robert berührte ihr Haar und half ihr, die leeren Sachen vom Tisch zu nehmen.

Peter war betrunken und schwindelig. Er blickte noch einmal zur Ecke und sah, wie der fremde Mann eine Münze aus seinem Portemonnaie nahm und er glaubte, wieder die dunkle Hose zu sehen.

Wo hatte er so etwas in letzter Zeit gesehen?

Während des Angriffs letzte Nacht trugen alle Piraten dunkle Hosen. Er schaute sich in der Taverne um. Er war die einzige Person, die dunkle Hosen trug.

Peters Stimmung explodierte, als er vom Tisch aufsprang und sich auf den Mann konzentrierte, der ihn die ganze Nacht angestarrt hatte.

"Spion!", schrie er, als er versuchte, die Leute vor ihm zur Seite zu schieben. Er stürzte sich auf den Mann. Aber er war zu schnell für ihn, als er den Barden zu Peter stieß und ein Messer zückte.

Peters Augen weiteten sich, als er den Barden packte und die beiden zurückfielen. Er stieß ihn hinaus und sprang eilig auf, als er wütend auf einen Mann in seiner Nähe einschlug. Der Mann schwang sein Messer gegen die Brust des Waisenkindes, aber Peter wich nach links aus. Er schnappte sich einen Stuhl und schlug auf den Mann ein, der vor Schmerz aufschrie, als er ihn anschaute. Der Mann hatte kurze schwarze Haare, braune Augen und trug eine dunkle Hose. Ich habe dich erwischt, dachte Peter, und die Kneipenschlägerei begann. Jemand schlug ihm einen Becher an die Schläfe. Er fühlte sich benommen und wich zurück. Einen Moment später kam Robert hinter ihm an und stieß den Mann zur Seite, als er die Stimme des Mädchens schreien hörte. Peter verfolgte den verdächtigen Mann.

"Wo ist er?

"Wer?" Er konnte Owens Stimme hinter sich hören.

"Der Spion!"

"Ihr seid betrunken, Eure Hoheit", lachte Owen.

Jemand schlug seine Faust in Peters Kiefer. Robert schlug einen anderen Mann. Owen fluchte in seiner Muttersprache, als er sich dem Kampf anschloss. Der Waliser schien sich zu amüsieren, während Peter alles verschwommen sah. Der Wirt rief, dass alle aufhören sollten, aber der Kampf ging weiter, und der Spion war weg.

Vierzehntes Kapitel

Durch die Feuchtigkeit fühlte sich seine Haut klebrig und verschwitzt an. Peter konnte den nassen Sand vom Regen der Nacht durch den Zelteingang sehen. Das Bier und die Schlägerei hatten ihn benommen gemacht, als Robert ihn zurück ins Lager brachte. Er warf einen Blick nach links und sah den ehemaligen Sklaven, der wie ein Baby schlief.

Peter versuchte, seinen Nacken zu strecken, als er Schmerzen verspürte. Er hob seine rechte Hand und spürte einen entfernten Schmerz in seiner Schulter. Mit zitternden Fingern berührte er sein rechtes Jochbein und spürte dort eine gequetschte Wunde. Jemand hatte ihn letzte Nacht hart geschlagen.

Aber der Spion war verschwunden.

"Verdammt", verfluchte er sie.

Es braute sich ein Sturm zusammen, aber es war keiner, vor dem das Waisenkind weglaufen konnte. Kein Mensch kann vor seinen Gedanken davonlaufen. Er konnte seine Augen nicht schließen und trat aus seinem Zelt. Er hoffte, dass ihm ein wenig frische Luft gut tun würde, als er sich auf den Weg nach draußen machte.

Die Morgensonne brach aus den Wolken hervor und strahlte auf alles herab.

Peters ängstliche Stimmung hatte ihn um den Verstand gebracht. Er hatte wieder denselben Traum auf der Klippe, mit dem maskierten Mann und dem umgebenden Feuer. Er wusste nicht mehr, was er denken sollte. In der Nähe stand ein Karren und so lehnte er sich dagegen, während er auf das Meer starrte.

Der Himmel und das Meer teilten den Horizont, der vor ihm lag. Peter konnte sich nicht auf die aufgehende Sonne konzentrieren, denn selbst in diesem Moment war das Licht zu stark für seine müden Augen.

Dennoch konnte er seinen unruhigen Geist nicht in einen Schlummer fallen lassen. Der Schmerz der Wunde verschwand. Sein Körper fühlte sich wund an, doch er wusste, dass er bald wieder wie neu sein würde, aber nicht seine Seele. Irgendetwas hielt ihn von seiner Genesung ab. Er hatte die Lust verloren, irgendetwas zu tun. Depressionen hatten sich in der Leere seines Herzens eingenistet, von der er nicht wusste, dass sie existierte.

Er hatte das Gefühl der Leere, das schwer auf seiner Seele lastete und ihn von innen heraus extrem müde machte.

Warum eigentlich? Auf diese Frage gab es keine Antwort. Wenn es eine gäbe, wäre er zu feige, sie zu stellen. Doch sein Kater drückte ihn nieder. So fühlte er sich zum ersten Mal, als er mit seinem Verstand kämpfte. Peter trat auf den Sand des Strandes und ging langsam weiter, während er sich die Hände auf den Rücken klammerte.

Er entdeckte eine Krabbe, die sich aus dem Sand wühlte und starrte sie aufmerksam an. Der Waise wünschte sich, dass die Antworten, nach denen er suchte, einfach so aus dem Sand auftauchen würden wie die Krabbe. Der morgendliche Seewind wehte ihm ins Gesicht, während er am Ufer entlanglief.

Einige Möwen flogen vom Strand weg, und er konnte ihre Stimmen hören. An diesen Tagen an der Küste beobachtete er die Vögel und ihre Neugierde.

Er zuckte bei dem Gedanken zusammen, als die sanfte Brise, die sein Gesicht umspielte, ihn aus seinen Gedanken riss und in die Realität zurückholte. Er sah eine weitere Herde Möwen wegfliegen, als er sich ihnen näherte, und das Geräusch ihrer Flügel gab ihm ein beruhigendes Gefühl.

Peter fühlte sich allein und sogar die Möwen verließen ihn. Wo waren Hamo, Roter Hering und Ulf? Seine Freunde waren weg. Wo war sein Platz auf der Welt? In all dem hier? Er war ein armer Bastard. War er es wert, ein stolzes Mitglied des Gefolges von Lady Eleonore zu sein? Seit ihrem letzten Besuch wurde er angegriffen, und sein neuer Freund Jaffar wurde getötet, als er Abal verfolgte. Er wurde in der Taverne verprügelt und jetzt... was? Sein Traum, ein Ritter zu werden, schien zerplatzt zu sein, als das Schwert seines Vaters zerbrach. Er hatte nichts mehr. Außer seinem Leben.

Sein alter Mentor würde sagen: "... das ist mehr als genug. Eine Träne glitt über seine Wange, als er sich an Old John erinnerte und wie er vor seinen Augen starb.

Peter nahm einen tiefen Atemzug. Er musste aufhören, sich selbst zu bemitleiden. Das Waisenkind versuchte zu lächeln, doch er war noch am Leben. Peter zog zum ersten Mal eine Grimasse und spürte keinen Schmerz in seinem Körper. Die Medizin des Arztes hatte Wunder an seinem Körper vollbracht und dafür war er sehr dankbar.

Er fühlte eine Leere in seinem Herzen, die nicht gefüllt werden konnte. Er hatte seinen Weg verloren und fühlte sich richtungslos, als ob er nicht vorankommen könnte. Alles, was er brauchte, war, neu anzufangen, aufzustehen und seinen Platz wiederzufinden. Er musste sich wieder gewollt und nützlich fühlen. Nicht wie der faule Knochenhaufen, zu dem er geworden war. Er schüttelte den Kopf vor Scham und Enttäuschung über sich selbst und hörte schließlich auf, seinen Blick zu verwischen. Peter musste aufstehen und etwas tun.

Steh auf, Peter, du musst dich bewegen. Er wandte sich dem tobenden Meer zu und ließ seine Augen flattern.

Er nahm einen tiefen Atemzug.

'Komm schon Peter! Du bist besser als ein Sack voller Knochen. Steh auf und finde deinen Weg im Leben. Was könnte dich noch schlimmer treffen, das Schicksal?'

Und das Schicksal grinste ihn wieder einmal an.

Er reckte den Hals, als ein Geräusch ihn aufschreckte.

Es war das Bellen eines Hundes. Peter drehte sich zu der Stelle um, wo er den lästigen Hund gehört hatte. Er wachte auf, als die Sonne aufging. Er war wie betäubt, als die Morgenbrise sein Gesicht umwehte und ihm immer wieder den Duft von Salzwasser in die Nase blies.

Eine Krähe, schwarz wie die Nacht, landete in der Nähe seiner Beine.

Peter warf dem Vogel einen kalten Blick zu. Er hatte mehrere von ihnen in der Nähe ihres Lagers gesehen, aber er kam kaum nah genug heran, um sie zu beobachten. So verärgert er auch war, er versuchte, den Vogel anzulächeln. Für einen kurzen Moment hatte er das Gefühl, dass das gefiederte Wesen von seiner Anwesenheit genauso fasziniert war wie er selbst. Der Vogel war frech. Für ein wildes Tier hatte er keine Angst vor ihm. Der Waisenjunge fragte sich, ob alle Krähen so mutig waren wie die vor ihm oder ob er gerade über die mutigste von ihnen gestolpert war.

"Fühlst du dich manchmal verloren?" Peter seufzte.

Der Vogel drehte sich zu ihm um. Er war sich sicher, dass er ihm gleich antworten würde. Er hoffte sogar, dass er etwas Witziges und Kluges sagen würde, damit er sich weniger beunruhigt fühlte. Seine Knopfaugen blickten aufmerksam in Richtung des Waisenkindes und der Vogel öffnete seinen Schnabel, aber es kam kein Laut. Wenn ein Geräusch von ihm kam, war es nur ein Kreischen, wie es sich gehört, und keine tiefgründigen Worte der Weisheit oder etwas in der Art. Der Vogel breitete seine Flügel aus und

Peter wusste, dass er gleich abfliegen würde. Er beneidete den Vogel. Wenn er Flügel hätte, wäre die Welt sicher viel schöner anzusehen gewesen. Er hatte das Gefühl, dass, wenn er ein Vogel wäre, es nichts auf der Welt gäbe, das stark genug wäre, um ihn festzuhalten, aber dieser Gedanke war nur für einen Moment.

"Geh weg!"

Der Vogel flüchtete zu Peters Enttäuschung, als der Waliser Sand auf ihn warf. "Ich hasse diese furchtbaren Wesen", sagte er, als er näher kam. Er machte einen angewiderten Gesichtsausdruck. Peter setzte sich auf den Boden und Owen hockte sich neben ihn, steckte ihm einen Finger in die Nase und verdrehte ihn. "Wenn du dein Brot draußen liegen lässt, stürzen sich diese furchtbaren Krähen auf dich und stehlen es dir. Sie haben kein bisschen Angst in ihren winzigen Körpern, Ratten des Himmels!" Owen schaute ihnen finster hinterher, als sie davonflogen.

Peter grinste seinen Freund an, als er die Hand hob und ihm einen Flachmann mit Wasser anbot.

"Hast du den Spion gesehen?"

"Wir sind betrunken, Eure Hoheit. Und ein Spion? Wirklich?"

"Der mit der dunklen Hose".

Der Bogenschütze schüttelte den Kopf. "Nein", sagte er.

Dann spuckte er etwas Speichel und steckte sich einen Finger in den Mund.

"Verdammte Scheiße, ein Zahn fehlt", grinste Owen ihm entgegen und er sah eine leere Stelle auf seiner weißen Zahnreihe. "Der Bastard hat mich hart geschlagen, aber ich habe ihm eine Lektion erteilt."

"Ich erinnere mich an wenig."

"Du warst zu betrunken. Danke an deinen großen Freund Robert, der sich um fünf Betrunkene gekümmert hat. Ah, ich habe diese Kneipenschlägereien von zu Hause vermisst."

"Abal hat uns gesagt, wir sollen uns benehmen".

"Was weiß eine Prinzessin schon von einer guten Kneipenschlägerei?" Owen grinste. "Ich brauche das genauso wie du."

Eine andere Krähe flog herum.

"Deine Prinzessin schwirrt schon den ganzen Morgen herum und gibt Befehle." Owen winkte mit der Hand in Richtung des königlichen Zeltes. "Sie ist wütend. Aber Frauen sind nach einer Schlägerei alle gleich. Weißt du, warum, Hoheit?"

"Wir halten uns nicht an Regeln?"

"Wie ich sehe, bist du am Morgen schlauer, Hoheit. Nein, weil sie sich um uns gekümmert haben, vergiss das nicht."

"Sie ist nicht so", sagte Peter. "Sie ist anders."

"Ja, das ist sie", sagte er. Hüte dich, Hoheit, sie ist das Ebenbild ihres Vaters. Und das bringt nur Gefahr für dich. Fühlst du dich gesund genug, um unseren Weg fortzusetzen? Um nach Hause zu gehen?"

"Wir sind hier noch nicht fertig, Owen".

"Du musst verstehen, Eure Hoheit, dass wir im selben Boot sitzen. Ich kann nicht ohne dich nach Hause gehen. Ich habe es ihr versprochen, Lady Eleonore. Und mit jedem Tag, an dem du stärker wirst, weiß ich, dass wir zu ihr reiten müssen."

"Aber?" Peter fuhr sich mit den Händen durch sein Haar. Die Ausgrabungen waren fast abgeschlossen. Was dann?

"Eure Hoheit, seid ihr noch bei mir?" Owen knurrte und Peter wurde aus seinen Gedanken gerissen.

"Natürlich, ich dachte nur, dass sie uns mit Booten überraschen müssen, wenn sie uns wegen des Goldes angreifen. Die Räuber hatten keine Pferde. Und sie waren so schnell verschwunden. Wir mussten auf das Meer schauen. Es musste einen nahen Strand oder Hafen für ihr Schiff geben ... also mussten sie uns vom Ort des Gefangenenaustauschs aus verfolgen."

"Jemand hat dich letzte Nacht hart geschlagen, Hoheit", lächelte Owen. "Spione, Schiffe, Boote, Piraten. Diese Dinge passieren im Leben, wenn man auf Banditen trifft."

"Aber zweimal in einer Woche?"

"Du hast Recht, aber ich bin nicht so schlau. Ich bin nur traurig, dass ich meinen Bogen verliere. Wenn wir nicht bald aufbrechen, werde ich dem Tavernenbesitzer einen Besuch abstatten. Owen zwinkerte ihm zu.

"Hast du nicht eine Frau zu Hause?"

"Und? Außerdem ist sie eine beeindruckende Frau."

Peter lächelte und starrte den Waliser an, der damit kämpfte, den Rotz aus seinen Nasenlöchern zu ziehen und sein Gesicht zu verziehen. "Brauchst du Hilfe?"

"Äh...", grunzte der Bogenschütze. "Wie wollt Ihr mir in meinem Kampf helfen, Hoheit?"

Wenn er mit dem Finger in der Nase bohrte, während er sprach, hörte sich das komisch an, und Peter lachte laut, als er sich aufsetzte.

"Ich habe eine geniale Idee, die dir helfen könnte!" Peter grinste, als er in seine Hose griff und sein kurzes Messer herauszog. Er lachte in sich hinein und erwartete, dass Owen vor Lachen brüllen würde. Der Schlaf in seinen Augen verschwand langsam, aber das Bier verursachte immer noch starke Kopfschmerzen.

Er betrachtete die Klinge einen Moment lang und reichte sie dann mit einem bösen Grinsen dem Bogenschützen.

"Seid Ihr verrückt, Eure Hoheit?" Owen seufzte und war verwundert darüber, was Peter damit andeuten wollte. Er schmunzelte nur und ließ zu, dass sich ein Lächeln auf seine Gesichtshälfte schlich.

"Was? Nichts, ich bin jetzt ein linker Soldat", bot Peter ihm das Messer an.

"Was soll ich mit einem Messer machen? Meine Nasenlöcher sind ganz verstopft!" sagte Owen.

"Ganz einfach. Wenn du deine spitze Nase kurz schneidest, lassen sich die Rotznasen vielleicht leichter entfernen, und die Frauen mögen dich mehr!" Peter grinste.

"Leg dich nicht mit mir an, Hoheit", sagte Owen finster. Er bohrte hartnäckig in seiner Nase, wie ein Mann, der nach Gold gräbt, und schließlich bekam er, was er von seiner Nase wollte. Er hatte sein Gesicht auf verschiedene Arten gequetscht, so dass Peter immer wieder zusammenbrach, bevor er seine Mission erfolgreich abschließen konnte.

An seinem Finger steckte ein dicker, grüner Käfer, den er in den Sand warf, während das Waisenkind angewidert eine Grimasse zog.

"Der Bastard ist groß, was?" sagte Owen.

Peter warf einen Blick auf seinen Freund. Owen war rau, aber er brachte den Waisen zum Lachen und teilte weise Worte.

"Bist du hungrig?" fragte Owen.

Peter schüttelte den Kopf, denn er war sich nicht sicher, ob er hungrig oder müde war.

"Du musst essen. Du musst dich schnell erholen und dieses verfluchte Land für immer verlassen." sagte Owen.

Peter drehte sich zu ihm um und richtete seinen Blick wieder auf die Klinge in seiner Hand. Er dachte über die Worte seines Freundes nach und fragte sich, wo genau er hingehen würde.

"Wohin soll ich danach gehen?" fragte Peter und folgte seinen Gedanken.

"Wohin auch immer dein Herz dich führt. Ich möchte unbedingt nach Hause zurückkehren, nachdem wir in See gestochen sind. Du solltest mit mir kommen, wenn du wirklich nirgendwo hin willst", fuhr Owen fort, der seinen Freund zum Reden bringen wollte. "Es ist eine wunderbare Welt da draußen und glaub mir, du wirst sie lieben."

"Danke, Owen. Ich weiß nicht, was ich tun soll. Wo ist dein Zuhause?"

"Snowdonia...", Owen sah ihn an. "Ich werde mit Stolz zeigen, was ich im Outremer gefangen habe. Einen großen Straßenköter aus der Stadt Akkon, den vermissten Erben von Lion the Coeur! Eure Hoheit, natürlich mit Eurer Erlaubnis", lachte der Waliser.

Peter betrachtete seine Verbände über der rechten Schulter. Es waren keine Blutflecken zu sehen. Es tat ihm nicht weh, als er versuchte, sie zu bewegen.

"Keiner würde dir glauben", sagte das Waisenkind.

"Ja, ich glaube, du hast recht, Hoheit. Steh auf, wir müssen uns den Hintern vertreten, sonst fangen uns die Läuse. Außerdem bin ich hungrig wie ein Löwe!"

Owen stand auf und wischte sich den Hintern ab.

Der Bogenschütze nahm Peters Hand und half ihm, sich von seinem Beobachtungsplatz in der Nähe des Strandes zu erheben.

Die beiden kletterten den Sandstrand zur Mitte des Lagers hinauf.

"Peter", rief Ivar vom Eingang des großen Zeltes, in dem sie die Funde von der Ausgrabung sammelten. "Komm her!"

"Oh, du wurdest gerufen", sagte Owen. "Wartet nicht auf mich, Eure Hoheit. Ich habe versprochen, das Chaos in der Taverne zu beseitigen."

Peter stand auf und schaute seinen Freund an.

"Pass auf, Bogenschütze, willst du in diesem verfluchten Land nicht ein Herz verlieren?"

"Mach dir keine Sorgen um mich, Eure Hoheit, ich habe meine schon verloren!"

***

Abal lauerte ihm auf, bevor er Ivars Zelt betrat.

"Was ich dir gestern gesagt habe?" Sie sah nicht glücklich aus.

"Es war nur eine Kneipenschlägerei", sagte Peter achselzuckend, "Owens Worte."

Sie griff nach seiner geprellten Wange. "Wirklich?"

Er erzählte ihr in aller Eile, was passiert war und dass er dachte, er hätte einen Spion gesehen. Gekleidet wie die *Seewölfe*, die das Ausgrabungslager angegriffen haben.

"Ich habe doch keinen Krieg angezettelt, oder?" Peter hob eine Augenbraue. Abal kreuzte seine Hand vor ihr.

"Bist du dazu in der Lage?"

"Ich bin ein Waisenkind. Wie könnte ich eine gründen?"

"Benutze deinen Kopf, anstatt Leute zu schlagen. Was passiert mit dem Friedensabkommen, wenn du stirbst? Du hast Verbindungen zum englischen Kronprinzen und bist ein Blutsbruder des Sultans." Sie wandte sich an ihn und flüsterte: "Was ist, wenn du aus Versehen eine reiche Person verletzt und sie es ihrem Herrscher erzählt, oder wenn du den Tod einer wichtigen adligen Person verursachst?"

Peter lachte. "Ich soll jemanden Wichtiges töten? Womit denn? Ich habe nicht einmal ein Schwert."

"Mit deinen dummen Aktionen, schätze ich", lächelte sie ihn an. "Sei vorsichtig, Peter."

Das Waisenkind trat zurück und starrte ihr in die Augen.

"Sei vorsichtig in meiner Nähe."

"Warum sagst du das?" fragte Abal.

"Jeder, der mir näher kam, stirbt", sagte Peter.

"Das ist nicht wahr", sagte sie. "Owen und ich sind noch am Leben. Das sind blödsinnige Gedanken, Peter. Hör auf, so zu denken. Sei einfach vorsichtig mit deinem Leben und deinem Handeln."

"Warum?"

"Hast du denn niemanden, der dich vermissen würde?" fragte sie.

"Nein."

"Ich werde dich vermissen", sagte Abal, als sie seine rechte Schulter berührte. Sie trat zurück, griff in seine Tunika und zog eine Schriftrolle heraus.

"Ein Bote überbrachte es früh, von Qaqun und Ibn al-Nafis."

"Was steht da?"

Sie winkte mit der Hand in Richtung Ivars Zelt, und sie traten ein.

Dort sah Peter, dass Robert sich umgezogen hatte. Er stellte sich neben Ivar und half ihm, einige Artefakte und eine große, abgenutzte Holztruhe zu transportieren.

"Es schien, als hätte das Wasser keine Zeit gehabt, das Holz davon zu zersetzen", sagte Ivar und wandte sich an das Waisenkind. "Ich brauche eine zusätzliche Hand." Er nickte Robert zu.

Abal ging umher und betrachtete die Knochen und Schädel. Sie reichte den Brief an Ivar und verschränkte die Hände vor sich.

"Ibn al-Nafis fand heraus, dass der Sohn von Lord Broca ein Gefangener von Lady Helens Vater war", sagte Ivar. "Sollte sein Sohn nicht die Dame heiraten?"

"Lies weiter", sagte Abal.

Der Ostringer legte seine Nase auf den Brief. "Ein Augenzeuge sagte, dass Lord Broca im Sommer vor 23 Jahren ein Schiff mit seinem Sohn zur Festung Atlit geschickt hat."

"Wie ist sein Sohn hinter Gittern gelandet?" fragte Peter.

"Ibn al-Nafis hat es noch nicht gefunden", sagte Abal.

Peter klopfte sich auf die Schläfe. Wie konnte er nur so dumm sein? Er erzählte ihnen von dem Lied, das er in der Taverne gehört hatte, und von der Erklärung des örtlichen Tavernenbesitzers.

"Also hat Lord Broca seine Meinung geändert und wollte Lady Helen für sich selbst?" sagte Abal.

"Ich glaube schon. Und es gibt noch mehr in dem Lied, es singt über etwas, das da hinten am Strand passiert ist", fügte Peter hinzu.

"Ein Sturm könnte ein Schiff stranden lassen", sagte Ivar.

"Aber was ist hier wirklich passiert?" fragte Abal.

"Wir können zusammenfassen und dann die Beweise auswerten", sagte Ivar, während er sich der Werkbank zuwandte. Neben seinen Füßen lag ein Haufen Knochen, und die Werkbank war mit Schädeln übersät. Einige Knochen schienen zu richtigen Skeletten arrangiert worden zu sein, während Ivar die Löcher und Schnitte untersuchte, um zu erraten, wie sie gestorben waren.

"Gib mir den Schädel, Peter", sagte Ivar. "Den mit dem großen Loch auf der Rückseite."

Bei dieser Beschreibung konnte Peter es nicht übersehen. Inmitten des Schädelhaufens befand sich ein Schädel, der lächelte. Die Wunde sah fast rund aus und Peter schloss daraus, dass sie von etwas Großem und Stumpfem getroffen worden sein musste. Peter steckte einen Finger in das Loch und untersuchte es einen Moment lang, dann reichte er es vorsichtig an Ivar weiter. Er war vorsichtig, denn er spürte, dass der Schädel in tausend Stücke zerbrechen würde, wenn er herunterfiele, wie ein Spiegel.

Ivar grinste, als er Peters Neugierde bemerkte. "Was glaubst du, was das war?"

fragte der Ostringer, als er sie Peter abnahm und sie an seine Augen hielt, um die vermutlich tödliche Wunde zu betrachten.

"Wahrscheinlich ein Kriegshammer", sagte Peter achselzuckend. "Was auch immer es war, es sieht aus, als hätte es weh getan."

"Wenigstens war der Tod das Ende", sagte Ivar.

Er nahm einen vom anderen Tisch und legte den hinteren Teil der Waffe mit dem Kopf in Richtung des Lochs. "Du hast dich geirrt, Junge", sagte Ivar, als er den Schädel genauer untersuchte. "Es war ein Speer."

"Wie kannst du dir so sicher sein?"

"Das passt perfekt", sagte Ivar. Er hielt einen anderen Schädel in der Hand, von dem er behauptete, er sei wichtig für ihre Ermittlungen. "Siehst du die Markierungen? Dieser Mann wurde von hinten hingerichtet."

"Im Gegensatz zu all den anderen Schädeln, die wir gefunden haben. Bei diesem hier fehlt der Helm, also hat ihn jemand in die Hölle geschickt." fügte der Ostringer hinzu.

Peters Haut kribbelte. Er hatte nicht einmal daran gedacht, was für eine Feindseligkeit jemand gegenüber den Männern hegen musste, die jetzt nur noch als Knochen auf dem Boden des Zeltes lagen, in dem er sich gerade befand. Die Schädel hätten zu intelligenten jungen Männern gehören können, was ihm unheimlich vorkam. Keiner konnte es wissen. Nur Gott konnte für die Menschen in seiner Umarmung bürgen.

"Was machst du da genau?" fragte Peter Ivar. In der Nähe von so vielen Knochen zu sein, fühlte sich falsch an, vor allem, weil sie so behandelt wurden. Es fühlte sich an, als würden die Toten gestört werden.

"Untersuchen und zusammenfassen, Junge. Was denkst du?" sagte Ivar.

"Warum willst du das unbedingt tun?"

"Der Sultan ist neugierig..." sagte Abal. "Wir können nicht aufhören, bis wir eine Antwort bekommen haben."

Sie sah Peter an und lächelte. "Mein Vater würde gerne die Wahrheit erfahren. Was ist hier vor langer Zeit passiert?"

"Und deshalb hat er so viele Soldaten, Ausgräber und brauchbare Sklaven mit so vielen Ressourcen hier im Ausgrabungslager eingesetzt?" fragte Peter.

Eine merkwürdige Stille legte sich über das Zelt. Alles hatte sich plötzlich zugespitzt, denn der einzige unter ihnen, der die wahren Absichten des Sultans hätte erahnen können, schwieg. Ivar tat es als unnötige Frage ab.

"Das Verbrechen muss nicht ungesühnt bleiben, Junge", sagte Ivar.

"Willst du raten, woran der arme Kerl gestorben ist? Man muss nicht gebildet sein, um das zu sagen", grinste Peter.

Das Waisenkind hat noch einen Knochen bekommen.

"Da ist ein schwarzer Fleck von einem Schlag. Es muss etwas Scharfes gewesen sein." Peter betrachtete einen Knochen, der sein Interesse geweckt hatte.

"Ja, das sehe ich. Eine Axt vielleicht?" sagte Ivar.

"Oder eine Speerspitze, je nach Winkel. Wenn es eine Axt gewesen wäre, wäre der ganze Knochen zersplittert, aber der Schnitt scheint sauber."

Robert nahm einen Korb und lud ihn auf dem nächsten Tisch ab. Verstaubte Scheiden und rostige Klingen.

"Vielleicht eine kriegerische Bande?" schlug Abal vor.

"Das scheint wahrscheinlich. Ich hatte gehofft, dass wir alles erfahren, was die Knochen uns sagen können, dann sollte ihre Ausrüstung mehr verraten. Die beiden Ringe, die wir gefunden hatten, verrieten, dass es unter den Gefallenen tatsächlich etwas Wichtiges gab."

Peter kratzte sich am Kinn und sah sich um.

"Schau." Ivar winkte mit seiner Hand in Richtung der Truhe, die Robert vor sie stellte. "Der Regen letzte Nacht hat etwas Sand ausgewaschen und uns geholfen, sie zu finden.

"Eine Truhe?" Peter kratzte sich am Hals. "Ein Schatz?"

Ivar schüttelte den Kopf und öffnete sie. Da war ein kaputtes Schlüsselloch.

"Leer?" Peter sah enttäuscht aus.

"Jemand hatte sie vor uns geöffnet", sagte Abal.

"Nicht eine einzige Münze?" Peter starrte auf die leere Truhe. "Vielleicht suchen der maskierte Mann und seine Piraten nach dieser Truhe?"

"Vielleicht", sagte Ivar.

"Woher weiß er das? Gibt es hier Spione?"

"Aber wir haben es erst heute Morgen gefunden, Peter. Niemand hat es ihm gesagt. Wenn er diese Truhe gejagt hat, weil er glaubt, dass sie einen Schatz enthält, muss er es von jemand anderem erfahren haben." Ivar berührte seine Nase.

"Jemand hat den Schatz zuerst bekommen", sagte Abal. "Und wer das war, hat uns mit nichts zurückgelassen".

"Ja, aber schau mal, was wir da haben." Ivar betrachtete sie genau, als er die Hand ausstreckte und eine kleine Holzkiste mit Schnitzereien nahm, die einsam auf dem Boden der Truhe lag.

"Was ist das?"

"Ich habe so eine Schachtel für meine Halskette, ein Geschenk meines Vaters", sagte Abal.

Ivar griff vorsichtig in die Kiste und öffnete sie. Darin lagen drei Papierrollen.

Die Schachtel hatte sie konserviert, doch sie sah so zerbrechlich aus, dachte Peter. Gespannt blickte er zu den anderen, die alle die gleiche Neugier auf das Geschriebene teilten.

Der Ostringer öffnete die Schriftrollen eine nach der anderen und las sie, und Peter konnte sagen, dass er eine Träne in seinen Augen sah.

"Was ist es?" fragte Abal.

Ivar holte tief Luft, als er sie auf den Tisch legte und sich die Augen reinigte.

"Poesie", sagte er. "Liebesgedichte."

"Was? Gedichte?" Peter konnte es nicht glauben. "Was steht da?"

sagte Ivar:

Grüne Falken sind meine zwei Augen,
mit plötzlichem Sonnenschein im Blinzeln,
deiner Rückkehr.

Das war die erste, sagte Ivar und las die zweite.

Du küsst mich.
Sofort glänzt das Silber in meinem Haar.

Ich küsse dich.
Ein goldener Regenbogen dämmert in deinen Augen.

Du berührst mich.
Und unsere Wahrheit ist geboren!

Der Wald weit weg ist die Wahrheit.
Ängstliche Hände sind Wahrheit.

Das Meer und die Wellen sind Wahrheit.
Es war kurz, aber wahr.

Peter warf einen Blick auf Abal. Er konnte sehen, dass sie sich eine Träne aus den Augen wischte und versuchte, sie zu verbergen. Und Ivar las das letzte:

Gib mir eine Blume aus der Dunkelheit.
Gib mir eine Quelle aus der Stille.
Schenke mir ein unerwartetes Wunder.
Küss mich auf meinen steinweißen Körper.
Und versprich mir,
nicht allein im Palast des Schlafes umherwandern,
um die Geschichte für mich allein zu bewahren,
um nicht die sterbenden Schatten in meinen Augen zu stehlen.
Versprich mir, dass du nie ohne mich einschläfst!

Die Stille war so vollkommen, dass er seinen eigenen Herzschlag im Zelt hören konnte.

"Es ist so schön", sagte Abal, während sie Peters Augen nachzeichnete. "Es ist unwahrscheinlich, dass ein Mann diese schönen Zeilen geschrieben hat."

"Eine Frau?"

"Nicht die Frau eines Fischers, Peter. Wie viele Frauen kennst du, die Gedichte schreiben?" Abal verwirrte ihn.

Das Waisenkind kratzte sich am Kinn. "Woher weißt du das?"

"Meine Mutter hat immer geschrieben. Das ist nichts, was eine gewöhnliche Frau tun könnte. Sie kann lesen und schreiben. Aber die meisten Männer ziehen in den Krieg und schwingen Schwerter, keinen Federkiel."

"Doch jemand hat es zurückgelassen", sagte Peter, "aber das mitgenommen, was noch drin war."

"Ja, in der Tat. Ein Schatz gegen Lösegeld?" sagte Abal. "Aber wer? Vielleicht wusste der maskierte Mann nicht, dass wir ihn noch nicht gefunden haben."

"Wird er wieder kommen, wenn er davon weiß?" fragte sich Peter.

"Vielleicht ist es an der Zeit, das herauszufinden." Abal hob ihre linke Augenbraue.

"Vielleicht ist es an der Zeit, Lord Broca und Lady Helen einen Besuch abzustatten?" sagte Ivar. "Aber kein Wort über die Truhe!"

"Für den Moment, ja?" Peters Stimmung wurde besser. Sie hatten einen Köder für den maskierten Mann, dachte er. Peter wollte für sich selbst gewinnen, nicht wegen Gold oder Ruhm, sondern um zu beweisen, dass er etwas wert war. Dass er nicht so nutzlos und hilflos war, wie er sich in der letzten Woche gefühlt hatte. Seine Lebhaftigkeit wurde sichtbar, als er eine kleine Chance auf Rache sah.

Fünfzehntes Kapitel

Ivar gab ihm einen Geleitbrief und sagte: "Du gehst zu Lord Broca und dann zu Lady Helen."

Peter kratzte sich am Kinn und nahm den Brief. Er warf einen Blick auf Ivar, dann zurück zum Zelt der Prinzessin. Es sah so aus, als hätten sie ihn weggeschickt.

"Solange du hier bleibst, verursachst du nur Ärger. Das ist Abals Befehl!"

Owen grinste und reichte Peter seinen Ledergürtel.

"Kommt, Eure Hoheit, macht euch schick, vergesst den königlichen Schal nicht".

"Warum ich?" Dem Waisenkind gefiel die Idee nicht, in Lord Brocas Lager zu gehen.

"Du bist eine Nervensäge. Besser in ihrem Arsch als in unserem", grinste Owen und zeigte auf die Ausgrabungsstätte. "Nicht meine Worte, sondern Ivars", sagte er.

Peter starrte seinem Freund in die Augen, aber er sah nicht ernst genug aus.

"Wenn ich verletzt werde, wird Lady Eleonore dir nicht verzeihen. Sie wird deinen Kopf auf einen Spieß stecken!"

"Ich kann nichts dafür, wenn du einen Gastgeber in diplomatischer Mission verärgerst, um Informationen und Beweise für die Ausgrabung zu sammeln, richtig? Also, benimm dich, Hoheit."

Peter gefiel das überhaupt nicht. Er fühlte sich entblößt, so kurz nach seiner Verwundung. Ja, er konnte seine rechte Hand wieder drehen und leicht bewegen, ohne Schmerzen zu haben. Aber in dem Moment, in dem er daran dachte, Lord Broca und Lady Helen zu besuchen, bekam er einen Schmerz im Bauch.

"Außerdem werden Robert und ich bei dir sein und den Arsch deines königlichen Bastards beschützen, sowie 50 starke Mamelucken." Owen blickte zurück, um zu sehen, dass die Mamelucken da waren, in Kettenhemden gekleidet und bereit für den Krieg. Sie waren auf ihren Pferden bereit. "Meine Leute zu Hause würden mir nie glauben, dass ich ein Mamelucken-Bataillon anführe, oder?"

"Du? Bestimmt nicht", grinste Peter ihn an. "Abal hat gesagt, sie werden meinen Befehlen gehorchen."

Die Sultanstochter befahl, dass Peter von einigen ihrer persönlichen Leibwächter begleitet werden sollte. Der Waise zog es jedoch vor, dass Ivar ihn begleitete. Er mochte seine Weisheit und Gelassenheit in manchen Situationen. Aber der Ostringer hatte nach Jaffars Tod die Leitung des Ausgrabungslagers inne und musste dort bleiben.

"Du hast jetzt das Sagen, Eure Hoheit, das würde dir auch niemand glauben."

"Wer würde schon glauben, dass zwei Kreuzfahrer den Mamelucken beim Ausgraben von Leichen am Meer helfen?" Peter antwortete: "Schließlich sind wir Kreuzfahrer in friedlichen Zeiten, oder?"

"Du hilfst ja auch nicht beim Ausgraben und Sortieren der Funde, oder?"

"Nicht mein Ding", gab Peter zu.

"Eure Hoheit, wisst ihr, was euer 'Ding' ist?"

"Was?"

"Deine charmante Art weiß, wie man sich Feinde und Freunde macht", sagte Owen und half seinem Freund, sein Pferd zu satteln.

"Ich verstehe nicht, worauf du hinaus willst", sagte Peter, als er einen Blick zurückwarf, um zu sehen, wo die Prinzessin war.

"Seit ich dich kenne, Peter Longsword, hast du den Arsch von Lord Eduard, den Hals von Sultan Baibars, seine Töchter Anna und Abal gerettet. Du hast den gesamten Frieden zwischen Kreuzrittern und Mamelucken gerettet, einen Kaufmann namens Marco Polo, einen Beduinenprinzen und einen Sklaven namens Robert. Oh, mehr kann ich nicht zählen ... und das sind nur deine Freunde. Wie sieht es mit deinen Feinden aus? Eure Hoheit steht auf den Fahndungslisten der Tempelritter, der abtrünnigen Mamluken und des Assassinenordens. Sie alle hatten ein Kopfgeld auf dich ausgesetzt. Die Sklavenhalter hassen dich, der Dorfwirt will deine Haut."

"Vergiss den maskierten Mann nicht", grinste Peter.

"Ganz genau! Jedes Mal, wenn du beschließt, deine Nase in die Angelegenheiten anderer zu stecken, bricht deren Welt zusammen." Owen lachte und deutete auf das weite Meer: "Eure Hoheit zieht die Probleme an wie die Wellen den Sand. Und ich denke, es ist an der Zeit, die Leiche auszugraben".

"Wer?"

"Die Leiche, die im Kleiderschrank in dieser Region versteckt ist, Lord Brocas Kleiderschrank, Lady Helens Festung."

"Warum sagst du das?"

"Weil ich nach Hause will, Euer Hoheit", klopfte Owen auf sein Pferd, um sich in Bewegung zu setzen. Dann hüpfte er auf sein Pferd und winkte mit der Hand, als er den Mamelucken befahl, nach Süden zu ziehen.

"Hast du das gesehen? Sie folgen mir", lachte Owen.

Peter drehte sich um, als er Abal sah, der ihm mit der Hand winkte. Er winkte zurück, und sein Magen kribbelte. Würde er sie wiedersehen?

Ivar hatte ihm eine Liste mit Fragen gegeben, die er stellen sollte, und außerdem den Brief, in dem es um das sichere Verhalten in diesen Ländern ging. Abal lächelte ihn an und fühlte sich für einen Moment wichtig, aber das hielt nicht lange an, als ihm einfiel, dass er kein Schwert hatte. Er hoffte, dass der Einsiedlerschmied seine Arbeit bald beenden würde. Er tätschelte sein Pferd und beobachtete die Möwen, die parallel zu den Meereswellen flogen und auf einen Fang warteten.

"Was ist los, Eure Hoheit? Du siehst blass aus", fragte Owen Peter.

"Nichts. Werde ich sie wiedersehen?"

"Schankwirt oder Sultanstochter?" Owen lachte.

"Ich wette, du willst den Tavernenbesitzer sehen, richtig?"

"Ja, ich weiß."

Peter starrte auf den Horizont.

"Wie können wir Lord Broca dazu bringen, mit uns zu sprechen?"

"Ihr seid fähig, Eure Hoheit. Lady Eleonore sieht es, Sultan Baibars sieht es, ich auch", sagte Owen. "Sag ihm, was wir bisher gefunden haben. Befolge Ivars Anweisungen und tu, was du immer tust, 'dein Ding', das ist alles."

"Einfach, was?"

"Das Leben ist einfach, Eure Hoheit. Die Menschen machen es kompliziert."

Peter nahm sich Zeit, darüber nachzudenken, während sie nach Süden fuhren. Owen ritt Seite an Seite mit ihm. Robert und die Mamelucken folgten ihnen.

"Ihr solltet vorsichtig sein mit Lord Broca, Eure Hoheit", sagte Owen mit ernster Miene.

"Wie kommt das?"

"Hast du seine reich gekleideten Ritter gesehen, als sie ankamen?"

"Und?"

"Ich habe in der Taverne nach ihm gefragt", sagte der Bogenschütze. "Er hatte einen ausgezeichneten Ruf."

"Sag mal", Peter war froh, dass Owen Informationen gesammelt hatte, denn er hatte seine Hausaufgaben nicht gemacht.

"Benjamin Broca kam vor vielen Jahren als Kreuzritter. Er war ein guter Krieger, sagten die Leute. Er war die 'rechte Hand' seines Herrn. Broca hatte viele Jahre lang eine Grenzfestung befehligt, bis sein Herr ihn ablöste. Die Leute sagten, er habe noch nie einen Kampf verloren."

"Es gibt kein "Nie"", sagte Peter.

"Hört zu, Eure Hoheit. Er ist alt und erfahren. Das ist sicher. Bei der zweiten Schlacht von Ayn Jalut war er nicht dabei, soweit ich weiß. Wie die Leute sagen, hat er bis zum Kreuzzug des französischen Königs vor 22 Jahren an vielen Kämpfen mit den Sarazenen und Mamelucken teilgenommen. Irgendetwas hat sein Herz verändert, denn jetzt herrscht er über eine Festung südlich von hier, einen riesigen Seehafen, und er kontrollierte in den letzten 22 Jahren den gesamten Schiffshandel. Sogar Genueser und Venezianer suchen seine Erlaubnis und Unterstützung in dieser Region."

"Aber er hatte doch seinen Sohn und Lady Helen verloren, oder?"

"Du hast seinen Kapitän und sein Vertrauen gesehen. Eure Hoheit muss diplomatisch sein, schlage ich vor." Owen grinste.

"Danke. Ich wusste nicht, dass ich einen persönlichen Berater habe."

"Wir sitzen im selben Boot, Eure Hoheit. Wir müssen beide lebend zu Lady Eleonore zurückbringen."

"Denkst du, wir begeben uns in Gefahr?"

"Ich wollte nur sagen, dass ich vorsichtig sein soll, Hoheit", sagte Owen und zeigte seinen geprellten Mund von der Kneipenschlägerei.

Der Rest der Reise verlief schweigend, obwohl er ab und zu einige Vögel fliegen und den Wind an der Küste hören konnte. Bald erreichten sie eine Stunde vor Mittag den Eingang zum Lager des weißen Ritters.

"Al-Tantura, ein Dorf der Fischer." Owen nickte nach vorne.

Das Dorf lag auf einem niedrigen Kalksteinhügel und überblickte das Ufer zweier kleiner Buchten. Das Tor befand sich im südöstlichen Teil. An der Küste im Norden befanden sich römische Ruinen, im Süden ein Hügel.

"Ich habe herausgefunden, dass die Leute von vielen Schiffswracks in den Gewässern dieser Region sprechen. Von der Festung Atlit im Süden und rund um das Dorf al-Tantura", fügte der Waliser hinzu.

Peter sah eine Menge roter Felsen im Osten und ein Zelt dort drüben. Ein großes Zelt, das vom Rest getrennt war. Er sah sich um und erblickte einen großen, dreisten Mann, der mit vor der Brust verschränkten Händen dastand. Er war ein großer Mann, gekleidet in teures Kettenhemd und einen weißen Mantel darüber. Sein Haar war eine Mischung aus Schwarz und Weiß und fiel ihm im freien Fall auf die Schultern, die vom Schweiß nass aussahen. Er musste in den Vierzigern sein. Die blauen Augen des Mannes waren auf ihn gerichtet, denn der Soldat hatte einen Fleck vom Rasieren seines Bartes in der Nähe seines linken Ohres. Peter sah wieder dieses böse Glitzern in seinen Augen, und wieder hatte er dieses seltsame Gefühl wie beim letzten Mal, als er Sir Guido Embriaco sah.

"Ein christlicher, rabenhaariger Kreuzritter in Begleitung von Mamelucken? Bist du ein Spielzeug für sie? Wie war dein Name? Bist du ein Krieger? Ein Bauer oder ein Totengräber?" Der große Mann starrte das Waisenkind an und musterte es von Kopf bis Fuß.

"Ich bin hier, um Lord Broca zu sehen", sagte Peter und ignorierte die Frage des Mannes.

"Natürlich willst du das. Alle wollen Old Ben sehen." Der Mann grinste, als zwanzig weiß gekleidete Männer mit Speeren und Schilden aus dem Lager kamen. Langsam betrachtete Peter den Ort. Es war ein riesiger Platz, denn das Waisenkind konnte über 30 Zelte zählen, die in der Nähe des Bergrückens im Osten aufgestellt waren, nahe der roten Felsen in der Nähe des Fischerdorfes. Ein gut gewählter Platz für ein Lager, denn die einzigen beiden Eingänge waren vom Strand und vom Meer aus. Auf dem sandigen Land lagen zwei Schiffe vor Anker. Er zählte jeweils mindestens 50 Ruderer, und einige Boote landeten in der Nähe des Strandes. Peter hatte mindestens 200 starke, mit Kettenhemden bekleidete Krieger am Strand in der Nähe der römischen Ruinen gesehen.

"Lord Broca musste sehr reich sein, um eine solche Truppe für einen lokalen Lord zu versorgen und zu bezahlen", sagte Owen.

Guido lächelte und blieb still. Und er sah aus, als wäre er bereit für den Krieg. Aber mit wem? dachte Peter.

Es gab einige steinerne Ruinen eines alten Turms im Dorf und einige Anzeichen für einen alten Friedhof zweihundert Schritte von den Meereswellen entfernt. Peter konnte einige zerbrochene Grabsteine sehen, als eine schwarze Krähe über dem nächsten landete.

"Erinnere mich daran, wie dein Name war und was du mit Lord Broca zu tun hattest?" zischte Guido.

"Peter Longsword. Ich bin hier, um über die Ausgrabungsstätte zu sprechen, wie mit dem Vertreter des Sultans vor ein paar Tagen vereinbart."

Die schwarze Krähe flog über seinen Kopf und ließ ihn sich instinktiv ducken.

"Der rabenhaarige Bauer, richtig? Dein Name kommt mir bekannt vor." Guido starrte Peter immer noch an. Hinter ihm standen die mailgekleideten Soldaten mit weißen Mänteln und Schilden und Speeren in den Händen. "Bist du mit William Longsword verwandt?"

"Er war mein Vater! Warum fragst du?"

Guido verengte seine Augen und starrte ihn an. Nach einem Moment zuckte er mit den Schultern, während er einem seiner Soldaten mit der Hand winkte und einige Worte wechselte, die Peter nicht hören konnte. Ein Soldat rannte auf die Mitte des Lagers zu.

"Dein Vater war der letzte, der meinen Bruder lebend gesehen hat. Ich denke, das solltest du wissen."

Das überraschte Peter. Er nahm sich einen Moment Zeit, um dies zu verarbeiten und atmete tief durch. Erinnere dich daran, warum wir hier sind, sagte er zu sich selbst.

"Ich glaube, Lord Broca erwartet mich", sagte das Waisenkind.

Guido grinste, lehnte sich auf dem Felsen zurück und nickte in Richtung des Lagers.

Die Soldaten erhoben ihre Speere in Richtung der Mamelucken, als diese die Reiter umzingelten.

Guido stand auf und ging auf Peter zu, während er beobachtete, wie der Waise sich absattelte. Einen Moment lang standen sich die beiden gegenüber, als ihre Blicke sich trafen. Guido sah einen Kopf größer aus als er selbst. Er tippte dem Waisenkind mit der rechten Hand auf die Wange, grinste, beugte sich zu ihm und flüsterte ihm ins Ohr: "Lass deine Waffen hier, Longsword."

Peter konnte den Atem des Mannes riechen, als er ihm gegenüberstand und Guidos Hand zur Seite schob. Er mochte es nicht, eingeschüchtert zu werden.

"Ich habe keine." Das Waisenkind reichte ihm einen Geleitbrief. Guido nahm ihn und nachdem er ihn gelesen hatte, lachte er.

"Du musst wichtig sein, um das zu bekommen? Weiß Lord Eduard von deinen neuen Freunden?"

"Lord Eduard hat uns hierher geschickt", log Owen.

"Ich spreche nicht mit dir, rothaariger Bauer", zischte Guido.

"Du bist sehr mutig, wenn Soldaten um dich herum sind, Sergeant." Owen grinste.

"Kapitän!"

"Lord Broca?" fragte Peter. Guido schüttelte den Kopf, drehte dem Waliser den Rücken zu und blickte in Richtung der Mamelucken.

"Lasst eure Waffen stecken!", rief er ihnen zu. "Ihr dürft das Lager nicht betreten!"

Peter reckte den Hals, als er den Kapitän wieder beobachtete. Guido neigte seinen Kopf in Richtung des Waisenkindes.

"Du allein. Nur du darfst das Lager betreten, um Old Ben zu sehen. Diese Bastarde bleiben hier." Er zeigte auf die Mamelucken.

"Ich und mein Schwertbruder, oder ich reite zurück", sagte Peter und starrte den Hauptmann an. Er bluffte, denn er war sicher, dass Guido und Lord Broca wissen wollten, welche Informationen er mitgebracht hatte.

Die großen Ritter bewegten sich nicht und sagten nichts. Vielleicht war sein Bluff ein Fehler. Einen Moment lang erinnerte er sich an den verdächtigen Mann, den er in der Taverne gesehen hatte. Wie dumm bist du, Peter? Sie wussten, was dort vor sich ging. Er konnte sie nicht mit neuen Informationen überraschen. Ein Schweißtropfen glitt über die Schläfe des Waisenkindes.

"So, Owen, freue dich, dass ich so schnell wieder da bin", sagte Peter. Er schnappte sich den Geleitbrief aus der Hand des weißen Ritters und sprang wieder auf sein Pferd. Dann nutzte er seine überragende Position, lehnte sich zu Guido zurück und zischte,

"Du kannst zu Lord Broca sagen, dass ich ihm ein Geschenk mitgebracht habe, aber ich werde es ihm an einem anderen Tag überreichen." Der Waise drehte ihm eilig den Rücken zu und gab seinem Pferd die Sporen. Selbst Owen schaute verwirrt.

"Halt dich fest!" Guido rief ihm hinterher und gab einen Befehl, woraufhin ihm zwei Speerträger den Weg versperrten.

"Hältst du mich gegen meinen Willen und die Anweisungen des Briefes fest?"

"Fordere dein Glück nicht heraus, rabenhaariger Bauer." Der Hauptmann zeigte keine Gefühle. "Lord Broca lädt dich und deinen rothaarigen Anhänger gerne zu einem Gespräch ein." Guido trat zur Seite und winkte mit der Hand in Richtung des Lagers.

"Danke, edler Herr", schmunzelte Owen, als er sich absattelte und dem Waisenkind folgte.

Was für ein Morgen, dachte Peter. Vielleicht sollte ich mir etwas zu essen holen. Er war hungrig. Dann beobachtete er die Schiffe und die bewaffneten Männer im Lager. Bereiteten sie sich auf einen Krieg vor?

Verdammt noch mal, Ivar und Abal hatten ihn hierher geschickt, und jetzt fühlte er sich wie ein Kaninchen, das in einen Wolfsbau kommt. Dieser Gedanke gefiel ihm ganz und gar nicht.

***

"Du siehst genau so aus wie er, weißt du..." sagte Lord Broca.

Peter zögerte einen Moment, als er seine Augen an das schwache Licht im Zelt anpasste. Er sah einen Mann mit weißem Haar und rundem Gesicht, der über einer hölzernen Truhe saß und seinen rechten Arm über den Knauf einer Schwertscheide gelegt hatte, deren Spitze im Boden steckte. Er konnte das Alter des Mannes nicht bestimmen, vielleicht war er über sechzig. Für sein Alter sah er jedoch sehr stattlich aus, denn er trug ein Kettenhemd mit einem weißen Mantel darüber.

Lord Broca winkte mit der Hand und ein schüchterner Diener schenkte ihm einen Drink ein.

Peter verbeugte sich halb und starrte seinen Gastgeber an.

"Mein Herr, wie er?"

"Dein Vater, Sir William Longsword", grinste der Gastgeber, "etwas zu trinken?"

Das Waisenkind dachte daran, abzulehnen, aber seine trockenen Lippen brauchten etwas Flüssigkeit. Als er sprach, bemerkte Peter, dass der Wirt hervorstehende Zähne hatte.

"Wasser", sagte Peter. Der Diener trat vor und bot ihm ein Tablett mit zwei Bechern an. Er nahm einen und Owen nahm den anderen. Der Waliser stand Seite an Seite mit dem Waisenkind, als sie das Zelt untersuchten.

"Ihr kanntet meinen Vater, Herr?"

Der Wirt stand auf und ging auf Peter zu. Er hatte Falten im Gesicht; sie waren wie die Rinde eines alten Baumes. Die tiefe Narbe in seinem Gesicht begann an seiner Stirn, verlief über seine rechte Schläfe und endete an seinem Ohr. Der obere Teil seines rechten Ohrs fehlte.

Lord Broca nickte, während er sich an seinem langen weißen Bart kratzte und den Blick des Waisenkindes nachzeichnete.

"Ein Verräter hat dieses Zeichen auf meinem Gesicht hinterlassen", der Wirt berührte seine Schläfe, "das erinnert mich immer daran, dass Vertrauen eine der wertvollsten Aktien ist."

"Hast du den Verräter getötet, Herr?" fragte Owen.

Lord Brocas Gesicht verzog sich zu einem kleinen Lächeln, als er tief einatmete und nickte. "Wer bist du?"

"Mein Name ist Owen. Bogenschützenmeister aus dem Gefolge von Lady Eleonore, zu Euren Diensten", verbeugte sich der Waliser. "Euer Ruf eilt Euch voraus, Herr", sagte er.

"Nun, keine große Sache. Ich bin einer der ältesten überlebenden Fürsten in diesem Land. Sogar der Sultan ist jünger als ich", sagte er und zwinkerte Owen zu.

Ein Freund von mir sagte mir einmal: "Hüte dich vor einem alten Mann in einem Beruf, in dem Männer normalerweise jung sterben", sagte Peter. "Herr, dein Ruhm ist weithin bekannt."

"Mein Name ist Benjamin Broca und ich bin keine Bedrohung für dich, das versichere ich dir. Ich habe gehört, du hast das Schiff meines Sohnes gefunden?" sagte Lord Broca in leisem Ton. Seine Augen konzentrierten sich auf den Waisen und er musterte ihn von Kopf bis Fuß.

"Kann ich dich etwas fragen, Herr?" Peter erhob seine Stimme. "Warum haben sich deine Männer Lord Eduard in der zweiten Schlacht von Ayn Jalut nicht angeschlossen?"

"Was siehst du, Junge? Lass mich raten, einen alten Kreuzritter, der sich nicht um die lokale Politik kümmert und nur an sich selbst denkt. Habe ich recht?" Er spreizte die Hände und hielt das Schwert immer noch in der rechten Hand. "Ich habe genug Schlachten für ein zehntes Leben gesehen. Ich habe so viele Male den Tod gesehen. Ich habe bemerkenswerten Menschen gedient und solchen, die sich nicht den Arsch abwischen können." Er legte das Schwert vor sich, steckte die Spitze in den Boden und legte seine rechte Handfläche auf den Knauf.

"Ich denke, ich habe es verdient, meine alten Tage zu genießen, und ich habe mir das Recht verdient, von den Mamelucken und Kreuzrittern respektiert zu werden. Mein Hauptmann sagte, er habe dich an dem neutralen Ort gesehen, den ich Baibars und Eduard für den Austausch ihrer Gefangenen zur Verfügung gestellt habe."

Peter nickte, traute sich aber nicht, mehr zu fragen.

"Warum gibst du deine Pflicht, deine Moral und deinen Glauben auf, Herr?"

"Was weißt du schon von Moral, Pflicht und Krieg? Christen und Muslime, die Herrscher scheren sich nicht um den Glauben oder ihre Überzeugungen. Sie interessieren sich nur für sich selbst und für mehr Macht und Geld!" Lord Broca presste seine Lippen zu einem grimmigen Lächeln zusammen. "Du bist jung und naiv, irgendwann wirst du zu demselben Schluss kommen. Wenn du lange genug überlebst!"

"Die Leute sagen, dass der Herr, dem du gedient hast, dich verraten hat?" fragte Owen.

Lord Broca zeigte mit einem Finger auf seine Narbe an der Schläfe. "Ich bin jetzt der Herr meines Schicksals. Genug von mir. Erzähl mir von der Ausgrabungsstätte."

Peter erzählte ihm kurz, was sie gefunden hatten, da er den Teil mit der leeren Truhe verpasst hatte.

"Mein Kapitän sagte, du bringst mir ein Geschenk?"

"Ein Ring." Peter reichte dem Wirt den Ring mit dem Adler. Er nahm ihn in die Hand und starrte ihn an. Der Waise prüfte seine Reaktion, sah aber nichts. "Wir haben ihn an einer abgetrennten Hand gefunden."

"Der Ring meines Sohnes", sagte Lord Broca und warf ihn auf den nahen Tisch. Der Diener kam heran und versuchte, ihn aufzufangen, falls er herunterfallen würde, aber das musste er nicht.

"Euer Sohn, mein Herr? Seid Ihr sicher?"

"Der Ring gehörte meinem Sohn. Du hast ihn ausgegraben. Hast du mir nur das hier gebracht?" Lord Broca streckte dem Waisenkind seine Hand entgegen.

"Woher weißt du das?"

"Beleidige mich nicht, Junge", grinste Lord Broca. "Du befindest dich auf meinem Land und ich weiß alles, was hier passiert."

Peter nahm einen Schluck aus dem Becher und gab ihn dem Diener zurück, während er Lord Broca anschaute und dann lächelte.

"Alle, ist das richtig, Herr?"

Lord Broca stand da, die Hand ausgestreckt und mit einem verschmitzten Grinsen im Gesicht. Peter hielt den anderen Ring bereit, um ihn dem alten Mann zu überreichen.

"Erzähl mir von dem maskierten Mann, dem Banditen, der uns auf dem Rückweg nach Akkon und dann im Ausgrabungslager überfallen hat?" Peter hielt den anderen Ring in seiner Faust, während er den Herrn beobachtete.

"Ich habe dir einen sicheren Ort für das Treffen und einen sicheren Weg nach Akkon zur Verfügung gestellt. Nachdem du die Grenze meines Landes verlassen hast, hast du die Verantwortung, das zu verteidigen, was dir gehört, meinst du nicht?" Lord Broca grinste. "Brauchen Lord Eduards Männer meine Krieger, um sie auf dem ganzen Weg nach Akkon zu beschützen? Das ist nicht billig, und wie ich gehört habe, hat er Schulden, und er braucht alles Gold, das er sammeln kann, um den Genuesen und seinen Rittern alles zurückzuzahlen."

Peters Augen öffneten sich weit. Es überraschte ihn, wie viele Informationen Lord Broca über sie wusste.

"Kannst du uns etwas über diesen Banditen erzählen, Herr?" fragte Owen.

Lord Broca zuckte mit den Schultern. "Der maskierte Mann hat keinen meiner Untertanen oder mein Land angegriffen. Früher oder später werden meine Männer ihn fangen, und er wird niemanden mehr belästigen."

Peter untersuchte sein Gesicht, konnte aber nicht einen Muskel zittern sehen. Dann reichte er ihm den zweiten Ring mit einem Speerkranz. Der

Wirt nahm ihn und rollte ihn in seiner linken Hand. Er hob ihn hoch und warf ihn wieder auf den Tisch. Ein dumpfes Geräusch hallte im Zelt wider.

"Danke."

"Wem gehört dieser Ring?"

"Der Bruder meines Kapitäns", sagte Lord Broca.

"Ich habe gehört, es gehört einem Mitglied des Ordens der Marsmenschen?"

"Du hast richtig gehört, Junge. Guido sucht Antworten und Gerechtigkeit für seinen Bruder, genauso wie ich für meinen Sohn!"

"Wer sind diese Männer vom Mars?"

"Die Marsmenschen sind ein Orden wie die Templer. Allerdings sind sie eher eine Schattenorganisation, die Kriegsherren ausbildet, die direkt unter Königen und nur Königen dienen. Jeder König, der mächtig genug ist, kann sich einen solchen Mann kaufen." Lord Broca musterte Peters Neugierde.

"Ist es ein Sklave zum Kaufen?"

"Heraklit, ein griechischer Philosoph, sagte: 'Von 100 Männern sollten 10 gar nicht da sein, 80 sind nur Zielscheiben, 9 sind die wahren Kämpfer, und wir haben Glück, dass wir sie haben, denn sie machen die Schlacht. Aber der eine, einer ist ein Krieger, und er wird die anderen zurückholen.". Die Marsmenschen bilden solche Männer aus, furchterregende Kriegsherren. Sie sind Waisenkinder, die von Kindheit an zu diesen Kriegern ausgebildet werden, die das Gleichgewicht verändern können. Sie beraten Könige in Kriegszeiten, führen Armeen an und bestimmen den Ausgang der Schlacht. Der Ring, den du gefunden hast, das Wappen der Speere, ist ein Zeichen für ihren Orden. Der Ring von Guidos Bruder."

"Du hast einen solchen Mann für deinen Sohn geschickt? Kannst du uns mehr über die Ereignisse erzählen, als dein Sohn verschwand, Herr?"

"Du hast Mut, Junge", sagte Lord Broca, als er dem Waisenkind das nicht gezückte Schwert reichte. "Ein Geschenk für ein Geschenk."

"Aber warum?"

"Ein Mann ist nur so gut wie sein Schwert. Ich weiß, dass du kein solches hast", sagte Lord Broca. "Nimm dieses Geschenk an, um mir den Ring meines Sohnes zurückzugeben, meinen Familienring!"

Peter wusste nicht, wie er reagieren sollte, als er zu Owen blickte, der nickte. Das Waisenkind trat vor und nahm das Schwert. Er packte es am Griff, zog es aus der Scheide und betrachtete es.

Es war ein feines Schwert, ein prächtiges Meisterwerk, in der üblichen Größe von anderthalb Händen. Die Klinge schien teuer zu sein; sie war vierseitig wie ein flacher Diamant und hatte eine verstärkte dreieckige Mittelrippe. Das Schwert besaß einen steifen Querschnitt und eine verstärkte Spitze, und auf dem runden Knauf war ein Adler abgebildet. Das Schwert seines Vaters hatte ein Kreuz. Es sah ihm sehr ähnlich.

"Ich kann es nicht akzeptieren." versuchte Peter zu sagen.

"Sei nicht so bescheiden." Lord Brocas Augen waren auf ihn gerichtet. "Meine Spione haben mir erzählt, dass du ein armer Bastard aus den Straßen von Akkon bist, der jetzt zum Gefolge von Lady Eleonore gehört und ein Blutsbruder von Sultan Baibars ist. Sei nicht schüchtern!"

"Danke." Peters Herzschlag beschleunigte sich und er fühlte sich wieder wie ein Kind. "Das Schiffsunglück? Kannst du uns bitte sagen, was mit deinem Sohn passiert ist, Herr?"

Der Gastgeber drehte ihnen den Rücken zu, als er umherging, und schaute Peter an.

"Warum ist das so wichtig? Er ist weg. Und du hast mir seinen Ring geliefert!"

"Es ist notwendig, die Ermittlungen abzuschließen und herauszufinden, was vor langer Zeit passiert ist. Willst du nicht wissen, was mit deinem Sohn passiert ist? Um die Schuldigen für diesen Mord zu bestrafen?"

Lord Broca hielt in der Bewegung inne und verschränkte die Hände vor der Brust.

"Mord, ja? Nun", er holte tief Luft, "wir hatten eine Heiratsvereinbarung mit dem Vater von Lady Helen. Sie und mein Sohn mussten heiraten. Ich habe meinen Sohn geschickt, um Zeit mit der Dame zu verbringen und sie besser kennenzulernen."

"Wann war das?"

"Im Sommer des Jahres, als der erste Kreuzzug des französischen Königs landete und sie die Stadt Damietta einnahmen."

"Was ist dann vor 22 Jahren passiert?"

"Ich habe die Information erhalten, dass mein Sohn in der Festung Atlit gefangen gehalten wird." Lord Brocas Augen wurden rot. "Dann muss ich handeln."

"Ein Schiff geschickt?" fragte Owen.

"Ich musste etwas tun, und dann kam ein Freund von mir zu Besuch. Sir William Longsword, dein Vater." Lord Broca starrte ihn an. "Und seine Gefolgsleute, Sir John, Sir Alexander Giffard und der Rest seiner Männer."

Peter hörte zu, denn er hatte nicht erwartet, hier mehr über seinen toten Vater zu erfahren, und das verwirrte ihn. Es war unerwartet, an diesem Sandstrand einen Mann zu finden, der seinen Vater kannte.

Plötzlich änderte sich die Stimmung des Gastgebers.

"Dein Vater war ein *Eidesbrecher...*", brüllte er und ballte die Hand auf seinem Schoß zu einer Faust. Peter sah seine roten Augen, während seine Nasenlöcher vor Wut blähten. Es sah so aus, als hätte dieser Mann so viel Wut in sich, dass Peter befürchtete, ihre Begegnung sei ein schlechtes Omen.

"*Eidesbrecher*, Herr?"

"Dein Vater hat einen Eid geschworen, mir zu helfen, meinen Sohn zu retten." Broca seufzte. "Er hat auf sein Leben geschworen... Dann segelten er und seine Männer mit Guidos Bruder und seinen Männern los. Dann hörte ich nichts mehr von ihnen. Dein Vater war ein Mann mit einem guten Ruf. Er hat nie versagt, behaupteten die Leute. Sogar der Großmeister der Tempelritter empfahl ihn für die Aufgabe."

Trotzdem hat er als Vater versagt. Peter runzelte die Stirn, als er nachdachte. "Der Großmeister? Templer? Eine Aufgabe?"

Lord Broca antwortete nicht. Er nahm einen großen Schluck von seinem Getränk auf dem Tisch und fuhr dann mit seinem Monolog fort, als ob das Waisenkind unsichtbar wäre.

"Sir William Longsword tauchte eines Tages vor meinen Ufern auf. Er hatte das Kreuzfahrerlager des französischen Königs wegen einer Meinungsverschiedenheit über die Verteilung der Beute verlassen. William brauchte etwas, um seine Wut und Enttäuschung abzulenken. Er suchte nach einem Anlass, um seine Frustrationen loszuwerden."

Peters Herzschlag beschleunigte sich wieder.

"Wieder einmal war er nicht so leicht zu überreden, diese Aufgabe anzunehmen."

"Deinen Sohn retten?" fragte Peter.

Lord Broca nickte, stand auf, ging durch das Zelt und griff nach seinem Schwert. Er zog es aus der Scheide. Es war ein feines Stück Stahl und er bewunderte es einen Moment lang, bevor sein Blick ernst wurde und er die Klinge mit der Spitze nach oben auf seine Schulter legte.

"Um meinen Sohn zu befreien ... ja!" Lord Broca bellte. "Und dann, 22 Jahre später, hast du ein Schiff mit den Überresten meines Sohnes und Guidos Bruder gefunden."

"Den Überresten zufolge, die wir bisher gefunden haben, zeigt es, dass einige Männer hingerichtet wurden. Weißt du etwas darüber?" fragte Peter. "Vielleicht verstecken sie sich vor einem Sturm? Kannst du uns irgendetwas sagen, das uns weiterhilft?"

"In diesem Monat gab es kein einziges Gewitter. Nicht eine einzige Wolke", sagte er, während sich die Wolken in seiner Stimme erhoben. "Sie hatten meinen Sohn im Roten Bergfried gefangen gehalten. Die rote Hexe hatte ihn verzaubert. Diese Bastarde lachten mich aus. Sie paradierten mit ihrer Beute, meinem Sohn... Die rote Hexe hat ihn irgendwie getäuscht und gefangen genommen."

Peter war sich nicht sicher, ob er auch nur ein Wort aus dem Mund des Mannes verstand. Er hatte nur mitbekommen, dass Lord Broca seinen Hass auf die Rote Dame und ihre Männer zeigte.

"Ich habe deinem Vater alles versprochen, als Gegenleistung für meinen Sohn. Ich habe die Versöhnung mit dem französischen König vermittelt und meinem Hauptmann einen Brief für deinen Vater gegeben. Ich habe sogar versprochen, mit der Dame über ihn zu sprechen..."

Peters Ohren kribbelten. Könnte diese Frau seine Mutter sein?

Lord Broca wandte seinen Blick zu dem Waisenkind, als wäre er gerade aus einer Trance aufgeschreckt. "Jeder Mensch hatte eine Schwäche oder eine Trophäe, die er in dieser Welt so sehr begehrte. Irgendwann hat jeder Mann seine Seele für diese Sache auf den Tisch gelegt. Ich hatte meine, dein Vater hatte seine, und ich wette, du hast deine."

Lord Brocas Augen blickten leer, und es war ein beängstigender Anblick, wie sein nacktes Schwert immer noch nach oben zeigte.

War er betrunken? Aber Peter schaute seinen Freund an, der ebenfalls stand und zuhörte. Er wollte mehr wissen, also hörte er auch zu.

"Dein Vater hat es mir geschworen. Er hat mir geschworen, dass er meinen Sohn aus der Roten Festung retten wird. William hatte seinen

Ruf... Er war ein echter Mann vom Mars. Sogar Guidos Bruder hat es bestätigt."

Lord Broca warf einen kurzen Blick auf sein eigenes Schwert.

'Guidos Bruder? Sein Vater gehörte zum Orden der Marsmenschen?' Peter war noch mehr verwirrt. Redete er von William Longsword? Sein Vater, der Mann, der vor über 22 Jahren blind und dumm bei einem mutigen, aber vergeblichen Angriff auf die Stadt Mansurah gestorben war?

"Redet ihr von demselben Mann?" fragte Peter. "Mein Vater war nicht so, wie du es erzählst. Er war bei dem unglückseligen Angriff in der Schlacht von Mansurah an der Seite des Bruders des französischen Königs gefallen."

Lord Broca drehte sich eilig um und ging mit seinem Schwert in der Hand wild auf Peter zu. Dem Waisenkind gefror das Blut in den Adern, als er sah, dass die Klinge von Lord Broca nur noch wenige Zentimeter von seinem Hals entfernt war.

Ihre Augen trafen sich. Der alte Lord war so schnell, dass selbst Peter nicht mehr reagieren konnte. Verdammt, in einem echten Kampf wäre er schon einen Kopf kürzer gewesen.

"Ich habe nichts mehr von dem Schiff gehört, das ich geschickt habe. Alle sind verschwunden. 50 starke, erfahrene Krieger. William und zehn seiner Männer, Guidos Bruder, führten den Rest an. Doch vor mir stand ein rabenschwarzer Junge, eine perfekte Kopie von William. Ich habe meine Hausaufgaben gemacht, Junge. Bruder John hat dich gut erzogen und dich bis jetzt gut beschützt. Dein Vater hatte viele Feinde."

Peter konnte die alten Zähne des Mannes sehen, die durch das Blut in den Wurzeln verdunkelt waren. Sein Atem roch nach Tod, und seine Augen leuchteten und waren auf ihn gerichtet.

"Dann, vor zwei Wochen, hörte ich, dass er irgendwo anders gestorben war, und William hatte ein Erbe...." Er stieß Peter mit der linken Hand zurück, als er wegschritt, und ließ dann sein Schwert in der Hand entspannen. Selbst im Alter sah dieser Ritter stark wie ein Fels aus.

"Irgendetwas stimmt an dieser Geschichte nicht..." sagte Lord Broca. "Ich glaube eher, dass dein Vater und das ganze Schiff verschwunden sind, als sie versuchten, meinen Sohn zu retten! Jemand hat versucht, mich zu täuschen..."

"Wer hat dir das alles erzählt..." sagte Peter, als der Schmerz in seiner Schulter durch ihn hindurchschoss. "Vielleicht ist es ein Irrtum?"

"Irrtum! Blödsinn! Willst du mich verhöhnen, Junge?" Lord Broca schrie vor Wut, als er seinen Mantel von seinem Hals löste. Als das schwere Stück Stoff fiel, kam er mit erhobenem Schwert wieder auf sie zu. Er kümmerte sich nicht um seine Haltung oder die Tatsache, dass sie sich in einem geschlossenen Zelt befanden.

"Herr, du musst dich beruhigen." Owen versuchte, vor ihm zu stehen. Der weißhaarige Mann packte ihn einfach am Hals, schob ihn weg und entfernte ihn aus dem Weg, als wäre er Heu.

"Stell dich mir nicht in den Weg, Bogenschütze!"

Peter war in Panik geraten, als er instinktiv seine neue Gabe erhob und Lord Brocas Schlag abblockte.

"Dein Vater hat mir seinen Schwur gegeben. Er hat ihn gebrochen. Und ich werde herausfinden, was passiert ist, und ich werde mich rächen, auch wenn das das Letzte ist, was ich tue!", starrte er hasserfüllt in Peters Augen. Dann trat er einen Schritt zurück und richtete seine Klinge auf die Brust des Waisenkindes. Das Waisenkind zitterte und wich ein paar Meter vor der Spitze des Schwertes zurück. Er wusste nicht, wie er sich verhalten sollte. Er blickte sich um und sah, dass der Diener sich nicht bewegte, als Owen eingreifen wollte, aber zwei Wachen das Zelt betraten und ihn festhielten.

"Was ist da hinten passiert? Sag es mir, Junge. Du weißt mehr, als du mir sagst..."

"Ich weiß nichts mehr!" rief Peter zu seiner Verteidigung. Das ließ Lord Broca die Augen weit aufreißen und sein verzerrtes Gesicht grinste.

"Ein Lügner, genau wie dein Vater..." Der alte Ritter hob sein Schwert und legte es auf seine Schulter, die Spitze zum Himmel gerichtet, und holte tief Luft. "Du hast nachgeforscht. Das weiß ich. Ich habe überall Spione. Du musst etwas entdeckt haben und verheimlichst es vor mir."

"Herr", versuchte Owen zu rufen, aber eine Wache schlug ihn hart.

"Hast du die Truhe mit dem Lösegeld gefunden, das ich geschickt habe?", hob der Gastgeber seine linke Augenbraue.

Peter antwortete nicht, und das brachte Lord Broca zum Lachen.

"Oder du versteckst es vor mir, um es zu stehlen?"

"Ein Lösegeld?"

"Gold, für das Leben meines Sohnes oder als Bezahlung für die Krieger, die ich geschickt habe, um ihn zu befreien!"

"Kein Gold", sagte Peter. Er wählte seine Worte mit Bedacht, denn das stimmte zwar, aber er erwähnte die Truhe nicht. "Bei dem Schiffswrack haben wir die Knochen der Besatzung gefunden. Und ja, da waren diese beiden Ringe. Aber wir untersuchen immer noch, was die Todesursache der Schiffsleute war."

"Die rote Hexe. Sie ist dafür verantwortlich", spuckte Lord Broca auf den Boden. "Sie mussten wohl im Schlaf hingerichtet werden. Es gibt keinen anderen Weg. Frag die rote Hexe!"

"Ich hatte gehofft, du würdest uns etwas sagen, das uns hilft, herauszufinden, was passiert ist, damit wir bei der Schlussfolgerung keinen Fehler machen, Herr", zitterte Peter' Stimme.

"Du machst keinen Fehler, Junge", schmunzelte Lord Broca. "Nimm den Platz deines Vaters ein, nimm seinen Schwur und beende, was er geschworen hat. Finde heraus, was passiert ist, oder stirb! *Eidesbrecher*!"

Peter sah den Hass in den Augen des alten Mannes. Verdammte Scheiße, es kam noch schlimmer.

Eidesbrecher, das Wort hallte in seinem Kopf wider. Er hatte etwas mehr über seinen Vater herausgefunden, vielleicht eine Person, die wusste, wer seine Mutter war. Trotzdem fühlte er sich dadurch nicht besser.

Sein Magen knurrte und er wusste nicht, ob er hungrig war oder Angst hatte.

Sechzehntes Kapitel

Peter atmete erleichtert auf, als er Old Bens Zelt unversehrt verließ. Für ihn war alles wie ein Traum. War es wirklich so? Dieser Mann beschuldigte seinen Vater des Eidbruchs und behandelte Peter. Der Hass und die Giftigkeit in den Augen von Lord Broca ließen seine Gedanken erstarren. Er empfand Mitleid mit dem alten Mann. Der Schmerz, das Schicksal seines Sohnes 22 Jahre lang nicht zu kennen, muss in ihm geschwelt haben.

"Kommt, Hoheit, lasst uns hier verschwinden", sagte Owen, als er die Soldaten, die ihn zurückhielten, zur Seite schob. Sie gingen aus dem Zelt des Fürsten und folgten ihren Schritten durch die steinernen Ruinen zum Eingang des Lagers. Dort stand Guido mit vor der Brust verschränkten Händen.

"Dieser Schal macht dich nicht zu einem König, genauso wenig wie dieses Schwert dich zu einem Krieger macht", zeigte Guido auf das Geschenk von Lord Broca in der Hand des Waisenkindes.

"Ich stimme zu", nickte Peter, als er sich seinem Pferd näherte. Die neuen Informationen für seinen Vater gingen ihm nicht aus dem Kopf, und er hatte das dringende Bedürfnis, sofort aufzubrechen.

"Hier musste ich vor 22 Jahren meinen Bruder treffen", sagte Guido und holte Peter aus seinen Gedanken. "Er ist nie gekommen."

Peter blickte auf und sah den großen Krieger und seinen grimmigen Blick. Er wendete seinen Blick nicht von dem Waisenkind ab.

"Dein Vater war schuld", sagte Guido und spuckte auf den Boden. "Rabenhaariger Bauer, hörst du mich? Wir werden uns wiedersehen!"

Als der Waisenjunge sein Pferd erreichte, schlug ihm das Herz bis zum Hals. Nachdem er sich in den Sattel gesetzt hatte, warf er einen Blick zurück zum Lager des weißen Lords. Er konnte ihre weißen Fahnen und die darauf abgebildeten schwarzen Adler sehen.

"Seht dort, Hoheit", nickte Owen in Richtung Osten.

"Verdammt", sagte Peter, als er sah, wie Tarin und Tarik eine Karawane von Sklaven anlieferten. "Diese Ratten spielen für alle Teams, oder?"

Owen gab allen Mamelucken den Befehl, ihnen zu folgen.

Sie fuhren zurück in den Norden.

"Ich kannte ein Wort aus dem Lateinischen, 'broccus', das bedeutet, dass man vorstehende Zähne hat, so wie der Bischof in meiner Heimat", grinste Owen.

"Hatte?"

"Ich habe ihm einen Tritt verpasst und bin weggerannt", sagte Owen achselzuckend. "Ich habe nicht gewartet, was mit seinem Mund passiert!"

"Warum?"

"Er wollte mich als Dieb hinstellen und aufhängen."

"Ich kann mir nicht vorstellen, dass du ein Dieb bist?" sagte Peter.

"Ich schieße einen Hirsch im Wald des Königs, Eure Hoheit. Aber der Bischof hat vergessen zu sagen, wie er mich auf die Jagd nach ihm geschickt hat!"

Eidesbrecher. Die Worte von Lord Broca hallten in Peters Kopf nach.

"Lord Broca hat uns nicht alles erzählt", sagte Owen.

"Ja, er hat uns angelogen", nickte Peter, während er sein Pferd tätschelte, um sich zu beruhigen, aber vor allem, um seinen Herzschlag zu entspannen. "Warum haben sie seinen Sohn gefangen genommen? Warum hat er eine Kriegstruppe geschickt, um ihn zu befreien, aber nicht über seine Freilassung verhandelt?" Es gab so viele Fragen zu beantworten.

"Er erwähnt ein Lösegeld. Also muss es einen Schatz auf dem Schiff geben?"

"Aber es gibt keine..." sagte Peter.

"Er ist ein alter Mann und sein Herz ist voller Zorn und Hass", sagte Owen. "Trotzdem hat er das Wahre für sich behalten!"

Trotz seines neuen Wissens über seinen Vater war Peter verwirrt, denn er wusste immer noch nichts über den Mann. Die Erwähnung des Namens und der Geschichte seines Vaters durch Broca überraschte ihn. Es war, als ob der Mann von jemand anderem gesprochen hätte. Sie fuhren an der Ausgrabungsstätte vorbei, und er starrte sie aus der Ferne an. Peter wollte vor Einbruch der Dunkelheit in der Festung Atlit sein. Das Treffen mit Lord Broca verlief nicht so, wie er es erwartet hatte. Er bereitete sich auf die nächste Begegnung mit Lady Helen vor, denn er wusste, dass sie genauso schwierig werden würde.

"Was bedeutet überhaupt ein *Eidesbrecher*?" fragte Peter.

"Dein Versprechen zu brechen, um jemandem zu dienen, Eure Hoheit. Wenn du das tust, wirst du als Geächteter angesehen. Diese Leute sind die meistgehassten. Seid vorsichtig, wem ihr euren Schwur gebt, Hoheit", sagte Owen. "Ich habe meinen an Lady Eleonore gegeben."

"Ich hatte keine Chance, das zu tun, weder bei Lord Eduard noch bei Lady Eleonore", sagte Peter. "Der Aufruhr um das Attentat und die Ereignisse vor und nach der zweiten Schlacht von Ayn Jalut..."

"Ihr habt also nie jemandem einen Eid geschworen, Eure Hoheit?"

Peter nickte.

"Dann bist du ein Glückspilz. Solange das so bleibt, bist du ein freier Mann, Eure Hoheit!"

Er lächelte verlegen und nach ein paar Stunden Ritt hatten sie endlich die Festung Atlit erreicht.

Sie näherten sich von Süden her und es sah aus wie eine Zivilsiedlung, die sich im Schatten einer Burg entwickelt hatte. Peter konnte sehen, dass die Größe dieser Siedlung, der Vorort innerhalb ihrer Mauern, eine Fläche von etwa 300 mal 600 Metern umfasste. Im Süden der Burg befand sich eine kleine Bucht. Er wusste, dass sich im Norden ein Hafen mit einem Kai befand. Er schien gut vor Strömungen und Stürmen geschützt zu sein.

"Die Leute sagen, dass es hier einen ständigen Markt gibt, dank des Hofes der Bürger von Atlit", sagte Owen, als sie den Eingang erreichten. Das Südtor hatte einen Außenkorridor, der sich etwa über die Hälfte des Grabens erstreckte. Peter sah ein Holzgerüst an der südöstlichen Mauer. Der Bogenschütze verfolgte seinen Blick.

"Die Tempelritter reparieren die beschädigte Mauer nach der Belagerung durch Baibars vor sieben Jahren."

Der verengte Graben an der Toreinfahrt ermöglichte es einer hölzernen Brücke, die zweifellos eine Zugbrücke war, die verbleibenden rund 5 Meter zu überbrücken, die auf einer Mauer in der Mitte des Grabens auflag. Das Tor hatte ein Fallgitter auf halber Strecke zwischen dem äußeren Eingang und den Türen.

Der Tag neigte sich dem Ende zu und Peter konnte die untergehende Sonne sehen. Zwei Wachen näherten sich ihnen in der Nähe des Tores. Sie trugen die Farben des Templerordens. Nachdem sie seinen Geleitbrief geprüft hatten, ließen sie sie herein. Die Wachen und Soldaten auf der Mauer schienen von ihrem Besuch und den begleitenden Mamluken-Soldaten unbeeindruckt zu sein.

Als sie eintraten, sah Peter die Ställe im Süden der Vorstadt. Es handelte sich um ein großes Hofgebäude, das Platz für über zweihundert Tiere bot. Überdachte Bereiche, die von quadratischen Balken getragen wurden, umgaben den Komplex auf drei Seiten: im Norden, Westen und Süden. Im Westen gab es zwei parallele Bereiche. Die Wände der Stallgebäude waren aus Sandstein gemauert, der vor Ort abgebaut wurde. Peter konnte die Farben der Templer an der Wand erkennen.

Die Tempelritter befahlen, die Pferde dort zu lassen, und die Mamelucken mussten im Hof bleiben. Ein Soldat mit roter Tunika und schwarzem Kreuz kam und bat Peter und Owen, ihnen zu folgen.

Peter ließ Robert mit den Pferden zurück, und er und Owen gingen weiter nach Norden. Im Südosten der Vorstadt, nahe der Stadtmauer, sah er eine Pfarrkirche. Sie schien unvollendet zu sein, möglicherweise wegen des Angriffs von Baibars vor sieben Jahren.

Das Badehaus im nordöstlichen Teil des Stadtteils sah restauriert aus.

"Ihr braucht ein Bad, Eure Hoheit", grinste Owen, als er es sah.

"Sieh mal da", zeigte Peter darauf. In dem Raum, der sich hinter dem Apsidenturm an der Vorstadtmauer erstreckte, stand ein gemauerter Ofen. Im Süden des Turms befand sich ein zweiter kleiner Raum mit einer Basaltmühle.

"Ich brauche auch etwas zu essen", sagte Peter, als er seinen Magen knurren hörte. Sie gingen am Nordtor vorbei und hielten einen Moment lang inne.

"Da drüben", sagte Owen und starrte auf die Nordmauer. Dort waren einige Teile der Mauer zerbröckelt und er konnte sehen, dass sich außerhalb der Burg im Nordosten ein großer fränkischer Friedhof befand. Er befand sich direkt am südlichen Ende der Ostmauer der Vorstadt und enthielt eine Menge Gräber.

"Es müssen Hunderte sein", sagte Peter.

"Mehr", sagte der Wächter, der sie zur Burg eskortiert hatte. "Sultan Baibars belagerte uns, plünderte und zerstörte den größten Teil der

Vorstadt, konnte aber die Rote Festung nicht durchbrechen. Wir haben an diesem Tag viele Freunde begraben."

"Aber jetzt herrscht doch Frieden, oder?" sagte Owen.

"Sag das denen, die ihre Knochen hier gelassen haben", spuckte der rot gekleidete Wächter und winkte mit der Hand in Richtung des Friedhofs.

Das Waisenkind betrachtete den Friedhof. Er sah die verputzten Steinhaufen, die flache oder giebelförmige Gräber bildeten und die meisten Gräber bedeckten. Einige davon hatten Steine mit einfachen Kreuzen. Andere hatten monolithische Grabsteinplatten, die aus dem örtlichen Sandstein gehauen waren. Der größte von ihnen war ein mit einem kunstvollen Kreuz verzierter Sandsteinmonolith, der fast drei Meter groß und dick war. Auf ihm war ein großes Kreuz eingemeißelt, unter dessen Armen die Werkzeuge eines Baumeisters, ein Hammer und ein Winkel, eingemeißelt waren. Ein anderer kleinerer Grabstein, ebenfalls von einem Baumeister, hatte kein Kreuz, sondern nur einen Winkel und ein Senklot.

"Seht, Eure Hoheit", sagte Owen und zeigte auf einen anderen Grabstein. Ein Grabstein, der auf dem Friedhof gefunden wurde, markiert offenbar das Grab eines Bogenschützen. Er zeigt die Darstellung einer Armbrust unter einem einfachen Kreuz. "Ein anderer Bogenschütze?"

Peter hat kein Wort gesagt. Die meisten anderen Grabsteine hatten nur Zierkreuze, und einige hatten ein patriarchalisches, zweiarmiges Kreuz. Auf einem Stein war ein Wappenschild zu sehen, dessen Design fehlt, wahrscheinlich war es ursprünglich mit Farbe gemalt. Keiner der Grabsteine hatte eine Inschrift.

Peters Stimmung verdüsterte sich. Hatte das Grab von Adam eine Inschrift?

"Das ist der größte Kreuzritterfriedhof, den ich je gesehen habe", sagte Owen, als er ein Kreuz machte.

"Kommt", sagte der Wächter und wies auf das Schloss, woraufhin Owen und Peter ihm folgten. "Sie warten auf euch".

"Wer?"

"Lady Helen, wer noch?", fragte der Wächter.

Peters Magen knurrte, und er stöhnte verlegen auf. Er warf einen Blick auf die Steinmauern der Burg. Der Sonnenuntergang half ihm, den roten Schatten auf den Mauern der Festung zu erkennen, von der der Name stammt: Rote Festung. Nasser Sand duftete in seiner Nase, als sie durch das Tor und den Innenhof gingen. Auf der linken Seite sah er eine runde Kirche. Sie folgten der Wache und betraten die nordwestliche Halle. An jedem Eingang standen Wachen und in der Halle roch es nach gebratenem Fleisch. Peter' Mund war voller Speichel und er konnte die Stimme seines Magens hören.

"Warte hier", sagte die Wache und verschwand. Nach ein paar Herzschlägen drang ein Geräusch an seine Ohren und er sah, wie sich die Holztür weit vor ihm öffnete und zwei Tempelritter mit der Wache auf sie zukamen.

"Diese Männer sind Gäste von Lady Helen", sagte der Wächter in der roten Tunika.

"Was wollt ihr hier? Warum wollt ihr Lady Helen sehen?", fragte der größte Templer.

"Um über den Fortschritt der Ausgrabungsstätte zu sprechen", sagte Peter.

"Oder bist du auch gekommen, um die Dame um einen Gefallen zu bitten?", sagte der kleinere Templer mit einem Grinsen im Gesicht. "Gehörst du zum Gefolge von Lady Eleonore?" Er deutete auf den Schal um Peters Hals.

"Ja, das sind wir", sagte Owen an seiner Stelle. "Warst du bei der zweiten Schlacht von Ayn Jalut dabei?"

Peter beobachtete den Stimmungswandel bei den Templern. Lord Eduard war nicht glücklich über den Verrat einiger ihrer Männer am Orden und an ihrem Anführer. Auf welcher Seite standen diese beiden Männer?

"Vor einem Bauern wie dir haben wir keine Rechenschaft abzulegen!" Der kleine Ritter verzog das Gesicht und packte Owen an der Kehle. Die rote Wache handelte eilig, als sie zwischen den Templer und den Bogenschützen trat.

"Meine Herren, sie sind Gäste von Lady Helen! Wir sollten uns benehmen!"

Peters Wangenknochen zogen sich kurz zusammen, als er die Reaktion der Ritter beobachtete.

"Wir waren bei der Schlacht nicht anwesend!", sagte der größte Ritter, winkte mit der Hand, entschuldigte sich und ging in Richtung Halle davon. Das Thema und die Folgen der Schlacht waren etwas, worauf die Templer nicht stolz waren. Weder auf diejenigen, die die Prinzipien der Kreuzfahrerstaaten verrieten, noch auf diejenigen, die sich entschieden, Lord Eduard nicht zu unterstützen. Eine Schande, pflegte Owen zu sagen, die länger andauern würde, als sie dachten.

Die Wache, die die Farben des Gefolges von Lady Helen trug, grinste.

"Das tut mir leid, aber sie sind jetzt die Herren des Schlosses und wir müssen ihnen gehorchen. Hier entlang." Er zeigte auf die gegenüberliegende Tür. "Sie wartet oben im Turm auf dich."

"Warum?"

Der Wachmann zuckte mit den Schultern und ging dorthin. Sie folgten ihm schweigend, als er nicht auf sie wartete. Es ging eine Treppe hinauf und sie erreichten ein Stockwerk mit einer weiteren Tür.

"Warte hier", befahl der Wachmann und trat dann durch die Tür.

Peter bekam nach den Schritten kaum noch Luft. Owen stand neben ihm und tätschelte seinen Nacken.

"Eure Hoheit, bitte benehmt euch dieses Mal bei der Dame, ja? Keine Dinge mehr wie mit Old Ben, bitte", grinste Owen.

Ein paar Minuten später öffnete sich die Tür, und er spürte die kalte Luft auf seiner Haut. Peter begrüßte die Fackeln an den Wänden, während seine Augen herumrollten. Sie betraten einen kleinen Raum mit einer weiteren Tür an der gegenüberliegenden Wand. Dort sah er einen Tisch und zwei Wachen mit roten Tuniken. Ein Gesicht kam ihm bekannt vor. Der Soldat lehnte sich an die Steinwand und lächelte ihnen zu.

Er schien in Peters Alter zu sein, seine hellblauen Augen spiegelten das Meer wider, er war durchschnittlich groß und von bescheidener Statur und starrte das Waisenkind an.

"Meine Mutter, Lady Helen, erwartet dich", sagte Kapitän Thomas. Der Mann stand auf und stellte sich dem Waisenkind gegenüber. Irgendetwas war in seinem Gesicht, dachte Peter, als er wieder dieses Gefühl in seinem Bauch hatte. Sein rundes Gesicht erinnerte ihn an jemand anderen. Irgendwann würde er sich erinnern.

"Folge mir", sagte Thomas. Sie ließen die andere Wache in diesem Raum zurück und gingen durch die andere Tür und stellten sich weiteren Stufen nach oben. Nachdem sie die Treppe hinaufgestiegen waren, kamen sie an einer weiteren alten Holztür an. Peters Haut kribbelte beim Geräusch der sich öffnenden Tür, und plötzlich waren sie ganz oben im Turm.

Der Wind berührte sein Karo und spielte mit seinem schwarzen Haar. Ein Schatten zeichnete sich in der Nähe des Endes der Plattform ab und beobachtete das Meer. Peter verfolgte die Richtung und beobachtete ein fernes Schiff, das den Hafen zu verlassen schien. Die Sonne war halb hinter dem Horizont verborgen, und der Himmel sah rot aus. Sie näherten sich der Gestalt.

"Mutter", sagte Thomas, als er an einer der Steinmauern neben einer Fackel lehnte. "Das ist Lady Helen, das wilde Kind der Wüste, wie die Leute sie nennen", lächelte Thomas.

Lady Helen drehte sich zu ihnen um und trat näher an das Waisenkind heran.

"William...?", sie hielt inne. "Du sahst ihm wirklich ähnlich!"

Als sie ihn anstarrte, sah Peter, wie sie vor Überraschung zusammenzuckte. Sie war eine große Frau mit langen braunen Haaren, die ihr über die Schultern fielen. Ihre grünen Augen blickten nur neugierig, während ihre schmalen Lippen ein Lächeln formten.

"Peter Longsword zu deinen Diensten", verbeugte er sich und zeichnete ihre Reaktion nach.

"Owen, Meisterschütze aus Lady Eleonores Gefolge", fügte der Waliser hinzu.

"Ja, ihr seid die beiden Kreuzfahrer im Mamluken-Ausgrabungslager", nickte sie. "Lady Eleonore hat mir von euch erzählt."

"Wir hoffen nur Gutes", lächelte Owen.

"Meine liebe Freundin Lady Eleonore wollte den großen Arzt des Sultans besuchen, sagte sie, und bat mich, auf euch zwei aufzupassen. Ihr gehört zu ihrem Gefolge und sie wollte, dass ihr lebend zurückkehrt", sagte Lady Helen lächelnd. "Vielleicht bist du ihrer würdig. Das ist heutzutage so selten."

"Darf ich Sie etwas fragen, Mylady?" Owen kratzte sich im Nacken.

Lady Helen lächelte und nickte.

"Wildes Kind der Wüste?" Owen schien von ihr bezaubert zu sein. Sie sah auch mit ihren vierzig Jahren noch wunderschön aus.

"Meine Mutter war eine Beduinenprinzessin, denn ihr Blut fließt in meinen Adern und sie hat mich immer so genannt", errötete sie fast. "Die Leute wussten um meine Herkunft und mochten den Namen."

"Danke", verbeugte sich Owen erneut.

"Treffen auf der Spitze des Turms. Warum?" fragte Peter.

"Die Steine haben unten Ohren", sagte Thomas.

"Gefällt dir die Aussicht nicht?", lächelte sie. "Erzähl mir alles über deine Ausgrabungen".

Peter trat näher an sie heran und sah, wie Thomas ihn wie eine Beute anstarrte. Der Waisenjunge holte etwas aus seiner Ledertasche.

"Ja, Mylady, ich bringe Neuigkeiten und ein Geschenk. Ich hoffe, du kannst uns helfen, das Geheimnis des Schiffes zu lösen, das wir am Strand gefunden haben."

Lady Helens Gesicht wirkte emotionslos, als sie ihm zunickte, um fortzufahren.

"Aber zuerst habe ich eine Frage, Mylady. Sir William Longsword war mein Vater. Kanntest du ihn? Wenn ich heutzutage an diese Küste komme, kannte jeder meinen Vater, nur ich nicht. Wie war er denn so? William?"

Lady Helen ließ ein winziges Lächeln los, und er dachte, dass diese eisenharte Frau ihm wohl kaum eine direkte Antwort geben würde. Sie betrachtete ihn neugierig von Kopf bis Fuß.

"Das Schicksal ist eine seltsame Sache", sagte sie. "Ja, ich denke, du hast ein Recht darauf, es zu erfahren. Meine Augen sind ganz auf dein Gesicht gerichtet und ich frage mich, wie das sein kann... rabenhaarig wie er, groß wie er, aber jünger."

"Du kanntest ihn gut?"

Als Lady Helen näher an Peter herantrat, nickte sie und hob ihre Hand, um sanft seine Wange zu berühren, ohne den Blickkontakt zu unterbrechen.

"Ich kannte William. Du siehst genauso aus wie er. Er war der Mann, der sich von den anderen abheben kann. Und du hast deinen Vater nie getroffen? Das Schicksal ist grausam, oder?", fragte sie und hob eine Augenbraue. Peter konnte nur nicken.

"Ich habe nie einen Vater gehabt und weiß nicht, wer meine Mutter war. Lord Broca erwähnte etwas... und ich muss fragen, Mylady, entschuldigt meine Anmaßung. Besteht die Möglichkeit, dass Ihr meine Mutter seid?"

Lady Helen sah ihn sanft an, überrascht von seiner Frage. Ihr schönes Gesicht wirkte irgendwie distanziert.

"Sei nicht dumm, Peter. Sehe ich aus wie eine Mutter, die ihr Kind im Stich lassen kann?" Sie warf einen Blick auf Thomas und lächelte ihn an. "Ich weiß, wie schwer es ist, ohne ein Elternteil zu leben. Meine Mutter habe ich mit sieben Jahren verloren. Ich bedaure, dass du deine Eltern nicht kennst. Immerhin weißt du, wer dein Vater ist und wie er gestorben ist. Viele hatten dieses Privileg nicht!"

"Ja. Man sagte mir, er sei in der Schlacht von Mansurah gefallen, getötet von Baibars, dem heutigen Sultan."

"Und trotzdem bist du sein Blutsbruder geworden?", lachte sie.

"Das Schicksal ist unberechenbar", sagte Owen.

"Ja, Schicksal. Durch das Schicksal habe ich deinen Vater vor 22 Jahren kennengelernt." Die Miene der Dame wurde weicher. "Ob seltsam oder nicht, irgendetwas verbindet deinen Vater mit der Beerdigung des Schiffes. Ich habe gehört, dass du Old Ben besucht hast, richtig? Erzähl mir, was er dir erzählt hat!"

"Ihr scheint alles zu wissen, Mylady", sagte Peter, als er erzählte, was Lord Broca zu ihnen gesagt hatte. Er beobachtete, wie Lady Helen Thomas anschaute und lächelte.

"Wenn du das heutzutage nicht tust, bist du dem Untergang geweiht", sagte sie.

"Erzählst du uns von dem maskierten Mann, der unser Lager angegriffen hat?" fragte Peter.

"Er tauchte vor zwei Jahren in dieser Region auf. Er greift immer vorbereitet mit einem Plan an. Er tut so, als wüsste er alles vor dem Überfall, lässt keine Zeugen zurück, schnappt und verschwindet. Wir wollen auch seine Identität wissen. Er hat die Tempelritter in Atlit verärgert. Früher oder später werden sie sich mit ihm befassen", sagte Thomas.

Peter dachte einen Moment lang nach. Das war seltsam. Lord Broca benutzte dieselben Worte, "früher oder später".

"Lord Broca behauptete, du hättest seinen Sohn verhext und ihn gegen seinen Willen hier festgehalten. Und dass er meinen Vater geschickt hat, um ihn zu befreien?"

"Ja, Mylady, er nennt Sie die rote Hexe", Owens Augen weit aufgerissen, während er sie anstarrte.

Lady Helen klatschte ihm auf die Hände und lachte mit ihrer schönen und sanften Stimme.

"Hat er dir das gesagt? Dieser alte Knacker hat nicht aufgehört, mich zu belustigen", wandte sie seinen Blick von Owen zu Peter. "Sehe ich für dich wie eine Hexe aus?"

"Ich habe gehört, dass sie alle wunderschön sind, Mylady." Owens Stimme zitterte.

"Danke, Meister Bogenschütze", sagte Lady Helen. "Der alte Ben ist weit von der Wahrheit entfernt!"

"Was ist die Wahrheit?" fragte Peter.

"Mein Vater und Lord Broca haben meine Ehe arrangiert. Das weißt du doch, oder?"

"Um seinen Sohn zu heiraten, Mylady?" sagte Peter.

"Nein, um ihn zu heiraten, natürlich, Lord Benjamin Broca. Er wollte diese Ländereien als Teil seiner Mitgift. Aber mein Vater weigerte sich! Dann schickte er seinen Sohn, Benjamin Broca, den Jüngeren, mit einem Schiff, um zu verhandeln und mich zu kaufen, denn ich war eine

Hochzeitskuh." Peter konnte sehen, wie sie die Augenbrauen zusammenzog, während sie sprach.

"Aber seine Absichten waren andere. In jenem Sommer hatte sein Sohn den Auftrag, mich zu entführen".

"Um Euch zu entführen, Mylady? Warum?"

"Ich wette, das hat er dir nicht erzählt", lächelte sie. "Er wurde während des Kreuzzuges des französischen Königs reich, indem er ihm Schiffe lieh und Vorräte verkaufte. Aber er wollte mehr, um sein Erbe anzutreten. Er wollte Land, unser Land. Und er hatte die Unterstützung des französischen Königs und der Mamelucken. Er handelte mit allen Seiten."

"Lord Broca ist gierig, und er folgt nur einem Gesetz. Der mächtigste Mann bekommt alles. Und deshalb verdient er sein Geld mit Krieg, mit Sklaven und mit allem, was ein Mensch braucht", fügte Hauptmann Thomas hinzu.

"Er hat versucht, mich zu entführen, ja", lachte sie. "Von diesem winzigen Steg dort drüben", sie zeigte mit der Hand auf den hölzernen Steg ganz am Ende des Schlosses. "Sein Versuch war erbärmlich. Die Soldaten meines Vaters haben ihn verhindert!"

"Was ist dann passiert, Mylady?"

"Warum sollte ich meine Geschichte einem Straßenköter aus Akkon erzählen, einem Bastard? Sag mir, warum?" Ihre Stimme verhärtete sich, während ihre Augen das Waisenkind anstarrten. Peter holte tief Luft. Er reichte Lady Helen die kleine Schachtel, die sie in der Truhe auf dem Schiff gefunden hatten. Ihre Augen weiteten sich, als sie mit zitternder Hand danach griff.

"Woher hast du das?", fragte sie. Peter prüfte ihre Reaktion, denn er war sich nicht sicher, was er mit diesem Schritt provozieren würde. Er zitierte:

Grüne Falken sind meine zwei Augen,

mit plötzlichem Sonnenschein im Blinzeln,
deiner Rückkehr.

Sie runzelte kurz die Stirn, schaute zu ihrem Sohn und dann wieder zu dem Waisenkind. Tränen erschienen in ihren Augen. Peter beobachtete, wie sie die Kiste öffnete, die Schriftrollen herausnahm und sie an ihre Brust drückte.

"Poesie, das sieht aus wie die Arbeit einer Frau, nehme ich an. Ist das deine Schrift?" Peter sagte: "Eure Augen, Mylady, sind grün."

Owen war wie erstarrt, als Peter auch ihn mit diesem Schritt überraschte, während Thomas verwirrt dreinschaute. Liebesgedichte können ein über die Jahre verhärtetes Herz zum Schmelzen bringen, dachte er.

Lady Helen blieb einen Moment lang stehen, blinzelte und holte tief Luft.

"Sein Sohn hat mein Herz gestohlen", sagte sie mit zitternder Stimme. "Als mein Vater von seinen Absichten, mich zu entführen, erfuhr, sperrte er ihn ein... aber ich bestand darauf, ihn freizulassen... wir verliebten uns", sah Peter eine weitere Träne auf ihrer blassen Wange.

"Warum hast du nicht stattdessen seinen Sohn geheiratet?" fragte Peter.

"Du bist so jung und naiv, Peter", sagte Lady Helen. "Du kennst Old Ben und sein wahres Wesen nicht. Er ist ein gerissener Wolf. Du kannst nicht mit ihm verhandeln! Er kennt nur eines: Er kämpft um das, was er will! Und er wollte mich!"

"Wie das Lied?" fügte Owen hinzu.

"Welches Lied?"

"Wir haben in der Taverne im Dorf ein Lied gehört", erzählte Owen ihr. "Ist es wahr?"

Lady Helen warf einen Blick auf Thomas und dann wieder auf den Bogenschützen.

"Ich wusste nicht, dass es ein Lied darüber gibt", sagte sie und ihre Augen schauten unschuldig.

"Was ist dann passiert, Mylady?" Peter wollte mehr wissen.

"Dann schickte Lord Broca eine Nachricht und dein Vater kam."

"Mein Vater...", hoffte er, endlich zu verstehen, was seine Rolle dabei war.

"Old Ben bot meinem Vater einen Treffpunkt an. Sie mussten sich treffen, um reinen Tisch zu machen und über die Heirat und die Freiheit seines Sohnes zu verhandeln. Sie mussten sich in al-Tantura in den alten römischen Ruinen treffen".

"Der Ort, an dem wir vorhin waren", fügte Owen hinzu.

"Ja, derselbe", sagte Thomas.

"Vor zweiundzwanzig Jahren", sagte sie, "habe ich meinen Vater angefleht, nicht zu gehen", Lady Helen verbarg ihr Gesicht mit ihren Handflächen, als Peter ein Schluchzen hören konnte. Das Weinen der Dame war ihm unangenehm, denn er schaute von ihr weg in den Himmel und beobachtete das Meer vom Turm aus.

"Sir William Longsword kam am selben Tag mit einem Schiff voller Kreuzfahrer und Söldner an. Er suchte einen sicheren Hafen vor der stürmischen See. Mein Vater kannte Sir William und seinen Ruf und sah eine ideale Gelegenheit".

"Eine Gelegenheit?"

"Mein Vater wusste, dass Old Ben bei al-Tantura eine Falle gestellt hatte", sagte Lady Helen. "Er wollte, dass alle seine vertrauenswürdigen Soldaten ihn begleiten. Um mit Old Ben ein für alle Mal fertig zu werden. Aber er wollte Atlit nicht ungeschützt lassen."

"Also, er hat deinem Vater angeboten, in der Festung zu bleiben und meine Mutter zu bewachen", sagte Thomas. "Richtig Mutter?"

Lady Helens Augen waren rot, als er ihr die Tränen aus dem blassen Gesicht wischte.

"Dein Vater war ein Ungeheuer!"

Diese Aussage schockierte Peter, der seinen Mund öffnen wollte, aber nichts sagte.

"Ja, er war kein Heiliger, Peter. Dein Vater war ein gerissener Kriegsherr mit einem Herz aus Stein. Ich habe ihn angefleht, ich habe geweint, ich war sogar bereit, mich ihm zu opfern, nur damit er uns in dieser Nacht nicht mitnimmt."

"In dieser Nacht?"

"Oh, in der Nacht, als William sein wahres Ziel enthüllte, dass er kam, um Old Bens Sohn zu befreien. Da war noch ein anderer Kriegsherr, ein italienischer Ritter, groß und brutal, der die wenigen alten Wachen tötete, die mein Vater zurückgelassen hatte."

Peter wischte sich den Schweiß von der Schläfe, während der Wind vom Meer ein fröstelndes Gefühl auf seiner Haut verursachte. Die Sonne war verschwunden, und die Dunkelheit umhüllte den Horizont.

"Dein Vater war ein Mann, der zu seinem Wort stand, das muss ich zugeben", Lady Helens Stimme wirkte wieder ruhiger. "Er und der andere Krieger streiten sich über den weiteren Verlauf der Ereignisse."

"Was ist dann passiert, Mylady?"

"Dein Vater hatte nur geschworen, seinen Sohn zu befreien und mich nicht zu entführen oder die Burg einzunehmen. So lautete der Befehl von Old Ben an den italienischen Krieger. Aber Sir William ließ nicht von seinem Wort ab und seine Männer folgten ihm. Sie ergriffen den Italiener und Old Bens Sohn und fuhren mit ihrem Schiff ab, bevor mein Vater zurückkam."

Peter stand auf, als er ihren Blick verfolgte. Ihr Blick war auf den Hafen und das Meer gerichtet. Aber er sah, dass sie vom Turm aus die Ausgrabungsstätte sehen konnten. In der Ferne konnte er die Fackeln sehen, die das Lager umrissen. Lady Helen konnte also den Ort sehen, an dem sie graben würden.

"Mein Großvater ist nie zurückgekehrt", sagte Thomas. "Lord Broca und seine Männer haben ihm aufgelauert und ihn getötet. Ein Teil seiner Soldaten entkam und brachte die Nachricht zurück."

"An diesem Tag habe ich meinen Vater und meine Liebe verloren", sagte sie mit einem bitteren Ton, aber Peter verfolgte ihren Blick zu Thomas. Dann wurde ihm klar, warum ihm sein Gesicht bekannt vorkam. Er sah ähnlich aus wie Lord Broca. Sollte das so sein?

"Wer ist Thomas' Vater?" Peter versuchte sein Glück.

"Benjamin Broca der Jüngere", sagte Lady Helen. "Das war der Grund, warum ich mich vor allen versteckt habe. Ich war schwanger, vaterlos, unverheiratet, ohne Ehemann und nicht genug Soldaten, um Atlit zu schützen."

"Trotzdem hast du überlebt", sagte Peter.

"Ich musste Atlit an die Templer verkaufen, ja. Ich brauchte Schutz vor dem Zorn des alten Ben."

"Aber das Schiff mit meinem Vater und deiner Geliebten hat Lord Broca nie erreicht."

Sie macht ein paar Schritte zum Rand des Turms und beobachtet die kleinen Fackeln der Häuser in den Vororten und am Hafen.

"Und zweiundzwanzig Jahre später stehst du vor mir! Der uneheliche Sohn des Mannes, durch den ich alles verloren habe! Wäre Sir William nicht aufgetaucht, hätte mein Vater es nie gewagt, sich mit Old Ben anzulegen!"

"Wenn, wenn, wenn, mein Vater hat immer gesagt, wenn meine Großmutter ein Schwert hätte, wäre sie ein Ritter", sagte Owen.

"Was hat das zu bedeuten?" Thomas sprang von der Wand auf, während seine Nasenflügel flatterten.

"Wenn es so viele Wenns gäbe... Das Schicksal spielt mit uns", sagte Owen.

"Beruhige dich, Thomas", befahl Lady Helen. Sie hielt die Schriftrollen über die Fackel in der Nähe und sah zu, wie die Flammen sie zu verzehren drohten. Bevor sie ihre Hand erreichen konnte, ließ sie sie vom Turm fallen und alle sahen, wie die brennenden Papiere in der Dunkelheit verschwanden.

Der Mond ging auf, als sie sich an das Waisenkind wandte.

"Du bist der lebende Beweis, dass dein Vater nicht auf diesem Schiff gestorben ist."

"Lord Broca nannte meinen Vater einen *Eidesbrecher*."

"Ich will wissen, wie es weiterging", sagte Lady Helen in einem harten Ton. "Dein Vater hat seinen Schwur nicht gebrochen, denn er hat getan, was er Old Ben versprochen hatte. Seinen Sohn zu befreien!"

"Danach musste etwas passieren. Auf dem Schiff? A Der Sturm hat sie vielleicht gezwungen, Schutz zu suchen. Meine Spione haben mir erzählt, dass ihr ein Drittel des großen Schiffes freilegen müsst. Stimmt das?" fragte Thomas.

Der Waise nickte, denn er war sich ziemlich sicher, dass Ivar bald fertig sein musste.

"Verzeiht mir. Mylady, aber Lord Broca erzählt von keinen Stürmen damals, aber du sprichst von einer stürmischen See."

"Du nennst meine Mutter eine Lügnerin?!"

"Dein Vater ist so geflohen und hat hier im Hafen Schutz gesucht. Glaubst du, mein Vater würde ihn ohne Grund hereinlassen? Denk darüber nach, Peter." Lady Helen lächelte.

Hat sie ihnen mit ihrem Teil der Geschichte geholfen? Peter holte tief Luft. Irgendetwas fehlte, und weder der weiße Lord noch die rote Dame sagten ihm alles.

Als er in Atlit ankam, war er vor allem auf eines neugierig: Könnte Lady Helen seine Mutter sein? Doch nach ihrem Gespräch war er sich sicher, dass sie es nicht war. Sie blickte ständig zu ihrem Sohn Thomas. Sie schien keine Zuneigung für William zu empfinden. Es gab also keine Chance für sie. Es gab einen Funken Hoffnung, wie Lord Broca über seinen Vater sagte, dass etwas sein Herz umdrehen könnte. Aber es war definitiv nicht Lady Helen. Peter schaute sie wieder an, aber sein Herz zitterte nicht. Für ihn gab es keinen Zweifel, dass sie nicht seine Mutter war. Er glaubte fest daran, dass er es mit seinem Herzen fühlen würde.

"Finde heraus, was passiert ist. Tu es für mich. Tu es für deinen Vater, Peter", Lady Helens Augen starrten ihn an. Als er sie genauer betrachtete, bemerkte er eine bebende Lippe und eine einzelne Träne, die über ihre Wange kullerte.

Das machte ihn wütend. Jeder wollte etwas von ihm. Konnte er einem weinenden Kind der Wüste etwas abschlagen? Warum tat er es nicht für sich selbst? Peter knirschte mit den Zähnen, als er sein Glück verfluchte.

Siebzehntes Kapitel

Owen grinste den Waisen an, als sie schweigend zurück zum Lager ritten. Die Mameluckenreiter hatten Fackeln und der Geruch des Feuers machte sie hungrig.

"Nun, Eure Hoheit, du hast deine Sache gemacht, und wir leben noch!" sagte Owen. "Du hast geschwiegen, als Lord Broca eine Truhe erwähnte, aber ich habe dein Gesicht gesehen."

"Wir..." Peter überlegte, was er sagen sollte.

"Ivar hat eine Truhe gefunden, richtig?"

"Ja, wir haben es gefunden, aber wir müssen leise sein, Owen."

"Gab es einen Schatz?"

Peter dachte einen Moment lang nach. Sie haben die Kiste mit den Gedichten gefunden, aber kein Gold. Immer noch nicht.

"Wir haben beschlossen, Lord Broca und Lady Helen nichts zu sagen", sagte Peter, ohne das Gold zu bestätigen.

"Lord Broca wusste davon. Immerhin hat er es geschickt, aber Lady Helen...", der Bogenschütze kratzte sich am Hals. "Hat sie gelogen, oder wusste sie wirklich nichts davon?"

"Ich glaube schon, aber ich bin mir nicht sicher", sagte Peter.

"Ich weiß eines, Eure Hoheit. Wenn eine Frau das Thema wechseln oder etwas verbergen will, lässt sie cinc oder zwei Tränen los."

"Aus eigener Erfahrung?"

"Ja", grinste Owen. "Aber ich möchte dich eine Sache fragen. Wie bist du darauf gekommen, dass sie es ist, die Gedichte schreibt? Lady Helen?"

"Glück gehabt", grinste Peter, "es gab keine andere grünäugige, reiche und gebildete Frau in der Region, die lesen und schreiben konnte."

"Eure Hoheit überrascht mich wieder", lachte Owen.

"Aber was bedeutet das alles? Ich bin mir nicht sicher. Wir müssen mit Ivar sprechen."

"Was dann?"

"Ein Teil der Geschichte fehlt noch. Wir wissen immer noch nicht, was am Strand passiert ist. Aber Lady Helen hat von ihrem Turm aus einen perfekten Blick."

"Ist das nicht offensichtlich? Sie haben sich gegenseitig wegen des Goldes umgebracht?"

"Lord Broca und Lady Helen sprachen von einem Schiff, aber wir fanden zwei, ein großes und ein kleineres. Lord Broca erwähnte, dass 50 starke Krieger sein Lager verlassen haben, dazu kommt sein Sohn, 51. Aber wir haben 41 Skelette und eine weitere abgetrennte Hand gefunden."

"Na und? Zehn Männer wurden vermisst. Vielleicht waren das die Männer deines Vaters? Sie hielten an einem bestimmten Ort an. Am Strand fanden wir die Überreste des Schiffes, stritten uns mit Guidos Bruder, Euer Hoheit, über das Gold und dann sprachen die Schwerter!"

"Das ist möglich, ja. Aber wo ist das Gold? Wir haben den Ring des Sohnes, den Ring von Guidos Bruder und die Poesie-Schriftrollen gefunden. Aber warum wurden 7 Männer in dem kleinen Schiff enthauptet? Jemand hat den Rest ehrenvoll begraben und diese Schachfigur im Mund des Schädels stört mich immer noch!"

"Was soll's, Eure Hoheit, manchmal ist es offensichtlich. Es geht nur um das Gold", sagte Owen.

Schon bald erreichten sie das Lager und Ivar kam ihnen mit vor der Brust verschränkten Händen entgegen. Er war gespannt auf alle Informationen, die Peter gesammelt hatte.

Das Waisenkind war hungrig wie ein Löwe. Wie Owen sagte, könnte er ein Pferd essen. Der Ostringer lachte sie aus und befahl einem Diener, Essen zu bringen, während sie ihm alles erzählten. Owen ging auf die Suche nach einem ruhigen Platz, um sich zu erleichtern: "Lasst mir mehr Essen da, ich bin gleich wieder da, Hoheit."

Peter schaute sich suchend nach der Prinzessin um. Abal stand in der Nähe der Ställe und streichelte ihr Pferd. Im nächsten Moment blickte sie zurück und sah ihn, ihr Gesicht erhellte sich durch ihr Lächeln. Sie winkte dem Waisenkind mit der Hand zu. Ivar bemerkte, wie Peter und Abal sich gegenseitig ansahen.

"Pass auf, Junge, der Sultan wird diesen Fehler nicht zweimal machen!"

"Irrtum?" fragte Peter.

"Er hat einmal eine seiner Töchter der falschen Person anvertraut. Der Sultan ließ zu, dass sich seine Tochter in einen gefährlichen Mann verliebte".

"Du meinst Ulf?"

Ivar nickte und blickte zu Abal.

"Sie ist schön und hat einen scharfen Verstand, nicht wahr?"

"Was meinst du?"

"Wir sind sterblich im Vergleich zu der unsterblichen Schönheit der Frauen, die Männer zu Großem inspiriert haben, Peter, vergiss das nicht", sagte Ivar. "Halte dich von ihr fern. Ich bin nicht blind. Ich sehe, wie ihr beide aufeinander reagiert."

"Aber... ja, sie ist schön, ja", fügte Peter hinzu.

"Es gibt nichts, was du tun kannst... Ihr Vater wird jeden vernichten, der sich seinen Töchtern ohne seine Erlaubnis nähert", sagte Ivar. Peters Stimmung verdüsterte sich, auch wenn er wusste, dass sein Freund versuchte, ihn zu beschützen.

"Während des Piratenangriffs hast du nach Abal gesucht. Du warst mutig wie immer. Der Sultan wird davon erfahren."

"Ich war nicht mutig!" Peter sprach mit zusammengebissenen Zähnen: "Ich habe Abal Jaffar vorgezogen, und jetzt ist er weg." Er ballte die Fäuste, seine Knöchel wurden weiß. "Menschen sterben um mich herum, Ivar. Ich bin verflucht!"

"Sag das nicht, Junge", sagte Ivar. "Dein Handeln war mutig. Niemand hätte das Ergebnis vorhersagen können, wenn du nicht so gehandelt hättest, wie du es getan hast."

Peter blickte auf das dunkle Meer. Er schlug die Hände vor die Augen, um sein Gesicht zu verdecken. Er fragte sich, was er hätte anders machen können, um Jaffar zu retten. Was hätte er tun können, um Adam zu retten? Vielleicht hätte er gar nicht bei ihnen sein sollen. Das wäre vielleicht die bessere Entscheidung gewesen.

"Es würde keinen Unterschied machen. All mein Training, meine Bemühungen. Nichts davon zählt. Ich würde immer versagen, so wie ich es schon immer getan habe. Ich bin der Straßenjunge, ein Waisenkind aus Akkon, das immer wieder versagt."

"Aber du hast nicht versagt, Peter! Schau mich an!" sagte Ivar. Bevor er überhaupt merkte, was er getan hatte, hatte er Peter eine Ohrfeige verpasst, die das Waisenkind nach hinten stolpern ließ.

"Du bist einer der mutigsten und talentiertesten jungen Männer, die ich in letzter Zeit getroffen habe. Du hast ein großes Herz, und das ist eine deiner Tugenden, aber es ist auch deine Schwäche", sagte Ivar. Seine Augen sahen wütend aus, aber es lag auch Traurigkeit in ihnen.

"Menschen sterben, Peter. Die Guten und die Bösen. So gerne man das auch ändern möchte, es liegt nicht in deiner und meiner Macht, zu entscheiden, wer lebt und wer stirbt. Wir haben diese Macht nicht..."

"Ich will nicht, dass Menschen für mich sterben", sagte Peter.

"Viele Menschen werden neben dir sterben, viele für dich und viele mehr durch deine Hand. Du wirst Schuldgefühle und Traurigkeit kennenlerne n... aber du musst es ertragen. Du wirst es ertragen! Das macht dich stärker. Ich weiß und Baibars sieht, dass du vielleicht besser bist als wir alle. Das musst du sehen. Wir brauchen dich, um für die Lebenden da zu sein."

"Und was ist, wenn ich wieder versage?" fragte Peter.

"Glaube mir, Junge, das wirst du. Immer wieder, aber so lange du überlebst, wirst du stärker werden."

"Stärker als der Wüstenwolf?" fragte Peter und Ivar war erstaunt über den Schatten eines Lächelns auf dem Gesicht des Waisenkindes.

"Nein... er ist ein anderes Tier", lachte der Ostringer, und dann erschien Owen mit seinem wirren Haar und einem breiten Grinsen.

"Hey, seht mal, was ich mit einem eurer Soldaten getauscht habe." Owens Augen blickten so lebhaft, als er seine rechte Hand hob, in der er einen gebogenen Bogen hielt. Er sah ähnlich aus wie die Bögen, die die Türken und Mongolen benutzten, wie Peter feststellte. Er war kürzer als der Langbogen, den Owen besaß, und hatte zwei Kurven, und einer der Mamelucken stand neben seinem Freund.

"Kannst du es benutzen?"

"Ah, ich wette, das kann ich. Dieser Freund hier sagt, er kann mir zeigen, wie man es benutzt." Owen winkte dem Mamelucken mit der Hand und sie gingen von Ivar weg. "Was nützt ein Bogenschütze ohne Bogen, Eure Hoheit? Eine Verlockung, schneller zu schießen? Ich bin dabei!"

Peter schmunzelte, doch plötzlich dachte er an sein kaputtes Schwert. Ein waffenloser Kreuzritter. Dann dachte er an das Geschenk, das er von

Lord Broca erhalten hatte. Seine Laune verbesserte sich, nachdem er und sein Freund neue Spielzeuge bekommen hatten.

"Peter, ich glaube, ich habe etwas Interessantes gefunden, während du nicht hier warst. Komm mit mir", sagte der Ostringer.

Er und Ivar gingen zu dem Zelt, in das die Arbeiter alle Funde von den Ausgrabungen gebracht hatten. Der Ostringer holte sein Notizbuch und suchte darin nach etwas. Dieser Ort sah gruselig aus, mit so vielen Schädeln, menschlichen Überresten, rostigen Waffen und Schiffsnieten. Schnallen und was auch immer sie gefunden hatten. Neben einem der Holztische stand die Holztruhe.

"Ah, Objekt 247", sagte der Ostringer, während er sein Notizbuch schloss. Dann durchquerte Ivar das Zelt, griff nach einem Schädel und reichte ihn dem Waisenkind.

"Erinnerst du dich?"

Peter betrachtete das Loch auf der Rückseite des Schädels und nickte. "Der mit der Schachfigur im Mund?"

"Ja, genau das", sagte der Ostringer und nahm ein dunkles Stück Stoff vom Tisch. "Das habe ich auf der linken Seite seines Schädels gefunden, nachdem wir die Kleidung, Helme und andere Gegenstände gesäubert und sortiert hatten."

Peter hat es immer noch nicht verstanden. Was war das?

"Verstehst du denn nicht?" Ivar starrte ihn mit weit aufgerissenen Augen an. "Pass auf, Junge!"

Er nahm den Schädel aus Peters Händen und legte ihn auf den Tisch. Dann nahm er das Stück dunklen Stoff und legte es darüber. Dort war ein Loch, das der Stelle des linken Augapfels entsprach.

Ivar nahm so etwas wie einen Flachmann und öffnete ihn. Ein bitterer Geruch umhüllte Peters Nasenlöcher und er blieb fast hängen. Der

Ostringer schüttete etwas von der säurehaltigen Flüssigkeit darüber. Bald färbte sich der Stoff weiß.

"Ist es...?"

"Ja."

Vor Peter lag ein halbes Stück Stoff, das der Maske des Anführers der Banditen ähnelte.

"Eine Maske?" Peters Mund gefror. "Ein Stück einer ähnlichen Maske!"

"Interessant, was, Junge?"

"Die fehlende Hand?"

"Nein, dieses Skelett hatte alles, und er besaß den Ring mit den Speeren, den du zusammen mit dem Familienring von Lord Broca an den Weißen Lord zurückgegeben hast."

"Verdammte Scheiße", sagte Peter und sprang vor Freude auf. "Könnten das die Überreste von Guidos Bruder sein?"

"Und vielleicht hat dein Vater ihn zu Sankt Peter geschickt?"

Dieser Gedanke machte für Peter keinen Unterschied. Doch jetzt verstand er die Art, wie Guido ihn ansah. Sein Bruder trug also eine ähnliche Maske wie der Bandit. War der maskierte Mann Guido? Im selben Moment blickten sich Ivar und Peter an, als sie sich in Jäger verwandelten und ihre Beute sahen. Peters Herzschlag beschleunigte sich und zum ersten Mal seit langem fühlte er sich lebendig, denn er wusste, was er zu tun hatte. Jemand würde sterben. Dieser Gedanke brachte ihn fast zum Lächeln. Er witterte Rache, während das Blut in seinen Adern heiß wurde.

"Wir brauchen einen Plan!" sagte Peter und schaute sich um. Sie hatten eine leere Truhe und ein halbes Stück Maske und nicht zu vergessen eine Schachfigur von einem König.

"Es ist spät, Junge, lass uns schlafen gehen und morgen entscheiden wir, was wir als Nächstes tun!"

***

Peter konnte nicht sofort einschlafen. Die Enthüllung, wer der maskierte Mann sein könnte, machte ihn noch wach.

"Verdammt", murmelte Peter, "er ist so nah". Er versuchte, sich zum Schlafen zu zwingen und jedes Mal, wenn er die Augen schloss, sah er Guidos Gesicht wieder.

In seinem Kopf wiederholten sich die Ereignisse dieses langen Tages, als er wieder die Augen schloss und sie immer wieder sah. Lord Brocas Kummer und seine dunklen Gefühle und Lady Helens verblasste Schönheit und ihre traurigen Augen. Als sie jung war, musste sie eine echte Perle in der Region gewesen sein. Damit der alte Ben sie so sehr begehrte, dass er das Schicksal seines Sohnes verdammte. Und sie in einen Konflikt stürzte, der dazu führte, dass das Schiff mit seinen Männern vor so langer Zeit unterging. Junge und tapfere Krieger mussten einen Eid ablegen, damit sie an ihren Herrn glaubten. Sogar sein Vater legte vor ihm einen Eid ab. Ja, Lord Broca hatte einen beeindruckenden Ruf. Trotzdem. Die Poesie hallte auch in seinem Kopf nach:

Grüne Falken sind meine zwei Augen,
mit plötzlichem Sonnenschein im Blinzeln,
deiner Rückkehr.

Peter erinnerte sich, wie Lady Helen die Stirn runzelte, als sie das hörte. Er hatte ihre Tränen gesehen. Es muss eine echte und starke Liebe sein. Hatte sie sie für den Sohn von Lord Broca geschrieben? Von wessen Rückkehr war die Rede? Der alte Ben oder sein Sohn? Er erinnerte sich an die Schachfigur des Königs im Mund des Schädels. Jemand hat versucht, einen Lord zu spielen. Aber wer? So viele Fragen mussten noch beantwortet werden. Das zweite Schiff musste hier auf sie warten. Es war näher an Atlit dran. Vielleicht wollte sich die Besatzung des Schiffes aufteilen. Aber warum? Guido hatte gesagt, er warte bei den Ruinen im Dorf al-Tantura auf seinen Bruder. Vielleicht hat sich sein Vater wieder dem Kreuzzug angeschlossen, wie Lord Broca sagte. Dass er eine Versöhnung vermittelte, damit er zum Kreuzzug des französischen Königs und seinem Untergang zurückkehren konnte.

Peter lag mit dem Rücken auf dem Sand und beobachtete die Sterne. Das Rauschen der nächtlichen Wellen sang in seinem Ohr. Er war immer zu ihrem Gesang eingeschlafen, aber heute Nacht hielt es ihn wach. Er drehte sich nach links und griff nach dem Schwert, das Lord Broca ihm gegeben hatte.

Dieses Kunstwerk war atemberaubend. Er zog das Schwert aus der Scheide, und das Glitzern des Mondlichts ließ die Klinge wie Silber glänzen. Seine erste Kampfnarbe auf der Wange erinnerte ihn an seine erste Erfahrung mit Sir Julian in einem echten Schwertkampf. Damals hatte er überlebt. Peter verzog sein Gesicht zu einem Lächeln. Sir James hatte ihn in dieser Nacht gerettet.

"Peter", hörte er eine Stimme. "Was machst du denn damit mitten in der Nacht? Spielst du einen Ritter?"

"Milady!"

"Ich konnte nicht schlafen." Abal setzte sich neben ihn und berührte seine Wange. "Ivar hat mir alles erzählt".

"Ich ... ja, ..."

"Hat dein Vater dich vermisst?"

"Ich habe ihn nie gekannt, also nichts, was man verpassen sollte", sagte Peter.

"Aber manchmal vermisse ich meine."

"Wirklich?"

"Er ist nicht die ganze Zeit so kriegerisch und versteinert, weißt du. Als ich jünger war, hat er mit mir gespielt und mir Geschichten vorgelesen. Ich weiß noch, wie er mich ansah und merkte, wie sehr ich meiner Mutter ähnle."

"Er hat sie geliebt?"

"Ich glaube schon. Er hat sie sehr geliebt. Sein Herz wurde kälter, nachdem sie gestorben war." Sie legte ihren Kopf auf Peters Schulter. "Ich will ihn nicht verlieren."

"Er ist so gut wie lebendig".

"Ja, aber wie lange könnte er regieren oder einen weiteren Anschlag auf ihn überleben, ganz zu schweigen von seinen Konkurrenten, Meuchelmördern oder Kreuzrittern?"

"Ich will ihn nicht töten..."

"Auch er war der Mann, der deinen Vater getötet hat?" fragte Abal.

"Es war seine Pflicht, die Kreuzfahrer zu bekämpfen, und er hat es getan", kam es Peter über die Lippen. Was, wenn Baibars seinen Vater nicht getötet hat? "Ich weiß es nicht. Ich bin ein einfacher Mann und dein Vater hat mich zu seinem Blutsbruder gemacht. Das gefiel den Kreuzrittern nicht."

"Du hast es verdient, weil du ihm das Leben gerettet hast", starrte Abal Peter mit ihren Augen an. "Und du hast mich gerettet."

Sie neigte ihren Kopf und legte ihre Lippen auf seine. Als er den Kuss erwiderte, breitete sich ein Gefühl der Wärme in seinem Körper aus. Er schmeckte sie, denn er wollte nicht, dass dieser Moment endet.

"Ich will dich nicht verlieren, Peter Longsword. Versprich mir, dass du vorsichtig bist." Er konnte ihre leuchtenden Augen sehen, als sie aufstand und in der Dunkelheit der Nacht verschwand. Als sie weg war, blieb nur noch der Duft ihres Parfüms und das Klopfen seines eigenen Herzens in seinen Ohren.

***

Peter musste sich den Schmutz und Schweiß aus dem Gesicht waschen. Er schaute auf den Eimer neben seinem Zelt und starrte einen Moment lang auf das Wasser und betrachtete sein Spiegelbild. Das Gesicht aus dem Wasser grinste ihn an, vor Schmerz verzogen. Die lange Narbe, die er in seinem ersten Schwertkampf erhalten hatte, verlief von seinem Augapfel bis zu seiner Wange. Sein rabenschwarzes Haar war unordentlich und klebrig. Die braunen Augen sahen müde aus und hatten etwas Rötliches um sich, nachdem er sie gerieben hatte. Er hatte letzte Nacht nicht allzu viel geschlafen. Er spritzte sich mit den Händen Wasser ins Gesicht. Das fröstelnde Gefühl half ihm, schneller aufzuwachen, und nach einer weiteren Runde fühlte er sich besser, leichter und gewaschen und konnte seine weißen Zähne wieder sehen.

"Genießt du dein hässliches Lächeln, Hoheit?" Owen schob ihn vom Eimer zur Seite. "Bist du fertig? Jetzt bin ich dran."

Der Bogenschütze streckte sich. "Meine Muskeln sind wund von der Schießerei. Dieser Mistkerl hat mir gezeigt, wie ich viermal schneller schießen kann!"

"Vier?"

"Ich muss meine Pfeile in meinem anderen Arm bereithalten. Ein Teufelszeug, aber es hat funktioniert."

Peter beobachtete das Gesicht seines Freundes und seine Stimmung wirkte lebhaft, während er sprach. Die Gedanken des Waisenkindes gingen in eine andere Richtung.

"Du kannst also Feinde viermal schneller töten?"

"Ja, in der Tat. Weißt du außerdem, auf wessen Seite Gott steht?"

Peter wusste die Antwort, wollte aber hören, wie der Waliser sie sagte. Er sah so stolz aus, als er es tat.

"Die besten Schützinnen und Schützen. Gott ist auf der Seite der besten Schützinnen und Schützen", sagte der Bogenschütze ernst.

"Gelobt seien Gott und die besten Schützen. Mögen sie für immer auf unserer Seite sein und viermal schneller schießen", grinste Peter, aber seine Stimmung war düsterer.

"Wollt Ihr mir Eure Gedanken mitteilen, Eure Hoheit? Du schienst heute Morgen beunruhigt zu sein?"

Peter starrte auf das Meer. Er fürchtete sich vor dem Moment, in dem er diesem maskierten Mann, Sir Guido Embriaco, gegenüberstehen würde. Er musste seinen Kopf frei bekommen und sich darauf vorbereiten, aber Abals Besuch in der letzten Nacht ließ ihn mit trüben Gedanken zurück.

"Ich habe sie gestern Abend gesehen", sagte Owen. "Spiel nicht mit der Prinzessin. Sie ist eine Nummer zu groß für dich, Eure Hoheit!"

Peter starrte auf das Gesicht seines Freundes. Mit ernster Miene schüttelte Owen den Kopf.

"Ihr Vater, der Sultan, wird dich kreuzigen, weißt du."

"Sein Blutsbruder zu sein, bedeutet doch etwas, oder?" Peter versuchte zu lächeln.

Owen zuckte mit den Schultern und hob einen Finger.

"Vorsicht, Eure Hoheit!"

Peter schüttelte den Kopf und machte ein paar Schritte. Er dehnte seine Schultern und seinen Nacken. Er wollte nicht weiter darüber reden und holte tief Luft. Dann entledigte er sich des Geschenks, das er von Lord Broca erhalten hatte, und starrte auf sein schönes Design.

"Du denkst an ihn? Der maskierte Mann? Er ist zu stark für dich", sagte Owen.

"Danke für deine Unterstützung, mein Freund", lächelte Peter. "Deine Loyalität heute Morgen ist bewundernswert!"

"Du solltest besser nicht alleine gegen ihn kämpfen. Du bist zu schwach, und du bist jetzt ein Linkshänder. Er wird deinen Kopf wie Feuerholz spalten."

"Ich fühle mich in der Nähe meiner Freunde besser".

"Du hast nicht viel", grinste Owen. "Wollt Ihr noch ein Rätsel für Eure Stimmung, Hoheit?"

"Sag mir, Bogenschütze,"

"Inmitten der Soldaten des Mars ist das Schicksal bereit, mir zu helfen, einen Angriff zu starten und das Feld mit Tod zu übersäen. Und um vorsichtige Hinterhalte gegen wilde Tiere zu legen und inmitten der fröhlichen Scharen von Jugendlichen zu stürmen. Was bin ich?"

"Ein Pfeil?"

"Eure Hoheit, du lernst, gut gemacht", streichelte Owen seinen Hals.

"Ein Glückstreffer", grinste Peter.

Sie lachten und gingen in Ivars Zelt. Abal war auch dort.

"Morgen sind wir bereit, den letzten Teil des großen Schiffes auszugraben." Der Ostringer warf ihm die Schachfigur des Königs zu. Peter fing sie mit seiner rechten Hand auf, wie ein Adler seine Beute fängt.

"Du bist vollständig geheilt, wie ich sehe", grinste Ivar. "Bald musst du zu deiner Lady Eleonore aufbrechen."

"Ja, je früher, desto besser." Owens Stimmung sah gut aus.

Trotzdem schaute Peter alle an. Nein, er hatte einen Plan. Bevor er dieses verfluchte Stück Land verlassen würde, wollte er noch etwas tun. Er wollte eine Chance, Adams Tod, Jaffars Tod und seinen Stolz zu rächen. Peters Herzschlag beschleunigte sich, als er Abal anstarrte. Sie nickte ihm zustimmend zu, während er sprach.

"Ich habe nachgedacht..."

"Oh nein, Eure Hoheit, du machst schon wieder dein Ding", verdüsterte sich Owens Stimmung.

"Ich habe einen Plan. Wie wir den maskierten Mann ein letztes Mal hierher locken können", sagte Peter.

"Was ist, wenn es nicht funktioniert?" fragte Abal.

"Wir verlieren nichts", sagte Peter.

"Aber wenn es funktioniert? Was dann? Du hast doch gesehen, wie viele Männer, voll bewaffnet und kriegsbereit, Lord Broca im Dorf al-Tantura hatte", schrie Owen es fast. "Sie werden uns überrennen wie Schweine vor dem Abendbrot!"

"Was schlägst du vor, Peter?" Ivar schaute ernst, während er die Arme vor seiner riesigen Brust verschränkte.

"Beim ersten Mal haben uns die *Seewölfe* von zwei verschiedenen Orten aus angegriffen. Sie hatten einen Plan. Die erste Gruppe lenkte uns ab, während die zweite Gruppe den Diebstahl durchführte. Was haben sie vom ersten Angriff?"

"Gold aus dem Gefangenenaustausch", sagte Owen.

"Als sie das Lager zum zweiten Mal angriffen, landeten sie vom Meer aus an zwei verschiedenen Stellen. Eine in der Nähe der Ausgrabungsstätten des Schiffes, aber sie nahmen nichts mit, und die andere Gruppe von Banditen stürmte das Lager in Richtung Abal, um uns wieder abzulenken. Ich vermute, sie waren hinter dem vermeintlichen Gold für das Lösegeld in der Truhe her."

"Noch nicht entdeckt", sagte Ivar. "Aber sie wussten von den Ringen und haben sich nicht die Mühe gemacht, sie zu holen."

"Ja, in der Tat. Was sie anscheinend wollten, ist das Gold."

"Gold gibt Macht", sagte Abal, "mein Vater hat immer gesagt."

"Trotzdem haben ihre Spione noch nicht herausgefunden, dass es hier kein Gold gibt", sagte Peter.

"Aber wo ist das Gold?" fragte Owen.

"Schon vor langer Zeit verschwunden, nehme ich an. Vielleicht hat sich die Schiffsbesatzung darüber gestritten", sagte Ivar.

"Oder die Männer deines Vaters haben es mitgenommen, nachdem sie ihre Aufgabe erledigt hatten", fügte Abal hinzu.

"Wir haben die Truhe als Köder benutzt!" sagte Peter mit Feuer in den Augen.

"Lord Broca und seine Männer wollen also, was ihrer Meinung nach ihnen gehört", fügte Owen hinzu. "Aber sie sind stark und uns zahlenmäßig überlegen".

"Wir brauchen Verstärkung, ja", sagte Peter.

"Ich lasse den größten Teil meines Gefolges hier, 100 starke Mamluk-Krieger, bei Ivar und reite mit 10 meiner persönlichen Garde nach Qaqun, um mehr Männer zu holen!" sagte Abal. "Mehr Männer werden mir folgen, wenn ich persönlich dort bin. Was denkst du, wie viel Zeit wir haben?"

"Wie wollt ihr sie wieder hierher locken?" fragte Owen. "Mit einer leeren Truhe?"

"Das ist einfach. Aber wie wir das Ergebnis überleben, wird schwer sein. Haben wir Öl und Schnaps dabei?" fragte Peter, als er ihnen seinen Plan erzählte.

"Ihr seid verrückt, Eure Hoheit", grinste Owen. "Aber ich bin dabei!"

Peter beobachtete die Gesichter in ihrer improvisierten Jagdgruppe. Denn sie jagten jetzt die *Seewölfe*. Bald würden sie die Gerüchte über die Truhe im letzten Teil des ausgegrabenen Schiffes verbreiten. Die Spione würden ihre Arbeit tun.

"Dann müssen wir auf sie warten." Das Herz des Waisenkindes schlug wieder schneller. Sie mussten für die *Seewölfe* bereit sein und es gab viel zu tun.

"Werden sie kommen?" fragte Owen.

"Ich wette, das werden sie. Vielleicht noch vor Sonnenaufgang, so wie damals, als sie uns auf dem Rückweg nach Akkon angegriffen haben."

"Hoffen wir, dass du Recht hast, Hoheit", sagte Owen.

Peter stand in seiner Nähe und beobachtete Abal, die ihn von ihrem Pferd aus anlächelte und eilig ritt, gefolgt von zehn Mamelucken aus ihrem Gefolge.

Das war das Signal; die Spione würden es merken. Ivar hielt den Arbeitern eine fröhliche Rede über den Abschluss der Ausgrabung und feierte mit Wein und Ale, sogar für Sklaven.

Owen grinste, als seine Aufgabe darin bestand, die Taverne des nahe gelegenen Dorfes aufzusuchen und Alkohol mitzubringen. Seine Laune wurde besser, als er erwartete, die Tavernenwirtin wiederzusehen. Er schien sie sehr zu mögen. Ivar nahm fünf Soldaten mit, denn sie mussten eine der Holzplattformen in der Mitte des Lagers versetzen. Sie stellten ihre Falle auf. Wusste der Feind, dass es eine Falle war? Ja, Lord Broca war nicht dumm. Hat er Guido und seine Überfälle ermutigt? Oder hat der Italiener das allein gemacht? Sie trugen keine Farben, sondern dunkle Kleidung, wenn sie angriffen. Sie wollten nicht riskieren, von den Einheimischen offen beschuldigt zu werden. Das spielt jetzt keine Rolle. Bald würde die Falle bereit sein und die *Seewölfe* würden in sie springen. Dann würden alle

Masken fallen und jemand würde sterben. Seine Gedanken brachten ihn zu Adam zurück. Eine Träne glitt ihm wieder über die Wange.

"Robert, komm!", rief Peter, als er den großen Mann sah, der auf das Meer starrte. Der Mann stellte sich ihm gegenüber und das Waisenkind erklärte ihm, was als Nächstes passieren würde.

"Ich brauche deine Hilfe." Peter zeigte ihm eine Muschel im Sand. "Kannst du ein paar Arbeiter organisieren, die mindestens fünf Eimer Muscheln sammeln und sie für mich zerkleinern?"

Roberts Gesicht sah verwirrt aus. Das Waisenkind grinste, als es seine Augen nachzeichnete. "Als Straßenhund in Akkon habe ich ein Geheimnis gelernt, das ich mit dir teilen werde."

Robert nickte, als er die Muschel aus dem Sand nahm. Doch Peter hielt ihn einen Moment auf und reichte ihm einen Brief.

"Danach lasse ich dich frei, mein Freund. Ich bin dir dankbar für deine Hilfe während des nächtlichen Angriffs." Peter reichte ihm eine saubere Tunika und einen Brief, den er von Ivar bekommen hatte und der bewies, dass er kein Sklave mehr war.

"Du bist ein freier Mann. Behalte diesen Brief, wenn dich jemand aufhält. Geh vor Einbruch der Dunkelheit, denn heute Nacht oder morgen werden die *Seewölfe* wieder angreifen."

Peter drehte ihm den Rücken zu, als er sich seinem kleinen Zelt näherte, da er sich vorbereiten musste. Robert folgte ihm, als das Waisenkind eine Träne in seinen Augen sah, als der große Mann nickte und das Schwert zeigte, das Peter in der Hand hielt.

"Das ist ein schönes Werkzeug, um den Tod zu bringen", sagte Peter, als er es Robert gab. Der große Mann zog es aus der Scheide und untersuchte es mit großen Augen. Es sah so aus, als wäre der Mann mit Schwertern vertraut, denn seine Finger fuhren über die Kanten der Klinge und des Knaufs. Robert verbeugte sich und gab es ihm zurück.

"Willst du eine?" fragte Peter. Roberts Augen blickten lebhaft, als er nickte.

"Ich werde sehen, was ich tun kann. Ich werde mit Ivar reden", sagte der Waise, während er hoffte, dass Robert bei ihm bleiben würde. War er egoistisch? Ja, das war er. Er wollte, dass alle seine Freunde und Ressourcen ihm helfen, Adams Tod zu rächen. War das egoistisch? Ja, in der Tat. Es war ihm völlig egal. Sein Siegeswille war ein Produkt seines Rachedursts und nicht das Bedürfnis, jemanden zu beeindrucken. Peter wusste, dass er sich seinen Platz im Gefolge von Lady Eleonore erst verdienen musste. Oder um ein Blutsbruder des Sultans zu sein. Bei jeder Begegnung und an jedem Tag sahen die anderen ihn als ein Stück Scheiße an, als einen Hochstapler. Ein Waisenkind, das irgendwie die Stufen des Reiches erklommen hat. Wenn er respektiert werden wollte und sich das Privileg verdienen wollte, Abal zu sehen, musste er sich durchsetzen, was auch immer vor ihm lag.

Owen kehrte mit dem, was er zu liefern hatte, aus dem Dorf zurück.

"Teufelswerk, Eure Hoheit, so viel Alkohol auf einem Fleck".

"Hast du uns mitgeteilt, was wir gefunden haben?"

"Ihr kennt mich, Eure Hoheit, ich habe ein Ale und werfe vor aller Augen eine Goldmünze."

"Gut gemacht, Bogenschütze", sprach Ivar sie an und klopfte ihm auf den Nacken. "Hilf uns, diesen Holzturm in der Mitte des Lagers zu errichten."

Die Würfel waren gefallen. Jetzt gab es kein Zurück mehr. Die Ohren und Augen der *Seewölfe* hatten inzwischen alles gesehen, was sie taten. Peter wusste, dass sie warten und bereit sein mussten und kratzte sich am Kinn. Würde Abal rechtzeitig mehr Truppen liefern? Peter hoffte es. Er warf einen Blick auf Atlit und den riesigen Turm. Er war sicher, dass Lady Helen sie beobachtete. Wie würde sie sich verhalten?

Würde Lord Broca auch kommen?

"Eure Hoheit, ich gehe wieder ins Dorf. Ich werde vor Sonnenuntergang hier sein!" sagte Owen.

"Grüß sie von mir", sagte Peter. "Ich warte vor der Abenddämmerung auf dich."

Der Bogenschütze lächelte. "Noch ein Rätsel für Eure Hoheit?"

"Sag es mir", grinste Peter.

"Diesmal ist es einfach, was? Hör zu. *Ich werde des menschlichen Blutvergießens beschuldigt. Ich werde auch ein grimmiger Rächer sein; manchmal verteidige ich den Körper, manchmal quäle ich ihn. Aber das tue ich nur, wenn mich fünf Wesen umgeben. Wie ist mein Name?* Ich gebe dir bis zu meiner Rückkehr Zeit zum Nachdenken, Hoheit", zwinkerte Owen ihm zu, nickte und verschwand.

Der Waise stand mehr als eine Stunde und beobachtete die Mamelucken bei ihrer Arbeit. Möwen flogen davon, als eine schwarze Krähe in seiner Nähe landete. Es war Zeit. Peter ging zu seinem Zelt und zog sich für die Schlacht an. Er legte sein römisches Wappen an seinen linken Arm und band sich seinen Ledergürtel und seine Schnalle um die Taille. Er zog sich sein Kettenhemd über den Kopf, während Robert ihm plötzlich mit der Rüstung half. Der große Mann hatte vier Eimer mit zermahlenen Muscheln geliefert.

"Danke", Peter schaute ihn an und betrachtete den Kreuzrittermantel. Er hatte ihn über sein Kettenhemd gezogen, und das Klirren des Metalls hallte bei jeder Bewegung wider. Der Waise fühlte ein Gefühl der Dankbarkeit gegenüber Ivar, dass er ihnen die notwendige Ausrüstung zur Verfügung gestellt hatte. Peter ballte seine Faust und richtete seinen Blick auf den Ring, der seinem Vater gehört hatte. Er war noch nicht bereit, Guido zu treffen, aber er musste es tun.

Die Sonne sah müde aus und ging in ihr Bett. Und von Abal und Owen gab es keine Spur. Wo waren sie?

"Entspann dich, Peter, sie werden kommen." Ivar sah ruhig aus, wie immer. "Wir sind fast fertig."

Das Waisenkind war froh, das zu hören.

"Da kommt jemand!" rief eine Wache. Peters Haut prickelte. Hatte der Feind früher gehandelt, als er erwartet hatte?

"Ein Mann und ein Kind", rief der Wachposten erneut. Bald nahmen die umrissenen Gestalten der Neuankömmlinge Gestalt und Gesicht an. Der Einsiedlerschmied und Mathew lächelten sie an. Die Mamelucken erlaubten ihnen den Zutritt zum Lager, als sie sich auf die Mitte zubewegten, und der Waise beobachtete sie aufmerksam.

Gabriel sah anders aus, denn er hatte sich den Bart abrasiert und sah dadurch anders aus, jünger und doch irgendwie vertraut für Peter. Die Augenklappe auf seinem rechten Auge gab ihm einen bedrohlichen Blick. Auch seine Kleidung sah neu aus. Seine Schürze war nicht mehr da und er trug eine Lederweste mit einem gewebten Mantel und einer Lederkapuze über dem Kopf.

"Matthew, wie geht es dir?" Peter grüßte ihn und nickte Gabriel zu.

"Peter, wir haben dir etwas mitgebracht!" Die Stimme des Jungen klang glücklich, als er vor den Schmied lief und ihm ein Geschenk überreichte.

"Du darfst hier nicht sein!" sagte Ivar.

"Warum?" In Matthews Augen stand Traurigkeit.

"Sie erwarten jemanden, nicht wahr, meine Herren?" sagte Gabriel. "Die *Seewölfe*?"

"Ja", nickte Peter. "Wenn sie kommen, ist das kein Ort für Kinder."

"Warum bist du hier?" fragte Ivar.

"Um dir das Schwert deines Vaters zu bringen", sagte Gabriel. Aber das Waisenkind beobachtete sein Gesicht und dachte, dass da noch etwas anderes war.

"Und den Schatz zu sehen, den du gefunden hast", fügte Matthew hinzu, "darüber hat das ganze Dorf gesprochen!"

Peter lächelte, also verbreitete sich das Gerücht und ihr Plan ging auf.

"Findest du wirklich eine Truhe mit Gold darin?" Gabriel hob seine linke Augenbraue. "Sonst noch etwas?"

"Brust, ja", sagte Ivar. "Warum?"

"Ich bin nur neugierig", sagte Gabriel, als er Ivars und Peters Augen beobachtete. "Ich kannte Lord Broca..."

"Und?" fragte Ivar.

"Er wird kommen, weißt du", sagte Gabriel.

"Und was geht dich das an?" fragte Ivar, während er die Arme vor der Brust verschränkte.

"Er schuldet mir ein Leben!" sagte Gabriel ruhig. "Ich will hier sein, wenn er ankommt!"

"Auf welcher Seite stehst du?" fragte Peter.

Gabriel schaute sich um und lachte.

"Die Streitkräfte von Lord Broca waren den deinen zahlenmäßig überlegen. Ich denke, du wirst eine einhändige Seele wie mich willkommen heißen."

"Und Matthew hierher bringen?" fragte Ivar.

"Ich kann ihn doch nicht allein in der Schmiede lassen, oder?" sagte Gabriel und reichte Peter sein Schwert. Die Augen des Waisenkindes weiteten sich, als er es ergriff und es aus der Scheide zog.

Fata volentem ducunt, nolentem trahunt. Der Einsiedlerschmied hatte diese lateinische Inschrift auf dem Sockel der Klinge angebracht. Die gleiche, die er in seiner Werkstatt entdeckt hatte.

"Ich habe dir ein neues geschmiedet, Peter, ein besseres, aus den Stücken deines alten Schwertes", sagte Gabriel. "Das alte Schwert hat seine Sünden getan. Jetzt braucht das neue eine neue Seele."

Peter konnte seine Aufregung nicht verbergen, als er das diamantförmige, zweischneidige Schwert und das Kreuz am Knauf begutachtete. Die neue Klinge brauchte natürlich auch einen neuen Namen. *Eidesbrecher.* Ein Lächeln breitete sich auf Peters Gesicht aus, als er diese Erfahrung genoss. Wie ironisch!

"Danke!"

"Wie ich sehe, hast du schon einen neuen?" fragte Gabriel. "Lord Broca?"

Peter nickte, als seine Stimmung lebhaft wurde. Bis gestern war er waffenlos. Jetzt hatte er zwei fantastische Klingen.

"Wie gut kennst du dich aus, Lord Broca?" fragte Peter.

"Das reicht", sagte Gabriel und deutete mit einem Finger auf seine Augenklappe. Peter warf einen Blick auf Ivar, der regungslos dastand und den Schmied musterte. Der Ostringer nickte und dann erregte ein Geräusch ihre Aufmerksamkeit, als ein Wachposten erneut rief,

"Da kommt jemand!"

"Matilda!" sagte Matthew.

"Ich bin froh, dich zu sehen, Matthew!" Als sie ihn umarmte, strahlte Matildas Gesicht vor Freude.

"Warum bist du hier?" fragte Peter, als er die Gestalt des Tavernenbesitzers sah, der dem Mädchen folgte.

"Ich suche nach Owen. Ist er hier?", fragte die Frau. "Wir haben erwartet, dass er mich... uns besucht."

Peters Stimmung verdüsterte sich.

"Nein. Er ist vor langer Zeit zu dir gegangen", sagte Peter. Wo war Owen? Ihm musste etwas zugestoßen sein. Verdammte Scheiße. Nein!

Der Donnerschlag auf See war aber stark genug, um sie alle zu erschrecken. Die Wolken am Horizont sahen dunkler aus.

"Mehr Fackeln um das Lager herum!" befahl Ivar. "Geht zu den Zelten. Wir haben sie in den Süden der Bucht verlegt, weg von den Ausgrabungsstätten der Schiffe. Bringt die Kinder dorthin!"

"Komm, Matthew, Matilda", Gabriel winkte den Kindern zu.

"Sie haben den Köder, Peter. Sie werden kommen!" sagte Ivar.

"Wer kommt denn da?", fragte der Wirt, aber niemand schenkte ihr seine Aufmerksamkeit.

"*Seewölfe*", sagte Gabriel.

"Geh zu den Zelten und kümmere dich um die Kinder", sagte Peter, während seine Gedanken unruhig wurden. Owen war verschwunden, Abal blieb abwesend. Ein Sturm war im Anmarsch, und ihr Feind auch.

Verdammte Scheiße. Er hatte Schmerzen im Bauch, denn er war sich nicht mehr sicher, ob es eine gute Idee war, das Schicksal herauszufordern.

Das unvorhersehbare Schicksal. Leck mich am Arsch, Schicksal, ich werde meins treffen, koste es, was es wolle! dachte Peter.

Fata volentem ducunt, nolentem trahunt. Er dachte an die Inschrift, die ihn immer verfolgte, wenn er in letzter Zeit in diese Region kam.

Du wolltest sowieso dorthin, Peter, also genieße die Fahrt und dein Schicksal! Peter grinste niemanden besonders an. Er war im Begriff, seinem Schicksal zu begegnen. Wie sein Vater vor 22 Jahren. Er spuckte auf den Boden, denn sein Selbstvertrauen war besser, nachdem er das Schwert seines Vaters zurückbekommen hatte. *Eidesbrecher*. Er schüttelte seine Schultern und Arme ab, denn er spürte keinen Schmerz. Und wenn es welche gäbe? Niemand kümmert sich darum, nicht einmal das Schicksal.

Der Kreis hatte sich geschlossen; er würde dem maskierten Mann mit dem Schwert noch einmal gegenübertreten. Aber dieses Mal musste er gewinnen. Er wollte, er musste, um seiner Freunde willen. Aber würde er es schaffen?

Es ist ein Schwert. Das Rätsel, die Antwort, war ein Schwert. Peter grinste. Jetzt hatte er zwei, aber Owen war nicht in der Nähe zu sehen. Wo warst du, Bogenschütze?

Dann dachte er plötzlich an die Bitte von Lady Eleonore. Wusste sie von seinem Vater und den Ereignissen hier? Er musste sie fragen.

Wie Peter stand auch der Mond erwartungsvoll auf und wartete darauf, was passieren würde.

Achtzehntes Kapitel

Peter konnte das Meersalz riechen, wie die Pferdeäpfel in der Nähe der Tiere. Er legte sich hin und versuchte zu schlafen. Er war sich sicher, dass die *Seewölfe* am nächsten Morgen ankommen würden. Obwohl Peter etwas Ruhe brauchte, waren seine Bemühungen, die Augen zu schließen, vergeblich und er starrte ziellos in den Himmel. Er konnte die Meereswellen in der Nähe des Strandes und den Wind hören, der etwas in seiner Sprache flüsterte.

Eine Möwe schrie in der Dunkelheit. War es ein Vogel? In der Ferne ertönte eine weitere Möwe.

Peter stand aus dem Zelt auf und griff nach seinem Drachenschild. Der Geruch von geröstetem Holz und Öl von den Fackeln erreichte seine Nasenlöcher. Er beobachtete eilig den Horizont und den Eingang des Lagers vom Land aus. Dunkelheit. Und die Schreie der Möwen. Es hatte begonnen, dachte Peter.

Ivar griff in der Dunkelheit nach ihm und nahm ihn bei der Hand.

"Ruhig, Junge. Sie sind hier. Halte dich an den Plan, und lass uns hoffen, dass wir genug überleben, um die Sonne wiederzusehen."

"Owen?"

"Tut mir leid, Peter, keine Spur von ihm. Dasselbe gilt für Abal."

"Wir sind also auf uns allein gestellt", fügte Peter hinzu.

"Wie immer, Junge", zeigte Ivar in Richtung Osten. Der Eingang des Lagers vom Land aus schien sich zu bewegen. Peter konzentrierte sich, als er eine sich bewegende, umrissene Gestalt eines Plünderers sah. Dunkle Schatten näherten sich schweigend, gekleidet in dunkle Gewänder, wieder keine auffälligen Farben.

"Sie sind hier", flüsterte Ivar. "Du bist dran, Junge", sagte er.

Peter nickte Ivar zu und griff nach seinem Schwert. Er konnte das getrocknete Blut auf seinem Mantel sehen. Er hatte ihn nicht von dem Hinterhalt gesäubert, als Adam starb. Es war eine Mischung aus seinem Blut und dem seines Freundes. Peter ging in die Hocke und bewegte sich auf den Abhang zum Aushubbett des großen Schiffes zu. Er nahm an, dass der maskierte Mann seine Kräfte wie üblich aufteilen würde. Ivar und Peter beschlossen, dass sie ihre Männer ebenfalls aufteilen würden. Aber sie waren den bewaffneten Männern von Lord Broca, die sie in seinem Lager gesehen hatten, zahlenmäßig zwei zu eins überlegen. Der maskierte Mann diente immer als Ablenkung, während seine Männer ihr Ziel ansteuerten. Die Truhe. Aber dieses Mal würde Peter der Köder sein, der zwischen den beiden Schiffsbetten stand.

Er atmete tief durch, denn er fühlte sich wie ein Lamm vor dem Abendbrot. Aber Peter wusste, dass er ihren Anführer dazu verleiten würde, ihn zu treffen. Oder er hoffte darauf.

"Peter!", rief jemand seinen Namen in der Dunkelheit. Es klang wie der maskierte Mann. Das Waisenkind blickte sich um, konnte ihn aber nicht sehen.

"Bist du ein Krieger, du rabenschwarzes Stück Pferdescheiße? Der einzige Grund, warum ein Krieger lebt, ist, um zu kämpfen. Und der einzige Grund, warum ein Krieger kämpft, ist, um zu gewinnen." rief der maskierte Mann. "Komm und verdiene dir deine Sporen!", durchbrach seine Stimme die Stille. Es gab keinen Wind und keine Möwen. Selbst die Pferde und die anderen waren still. Nur der Mond lächelte.

Peter konnte die dunklen Gestalten der Räuber sehen, die sich mit Schilden und Schwertern in einer Reihe näherten. Sie betraten das Lager, und die Fackeln halfen ihm, ihre Gesichter und Helme zu erkennen. Aber den maskierten Mann konnte er nicht sehen.

"Ergib dich oder stirb!", rief der maskierte Mann.

Dann sah er einen sich bewegenden Schatten aus dem Westen. Drei Boote waren vom Meer her gelandet. Verdammt, sie haben uns umzingelt! Er blickte zu Ivar, der ihm wieder zuflüsterte: "Halte dich an den Plan, Junge. Bleib in der Schildmauer."

Die Mamluk-Soldaten aus Abals Gefolge waren bereits dort gewesen. An der Stelle, zwischen den Schiffsbetten, gruben die Arbeiter. Sie hatten eine Schildmauer aus zwei Reihen gebildet und stellten sich zwischen die Schiffsbetten. Die Pferde standen in der Nähe des Holzturms in der Mitte des Lagers. Ivar hatte einen Befehl gegeben, und sie hatten die Pferde mit einem Seil angebunden, damit sie nicht weglaufen oder sich einzeln losreißen konnten. Sie hatten falsche Zelte in der Nähe der Pferde und einige hinter den Schiffsbetten errichtet. Die Angreifer mussten ihnen von Osten her entgegentreten, wenn sie vom Landeingang des Lagers aus angriffen, oder von Westen, wenn sie mit Booten anlegten. Trotzdem kamen sie aus zwei Richtungen. Verdammte Scheiße. Und sie stürmten von zwei Seiten auf ihren Schildwall zu.

"Haltet euren Boden!" rief Ivar, als die Mamelucken ihre Speere nach vorne richteten und ihre Rundschilde hielten. Peter blickte Ivar an, der nickte und gab einen Befehl. Sie teilten ihre Reihen und bildeten zwei Schildwälle. Sie hatten keine andere Wahl. Eine mit Blick auf das Meer und eine mit Blick auf das Land, zwanzig Meter zwischen ihren Reihen.

Peter und Robert standen Seite an Seite, als sie sich den Meereswellen und den dunklen Gestalten stellten, die von den Booten aus an Land gingen. Ivar und die andere Hälfte der Mamelucken mussten sich dem Angriff aus dem Osten stellen. Er konnte den Kampfschrei der Angreifer hören. Sie schoben die falschen Zelte beiseite, traten die Fackeln aus und stürmten auf Ivars Linie zu.

Ein Pfeil flog über seinen Kopf, während er mit der linken Hand seinen Drachenschild hielt. Peter hatte das Schwert seines Vaters sorgfältig an der Innenseite des Schildes befestigt, bereit für den Kampf. Mit dem neuen Geschenk von Lord Broca in seiner rechten Hand hielt er es wie einen Speer über den Schild und richtete es nach vorne.

"Halt!" rief Peter und wiederholte instinktiv die Befehle Ivars. Die Feinde schlugen hart auf sie ein, als sie versuchten, sie zurückzudrängen. Ein Speer versuchte, seinen Kopf wie eine Melone zu durchbohren, aber Robert lenkte mit seinem Schild ab und er vertraute seinem Speer nach vorne. Ein Mann schrie vor ihnen, während der ganze Strand von Kampfschreien, Grunzen und Beleidigungen widerhallte. Die Schiffsbetten bildeten einen schmalen Durchgang, in dem sich die Verteidiger positionierten, so dass es für die Angreifer schwierig war, sie zu erreichen. Die *Seewölfe* konnten sie nicht überrunden, sondern nur zurückdrängen und hoffen, dass sie ihren Schildwall durchbrechen konnten. Doch Peter wusste, dass sie ihren Plan befolgen mussten, wenn sie überleben wollten.

"Jetzt!" schrie Ivar.

"Jetzt!" Peter schrie auch.

Und ihre beiden Reihen von Männern mit Schilden, die sich gegenseitig schubsten und zu töten versuchten, traten zwei Meter zurück und kamen auf sich zu. Die Angreifer folgten ihnen. Ihre Kampfschreie klangen siegreich, als sie vorwärts drängten und den schmalen Durchgang zwischen den Schiffsbetten betraten.

"Pass auf, dass du nicht ausrutschst!" rief Ivar, während er seinen Speer schwang und einem Angreifer ins Gesicht schnitt. Dieser schrie auf und fasste sich an die Wunde, während das Blut über einen anderen Angreifer spritzte. Auch die östlichen Angreifer folgten Ivars Verteidigungslinie in dem engen Gang.

Peter spürte, wie sich die Verteidigungslinie der Männer verengte, als zwei Soldaten von jeder Seite hinter ihnen vorbeizogen. Er warf einen Blick auf die Holzstangen, die sie wie eine Brüstung an die beiden Seiten gesteckt hatten, um ihnen ein Zeichen zu geben, wo sie waren. Und sie mussten aufpassen, dass sie nicht zur Seite traten, sonst würden sie in die Grube der Schiffsbetten fallen.

"Jetzt! Zurücktreten!" rief Ivar erneut und sein Schildwall trat zwei weitere Meter zurück, während er die Angreifer zur Seite schob. Peter und die Männer, die er befehligte, taten das Gleiche, als sie fast mit Ivars Männern zusammenstießen. Ein Pfeil blieb in Peters Schild stecken und der Angreifer vor ihm versuchte, ihn zu treffen, aber er duckte sich und wich der Klinge aus. Robert war größer als er und wartete nicht auf eine Einladung, sondern steckte seinen Speer in die Lücke, die sich auftat, als der Waise sich senkte. Peter beobachtete seine Bewegung und der ehemalige Sklave sah aus wie ein Mann, der Erfahrung im Kampf in einer Schildmauer hatte. Die Muskeln an den Armen des Waisen zitterten, als er spürte, wie sie vom Vorwärtsdrängen mit seinem Schild schmerzten. Als seine Beine im Sand stecken blieben, versuchte er, ihn zu stützen, um nicht zu fallen. Sie mussten noch ein paar Augenblicke durchhalten. Er war sich nicht sicher, wie lange er seinen Schild halten und den vorrückenden Feind aufhalten konnte.

"Eimer!" rief Peter. Sie hatten sie in der Mitte des engen Ganges platziert. Als sie sie erreichten, warf ein Mamluk-Soldat den Inhalt des Eimers über ihre Köpfe auf die Gesichter der Angreifer. Eine weiße Wolke aus zerdrückten Muscheln bildete sich und klebte an den Augen der Angreifer. Peter benutzte diesen Trick als Kind in Akkon, wenn Wachen hinter ihm her waren. Mit zerquetschten Muscheln in der Tasche entging er so manches Mal einer Schlägerei. Jetzt hoffte er wieder, dass sie ihm helfen würden.

Sie stürzten die vorrückenden feindlichen Linien in Verwirrung. Damit hatten die Angreifer nicht gerechnet und als diese kleinen Stücke zermahlener Muscheln ihre Augen erreichten, kamen Schreie. Stell dir vor, du verlierst deinen Feind während der Schlacht aus den Augen. Peters Grinsen wurde noch breiter, als er das blanke Entsetzen in den Augen der Angreifer sah. Die erste Reihe der Angreifer war in Aufruhr, aber die nächste Reihe drängte sie vorwärts, ohne zu sehen, was vor sich ging.

"Rechts! Schieb nach rechts!" brüllte Ivar. Peters Herzschlag beschleunigte sich, als alles um ihn herum verschwamm und er auf die dunklen Jäger vor ihm blickte, die schrien. Der Moment war gekommen.

"Links, schieb links!" rief Peter. Robert unterstützte ihn und sie überraschten die Angreifer, indem sie in eine andere Richtung drängten. Plötzlich veränderten sich ihre Stimmen. Die Angst zeichnete sich auf ihren Gesichtern ab, als sie erneut vor Angst schrien.

Peter sah, wie die ersten dunklen Angreifer fielen und nahe der Kante des Schiffsbodens ausrutschten, und mit einem raschen Stoß rutschten die vorderen beiden Reihen der Angreifer hinunter. Die Schreie der Männer stachen in die scharfen Speere und den Gegenstand, den sie für die Gefallenen vorbereitet hatten. Es würde kein angenehmer Anblick sein, auf jemandes Knochen oder rostige alte Klingen zu fallen.

"Macht ihnen die Hölle heiß!" brüllte Ivar. Peter blickte nach links und rechts und sah die Feuerpfeile über seinen Kopf fliegen. Sie landeten in den beiden Gruben, die durch die Schiffsbetten entstanden waren, die die Sklaven in den letzten Tagen ausgehoben hatten. Weitere Pfeile trafen ein. Ivar hatte ein paar Bogenschützen in dem improvisierten Turm in der Mitte des Lagers versteckt. Owen musste dort sein. Sie hatten die alten Schiffsplanken und das Holz mit Olivenöl und Schnaps getränkt, und als das Feuer entzündet wurde, erfüllte der Geruch von brennendem Alkohol die Luft. Der Anblick der gewaltigen Flammen, die aus den ausgegrabenen Schiffen aufstiegen, war erschreckend und aufregend zugleich. Peter konnte die Schreie der gefallenen Plünderer hören. Bald erfüllte der Geruch von gebratenem Menschenfleisch seine Nase. Er warf einen Blick auf die übrigen Angreifer, die verängstigt aussahen und sich fragten, was sie tun sollten.

"Vorrücken!" rief Ivar. "Tötet sie, stoßt sie in die Gruben!"

Peter und Ivar hatten die meisten Angreifer aus den ersten beiden Reihen gedrängt und damit in eine Feuerhölle eingeschlossen, denn die Flammen stiegen eilig auf und sahen hungrig aus. Das gesamte Ausgrabungslager wurde vom Feuer erhellt, und die Schreie der Männer hallten im Tal wider. Peter vertraute sein Schwert einem Angreifer an und nachdem die Männer geschrien hatten, stieß er ihn nach links in die Feuerhölle. Der Räuber verfluchte ihn, als er ausrutschte, und der Waise starrte in seine erschrockenen Augen, bevor er verschwand. Dann beobachtete er eilig das Lager, aber er konnte den maskierten Mann nicht sehen.

Als Ivar und seine Männer die meisten Angreifer in die Grube stießen, rückten sie zu ihrer ersten Position vor. Peters Reihen taten das Gleiche, und als sie sich wieder aufrichteten, rief Ivar.

"Pferde!"

Peter holte tief Luft, als er seinen Blick auf den Platz richtete, an dem die Tiere angebunden waren. Das Geräusch von stampfenden Hufen erfüllte die Luft, als zwei Mamluk-Reiter auf die Angreifer zustürmten und einen massiven Holzstamm hinter sich herzogen. Der massive Stamm traf die letzten Reihen der Angreifer mit einem dumpfen Aufprall, so dass einige von ihnen vor Schreck die Flucht ergriffen, während andere entsetzt zusahen.

Als das Feuer weiter wütete, hallten die Schreie der Männer und das Brechen von Knochen durch die Bucht. Die Angreifer versuchten, die Pferde und ihre Reiter zu töten. Peter konnte den Schock in den Gesichtern der *Seewölfe* sehen. Er blickte auf die Flammen und dachte, endlich haben sie 22 Jahre später ein ordentliches Schiffsbegräbnis durchgeführt. Sie fütterten das Feuer mit den Knochen der längst verstorbenen Ritter und den frischen *Seewölfen*.

Einen Moment lang blickte Peter auf das Schlachtfeld, als die Räuber ihren Vormarsch stoppten und in Unordnung standen. Sie schienen schockiert über die heftige Reaktion. Sie hatten damit gerechnet, nach der Nachricht von der Beendigung der Ausgrabung auf betrunkene Sklaven und Mamelucken zu treffen. Stattdessen sahen sie sich fast hundert Mamelucken aus dem persönlichen Gefolge von Prinzessin Abal und zwei Kreuzrittern gegenüber. Verdammt, nur einer. Wo warst du, Owen?

Plötzlich heulte der Wind, und alle Aktivitäten kamen zum Stillstand.

"Rabenhaariges Stück Pferdescheiße! Wo bist du? Du nennst dich einen Krieger? Ich fordere dich heraus! Stell dich mir oder sieh ihnen beim Sterben zu! Was von beidem willst du leben?" sagte der maskierte Mann und seine Stimme durchschnitt wieder die Luft.

Dann flog ein Feuerpfeil auf den Strand zu und flog über ein Boot zwanzig Meter ins Meer.

Peter verfolgte sie mit seinen Augen und sein Körper erstarrte. Verdammte Scheiße. Owen wurde von zwei Männern gefangen gehalten, die ihm Hände und Mund gefesselt hatten. Das Waisenkind erkannte einen Stein und ein Seil über seinem Kopf.

"Kann dein Freund schwimmen?"

Peters Blut geriet in Wallung. Nein!

"Oder deine kleine Prinzessin ist dir am liebsten!" rief der maskierte Mann und diesmal blickte Peter nach rechts und sah ihn in der Nähe des Hauptzeltes stehen, sein Bein über der hölzernen Truhe und er hielt Abal an die Kehle. Die Fackel in seiner Hand warf ein flackerndes Licht auf seine weiße Maske und Abals verängstigte Augen. Sie schaffte es also nicht, Qaqun um Hilfe zu bitten. Nein! Es gab keinen Ausweg, denn ihr Schicksal war besiegelt.

Das verängstigte Gesicht der Prinzessin ließ sein Herz sinken, als sich ihre Blicke für einen Moment trafen.

"Der wahre Krieger muss Opfer bringen, Peter! Triff deine Wahl! Er oder sie?" Er sah, dass der maskierte Mann etwas in seiner Hand hielt, das er ihm zeigte.

Die dreifingrige Handfläche, die von Jaffars Arm abgehackt wurde, war nun eine grausame Trophäe. Eine abgetrennte Hand hing an einem Seil.

"Sie ist wunderschön, nicht wahr? Der alte Kapitän ist gestorben, weil du dich beim letzten Mal für sie entschieden hast. Was wählst du jetzt?"

Der Waisenjunge blickte auf das Meer, während er Owen in die Augen sah. Dann wieder zu Abal. Die tanzenden Flammen aus den Schiffsbetten machten es leicht, das gesamte Schlachtfeld zu überblicken. Eine Träne reflektierte das Feuer auf ihrem Gesicht.

"Wisst ihr, wer sie ist, ihr Abschaum?" rief Ivar, während er seine Truppen neu ordnete. "Es gibt kein Land, in dem du dich verstecken kannst, wenn du ihr etwas antust, Pirat! Der Sultan ist ihr Vater!"

"Das ist mir scheißegal, Ostringer", warf der maskierte Mann Jaffars Handfläche weg und übergab sie zwei seiner dunkel gekleideten Soldaten. Auch hier gab es keine Farben auf ihren Kleidern. Er entledigte sich seines Schwertes und winkte Peter mit der Hand zu. "Bist du ein echter Krieger, Peter? Oder bist du ein Feigling wie dein Vater?"

"Nimm die Truhe, lass sie gehen, und du darfst leben!"

"Mit dir rede ich nicht, Ostringer", rief der maskierte Mann erneut. "Peter, du bist als Nächster dran. Zögere nicht. Wenn du mich bei unserem ersten Treffen ohne zu zögern getötet hättest, wäre das nicht passiert. Dein Handeln hat uns zu diesem Moment geführt. Es ist deine Schuld. Es ist dein Werk. Denn du bist ein Feigling. Rabenhaariges Stück Pferdescheiße!. Höre ich da ein Zögern?"

Das Waisenkind blickte zu Ivar und dann wieder zu dem maskierten Mann.

"Brauchst du Hilfe bei der Entscheidung?"

Peter wusste nicht, was er tun sollte. Verdammte Scheiße. Er musste sich zwischen seinem Freund und der Prinzessin entscheiden. Was auch immer er wählte, es würde falsch sein.

"Schmeißt ihn ins Wasser!" rief der maskierte Mann und schwenkte die Fackel. Das Waisenkind folgte dem Geräusch des plätschernden Wassers, als die beiden Männer Owen über Bord warfen, an einen Stein gebunden und mit einem Seil um den Hals. Peter glaubte, Owen nicken zu sehen. Oder er wünschte es sich.

"Owen!" rief Peter verzweifelt, als er sich dem maskierten Mann zuwandte. Mit einem Teil seines Auges sah er, wie Robert auf das Meer zu rannte. Er ließ seinen Schild und seinen Speer fallen und stürzte sich in die Wellen. Peter hörte etwas, das fleischlos flog. Pfeile trafen die Männer am Boot und auch sie fielen ins Meer. Komm schon Robert. Peters Hoffnung auf das Leben der Bogenschützen hing von Roberts Schwimmkünsten ab. Dann wandte er sich wieder dem maskierten Mann zu.

Er hatte die Gefahr gesehen. Natürlich war es eine Falle, aber er wusste, dass er dorthin gehen musste. Und er wusste, dass er sich an den Plan halten und in der Schildmauer bleiben musste. Peter blickte Ivar hoffnungsvoll an, der ihm zunickte.

"Geh, Peter", sagte der Ostringer, während er alle überlebenden Mamelucken zusammenrief. "Du musst!"

Der maskierte Mann hatte auf Peter gewartet, und Abal schrie auf, als jemand auf sie einschlug. Er musste an den feindlichen Angreifern vorbeirennen, um sie zu erreichen.

"Nein!" rief Peter und verließ die Schildmauer. Er setzte sich von den anderen auf dem staubigen Boden ab und rannte los. Nein! Ihre Stimme klang in seinem Kopf. Sie war dort allein. Und sein Feind stand mit seinem verdrehten Lächeln neben ihr. Peter warf einen Blick nach links und duckte sich. Ein Schwerthieb hätte ihm den Kopf zertrümmert. Aber er wich aus, beugte sich vor und rollte nach vorne. Er spürte alle Steine und Stücke von kleinen scharfen Gegenständen, die seinen Rücken schmerzten. Er neigte den Kopf nach vorne, aber er versuchte, sie nicht aus den Augen zu verlieren.

Einhundert Schritte, schätzte er. Und er hatte keine Zeit, um einzuatmen oder nachzudenken.

Er rannte einfach los. Er musste sie erreichen. Das Chaos der Schlacht war überall um ihn herum. Als sich das Geräusch von Pfeilen näherte, hob er seinen Schild und wappnete sich für den Einschlag. Peter hörte die Pfeilspitzen, die das dicke Holz seines Schildes durchdrangen. Er hob seine rechte Hand mit dem Schwert nach vorne und stieß zu, blickte über die Spitze seines Schildes und sah, wie seine Klinge einen Angreifer durchbohrte, der es versäumt hatte, auszuweichen. Peter betrachtete die Blutstropfen, die auf seinen Unterarm spritzten, und sah den weit aufgerissenen Mund seines Opfers. Er versuchte, seinen wilden Lauf nicht zu stoppen. Dann wich er zur Seite, um einem Lanzenstich in seinen Bauch auszuweichen, holte sein Schwert aus dem toten Mann und sprang über einen toten Körper. Mit Entschlossenheit im Herzen stürzte er sich nach vorne.

Noch achtzig Schritte. Schmerz durchzuckte ihn, als er seinen Schild wieder hob. Der riesige Mann schwang seine Streitaxt, hängte seinen Schild auf und zog ihn aus dem Gleichgewicht. Peter ließ die Schnüre des Schildes los, als der Angreifer nicht damit rechnete und mit weit aufgerissenen Augen und heruntergefallenem Kiefer rückwärts auf seinen Hintern fiel. Peter stellte sein Gleichgewicht wieder her, schnappte sich seinen Schild und rannte weiter. Er duckte sich und schwang sein Schwert, um einen Schlag eines Angreifers abzuwehren, aber er hatte keine Zeit zum Kämpfen. Peter musste sie erreichen. Er sah, wie sein Feind sie an der Kehle packte und ihr ins Ohr flüsterte, während er auf ihn zielte.

"Lass sie in Ruhe!" rief Peter. Das Chaos des Kampfes machte es unmöglich, seinen Schrei zu hören. Seine Wut mischte sich mit Angst. Er könnte sie verlieren. Und er war weit hinter ihr. Nein, das konnte er nicht zulassen. Er zwang sich zu Konzentration und Stärke. Er musste es schaffen.

Peter sprang mit dem rechten Knie nach vorne über eine Leiche. Er roch Blut und Eingeweide, als er über etwas Nasses trat. Er rutschte nach vorne und rollte über die wenigen toten Soldaten. Dass er das Gleichgewicht verlor, bewahrte ihn vor einem Todesstoß, der seine Brust treffen sollte. Er kippte um, stand wieder auf und rannte weiter, ohne sein Ziel zu verlieren.

Fünfzig Schritte nach links.

Eine Klinge schnitt ihm ins Fleisch unter der rechten Augenbraue, aber er gab keine Münze. Ein Soldat griff ihn von links an, aber er parierte mit seinem Schwert. Alles um ihn herum sah verschwommen aus, außer ihr. Er hörte das Klirren seiner Klinge mit der des anderen, aber er stieß den Mann zur Seite und rannte weiter.

"Peter!", hörte er seinen Namen. Jemand rief ihn. Sie war es nicht. Er versuchte gerade, Abal nicht aus den Augen zu lassen.

Von einem Zusammenstoß mit einem Räuber in seiner Nähe spritzte Blut auf sein Gesicht. Er wischte es weg und kratzte sich die Wange mit seinem römischen Armreif an der linken Hand. Dasselbe Vambrace hatte er gefunden, als er das erste Mal mit Abal sprach. Er schmeckte Blut in seinem Mund, aber das war ihm egal. Alles, was zählte, war, sie zu erreichen.

Er spürte einen tiefen Schmerz in seiner rechten Schulter. Aber das würde er später überprüfen. Seine Knie waren unter Beschuss. Er musste einem kriechenden Mann ausweichen, einen Angreifer aus dem Weg schieben und dann einen anderen Angreifer mit seinem Knauf treffen.

Nach zwanzig Schritten war er fast da.

Und er sah das verzerrte Lächeln seines Feindes. Der maskierte Mann hob die Hand und befahl, dass sich niemand bewegen solle.

"Er gehört mir!" Der maskierte Mann schrie und warf die Fackel weg. Peter konnte seine gelblichen Zähne und seinen dämonischen Gesichtsausdruck durch seine weiße Maske sehen. Sein wilder Lauf war fast zu Ende, denn er wusste, dass er gegen diesen Feind keine Chance hatte. Also musste er improvisieren und schnell sein.

Peter nahm all seine Kraft zusammen und warf das Schwert, das Lord Broca ihm gegeben hatte, nach vorne. Diese Bewegung überraschte den maskierten Mann. Als die Klinge auf ihn zuflog, sah der Waisenjunge seine Angst, als er versuchte, auszuweichen, aber die Spitze der Klinge erreichte seine rechte Schulter und traf ihn hart, als die Kraft ihn zurückwarf und sein Gegner fiel.

"Bastard!", schrie der maskierte Mann. Peter holte tief Luft und blieb stehen. Er bemerkte, dass alle kämpfenden Männer stehen geblieben waren und sie beobachteten. Von der Kraft, die er eingesetzt hatte, war seine rechte Schulter wund, und er spürte wieder den Schmerz.

Der maskierte Mann kniete nieder und stieß sein Schwert in den Sand, um sich abzustützen. Er fiel fast zurück, als er einen Schmerz in seiner rechten Schulter verspürte. Das Schwert durchbohrte sein Kettenhemd und schnitt etwas Fleisch. Sein Gesicht verzog sich durch den Schmerz. Der feindliche Anführer stand auf und stellte sich ihm gegenüber. Seine rechte Hand zitterte, als er seine Maske abnahm, weil er Luft brauchte.

"Rabenhaariges Stück Pferdescheiße!" sagte Guido. "Du wirst sterben! Wie deine Prinzessin und deine Freunde. Stehen sie dir nahe? Ein Kreuzritter im Lager der Mamelucken? Magst du die Mameluken-prinzessin?"

Der Schmerz in Peters Schulter vernebelte seinen Geist ebenso wie die Wut. Er versuchte, sich auf seinen Feind zu konzentrieren, den Mann, der ihn bei ihrer ersten Begegnung fast getötet hätte.

"Jetzt hast du kein Schwert mehr, Bauer", sagte Guido, als er die Waffe, die Peter ihm zugeworfen hatte, mit der linken Hand nahm. "Du wirst von deiner Gabe erschlagen werden!"

Peter schüttelte den Kopf, als er nach dem Schwert seines Vaters griff, das er in seinen Schild gebunden hatte. *Eidesbrecher*. Er zog es aus der Scheide und sah einen Moment lang die lateinische Inschrift am Fuß der Klinge.

Fata volentem ducunt, nolentem trahunt! Das Waisenkind grinste. Das Schicksal war wieder einmal grausam, wie immer.

Guido ging schwankend auf das Waisenkind zu. Seine rechte Hand hing regungslos herunter, während Blut aus der Wunde tropfte, die Peter ihm zugefügt hatte.

Der Waise lächelte fast, als er den Schild fallen ließ und mit der linken Hand nach seinem Schwert griff. Ein linker Krieger, erinnerte er sich an die Worte Owens. Peter blickte auf seine rechte Faust und spürte, wie seine Muskeln zitterten. Der Schmerz hinderte ihn daran, sich zu konzentrieren, aber er musste es tun.

Ein Blutstropfen glitt sein Handgelenk hinunter und erreichte sein Ende. Jemand hatte ihn geschnitten, während er rannte. Peter holte tief Luft und starrte seinen Feind an.

Guido stand mit einem Schwert in der linken Hand vor ihm und hob seine Deckung.

"Kämpfst du, um zu gewinnen, rabenhaariges Stück Pferdescheiße?"

Und der Blutstropfen fiel.

Die Waffe selbst spielt keine Rolle. Dieses Stück Eisen und Holz ist nur ein Werkzeug in den Händen eines Mannes. Die eigentliche Waffe ist der Mensch. Er ist derjenige, der das Schwert, die Axt oder die Lanze schwingt, mit dem einzigen Gedanken, den Tod zu bringen. Die Worte von Wüstenwolf tauchten in seinem Kopf auf.

Ja, in der Tat. Es war das Schwert seines Vaters. Trotzdem zitterte seine Hand. Er wusste, dass er müde war und sein Gegner sich ihm mit hasserfülltem Gesicht näherte. Aber es war Zeit für Rache. Für Adam, Jaffar, Owen und Abal. Guido stieß einen Kampfschrei aus und stürzte sich auf Peter.

"Stirb, Bastard!"

Nimm dich in Acht, Peter! Sein Verstand schrie.

Oder sie war es, Abal, und ihre Stimme ging ihm durch den Kopf.

Peter Longswords Herz stand in Flammen. Sie brauchte seinen Schutz, und dieser Gedanke gemischt mit der Angst, sie zu verlieren, war wie ein Stiefel in seinem Gesicht. Und er wachte aus seiner Todesmüdigkeit auf.

Und sein Blut spritzte auf den Boden.

"Nein!", schrie er und trat nach links, sprang vor und stellte sich dem Mann, der ihn so leidenschaftlich töten wollte. Sie teilten das gleiche Verlangen.

"Stirb, Mörder!" schrie Peter und versuchte, seinem Gegner den Kopf abzuschlagen. Aber er verfehlte ihn. Guido wich zurück und konterte mit seinem Schlangenschutz, während er versuchte, Peters linke Hand zu erreichen. Doch er lenkte den Schlag ab. Der Waisenjunge verlor das Gleichgewicht und trat über einen toten Körper, sprang und landete über einem anderen toten Soldaten.

"Steh auf!" sagte Guido. "Steh auf, du kleines Stück Pferdescheiße. Ich habe noch nie zugelassen, dass ein Straßenköter wie du meine Pläne durchkreuzt. Dein Vater hat sich mir in den Weg gestellt und ich habe meinen Bruder verloren. Jetzt bist du es. Wie kannst du es wagen?" Die glühenden Augen von Guido stachen in Peter. Nachdem er zurückgewichen war und sich über Blut und Eingeweide gewälzt hatte, stand das Waisenkind auf und stellte sich ihm.

"Weißt du, was einen guten Mann von einem Pferdescheißer unterscheidet?" sagte Peter, als er von den Schritten seines Gegners zu dessen Augen blickte. "Weißt du es?"

Guidos grimmiger Blick verfolgte seine Bewegungen.

"Der gute Mann hält sein Wort. Ich habe dir gesagt, wenn wir uns das nächste Mal treffen, bringe ich dich um!"

"Kühne Worte von einem Bauern!" Guido knirschte vor Schmerz mit den Zähnen, aber sein Lachen hallte durch die Luft, als er näher kam und sich auf den letzten Schlag vorbereitete.

"Wenn ich sterbe, werden meine Männer sie töten. Wenn ich gewinne, töte ich sie, Bastard!"

Peters Verstand wurde von Wut zerfressen, aber er versuchte trotzdem, sich auf seine Beute zu konzentrieren.

"Ja, ich bin ein Mistkerl. Hast du ein Problem damit?" Peter konzentrierte sich auf Guidos Füße. Für einen Moment änderte der Waise seine Haltung, als er mit dem linken Bein nach vorne trat und mit der Hand in Richtung des Angreifers winkte. Guido kam näher und sein selbstbewusstes Lächeln zeigte, dass er erkannte, dass der Waisenjunge die falsche

Haltung gewählt hatte und versuchte, sich auf ihn zu stürzen. Aber in dem Moment, in dem er sich nach vorne bewegte, fegte Peter mit seinem linken Fuß das Bein seines Gegners unter ihm weg, so dass Guido das Gleichgewicht verlor und auf Peter fiel. Im nächsten Moment schlug er mit seinem rechten Knie gegen den Kopf des Angreifers und stieß ihn nach hinten, während er sein fallendes Schwert parierte. Das Waisenkind hörte das Knacken von abgebrochenen Zähnen, als er seine ganze Kraft in diese Anstrengung steckte.

Er sah, wie Guidos Kopf wegflog, als er rückwärts fiel. Peter stand siegre-ich über dem Körper seines Feindes und hob sein Schwert, um ihn zu erledigen. Wutentbrannt steckte er sich das Schwert über die Schulter, trat mit dem linken Fuß vor und versetzte ihm mit dem rechten einen Tritt. Guidos Gesicht verzog sich vor Zorn und Wut. Peter richtete sein blutverschmiertes Schwert auf seinen gefallenen Feind. Die Spitze war nur noch einen Zentimeter von seiner Wange entfernt.

"Nein, Peter, nein", hörte er eine Stimme von hinten. Ivar schrie auf, als der Waisenjunge aufblickte und sah, dass die Mamelucken vorgerückt waren, während der Schwertkampf zwischen Peter und Guido stattfand. Abal war frei, kam auf ihn zu und ergriff seine Hand. "Hör auf! Seine Ermordung wird einen dauerhaften Frieden in der Region verhindern."

Peters Mund war kurz davor, sie anzuschreien. Seine Rachegelüste mussten befriedigt werden.

"Nein, benimm dich nicht wie er. Das wird dir die Seele brechen." Abal standen die Tränen in den Augen.

Nach ein paar Herzschlägen entspannte Peter seine Waffe und umarmte sie.

"Das ist es nicht wert", sagte Abal. "Jetzt ist es vorbei!"

"Macht ihn fertig, Eure Hoheit", hörte Peter eine vertraute Stimme und drehte sich eilig um.

"Owen!" Er blickte auf und sah, wie Robert seinen Freund stützte, denn sie waren alle nass vom Meerwasser. Owen spuckte auf den Boden und umarmte seinen Freund. "Zögert nicht, Eure Hoheit, macht ihn fertig!"

Als die verbliebenen Angreifer ihre Waffen fallen ließen und sich ergaben, erfüllte Ivars gebieterische Präsenz die Luft, seine Stimme klang voller Autorität. Peter nahm einen tiefen Atemzug und umarmte Abal. Sein Herz war lebendig und glücklich.

"Pass auf!", sagte der Bogenschütze, und seine Augen wurden weit aufgerissen.

Alle erstarrten.

Ein Messer flog und durchbohrte Peters Rüstung in seiner rechten Schulter. Er schrie auf, aber nicht vor Schmerz, sondern wegen der Grausamkeit in seinen Augen. Er konzentrierte sich auf Guido. Für einen Herzschlag hatte Guido seine versteckte Klinge gezogen und warf sie nach dem Waisenkind. Wut und Schmerz verzerrten sein Gesicht.

Peter Longsword kniete vor dem Schlag, denn das Messer hatte eine vertrauensvolle Spitze, die die Ringe seines Kettenhemdes durchstoßen hatte. Dann schob er Abal hinter sich. Er steckte sein Schwert in den Sand und benutzte es als Holzstab, um sich abzustützen und nicht zu fallen. Nach dem verräterischen Schuss kochte er vor Wut und stürmte auf seinen Feind zu. Peter erreichte ihn im Handumdrehen und stieß die Spitze seines Schwertes tief in Guidos linke Schulter. Er drückte dem Angreifer sein Gesicht entgegen und schlug ihm die Stirn auf die eigene. Das Blut seines Feindes berührte seine Lippen und er schmeckte die Bitterkeit des Blutes.

"Du verdienst keinen schnellen Tod", flüsterte Peter geduckt in Guidos Ohren, als sein Feind vor Schmerz aufschrie.

Das Waisenkind zog das Messer aus seiner Schulter und betrachtete das Blut an der Schneide. Sein eigenes Blut. Dann holte er sein Schwert von Guidos Schulter und betrachtete langsam dessen erschrockene Augen.

"Longsword, du bist der Sohn des Bastards...." Guidos Mund war voller Blut.

"Peter!" Owen war in seiner Nähe und packte ihn. Das Waisenkind fiel rückwärts auf seinen Hintern und hörte das dumpfe Geräusch seines Körpers, der auf den Boden fiel.

"Ergreift ihn!" befahl Ivar und zeigte auf Guido.

"Eure Hoheit", sagte der Bogenschütze und verfluchte ihn erneut, "du Narr! Zögere nicht!"

Peter schaute in den Himmel und lächelte in die aufgehende Sonne. Er hörte den gemischten Klang von Schreien und Weinen. Er hörte die Stimme seines Freundes, von Ivar, Abal und noch etwas anderem.

Der Wind und die Hufe der sich nähernden Gruppe. Der Klang eines Horns hallte dreimal in der Bucht wider.

"Zu mir!", rief Ivar wieder. "Da kommt jemand vom Meer her!"

"Ein Schiff!", sagte jemand.

"Kommt, Eure Hoheit", halfen Owen und Robert Peter aufzustehen, während sie auf den Horizont starrten. Die Sonne war auf dem Weg zu seinem Königreich, als ein Schiff landete und sich weiß gekleidete Ritter, angeführt von Lord Broca, näherten. Fast achtzig bewaffnete Männer, bereit zum Krieg.

Ivar trommelte die Männer zusammen, die noch hinter ihm standen, und sie bildeten einen weiteren Schildwall auf der Anhöhe neben dem großen Zelt. Als Peter sich umsah, bemerkte er, dass nur noch fünfzig Mamelucken übrig waren, deren Augen voller Entschlossenheit waren. Er, Robert und Owen nahmen ihren Platz in der Schildmauer ein, während Abal und fünf Soldaten hinter ihnen standen. Einer der mamlukischen Soldaten kam und sagte,

"Sie haben die Arbeiter als Geiseln genommen!"

Vom südlichen Teil der Bucht kam eine weitere Gruppe von Soldaten unter den weißen Farben an und drängte Arbeiter, Sklaven und andere vor sich her. Der Tavernenbesitzer ging mit Matthew und Matilda dorthin. Bald erreichten sie die Hauptstreitmacht von Lord Broca.

Old Ben winkte mit der Hand und ein Soldat schob die beiden Kinder, die den Schädel entdeckt hatten, auf ihn zu. Die Schankwirtin wollte protestieren, aber ein Soldat schlug ihr ins Gesicht. Als Owen seinen Bogen vorbereitete, konnte Peter die Intensität in seinen Augen sehen.

"Ich habe immer gehofft, Enkel wie euch zu haben", sagte Lord Broca, als er die Kinder vor sich herschob und langsam auf sie zukam. Er legte seine Hände auf die Schultern von Matthew und Matilda und wandte sich mit ernster Miene an die Verteidiger der Bucht.

"Peter Longsword! Komm raus!" rief Lord Broca. "Lebst du noch?"

"Was wollt Ihr, mein Herr?" Der Waise konnte sich kaum auf den Beinen halten.

"Du hast einige meiner Männer, und du hast etwas von mir!"

"Was ist dein Angebot?" rief Ivar.

"Ich biete euch einen fairen Tausch an, das Leben meiner Männer für diese hier", streichelte er das Haar von Matthew und Matilda. Ihre Augen waren rot und geschwollen vom Weinen, und Peter konnte sehen, wie ihre Lippen zitterten. "Und der Rest dieser Seelen", wies er auf die Arbeiter und Sklaven an seiner Seite.

"Wenn wir uns weigern?"

Lord Broca zuckte mit den Schultern und blickte seine Soldaten an.

"Du lässt mir keine Wahl, Junge. Ich bin dir zahlenmäßig unterlegen, aber warum den Sand mit unschuldigem Blut tränken? Ich will nur meine Männer und das Gold vom Schiff meines Sohnes!"

"Es gab kein Gold, mein Herr", sagte Peter.

"Lügner! Die Worte des Sohnes des *Eidesbrechers* sind wertlos."

"Er ist kein Lügner!"

Ein Mann aus der Gruppe der Abal machte ein paar Schritte von der Schildmauer weg. Alle drehten ihr Gesicht in Richtung seiner Stimme. Gabriel stand zwischen den Reihen der Mamelucken und den weißen Rittern mit einem schwarzen Adler ohne Schwanz auf ihren Schilden. Peter sah ihn nicht im Kampf, aber er schien sich Ivars Truppe angeschlossen zu haben.

"Er hat nicht gelogen! Vater!"

"Wer bist du?" Lord Brocas Gesicht verzog sich zu einem Rätsel. Peter sah, wie er seinen Blick auf den Mann mit der Lederklappe auf seinem Auge richtete. Gabriel stieß sein blutverschmiertes Schwert mit Kraft in den Boden und nahm dann seine Augenklappe ab. Jeder konnte sein fehlendes Auge sehen.

"Er ist kein Lügner, Vater. Hier gibt es kein Gold. Sir William Longsword und seine Männer nahmen es als versprochene Bezahlung, als sie ihre Aufgabe erfüllten, mich zu befreien!"

"Wer bist du? Wie..." Lord Broca erstarrte, als er seine Faust hob und seine Männer sich bereit machten.

"Was ist mit meinem Bruder?" Guidos verzogenes Gesicht aus der Wunde schrie.

"Er hat hier geankert. Dein Bruder hat Williams Männer ausgeladen. Er beschloss, wegen Lady Helen zurück nach Atlit zu gehen. Er wollte die Festung für sich einnehmen, während ihr Vater nicht da war, und sich ihrer bemächtigen!"

"Woher weißt du das?" Lord Broca starrte Gabriel immer noch an.

"Ich war in dieser Nacht dort." Er hob seine rechte Hand, so dass jeder seine fehlende Handfläche sehen konnte. "Ich habe meinen Schwur gebrochen, Vater, alles zu tun, was in meiner Macht steht, um Lady Helen für dich zu ergreifen!"

"Du? Ich glaube dir nicht?"

"Hier fehlt noch eine Hand. Stimmt's, Peter?" Gabriel schaute das Waisenkind an. "Wo hast du meinen Ring gefunden?"

Lord Broca blickte benommen auf ihn zu, als er Gabriels Gesicht erneut untersuchte.

"Du kannst nicht mein Sohn sein. Er kann mich nicht verraten!"

"Ja, das bin ich", sagte Gabriel und zeigte auf Guido. "Dein Bruder sah eine Chance, Atlit zu erobern. Die Hälfte seiner Männer war auf seiner Seite, die andere Hälfte war immer noch dem Erben des weißen Lords treu, mir!"

Guido sagte nichts, er spuckte nur Blut und hörte zu, gehalten von zwei Mamelucken.

"Ich habe mich gegen deinen Bruder gewandt. Er war ein Ungeheuer. Er hätte jeden in Atlit getötet, wenn er es dorthin geschafft hätte. Und der Gedanke daran, was er Helen antun könnte, brach mir das Herz. Er versuchte es in Atlit, aber William Longsword und seine Männer hielten ihn auf. Nachdem wir hier gelandet waren, wollte er wieder gehen. Und wir kämpften."

Gabriel hob die Hand: "Denk an dein Geschenk an mich, Vater, mein Schwert, mit dem dein Hund meine Hand zerschnitten hat. Wenn das nicht William war, der für mich Partei ergriffen hat... um mir zu helfen. Ich habe ihn angefleht!"

Gabriels Gesicht füllte sich mit Tränen.

"Wir kämpften gegeneinander, und gute Männer starben wegen mir und meiner Schwäche. Meine Liebe zu Helen!"

Gabriel nahm einen tiefen Atemzug.

"Verzeih mir, Vater, ich kann damit nicht mehr leben!"

"Ich bin alt, aber nicht dumm. Du bist nicht mein Sohn. Was ist das für ein verruchtes Spiel?" sagte Lord Broca und verzog sein Gesicht.

"Erinnerst du dich an die lateinische Inschrift in meiner Schmiede, Peter? *Fata volentem ducunt, nolentem trahunt.* Dein Vater hat mir das vor den blutigen Ereignissen hier am Strand gesagt."

"Das Schicksal führt die Willigen und schleppt die Unwilligen", sagte Peter. "Du wirst sowieso dorthin gehen, also genieße die Fahrt und dein Schicksal!"

"Ja. Und dein Vater hat mir in dieser Nacht geholfen. Er hat Guidos Bruder und seine Gefolgsleute getötet. Er und seine Männer halfen mir, die Schiffe und die gefallenen Soldaten zu vergraben. William versprach, mein Geheimnis zu wahren, aber ich musste meine Männer beseitigen und verschwinden. "

Gabriel schaute Guido an.

"Dein Bruder wollte König spielen, aber er war nicht bereit dafür. Er hat nicht damit gerechnet, dass Helens Liebe mein Herz verwandelt!"

Peter und die anderen hörten zu, als der einäugige Mann sprach.

"Ich habe ein vergeudetes Leben als *Eidesbrecher* gelebt, Vater", rief Gabriel und fiel auf seine Knie.

Dann wehte der Wind, und der Boden bebte, als an diesem Morgen eine weitere Gruppe eintraf. Rot gekleidete Ritter aus Atlit näherten sich mit ihren Pferden, angeführt von Lady Helen. Sie erreichte die Seite von Mamluks Schildmauer und sprang von ihrem Hengst, während sie auf Gabriel zulief. Die Männer von Lord Broca hoben ihre Speere, während ihre Gesichter verängstigt wirkten.

"Mein Liebster!" Sie erreichte ihn und kniete sich neben ihn, und sie sahen sich an.

Und ein Gedicht hallte am Strand wider:

Grüne Falken sind meine zwei Augen,
mit plötzlichem Sonnenschein im Blinzeln,

deiner Rückkehr.

"Helen?"

"Mutter!" Thomas, der in eine Rüstung gekleidet war, folgte ihr, denn er sah genauso groß aus wie Gabriel.

"Das ist dein Vater!" Lady Helens grüne Augen standen in Tränen, als sie ihn erneut umarmte und mit der Hand winkte, Thomas zu sich zu holen.

Tränen füllten Peters Augen, als er die tränenüberströmten und freudigen Gesichter von Gabriel und Helen sah.

"Ich habe einen Sohn!" Gabriel stand auf und starrte Thomas an. Die beiden Männer untersuchten ihre Gesichter, während der ganze Strand voller weißer Ritter, roter Soldaten, Mamelucken und zwei Kreuzfahrern zusah.

Dann umarmten sie sich. Lord Broca fiel auf die Knie, als Peter sein Gesicht sah, das eine Mischung aus Verzweiflung und Erleichterung war. Jetzt konnte er sehen, dass Thomas und Lord Broca ähnliche Gesichter hatten.

"Ich habe einen Enkel", murmelte Lord Broca.

Owen gab Peter einen Klaps auf den Hals.

"Noch eine Familienangelegenheit. Das letzte Mal gab es deswegen einen blutigen Krieg!"

"Heute war keine Ausnahme."

Als er die Reste der Ausgrabungsstätte betrachtete, grinste Peter. Er hatte keine Familie. Eine Träne glitt über seine Wange und er suchte nach Abal. Dann sah er, dass Guido mit letzter Kraft den Wachposten neben ihm beiseite geschoben hatte, seinen Speer nahm und ihn nach vorne warf.

"Pass auf!" rief Peter, als er die Richtung des Geschosses verfolgte. Der Speer flog hoch, mit einem pfeifenden Geräusch wie das Surren eines Adlers. So schwer es auch war, sich festzuhalten, Peter blickte auf und sah, wie Lord Broca von seinem Platz sprang und sich dem Speer in den Weg stellte.

Das dumpfe Geräusch des Durchschlagens der Rüstung und des Fleisches hallte am Strand wider, als der alte Lord den Schuss abgab. Er schrie vor Wut in Richtung seiner Männer, die regungslos dastanden.

Gabriel stürzte sich auf Guido, aber Peter erreichte ihn zuerst. Instinktiv griff er nach seinem Schwert Oathbreaker und zersplitterte Guidos Kopf wie Brennholz, als er ihm die Klinge tief in den Schädel rammte. Er gab ein Versprechen, und ein richtiger Mann hält immer sein Wort.

Eine Möwe schrie auf.

Alle hielten den Atem an, als der sterbende Fürst fiel.

"Ich habe einen Enkelsohn..." versuchte Lord Broca zu sagen, während ihm das Blut aus dem Mund lief. "Ich... vergebe dir, mein Sohn! Er ist jetzt dein Herr", sagte der alte Mann zu seinen Soldaten.

"Vater", schluchzte Gabriel über ihm.

"Nach all diesen Jahren sind wir eine Familie. Mach unsere Familie wieder stark!" Das Gesicht von Lord Broca war voller Tränen, als er starb.

Peters Körper war schwach, als er das alles mit ansehen musste. Er setzte sich, rümpfte die Nase und wischte sich das Blut aus dem Gesicht. Guidos Blut. Dann blickte er auf das Meer. Die Sonne tat ihre Arbeit, während der Wind ihm sein Lied in die Ohren flüsterte.

"Der Plan war, dich zu heilen und nach Hause zurückzukehren, Eure Hoheit."

"Das werden wir, ich verspreche es. Ein Schwert. Die Antwort auf dein Rätsel, Owen."

"Das muss ich dir lassen. Mit dir ist es nie langweilig. Trotzdem haben wir überlebt, Eure Hoheit. Und es ist Zeit, nach Hause zu gehen", sagte Owen. "Wir haben eine neue Geschichte zu erzählen!"

Peter Longsword grinste. Wo war sein Zuhause? Er hatte keine Familie. Peter warf einen Blick auf den toten Körper von Lord Broca. Er erzählte ihm von dem Orden der Marsmenschen. Gehörte sein Vater dazu? Verdammt noch mal! Konnte er ihm mehr über ihn erzählen? Seine Mutter? Wer könnte das? Nein! Peter beobachtete den neuen Lord Broca, den jüngeren. Das Schicksal spielte das Spiel mit. Er beobachtete den Himmel und sah einen Raben über seinen Kopf fliegen und grinste.

Trotzdem war es ein schöner Morgen und er hatte überlebt, um die Sonne noch einmal zu sehen. Dann spürte er den Schmerz in seiner Schulter. Verdammte Scheiße, noch mehr Arbeit für den Arzt. Er schloss die Augen und roch Abals Parfüm, als die Dunkelheit seinen Geist einhüllte.

ENDE.

Historische Anmerkung

Dieses Stück historischer Fiktion basiert auf einem Artikel, den ich über archäologische Ausgrabungen in der Nähe der Burg von St. Louis in Sidon, Libanon, gelesen habe. Dabei wurden zwei Massengräber mit teilweise artikulierten und disartikulierten menschlichen Skelettresten entdeckt. Es wurden nicht weniger als 25 männliche Individuen geborgen, aber keine Frauen oder Kleinkinder. Die Radiokarbondatierung der menschlichen Überreste, eine Kreuzfahrermünze und das Design der fränkischen Gürtelschnallen, die am Fundort gefunden wurden, deuten stark darauf hin, dass sie zu einem einzigen Ereignis in der Mitte des 13. Die Skelettreste weisen eine hohe Prävalenz von nicht verheilten Verletzungen durch scharfe, durchdringende und stumpfe Gewalteinwirkung auf, die auf mittelalterliche Waffen zurückzuführen sind. Eine größere Anzahl von Wunden am Rücken als an der Vorderseite deutet darauf hin, dass einige Personen von hinten angegriffen wurden, möglicherweise auf der Flucht. Die Konzentration der Klingenwunden an den Hälsen der anderen könnte auf eine Hinrichtung durch Enthauptung nach ihrer Gefangennahme hindeuten. Die Skelette stammen aus der zweiten Hälfte der Kreuzfahrerzeit, als das von Christen gehaltene Sidon sowohl vom Sultanat der Mamluken (1253 n. Chr.) als auch von den Mongolen des Ilkhanats

(1260 n. Chr.) angegriffen wurde. Die Menschen in den Massengräbern starben wahrscheinlich während eines dieser Angriffe.

Wieder einmal habe ich versucht, die Geschichte aus der Sicht von Peter zu erzählen. Sein Schicksal ist nicht alltäglich, denn er ist Teil der Kreuzfahrer und ein Blutsbruder des Sultans. Unser Held, das Waisenkind, wird sicherlich noch etwas lernen, bevor er die Segel nach Europa setzt. Die Reise von Peter Longsword wird weitergehen.

PS: Ich habe einige Zitate verwendet, um der Geschichte mehr Würze zu verleihen.

"Der einzige Grund, warum ein Krieger lebt, ist zu kämpfen, und der einzige Grund, warum ein Krieger kämpft, ist zu gewinnen."

- Miyamoto Musashi, Das Buch der fünf Ringe: Der klassische Leitfaden für Strategie.

Über den Autor

Dimitar Gyopsaliev, ein preisgekrönter und internationaler Bestsellerautor, hat es sich zur Aufgabe gemacht, seinen Lesern rasante Abenteuer voller Wendungen zu bieten. Er wohnt nicht mit seiner Familie in einem Schloss und besitzt keine glänzende Rüstung. Aber er liebt die Geschichte und nutzt seine Fantasie, um gute Geschichten zu erzählen. Tagsüber ist er Ingenieur und unterstützt andere beim Bau ihrer Projekte. Nachts hilft er Prinzessinnen und Rittern, ihre Träume zu verwirklichen. Er versucht, ein liebevoller Vater zu sein, weil seine Kinder ihn dazu inspiriert haben, Geschichten für sie zu schreiben.

Visit DimitarGyopsaliev.com

facebook.com/dgyopsaliev

goodreads.com/author/show/17338147.Dimitar_Gyopsaliev

bookbub.com/authors/dimitar-gyopsaliev

https://twitter.com/DGyopsaliev

amazon.com/stores/Dimitar-Gyopsaliev/author/B077C61KPM?ref=ap_rdr&isDramIntegrated=true&shoppingPortalEnabled=true#

Persönliche Anmerkung

Danke, dass du mein Buch gekauft und gelesen hast.

Ich weiß, dass du dir jedes beliebige Buch hättest aussuchen können, aber du hast dich für dieses Buch entschieden und dafür bin ich dir sehr dankbar. Ich hoffe, es hat deinen Alltag bereichert und deine Lebensqualität verbessert. Wenn ja, wäre es schön, wenn du dieses Buch in den sozialen Medien mit deinen Freunden und deiner Familie teilen könntest.

Wenn dir dieses Buch gefallen hat, würde ich mich freuen, von dir zu hören und hoffe, dass du dir etwas Zeit nimmst, um eine Rezension zu schreiben. Dein Feedback und deine Unterstützung werden mir helfen, meine Texte für zukünftige Projekte zu verbessern und dieses Buch noch besser zu machen.

I want you, the reader, to know that your review is very important and so, if you'd like to leave a review, all you have to do is scan the QR code.

Ich wünsche dir alles Gute für deinen zukünftigen Erfolg!

Auch vom Autor

Auch von Dimitar Gyopsaliev

Longsword: Eduard Und Der Assassine (German Edition)

Visit DimitarGyopsaliev.com

f facebook.com/dgyopsaliev

g goodreads.com/author/show/17338147.Dimitar_Gyopsaliev

BB bookbub.com/authors/dimitar-gyopsaliev

https://twitter.com/DGyopsaliev

amazon.com/stores/Dimitar-Gyopsaliev/author/B077C61KPM?ref=ap_rdr&isDramIntegrated=true&shoppingPortalEnabled=true#

Printed in Poland
by Amazon Fulfillment
Poland Sp. z o.o., Wrocław

51513354R00219